湖南师范大学博士科研启动项目"'学衡派'人文教育思想与实践研究"（20190703）
湖南师范大学教育学学科经费资助项目

"学衡派"与近代中国大学教育

朱鲜峰 著

南京大学出版社

图书在版编目(CIP)数据

"学衡派"与近代中国大学教育／朱鲜峰著.—南京：南京大学出版社，2021.9
ISBN 978-7-305-24513-8

Ⅰ.①学… Ⅱ.①朱… Ⅲ.①学衡派-研究②高等教育-教育史-中国-近代 Ⅳ.①I209.6②G649.29

中国版本图书馆 CIP 数据核字(2021)第 103696 号

出版发行	南京大学出版社		
社　　址	南京市汉口路 22 号	邮　编	210093
出 版 人	金鑫荣		

书　　名 "学衡派"与近代中国大学教育
著　　者 朱鲜峰
责任编辑 张倩倩

照　　排　南京紫藤制版印务中心
印　　刷　南京人文印务有限公司
开　　本　718×1000　1/16　印张 18.5　字数 274 千
版　　次　2021 年 9 月第 1 版　2021 年 9 月第 1 次印刷
ISBN　978-7-305-24513-8
定　　价　78.00 元

网　　址　http://www.njupco.com
官方微博　http://weibo.com/njupco
官方微信　njupress
销售热线　025-83594756

＊　版权所有，侵权必究
＊　凡购买南大版图书，如有印装质量问题，请与所购图书销售部门联系调换

序

  近三十多年来,关于"学衡派"已有不少研究成果问世。有的成果从"西学东渐"及中外文化交汇、碰撞的宏观视角出发,旨在揭示"学衡派"的文化保守主义特质,有的成果着重探讨"学衡派"与白璧德的学术思想关联,还有的成果聚焦于吴宓作为"学衡派"主帅的历史作用及影响等。上述研究成果总的特点是视角多元,横跨文史哲等诸多领域,从而为"学衡派"的研究奠定了较为广博而扎实的基础。仔细检视这些成果,也可发现其中存在未惬人意之处,留下了若干有待继续开垦、发掘的空间。譬如说,有些成果尽管述及"学衡派"代表人物任教于各大学的经历,但主要把他们作为学者、学问家而非教师、教育家来把握,所以论述的重点自然是他们的文化理念、文学观、学问观等,而甚少探讨其教育思想及理念。进而言之,有的成果虽也论证了"学衡派"代表人物在思想上深受白璧德"新人文主义"教育理念及其大学观的影响,却未能进一步探析这种影响是如何渗透到他们在各大学的教育、教学实践活动中去的。从这一层意义上来讲,广泛联系近代中国政治和文化的总体背景,把"学衡派"放在近代中国大学教育改革和发展的历史脉络中加以系统的考察,将有助于人们更全面地把握其历史地位并予以公允的评价。

  基于博士学位论文整理而成的专著《"学衡派"与近代中国大学教育》可以说在这方面进行了积极的尝试,并取得了可喜的成绩。本书作者在浙江大学教育学院读本科期间曾修读我讲授的"中国教育史",通过接触,我对他在文史方面所具有的浓厚兴趣和良好基础留下了深刻的印象。本科毕业后,他以优秀的成绩被保送为教育史学科直博生,我遂成为其导师。考虑到他的专业方向及兴趣所在等因素,我建议他以"学衡派"研究作为博士学位论文的选题并得到他的认可。四年前,他顺利通过博士学位论文答辩后,应聘到湖南师范大学教育科学学院任教,主要从事教育史的教学和研究工作。现在本书即将付梓,他嘱我写序,我对他取得的成绩感到由衷的喜悦,遂乐意写下自己的一些感想,并希望以资推介这一成果给广大读者。

首先,我认为在近代中国大学教育的政治—文化语境中解读和阐析"学衡派"与大学的互动关系是本书的一个显著特色。

中国近代大学教育是在近代中国政治和文化的大背景中产生、演变和发展起来的,这些背景因素无疑对以大学为主要基地和平台的"学衡派"的历史命运产生了深刻的影响,而"学衡派"也主要是在各大学执教过程中因势利导,与时俱进,努力贡献自身的才智与力量,本书在整体框架上紧紧抓住这种互动关系并努力使之成为贯穿始终的一条主线。例如,为了解释吴宓、梅光迪等"学衡派"代表人物留美归国后为何汇聚东南大学、使之成为"学衡派"的大本营这一问题,本书不惜笔墨专门考察了20世纪20年代中国大学教育的总体格局,并重点分析了在20年代前期北京大学和东南大学双峰并峙的局面中前者以"激进"著称、后者以"保守"自持的基本特点。

再如,本书论及南京国民政府建立后开始加强对思想、文化和教育的管控,1932年罗家伦受命出任中央大学校长,宣称要通过"建立有机体的民族文化"来"振起整个的民族精神",这一观点既符合当时政府的指导思想,又与中央大学相对保守的文化传统相契合,也能呼应学生的爱国热忱,正是这一时代环境引发"学衡派"重组于中央大学,当时执教于此的郭斌龢、景昌极、缪凤林、张其昀等人结合自身的人文主义教育理念,通过教学和研究为民族文化和精神的振兴发挥了积极的作用。至于"学衡派"代表人物胡先骕受命出任中正大学校长,本书指出那更是有着特定的政治背景,即早在1934年夏蒋介石在庐山组织军官集体受训之际有感于中国教育与政治相脱节,乃力倡"大学教育必须与地方政治完全吻合",并决定在江西试办一所理想大学,以求改革高等教育、培植干部人才,于是20世纪30年代末、40年代初正式启动筹建中正大学并聘胡先骕为校长,而胡氏在日后的办学实践中将三民主义教育纳入其"宏通教育"的计划中,将其作为学生综合素养的组成部分,以求贯彻"学衡派"所主张的人文主义教育宗旨。

除了深受近代中国政治和文化背景的影响外,中国近代大学教育也与国际大背景、特别是抗日战争的形势密切相关,据本书的考察,无论是20世纪20年代缪凤林、景昌极、吴宓、郭斌龢、柳诒徵等人先后赴东北大学任教,还是抗战期间以梅光迪、郭斌龢、景昌极、张其昀、陈训慈为代表的"学衡派"移师浙江大学,均与当时的中日关系特别是抗战的形势存在着紧密的内在关联,而这些人都在上述两所大学广泛开设了传统文化方面的课程,致力于在特殊的时代环境中通过弘扬民族文化的优秀传统和精神来培养人才。以往的研究成果虽也曾涉及"学衡派"代表人物任教于各大学的经历,但大多比较零碎,而本书不仅结合近代中国大学教育的历史勾勒出一幅"学衡派"聚散离合、风流云转的全景图,而且展现了"学衡派"在不同历史时期的阶段性贡献及特征,在一定程度上反映出关于"学衡派"的研究达到了一个新的学术水准。

其次,把叙述"学衡派"代表人物在各大学的教育、教学实践活动作为各章的重要内容,着力刻画其作为教师、教育家"传道授业""教书育人"的形象,堪称本书的另一个显著特色。

诚然,本书对于"学衡派"代表人物的论著及其创办各种期刊的业绩也做了较为详细的论述,但用更多的篇幅介绍了他们在各大学设计和开设的课程,并重点考察了他们开展教学活动的实际情况。具体而言,本书指出为了发扬民族文化、抵制日本的文化侵略,中国传统文化方面的课程遂在东北大学的课程体系中占据了重要地位,构成该校人文教育的主要内容,这一倾向与"学衡派"的教育、教学主张较为吻合,于是"学衡派"代表人物缪凤林在国学系主讲中国史,刘永济在国学系主讲中国文学史,刘朴在法科主讲国文,他们的教学均得到当时学生的一致好评。另据本书的介绍,吴宓在20世纪二三十年代曾担任清华大学外文系代理系主任,对外文系的课程设计和编制贡献良多,如他把外文系的课程教学及其人才培养目标确定为使学生"成为博雅之士""汇通东西之精神思想而互为介绍传布"等五点,从而为外文系的发展构筑了一个非常高的起点,本书认为"清华外文系日后成就斐然,与此不无关联";再如吴宓特别强调外文系与中文系应当相辅而行,鼓励外文系学生选修中文系的课程,据此本书又认为"清华外文系的毕业生当中,不乏钱锺书、季羡林、李健吾、田德望、吴达元等会通中西的知名学者,这一成就与吴宓的悉心规划不无关联"。此外,本书还专设一节以"个案分析"的形式考察了吴宓在清华大学为高年级本科生和研究生开设的全校性选修课"文学与人生",书中介绍这门课的内容包含:(1)通过阅读文学作品理解人生;(2)以人文主义的观点研究人生。而所谓"人文主义",吴宓界定为"个人之修养与完善",据此吴宓分析道,优秀的小说具有提升读者理性和情感的双重功能,因为优秀的小说家通过"广泛的经验及富有想象力的理解,为吾人揭示出'人的法则'或人生的真理",此即理性的功能;另一方面,"小说家试图显示体现在不同人物身上的、不同性质和不同生活环境的各种爱,这样可使读者爱上'真诚的爱'",此即情感的功能,本书强调"'文学与人生'所蕴含的人文主义精神,透过吴宓饱含热情的讲解,对学生产生了潜移默化的影响"。在论述"学衡派"在浙江大学的教学活动时,本书先考察梅光迪执掌文学院时提出的"培育通才"的计划,该计划主张学院应当"以复兴中国文化为使命,以造就通才为职志",继而分析了梅光迪为文学院拟订的课程方案具有使学生"文理兼通"和"中西兼通"的特色,最后评价道"在梅光迪的主持下,浙大文学院发展较为迅速,成绩斐然",并举例介绍当时伦敦大学文学院院长陶德斯曾访问浙大,梅氏向陶德斯介绍了文学院的课程设置并请后者到课堂听课,听过课后陶德斯大为惊讶,认为浙大文学院足与英国著名大学文学院媲美。本书还分析了郭斌龢担任浙江大学国文系系主任和张其昀担任浙江大学史地系主任期间两系课程教学的特点。上述内容不仅可使读者对"学衡派"在各大学的教学情况有较为全面而清晰的了解,而且点面结合,重点突出,更有些内容可谓发前人所未发,颇具新意。

再次,众所周知,历史研究离不开文献资料,第一手文献资料则尤具史料价值,本书发掘并梳理了不少第一手文献资料,其中有些文献资料乃首次呈现给读者,这一点显示了本书的又一特色。

本书作者在读博期间受国家留学基金委资助赴美国印第安纳大学访学一年,在此期间曾专程到哈佛大学查阅了一批珍贵的文献资料,其中既有梅光迪、吴宓等人留学哈佛期间的学籍档案,也有梅氏、吴氏等人与白璧德的通信,还有张鑫海(后改名张歆海)当年在白璧德指导下撰写并通过答辩的英文博士学位论文(至今未翻译成中文出版),这些第一手资料为本书增添了新的研究素材。就国内相关文献资料而言,目前已编撰出版多卷本关于东南大学、清华大学、中央大学的校史及其资料汇编,而关于东北大学、中正大学、浙江大学则尚未有系统的校史及其资料汇编面世,但本书在介绍"学衡派"在东北大学、中正大学、浙江大学时也发掘并运用了若干第一手文献资料,如《东北大学一览》《东北大学周刊》《国立中正大学概览》《国立中正大学校刊》《国立浙江大学要览》《国立浙江大学日刊》以及上述大学的课程表、科目表、章程、会议记录等档案材料,从而为研究提供了有力的史料支撑。

毋庸讳言,作为主要从大学教育的角度来论述"学衡派"的综合性研究成果,本书也难免有其不足之处。举例来说,"学衡派"中的郭斌龢、景昌极一生致力于传播西方古典文化(两位先生早年曾合作辑译《柏拉图五大对话集》),并对柏拉图、亚里士多德的教育思想素有研究;吴宓以讲授和研究英国近代文学著称于世,他对纽曼、马修·阿诺德等人的教育理念也多有涉猎,由此看来,后续研究有必要结合古希腊"自由教育"、近代欧洲"文雅教育"的传统来进一步阐述"学衡派"教育理念的思想渊源。另外,中国自汉代以降即有"经师"与"人师"之分,宋明理学虽被一些人斥为"假道学",但理学家们重视培养理想人格(后被概括为士人所应具有的"气节")的教育观及其书院教育的实践活动自有其不可否认的独特价值,梅光迪、柳诒徵等人的身上就体现出这种人格魅力,这与白璧德所倡导的"新人文主义"教育理念也有某种暗合之处,故后续研究在刻画"学衡派"作为教师、教育家的形象时,可进一步彰显其"人师"的特色。总之,希望作者在今后的研究中继续探索进取,不断超越自我。

此外,我还想借此机会说几句"私房话"。20世纪40年代末、50年代初家父就读于中央大学（后更名南京大学）外文系英文专业，曾聆听楼光来、郭斌龢、范存忠、陈嘉等先生授课，他生前屡次谈及几位先生讲学的风采。作为"文革"后七七级大学生，我于1978年2月考入南京大学历史系世界史专业，在学期间承家父及其同学的引介拜见了郭斌龢、范存忠等先生，特别是多次造访郭先生。记得当时郭先生家住汉口路南京大学南园大门右侧的一幢小洋房，他的书斋中装满了希腊、拉丁、英、法、德等语种的西文词典，而且上面写满了郭先生的批注。大三、大四两年，我选修了郭先生的高足张竹明教授（他曾与郭先生合译柏拉图《理想国》并独自翻译亚里士多德《物理学》）讲授的拉丁文课。学术乃天下之公器，也是世代传承的伟业，古人所谓"弦歌不辍""薪火相传"说的就是这层意思。在此，我愿借花献佛，以表达对先贤和母校的敬意。

是为序。

肖　朗
2021年夏于浙江大学西溪校区

（本序作者系中国教育学会教育史分会副理事长，浙江大学教育学院教授、博士生导师）

目　录

序 / 肖　朗 ··· 1

绪论 ·· 1
  一　研究缘起 ··· 1
  二　学术史回顾 ·· 3
  三　概念界定 ·· 17
  四　研究思路与史料 ·· 19

第一章　初露头角：留美学生与"学衡派"的发轫 ················ 22
  一　"学衡派"成员与传统人文教育 ······································ 22
  二　留美学生与"两种文化" ·· 38
  三　梅光迪、吴宓等人在哈佛大学 ······································ 48

第二章　风云际会："学衡派"与东南大学 ·························· 64
  一　东南大学与20世纪20年代大学教育格局 ······················ 64
  二　《学衡》的创刊与"学衡派"的教育主张 ·························· 77
  三　"学衡派"与东南大学的人文教育 ·································· 89
  四　东南大学风潮与"学衡派"的困境 ································ 103

第三章　群英散落:"学衡派"的分流与重组 …… 112
　　一　"学衡派"与东北大学 …… 112
　　二　吴宓与清华大学 …… 123
　　三　中央大学与"学衡派"的重组 …… 141

第四章　东山再起:"学衡派"与浙江大学 …… 157
　　一　"学衡派"的阵地转移及其动因 …… 157
　　二　"学衡派"与浙江大学的人文教育 …… 165
　　三　"学衡派"与抗战后方学术圈 …… 180

第五章　别求新声:胡先骕与中正大学 …… 193
　　一　中正大学的创办与胡先骕的上任 …… 193
　　二　文化与政治之间:胡先骕的办学理念与实践 …… 199
　　三　"《民国日报》事件"与胡先骕的办学困境 …… 213

第六章　曲终人散:"学衡派"的谢幕 …… 222
　　一　萧墙之内:"学衡派"的隐忧 …… 222
　　二　梅光迪病逝与"学衡派"的再度分裂 …… 225
　　三　"学衡派"与武汉大学 …… 228

结语 …… 234
　　一　"学衡派"的人文教育理念剖析 …… 234
　　二　"学衡派"与中西人文教育传统 …… 237
　　三　"学衡派"与近代中国大学教育的政治—文化语境 …… 240
　　四　"学衡派"的教育成就与局限 …… 245

参考文献 …… 250

索引 …… 273

后记 …… 282

表格目录

表 1-1 "学衡派"主要成员早期教育经历简况表 …………………… 26
表 1-2 清华学堂课程简表(1911 年 9 月) …………………………… 35
表 1-3 梅光迪修读哈佛大学硕士学位期间选课列表 ……………… 50
表 1-4 吴宓修读哈佛大学学士学位期间选课列表 ………………… 54
表 1-5 吴宓本科课程"集中"与"分配"简况表 …………………… 56
表 1-6 吴宓修读哈佛大学硕士学位期间选课列表 ………………… 57
表 2-1 东南大学西洋文学系课程表(1923 年 4 月) ………………… 98
表 3-1 "学衡派"成员执教东北大学简况表 ………………………… 113
表 3-2 东北大学文科国学系课程标准表(1925—1926 学年) ……… 117
表 3-3 清华大学外国语文系课程表(1936—1937 学年) …………… 134
表 3-4 中央大学文学院各学系教师简况表(1935 年 5 月) ………… 146
表 4-1 原东南大学师生任职浙江大学简况表(1936 年) …………… 161
表 4-2 梅光迪拟订浙江大学外国语文系课程表(1938 年) ………… 167
表 4-3 浙江大学大一国文教学篇目表(1940 年 9 月) ……………… 173
表 4-4 西南联合大学大一国文教学篇目表(约 1940 年) …………… 174
表 4-5 浙江大学文学院史地学系历史组必选修科目表(1938 级) … 177
表 5-1 国立中正大学文法学院文史学系课程表(文组) …………… 210
表 5-2 中正大学文史系新生"最崇拜之古今人物"列表(1941 年) … 212

绪　论

一　研究缘起

在中国近代文化史、教育史上,以梅光迪、吴宓、胡先骕等为代表的"学衡派"无疑是一个引人注目的群体。面对五四新文化运动的浪潮,"学衡派"以《学衡》杂志为主要阵地,秉持"昌明国粹,融化新知"的宗旨,对传统文化持同情态度,反对"打倒孔家店"与废除文言的激进主张,同时高倡新人文主义,对风行一时的实用主义持批评态度,其立场迥别于时流。在教育方面,"学衡派"主要成员如梅光迪、吴宓曾留学于哈佛大学,师从新人文主义领袖欧文·白璧德(I. Babbitt),归国后先后执教于南高师—东南大学—中央大学、清华大学、浙江大学等著名高校,在教学与学术研究上卓有建树。诚如研究者所言,"学衡派"这一学者群体"曾对现代中国大学的学术教育事业的格局与走向产生深远的、直到现在也未梳理清楚的影响"[①]。

有鉴于此,本书决定以"学衡派"的教育理念与实践为重点,对其在近代中国大学教育史上的贡献进行较为系统的梳理。初步而言,这一研究至少有

[①] 周勇:《江南名校的中国文化教育》,北京:教育科学出版社,2008年,第156页。

以下三方面的意义：

首先，透过"学衡派"的教育主张，我们既可窥见民国时期保守派的教育理念，也可借此观照当下的教育。已有学者指出，保守派、激进派和自由派"三派共同构成了 20 世纪前期的中国文化启蒙"①，从教育方面而言亦大致如此。尤其值得注意的是，在弘扬传统人文教育的同时，"学衡派"还着力引介白璧德新人文主义的教育主张，以收"融化新知"之效。就这一层面而言，"学衡派"又不同于此前的保守派。此外，对其所提倡的"国粹"与"新知"进行深入探讨，也有助于今日的教育者重新思索"古今"与"中西"的关系问题。

其次，考察"学衡派"的教育实践，可以丰富对传统人文教育现代转化的认识。随着清末书院改制为学堂，中国传统教育的制度基础由此瓦解。在现代大学体制下，如何接续与转化这一教育传统？"学衡派"成员几乎均在大学任教，且身份较为多元，除了通过课程教学开展人文教育，还主持或参与了相关学院、系科的课程设置乃至部分院校的整体规划，进行了诸多有益的尝试。这无疑有助于我们从多层次、多角度认识中国人文教育从传统到现代的转化。

最后，从教育史的角度对"学衡派"进行研究，也有助于我们把握近代中国大学教育的格局。有学者认为，"民国时期的北京大学、东南大学—中央大学，分别代表了激进和保守——也就是'新青年派'和'学衡派'——的两种传统"②。这一论断虽未必确切，但毫无疑问，"学衡派"的确在近代中国大学教育史上发挥了重要的影响。除东南大学—中央大学之外，其他如吴宓之于清华大学国学研究院及外文系、梅光迪之于浙江大学文学院、胡先骕之于中正大学、刘永济之于武汉大学文学院等，其影响均不容忽视。

---

① 汤一介：《〈新人文主义思潮——白璧德在中国〉序》，段怀清编：《新人文主义思潮——白璧德在中国》，南昌：江西高校出版社，2009 年，第 8 页。

② 沈卫威：《现代大学的两大学统——以民国时期的北京大学、东南大学—中央大学为主线考察》，《学术月刊》2010 年第 1 期，第 24 页。

二　学术史回顾

长期以来，由于与国家主流观念相抵牾，"学衡派"背负着"复古""反动"等罪名，受到激烈批判，近年始重新受到关注。对此，有学者指出，20世纪80年代以来文化激进主义受挫和保守主义抬头，是"学衡派"重新受到关注的重要历史背景[①]。世纪之交"新左派"与"自由主义"的论战，以及进入21世纪以来"国学热"的持续升温，均反映出保守主义在当下的巨大影响。与此相对应，近年来对"学衡派"的研究也呈现出持续的热度。

在大陆学界，对"学衡派"的重新评价，可追溯至1989年。历史学家茅家琦与北京大学教授乐黛云在这一年分别发表论文，肯定了"学衡派"的部分主张[②]。同年8月，在吉林大学、山东大学等共同发起的"二十世纪中国哲学与文化思潮"学术讨论会上，亦谈及"学衡派"与文化保守主义思潮[③]。进入90年代，有关"学衡派"的文化主张、文学观念及"学衡派"代表人物的研究日渐增多，其中尤以吴宓最为引人关注。90年代末以来，随着《吴宓日记》等资料的整理问世[④]，以及全套《学衡》的影印出版[⑤]，相关研究日益全面、深入，不断有专著出版。论文方面，人文社会科学领域的重要刊物，如《中国社会科学》《哲学研究》《文学评论》《近代史研究》《教育研究》等，近年均有论文涉及

---

① 张贺敏：《学衡派研究述评》，《中国现代文学研究丛刊》2001年第4期，第274页。
② 茅家琦：《梅光迪与〈学衡〉杂志》，《民国档案》1989年第1期，第82—88页。乐黛云：《世界文化对话中的中国现代保守主义》，《中国文化》1989年第1期，第132—136页。
③ 关东：《"二十世纪中国哲学与文化思潮"学术讨论会综述》，《哲学研究》1989年第10期，第79—80、52页。
④ 吴学昭整理注释：《吴宓日记》（全十册），北京：生活·读书·新知三联书店，1998—1999年。
⑤ 《学衡》编辑部：《学衡》（影印本），南京：江苏古籍出版社，1999年。

"学衡派"①,其他刊物所登载的相关论文更已多达数百篇,与此相关的研究生学位论文亦有数十篇。整体而言,目前这一领域较具代表性的研究著作有郑师渠《在欧化与国粹之间——学衡派文化思想研究》②、沈卫威《"学衡派"谱系:历史与叙事》③、张源《从"人文主义"到"保守主义"——〈学衡〉中的白璧德》④等。

郑师渠《在欧化与国粹之间》一书将"学衡派"置于欧战之后东西方文化逐步展开对话这一大背景下进行考察,视野颇为开阔。书中各章分别介绍了"学衡派"的文化观、文学思想、史学思想、教育思想及道德思想,论述较为全面。然而,书中部分内容近于《学衡》所刊文章之综论,未能充分彰显"学衡派"作为一个派别的特征。

沈卫威多年致力于"学衡派"研究,用力颇深,目前已出版数部研究专著,

---

① 部分代表性论文如下:
张宝明:《新青年派与学衡派文白之争的逻辑构成及其意义》,《中国社会科学》2011年第2期,第141—155页。
刘克敌:《文人门派传承与中国近现代文学变革》,《中国社会科学》2011年第5期,第135—149页。
朱寿桐:《"新人文主义"与"新儒学人文主义"》,《哲学研究》2009年第8期,第31—41页。
柴文华、杨辉:《论"学衡派"的理论倾向》,《哲学研究》2011年第8期,第31—41页。
赵建永:《从汤用彤的首篇论文看学衡派的思想渊源》,《哲学研究》2011年第11期,第60—64、76页。
刘聪:《白璧德人文主义运动与现代新儒学》,《文学评论》2009年第6期,第112—119页。
朱寿桐:《论中国现代文学的古典主义影迹》,《文学评论》2010年第3期,第16—23页。
李欢:《"国际人文主义"的双重跨文化构想与实践——重估学衡派研究》,《文学评论》2015年第1期,第110—119页。
刘贵福:《梅光迪、胡适留美期间关于中国文化的讨论——以儒学、孔教和文学革命为中心》,《近代史研究》2011年第1期,第60—73页。
孙邦华:《中国教育现代化运动中的中国化与美国化、欧洲化之争——1932年国联教育考察团报告书〈中国教育之改进〉的文化价值观及其反响》,《教育研究》2013年第7期,第116—127页。
② 郑师渠:《在欧化与国粹之间——学衡派文化思想研究》,北京:北京师范大学出版社,2001年。该书于2019年由商务印书馆再版。
③ 沈卫威:《"学衡派"谱系:历史与叙事》,南昌:江西教育出版社,2007年。该书其后再版(南京:南京大学出版社,2015年),以下引用处均用新版。
④ 张源:《从"人文主义"到"保守主义"——〈学衡〉中的白璧德》,北京:生活·读书·新知三联书店,2009年。

其中以《"学衡派"谱系：历史与叙事》一书最具代表性。该书偏重于从史实的角度考察"学衡派"的发展演变。作者将"学衡派"的文化阵地由《学衡》延伸到与之相关的《史地学报》《大公报·文学副刊》《国风》《思想与时代》，在大学场域方面也由南高师—东南大学—中央大学扩展到清华大学、浙江大学，极大地推进了国内对"学衡派"的研究。

张源《从"人文主义"到"保守主义"》一书对《学衡》所载的六篇白璧德著述的译文进行了细致的研究。通过对读原作，作者指出，"学衡派"将宋明理学与白璧德的思想相比附，使得白璧德的"人文主义"受到曲解，带上了"保守"的面貌。对于"学衡派"是否曲解了白璧德这一问题，其结论或有待商榷，但该书对白璧德思想的渊源、主旨及其在西方的影响做了细致的梳理和分析，其成绩仍不容忽视。

相较之下，台湾地区与海外对"学衡派"的研究起步更早，其热度虽不及大陆，但同样自成格局。早在20世纪60年代，美国学者理查德·罗森（R. B. Rosen）即对"学衡派"展开研究，并以此作为其博士学位论文的主题[1]。梁实秋门人侯健在《从文学革命到革命文学》[2]一书中，对"学衡派"的思想与主张做了较为细致的分析，其博士学位论文《欧文·白璧德在中国》[3]又进一步对相关论题展开探讨。陈敬之《新文学运动的阻力》[4]、沈松侨《学衡派与五四时期的反新文化运动》[5]主要从文学史、文化史的角度对"学衡派"进行研究。此外，李欧梵等文学研究者谈及"学衡派"在文学观念上流露出的"古典情趣"[6]；

---

[1] Richard Barry Rosen, The National Heritage Opposition to the New Culture and Literary Movements of China in the 1920's, Doctoral Dissertation of the University of California, Berkeley, Sept. 1969.
[2] 侯健：《从文学革命到革命文学》，台北：中外文学月刊社 台湾大学外文系，1974年。梁实秋亦曾师从白璧德，故侯健可算是白璧德的"再传弟子"。
[3] Chien Hou, Irving Babbitt in China, Doctoral Dissertation of State University of New York, Aug. 1980.
[4] 陈敬之：《新文学运动的阻力》，台北：成文出版社，1980年。
[5] 沈松侨：《学衡派与五四时期的反新文化运动》，台北：台湾大学出版委员会，1984年。
[6] 李欧梵：《现代性的追求》，北京：生活·读书·新知三联书店，2000年，第201页。

刘禾从语境分析入手,对"学衡派"与"国粹派"的区别做了探讨①;王晴佳着眼于大的历史环境,深入考察了白璧德提倡新人文主义的背景及其影响,以及梅光迪等人推崇新人文主义的动因②。陈怀宇《在西方发现陈寅恪》一书对包括吴宓在内的哈佛留学生群体做了较为全面的考察,同时着重分析了白璧德佛学思想对中国学者的影响③。除此之外,对于白璧德的文化立场、美学观点乃至政治哲学,美国学界均有较为深入的探讨,成果颇为丰富④。

我们可以看到,对"学衡派"的研究呈现出一个值得注意的现象,即研究视角多元,横跨文史哲诸领域。现当代文学的研究者往往把目光投向"学衡派"与"新青年"派的文白之争;对于比较文学研究而言,《学衡》杂志所译介的外国文学作品是上好材料;研究近代思想史的学者则对"学衡派"所代表的文化保守主义深感兴趣;近年来学术史成为新的热点,则有对《学衡》及与之相关的《史地学报》《国风》《思想与时代》等刊物的专题研究,以及对南北两派学人的考察。由于研究成果甚多,而其间的跨度极大,难以一一罗列,此处仅从教育史的角度切入,对相关成果略作梳理。

---

① 刘禾著,宋伟杰等译:《跨语际实践——文学、民族文化与被译介的现代性(中国,1900—1937)》,北京:生活·读书·新知三联书店,2002年,第351—368页。
② 王晴佳:《白璧德与"学衡派"——一个学术文化史的比较研究》,"中央研究院"近代史研究所集刊》第37期,2002年6月,第41—91页。
③ 陈怀宇:《在西方发现陈寅恪:中国近代人文学的东方学与西学背景》,北京:北京师范大学出版社,2013年,第18—59、198—236页。
④ 20世纪80年代之前的代表性论著可参考:
George A. Panichas, ed., Irving Babbitt: Representative Writings, Lincoln: University of Nebraska Press, 1981.
该书为白璧德著作选集,书末的"参考书目"部分列举了大量白璧德研究的专著与论文。近年仍不断有研究著作出版,此处仅举一部:
Claes G. Ryn, Will, Imagination and Reason: Babbitt, Croce and the Problem of Reality, New Brunswick: Transaction Publishers, 1997.
该书以克罗齐作为中介,从意志、想象与理性三个方面对白璧德的哲学思想作了阐发。此外,美国《人文》(Humanitas)杂志对白璧德的思想给予了极大关注,其中部分文章已被译为中文。参见美国《人文》杂志社、三联书店编辑部编,多人译:《人文主义:全盘反思》,北京:生活·读书·新知三联书店,2003年。杨劼对美国学界的白璧德研究也有较为细致的梳理,值得参考。参见杨劼:《白璧德人文思想研究》,广州:暨南大学出版社,2013年,第7—21页。

（一）"学衡派"的定义

已有学者注意到，"学衡派"的内涵存在一个历史演化的进程[①]。在很长时间之内，"学衡派"只是作为反对白话文学的典型而出现在有关新文学的著作、教材当中。例如，目前所知较早使用"学衡派"这一概念的著作，是郑振铎于1935年编选的《中国新文学大系·文学论争集》。该书第三编的标题即为"学衡派的反攻"，其中选了胡先骕、梅光迪的两篇文章，另有四篇反驳的文章[②]。自20世纪80年代末以来，除文学史的视角之外，更多的学者开始从思想史的角度关注"学衡派"。如乐黛云即认为《学衡》杂志是中国现代保守主义的代表，并将吴宓、梅光迪、胡先骕、汤用彤、柳诒徵视为其核心人物[③]。

尽管研究者对"学衡派"的基本特征，如以《学衡》杂志为阵地，反对新文化运动等并无异词，但由于《学衡》的作者众多，要对其下一个准确的定义，仍并非易事。例如，有学者认为，"学衡派"指的是"以梅光迪、吴宓、胡先骕、柳诒徵及'柳门'弟子景昌极、缪凤林、徐震堮、向达等为主，旁及其他在《学衡》上撰文批评反对新文化—新文学运动、译介白璧德及西方人文主义、认同梅光迪等《学衡》主将的文化理想（或身份想象）的部分《学衡》作者，而非所有《学衡》作者"[④]。

这一定义虽做了多重限定，但具体的标准仍不易把握。在界定"学衡派"的成员时，争议主要集中在汤用彤、王国维与陈寅恪三位学者身上。上文业已提及，乐黛云认为汤用彤属于"学衡派"的核心人物，而乐黛云本人是汤用彤的儿媳，这一特殊身份似乎更增强了其论断的可信度。然而，汤用彤在《学衡》上发表的文章不多，且仅有《评近人之文化研究》一文涉及新文化运动，其余则是较为专深的论文或译文，故有学者认为："汤用彤也许可以算作是成员

[①] 张贺敏:《学衡派研究述评》,《中国现代文学研究丛刊》2001年第4期,第271—273页。
[②] 郑振铎编选:《中国新文学大系·文学论争集》（影印本）,上海:上海文艺出版社,1980年,"目次"第3页。
[③] 乐黛云:《世界文化对话中的中国现代保守主义》,《中国文化》1989年第1期,第132—133页。
[④] 周佩瑶:《"学衡派"的身份想象》,福州:福建教育出版社,2013年,第13页。

之一,但事实上他完全不是其中的重要一员。"①王国维虽然在《学衡》上发表了大量文章,但基本属于考据性质,因此,对于王国维是否应当算作"学衡派"成员,学界也存在争议②。陈寅恪的情形又稍有不同。虽然《学衡》所登载的陈寅恪作品极少,但陈氏与吴宓交谊甚笃,故也有学者认为应当把他算作"学衡派"成员。例如,郑师渠在论述"学衡派"的史学思想时,即屡次引述陈寅恪的史学观点③。而吴宓女儿吴学昭则持折中的观点:"寅恪伯父对我父亲办《学衡》是赞成的,亦曾捐款支持,但并不参与。"④当然,也有学者认为不应将其算入"学衡派"⑤。

另一个争议集中于"学衡派"存续的时间。学者一般默认《学衡》存在的时间即为"学衡派"存在的时间,即1922年至1933年。但有研究者认为,由于新文化运动的迅速胜利及梅光迪与其他人矛盾的公开化,"学衡派"在后期已是名存实亡⑥,甚至有学者明确将"学衡派"解体的时间定在1926年12月⑦。另有学者认为,即便在《学衡》彻底停刊之后,"学衡派"依然存在,并一直延续到此后的整个民国时期。甚至在1949年之后,在台湾的"学衡派"成员仍有活动,并且与胡适产生了明显的冲突⑧。这一观点亦有其根据。虽然《学衡》于

---

① 高恒文:《东南大学与"学衡派"》,桂林:广西师范大学出版社,2002年,第2页。
② 如沈卫威即持肯定意见,参见沈卫威:《"学衡派"谱系:历史与叙事》,南京:南京大学出版社,2015年,第411—434页。周佩瑶则持否定看法,参见周佩瑶:《"学衡派"的身份想象》,福州:福建教育出版社,2013年,第13页。
③ 郑师渠:《在欧化与国粹之间——学衡派文化思想研究》,北京:北京师范大学出版社,2001年,第223—303页。
④ 吴学昭:《吴宓与陈寅恪》(增补本),北京:生活·读书·新知三联书店,2014年,第41页。
⑤ 高恒文、周佩瑶即持这一看法。参见高恒文:《东南大学与"学衡派"》,桂林:广西师范大学出版社,2002年,第2—3页;周佩瑶:《"学衡派"的身份想象》,福州:福建教育出版社,2013年,第11页。
⑥ 刘克敌:《文人门派传承与中国近现代文学变革》,《中国社会科学》2011年第5期,第145页。
⑦ 高恒文:《东南大学与"学衡派"》,桂林:广西师范大学出版社,2002年,第4页。其理由主要有两点,一是"学衡派"所在的东南大学在这一时期走向衰落,"学衡派"成员陆续离开该校,二是《学衡》在1926年12月停刊。虽然《学衡》杂志于1928年复刊,但该书作者认为复刊后《学衡》的性质已经发生了变化。
⑧ 沈卫威:《"学衡派"谱系:历史与叙事》,南京:南京大学出版社,2015年,第22—24页。

1933年7月停刊,但在此前后,原《学衡》的部分作者已转移到《国风》杂志,1941年后又转而以《思想与时代》为阵地。从大学场域来看,竺可桢于1936年4月执掌浙江大学后,多位"学衡派"成员聚集到了浙大。有研究者考证,全面抗战时期在浙大的"学衡派"成员计有梅光迪、张其昀、郭斌龢、张荫麟、王焕镳、缪钺、王庸、陈训慈八人[1],可见其声势之壮大。

(二)"学衡派"的教育主张

对于"学衡派"的教育主张,学界给予了较多的关注。

郑师渠指出,在教育目的方面,"学衡派"强调"教育之目的,在造出真正之人",尤其突出品德与爱国主义的教育;对于具体的教学,"学衡派"注重宏通教育,避免学生的知识结构失之褊狭,强调教育需要适应学生个性,并注重教学方法和学生的科研训练;对于教育制度,"学衡派"强调中国的教育制度不容许外国势力干涉,亦不能照搬欧美的教育体制,而应当结合中国固有文化,建立独立的教育制度[2]。

罗惠缙着重从德育层面考察"学衡派"的教育思想,认为"学衡派"的教育观念由两方面构成:一是对道德重要性的认知,二是主张沟通东西方道德精髓,融会贯通以培养健全的人格。他还指出,"学衡派"人才培养的具体目标是"博雅之士",即通识和通才之人[3]。

陈宝云具体探讨了"学衡派"的教育目的与内容,认为"学衡派"所说的"为人之道"指的是"惟仁且智乃合乎义",即知见与修养并重;同时指出,"学衡派"十分强调智识阶级的责任,认为教育界的学人应当成为"社会之先导"[4]。

---

[1] 沈卫威:《现代大学的两大学统——以民国时期的北京大学、东南大学—中央大学为主线考察》,《学术月刊》2010年第1期,第26页。

[2] 郑师渠:《在欧化与国粹之间——学衡派文化思想研究》,北京:北京师范大学出版社,2001年,第304—349页。

[3] 罗惠缙:《学衡派人文主义教育观念及实践初探》,《江西社会科学》2004年第10期,第125页。

[4] 陈宝云:《教以"成人"——学衡派教育思想诠释》,《理论界》2006年第2期,第117—119页。

李成军着重阐析了"学衡派"的国学教育思想,指出"学衡派"所倡导的国学教育以新人文主义思想为理论依据,以复活儒家道德教育思想为主要内容,尤其注重国学教育的现实指导意义,即克制随物质发展而日益膨胀之欲望①。

此外,对于"学衡派"主要人物如吴宓、胡先骕等的教育思想,也有学者进行了专门研究②,此不赘述。

(三)"学衡派"成员的留学生涯

"学衡派"主将梅光迪、吴宓均为哈佛大学教授白璧德的门生,因此,研究者对于"学衡派"成员留美期间的情况亦有所关注。然而,已有的研究多从文学史、思想史的视角切入,或关注梅光迪与胡适的"文白之争",或关注白璧德新人文主义思想对"学衡派"的影响,较少从教育史的角度探讨这一课题。从现有的研究来看,与这一时期"学衡派"成员的学业相关的成果主要集中于以下三个方面:(1)白璧德的教育思想及其产生的背景;(2)梅光迪、吴宓等师从白璧德的情形;(3)吴宓留美期间的学习情况。

王晴佳指出,受到德国学术的影响,19世纪末的美国大学教育与学术研究开始走向专业化,推崇专门的学问。与此同时,白璧德在哈佛求学期间的校长埃利奥特(C. W. Eliot)推行"选修制",让学生自由选课,不再把古典语言作为必修课。然而,白璧德本人却重通识而轻训诂,并对东方文化与古典语言兴趣浓厚,背离了当时的学术潮流。因此,尽管白璧德最终留在了哈佛执教,却几经坎坷,直至47岁才得以晋升为正教授。虽如此,白璧德的新人文主义与儒教影响下的传统中国文化之间有许多类似之处,对梅光迪、吴宓等认同中国传统文化的留美学生而言,最终投至白璧德门下绝非偶然③。

吴民祥认为,重建人文之维,造就"精神贵族"是白璧德的教育理想。白璧德

---

① 李成军:《近代国学教育思想研究》,浙江大学博士学位论文,2013年10月,第111—130页。

② 如,韩亚丽:《吴宓教育思想研究》,河北大学硕士学位论文,2007年6月;逄金龙:《胡先骕文教思想简论》,河北师范大学硕士学位论文,2007年6月。

③ 王晴佳:《白璧德与"学衡派"——一个学术文化史的比较研究》,《"中央研究院"近代史研究所集刊》第37期,2002年6月,第41—91页。

的新人文主义思想强调人文主义（humanism）与人道主义（humanitarianism）的区别：人道主义重博爱，人文主义重选择（指用理性来指导同情，而非任由同情心泛滥）。因此，对于当时哈佛校长埃利奥特推行的自由选修制度，白璧德极不赞同，认为这是对学生的过分迁就。在他看来，就大学生的心智而言，在选课方面往往避重就轻，尚不足以做出正确的判断。此外，对于美国大学日益受制于"物的法则"与科学方法的律条，陷入一种枯燥乏味、毫无生气的专业化与狭隘的职业主义中，导致人文精神衰落、民主精神扭曲的现象，白璧德也做了深刻的批判①。

段怀清在《白璧德与中国文化》一书中对梅光迪与吴宓师从白璧德的情况有所介绍②，由于该书的落脚点在思想文化层面，对此只是稍事叙述，而将重点放在了论述梅光迪、吴宓二人的思想与主张。

与梅光迪的情形不同，由于吴宓留美期间的日记以及《吴宓自编年谱》业已出版，他在这一时期的学习情况也得到了研究者的关注，且并不局限于师从白璧德时期。如张弘的《吴宓 理想的使者》一书，对吴宓从弗吉尼亚大学转到哈佛大学的过程，与梅光迪结识、进而师从白璧德的情形，以及相关课程的学习与课外阅读等均做了较为细致的梳理③。

（四）"学衡派"与南高师—东南大学—中央大学

《学衡》杂志的创刊与梅光迪、吴宓等所在的东南大学关系密切，学界对此也给予了较多的关注，其中以沈卫威的研究最具代表性。

在《"学衡派"谱系：历史与叙事》一书中，沈卫威从大学理念、大学学术、大学精神、大学张力、大学人事五个层面对"学衡派"所处的大学场域作了多角度的剖析。该书作者认为，在当时的中国大学中，存在着人文主义与实验主义两种大学理念的冲突。在东南大学内部，白璧德的门徒与杜威门徒之间的对立，即是这一冲突的体现。在大学学术层面，北京大学趋新，而东南大学

---

① 吴民祥：《人文之维与"精神贵族"：欧文·白璧德大学教育思想评析》，《比较教育研究》2011年第12期，第64—66页。
② 段怀清：《白璧德与中国文化》，北京：首都师范大学出版社，2006年，第171—212页。
③ 张弘：《吴宓 理想的使者》，北京：文津出版社，2005年，第37—78页。

守旧,呈现出截然不同的学术风格。就大学精神而言,可以"诚朴雄伟"概括南高师—东南大学的精神。在大学张力这一层面,作者着重分析了传统与现代的张力如何体现在东南大学—中央大学的相关刊物与课程设置当中,指出东南大学—中央大学的古典主义取向。在大学人事方面,作者重点谈及竺可桢于1936年执掌浙大之后,"学衡派"主要成员在浙江大学的活动[①]。

高恒文的专著《东南大学与"学衡派"》[②]文笔流畅,可读性甚强,但该书落脚点偏重于文学,对"学衡派"的文学主张及其与新文化运动的关系着墨较多,较少谈及其教学活动。其中关于"学衡派"成员在东南大学的情况,又大多取自《东南大学史》[③]及《吴宓自编年谱》[④]两书,所征引的文献稍显单薄。

此外,张雪蓉在《美国影响与中国大学变革(1915—1927)》一书中指出,美国的新人文主义者对杜威实用主义的批评,也影响到中国大学对现代大学精神的理解,并专章介绍了"学衡派"的主要教育主张及其对实用主义教育思潮的批评[⑤]。许小青《政局与学府》一书谈及《学衡》与东南校风,但主要是论述"学衡派"的教育主张,并未具体阐述其对东南大学校风的影响[⑥];不过,该书对罗家伦执掌中央大学的背景及相关教育举措有较为细致的梳理,极具参考价值。刘霁对东南大学西洋文学系的课程设置、课堂教学、教材的选择撰译等与《学衡》的互动关系加以考察[⑦],视角颇为新颖。陈宝云以《史地学报》学人群为研究个案(其代表人物如柳诒徵、缪凤林、张其昀均可归入"学衡派"),着重分析了这一群体的史地教育认知与实践。作者认为,《史地学报》学人群十分重视史地教育在涵养现代国家公民意识中的作用,同时极力阐发中国历

[①] 沈卫威:《"学衡派"谱系:历史与叙事》,南京:南京大学出版社,2015年,第189—311页。
[②] 高恒文:《东南大学与"学衡派"》,桂林:广西师范大学出版社,2002年。
[③] 朱斐主编:《东南大学史(第一卷)》(增订版),南京:东南大学出版社,1994年。
[④] 吴学昭整理:《吴宓自编年谱:1894—1925》,北京:生活·读书·新知三联书店,1995年。
[⑤] 张雪蓉:《美国影响与中国大学变革(1915—1927)——以国立东南大学为研究中心》,北京:华龄出版社,2006年,第196—225页。
[⑥] 许小青:《政局与学府:从东南大学到中央大学(1919—1937)》,北京:中国社会科学出版社,2009年,第57—74页。
[⑦] 刘霁:《学术网络、知识传播中的文学译介研究——以"学衡派"为中心》,复旦大学博士学位论文,2007年4月,第64—107页。

史文化的自信[1],这一结论值得参考。周勇对这一时期吴宓开设的西洋文学课程及柳诒徵的中国文化史课程做了考察[2],但失之简略。孙化显以梅光迪的文学概论课程作为个案,简要分析了"学衡派"学者群体如何融通中西文化与中西学术[3]。

(五) 吴宓与清华大学

吴宓早年毕业于清华学校,1925年后长期在清华任教,并于1925—1926年间担任清华国学研究院主任。对于这段历史,学界已多有研究,其中尤以清华国学研究院时期最为引人关注。

苏云峰在《从清华学堂到清华大学(1911—1929)》一书当中,对清华国学研究院设立的背景和筹备经过做了考察,论述了吴宓担任国学研究院主任及最终辞职的经过,同时着重讨论了吴宓主持拟定的《研究院章程》[4]。然而,由于此书出版之时《吴宓日记》尚未整理面世,相关论述仍嫌简略。孙敦恒编著的《清华国学研究院史话》一书后出转精,在某种程度上弥补了这一不足[5]。该书资料翔实,叙述流畅,极具参考价值,但由于其性质属于"史话",整体而言偏重相关史实的梳理,在研究的深度上稍有欠缺。

近年的研究成果中,较有创见的是李显裕的博士学位论文《清华国学研究院与近代中国学术的发展》[6]。论文第二章以"吴宓的文化理念与清华国学研究院"为题,研究了吴宓所持有的"学衡派"文化与学术理念如何与清华国学研究院的国学研究规划和理念产生学术精神上的同构及冲突,进而引发吴宓辞去国学院主任职务。作者认为,吴宓的去职,虽然有现实人事纷扰的因

---

[1] 陈宝云:《学术与国家:〈史地学报〉及其学人群研究》,合肥:安徽教育出版社,2010年,第237—280页。
[2] 周勇:《江南名校的中国文化教育》,北京:教育科学出版社,2008年,第202—214页。
[3] 孙化显:《和而不同:20世纪20年代东南大学的学者群体与知识生活》,《现代中国文化与文学》2012年第1期,第26—29页。
[4] 苏云峰:《从清华学堂到清华大学(1911—1929)》,台北:"中央研究院"近代史研究所,1996年,第319—328页。
[5] 孙敦恒编著:《清华国学研究院史话》,北京:清华大学出版社,2002年。
[6] 李显裕:《清华国学研究院与近代中国学术的发展》,台湾政治大学博士学位论文,2012年8月。

素,但同时与中国20世纪二三十年代主流的"新汉学"研究的学术风气息息相关,其背后含有深层的学术意义。

罗志田则从教育制度的角度探讨了这一问题。在他看来,吴宓在担任清华国学研究院主任期间,坚持讲授经史小学为主的"普通国学"与向西学开放的"专题研究"相结合的方针,以师生必须常川住院的密切接触方式挽救新教育体系下的师生疏离,通过分科以教授个人为主来颠覆西式的学科分类,是"一场小小的制度革命",但最终以吴宓辞职黯然结束[①]。

此外,关于吴宓在清华大学外文系任教期间的教育实践,研究成果亦为数甚多。不少学者谈及吴宓在开创中国比较文学方面的贡献[②],甚至有研究者就吴宓在清华开设的"文学与人生"课程进行了专题研究[③]。

(六)"学衡派"与浙江大学

由于浙江大学相关史料尚未大规模整理出版,对于"学衡派"成员在浙大的教育活动及其影响,目前学界仅有零星的研究。

张淑锵认为,"学衡派"是浙大学术文化的重要资源,以"学衡派"成员张其昀、张荫麟等为核心创办的《思想与时代》杂志,更是大大提升了浙大的人文学术文化影响。作者认为,"学衡派"之所以能再度崛起,主要有两方面的原因,一是其思想文化主张具有高度的学术文化价值,二是浙大校长竺可桢与"学衡派"几位主要成员素有渊源,部分认同"学衡派"的思想文化主张[④]。

对于"学衡派"成员梅光迪、郭斌龢、张荫麟、王焕镳等在浙江大学的教育实践,郭汾阳(散木)与沈卫威做了初步的梳理[⑤],但相关研究仍有待深入。

相较而言,抗战期间浙大创办的《思想与时代》杂志得到了更多的关注。

---

① 罗志田:《一次宁静的革命:清华国学院的独特追求》,《清华大学学报(哲学社会科学版)》2011年第2期,第5页。
② 相关文章参见李继凯、刘瑞春选编:《解析吴宓》,北京:社会科学文献出版社,2001年。
③ 高璇:《吴宓的〈文学与人生〉课程思想及其现实启示》,华东师范大学硕士学位论文,2008年5月。
④ 张淑锵:《学衡派:浙大学术文化的重要资源》,《浙江大学报》2008年10月17日,第4版。
⑤ 应向伟、郭汾阳编著:《名流浙大》,杭州:浙江大学出版社,2007年。沈卫威:《"学衡派"谱系:历史与叙事》,南京:南京大学出版社,2015年。散木:《浙大校歌谱曲者究竟是谁:兼说张清常、应尚能先生》,《博览群书》2007年第10期,第90—93页。

沈卫威认为,从《学衡》到《思想与时代》,标志着"学衡派"部分成员"由民族话语转向国家话语"[1],代表着国家观念的强化。段怀清指出,在《学衡》与《国风》时代,"东南学派"尚提不出自己的思想和文化哲学,直至《思想与时代》,才真正形成了现代中国保守主义思想的哲学体系[2]。何方昱则围绕《思想与时代》撰写了博士学位论文,其中专章介绍了这一期刊对通才教育的倡导及浙大史地系的通才教育实践[3]。

(七) 胡先骕与中正大学

"学衡派"的另一位主将胡先骕于1940—1944年间担任中正大学首任校长,与浙江大学的研究情况类似,目前相关研究较少,且研究者主要为江西师范大学的师生(中正大学为江西师范大学前身)。

20世纪80年代,彭友德对中正大学办学始末、教学工作、学术研究情况等做了初步的梳理[4],《江西师范大学校史》[5]一书对中正大学在胡先骕任内的教学情况亦有简要介绍。

柳志慎等梳理了胡先骕担任中正大学校长期间的贡献,特别指出:"胡先骕一贯做法是开放、包容、不拘一格广纳贤士,无门户之见,竭尽全力和尽一切可能聘请大批名流学者来中正大学执教。"[6]近年出版的《胡先骕教育思想与精神品格》[7]一书中,亦有部分文章谈及胡先骕主持中正大学的情况。

---

[1] 沈卫威:《"学衡派"谱系:历史与叙事》,南京:南京大学出版社,2015年,第152页。
[2] 段怀清:《曾经的思想与时代》,《传统与现代性:〈思想与时代〉文选》,杭州:浙江大学出版社,2007年,第23—24页。
[3] 何方昱:《"科学时代的人文主义":〈思想与时代〉月刊(1941—1948)研究》,上海:上海书店出版社,2008年,第212—251页。
[4] 彭友德:《国立中正大学始末概述》,《江西师范大学学报(哲学社会科学版)》1986年第1期,第96页。彭友德:《中正大学学术研究概况》,《江西师范大学学报(哲学社会科学版)》1986年第3期,第96页。彭友德:《中正大学的教学工作》,《江西师范大学学报(哲学社会科学版)》1987年第2期,第96页。
[5] 《江西师范大学校史》编写组:《江西师范大学校史》,内部印刷,1990年。该书在2000年、2010年均有修订。
[6] 柳志慎、胡启鹏、李红:《原国立中正大学首任校长胡先骕博士的风范——缅怀永远的老师》,《江西农业大学学报(社会科学版)》2010年第1期,第166页。
[7] 张艳国主编:《胡先骕教育思想与精神品格——纪念胡先骕诞辰120周年暨胡先骕教育思想研讨会论文集》,北京:中国社会科学出版社,2014年。

钟健从中正大学的筹备进程、人事任免、课程设置、人才培养及校长更替诸方面入手,探讨了大学与政府之间的关系,颇具新意。作者指出,中正大学的创办者、江西省政府主席熊式辉认同蒋介石"政教合一"的理想,而胡先骕的治校理念则是学术至上、学者治校,两种理念的冲突使得中正大学前四年的发展呈现出学术、政治之间交互结合与纷争的局面①。

如上所述,"学衡派"及其所代表的文化保守主义取向近年来引起了学界的浓厚兴趣,仅从教育史的角度而言,相关成果亦甚为丰富,为进一步的研究提供了较高的起点。

首先,就"学衡派"的定义而言,尽管学界存在分歧,但这同时也为研究者从狭义与广义两个方面理解"学衡派"提供了参考,并厘清了部分学者在其中所扮演的角色。其次,对于"学衡派"的教育主张,学界也做了多方面的探讨,从中可以看出,融通中西、造就通才是"学衡派"的教育理想所在。再者,学界对"学衡派"精神导师白璧德的教育思想及其产生的背景,以及其对"学衡派"的影响均有研究。最后,在教育理念与制度的层面,对"学衡派"与东南大学的研究揭示出了南北学风的差异以及新人文主义与实用主义在大学理念上的冲突;围绕吴宓与清华大学国学研究院展开的相关研究,揭示出通才教育与"新汉学"、传统教育与新式教育的冲突。

与此同时,已有的研究在某些方面仍未惬人意,大抵可归结为以下几点:

(1) 对相关人物与高校的研究不平衡。就人物而言,目前学界对吴宓的研究已相当充分,而对"学衡派"其他成员如梅光迪、胡先骕、柳诒徵等的研究则相对较为薄弱。以大学而论,以往的研究主要集中于东南大学时期的"学衡派",对于"学衡派"成员在东北大学、中央大学、浙江大学及中正大学的教

---

① 钟健:《学术与政治:抗战时期国民政府与国立高校关系初探——以胡先骕执掌国立中正大学为例》,《江西师范大学学报(哲学社会科学版)》2012年第2期,第103页。

育活动则关注较少①。

（2）对"学衡派"教育思想的研究仍有拓展的空间。已有的研究对"学衡派"的教育主张做了较好的归纳,但往往脱离了教育思想史这一宏观背景。白璧德与西方教育传统的关系,以及"学衡派"与中国传统教育思想的关系,似未能得到充分的阐发。此外,由于大多数研究者并非来自教育专业,在相关问题的讨论方面不免有隔膜(如沈卫威关于当时中国大学理念及其来源的论述)。

（3）相较而言,学界对"学衡派"的教育实践重视不够。事实上,脱离了具体的教育实践,对教育思想的研究亦难深入。例如,"学衡派"的教育思想在何种程度上落实到了教学当中? 其原因何在? 这些问题均须结合具体的历史情境进行探讨。在已有的研究当中,尽管有部分学者注意到了"学衡派"的教育活动,但其关注的重点往往在思想史而非教育史,因而更重视不同派别的纷争,而忽视了日常的教学。

综上所述,学界目前在"学衡派"研究方面取得了较为丰富的成果,但同时也存在一定的不足。对"学衡派"在中国近代教育史,特别是近代大学教育史上的地位与贡献进行全面而深入的探讨,实属必要。

三　概念界定

如题所示,本书旨在从教育史的角度对"学衡派"进行研究。在展开进一步的论述之前,有必要对本书涉及的主要概念略作界定。

本书认为,"学衡派"指的是以梅光迪、吴宓、胡先骕等为代表,秉持"昌明国粹,融化新知"的宗旨,在《学衡》及相关同人刊物上发表文章②,同时在特定

---

① 关于"学衡派"在东北大学的教育活动,就笔者管见所及,目前似仅有沈卫威有所涉及,然亦只是一笔带过,并未展开论述。参见沈卫威:《"学衡派"谱系:历史与叙事》,南京:南京大学出版社,2015年,第25页。

② 其他同人刊物包括:《史地学报》《大公报·文学副刊》《国风》《国命旬刊》《思想与时代》。

的大学场域相互声援的学者群体。依据上述标准,本书将下列学者归入"学衡派":梅光迪、吴宓、胡先骕、刘伯明、柳诒徵、汤用彤、缪凤林、景昌极、郭斌龢、张其昀、陈训慈、王焕镳、吴芳吉、缪钺、刘永济、李思纯、胡稷咸、刘朴。本书重点关注梅光迪、吴宓、胡先骕、刘伯明、柳诒徵、缪凤林、景昌极、郭斌龢、张其昀等几位主要成员。

在时间范围上,本书认同沈卫威的观点,即"学衡派"存续的时间并不等于《学衡》杂志存续的时间,而是一直延续到此后的整个民国时期。具体而言,本书以 1922 年 1 月《学衡》的创刊作为"学衡派"形成的标志,研究的下限则定为 1949 年。

在研究内容上,本书着重关注"学衡派"的人文教育思想和实践活动。关于"人文教育"这一概念,此处取其最宽泛的含义,即旨在培育人文素养的教育[①]。在此需要说明的是,为何以人文教育为重点来考察"学衡派"的教育主张与实践?

如前所述,"学衡派"一方面对传统文化持同情态度,另一方面则受到白璧德新人文主义的影响。正如钱穆所言,"中国文化,是一向看重'人文精神'的。世界上任何一民族,没有把教育看得比中国更重要"[②]。以儒学为主体的传统教育,基本可以纳入人文教育的范畴。而白璧德所主张的新人文主义教育,显然可称之为人文教育。因此,从这一角度来考察"学衡派"的教育思想与实践,当不致偏离其初衷。当然,"人文主义教育""新人文主义教育"与"人文教育"三个概念有广狭之别,考虑到下文相关章节将对此进行剖析,同时为了行文的方便,在通常情况下,文中径直使用"人文教育"一词。

[①] 《辞海》《汉语大词典》《教育大辞典》等通行的词典并未收录"人文教育"这一词条,学者文辅相认为,人文教育应当是关于"成人"的教育,其实质是人性教育,核心是涵养人文精神,其核心学科为文、史、哲、艺等人文类学科,笔者基本认同这一观点。参见文辅相:《我对人文教育的理解》,《中国大学教学》2004 年第 9 期,第 21—23 页。

[②] 钱穆:《中国历史精神》,《钱宾四先生全集》(第 29 卷),台北:联经出版事业公司,1998 年,第 107 页。

四　研究思路与史料

（一）研究思路

就研究思路而言，本书拟从理念与实践两个层面展开。

在理念层面，本书拟将"学衡派"的人文教育思想置于中西教育思想史的整体脉络中进行考察，同时兼顾时代背景。首先，本书拟重点分析"学衡派"人文教育思想中的"传统因子"，以及"学衡派"如何借助白璧德的思想对传统人文教育理念进行现代转化。其次，本书拟结合西方人文教育传统探讨白璧德的教育思想，分析其对"学衡派"的影响，同时旁及"学衡派"对古希腊教育思想的引介和对卢梭、杜威教育思想的批判。最后，近代各种教育思潮此起彼伏，如实用主义教育思潮、科学教育思潮等，"学衡派"对人文教育的倡导在其中占据何种地位，也将是本书探讨的主题之一。

至于实践层面，作为前奏，本书拟对"学衡派"主要成员所接受的传统人文教育及其留学经历进行梳理，着重关注梅光迪与吴宓二人。在主体部分，本书拟从纵向与横向两个层面对"学衡派"的教育活动进行梳理与分析。在纵向的层面，拟逐一对"学衡派"成员曾经执教的南高师—东南大学—中央大学、东北大学、清华大学、浙江大学、中正大学、武汉大学几所高校加以考察，并结合不同时期的政治、文化背景分析"学衡派"成员的分合。在横向的层面，本书力图将"学衡派"置于近代大学教育的整体格局中进行考察，对不同办学风格的高校展开比较，以凸显"学衡派"教育实践的特点。具体到"学衡派"的教学活动，本书拟着重关注以下问题：在承载传统人文教育的制度业已式微的情形下，"学衡派"如何依托现代大学开展其人文教育？"学衡派"主要成员均为"术业有专攻"的专家学者（如梅光迪、吴宓主攻西洋文学，胡先骕的专长为植物学，柳诒徵以史学研究著称），他们如何在各自的教学中贯彻其人文教育理想？

（二）文献史料

本书所涉及的文献史料主要包括：

1. 档案。哈佛大学藏有梅光迪、吴宓等人的学籍档案,同时亦保存了部分梅、吴等人与白璧德的通信及少量课程论文。笔者借助赴美学习交流之便,前往哈佛大学调阅了上述档案。《南大百年实录》①、《郭秉文与东南大学》②及《南京大学校史资料选编·第二卷》③收录了大量南高师—东南大学—中央大学档案,颇便查阅。此外,鉴于学界此前对"学衡派"在浙江大学、中正大学的教育活动关注较少,笔者分别查阅了上述两所大学的相关档案,在史料方面有所收获。

2. 报刊。已有研究对于与"学衡派"直接相关的报章刊物已有了充分的发掘,然其间似仍有遗漏。如浙江大学国命旬刊社于 1937—1939 年间出版的《国命旬刊》,似尚未引起研究者的关注。该刊的主要作者包括梅光迪、郭斌龢、张其昀、王焕镳等,显然应算作"学衡派"一系的刊物。就研究的角度而言,本书将着重关注上述刊物中与文化、教育相关的文章,以提炼出"学衡派"的人文教育理念及具体主张。此外,前述各大学往往办有校内刊物,如《清华周刊》《东北大学周刊》《国立浙江大学日刊》《国立中正大学校刊》等,其中涉及"学衡派"成员的教育言论及教学活动的部分,将是本书关注的重点。对于《大公报》《申报》《东方杂志》等主流报刊的相关报道,本书亦将留意。

3. 著述。"学衡派"主要成员中,柳诒徵、梅光迪、吴宓、胡先骕、张其昀均有文集行世,为研究者了解"学衡派"的文化与教育主张提供了极大的便利。此外,柳诒徵《中国文化史》④一书原本为课堂讲义,经作者增补之后出版,可作为研究"学衡派"教学内容的重要资料。吴宓《文学与人生》一书系根据其在清华大学讲授该课的提纲整理而成,并收录了部分试题,同样值得重视。

4. 日记。对本研究而言,目前已出版的 10 卷《吴宓日记》自然是极其重要

---

① 《南大百年实录》编辑组编:《南大百年实录》(全三册),南京:南京大学出版社,2002 年。
② 东南大学高等教育研究所编:《郭秉文与东南大学》,南京:东南大学出版社,2011 年。
③ 南京大学校史研究室编:《南京大学校史资料选编·第二卷:南京高师与东南大学时期》(上下册),南京:南京大学出版社,2019 年。
④ 据笔者所知,该书最早于 1921 年由南京高等师范学校作为讲义印行,后曾在《学衡》杂志连载,1928 年中央大学重印,1932 年由钟山书局正式出版,1948 年正中书局重版,并由作者本人撰写弁言。近年来此书多次重印,版本甚多,此不赘述。

的史料。这部分日记时间跨度为1910—1948年,涵盖了本书所涉及的各个时段。尽管在已有的研究当中,《吴宓日记》已得到了较为充分的利用,但其中所包含的教育史料,如反映教学情形、学校风气等方面的资料,似尚有进一步发掘、整理的空间。令人稍感遗憾的是,吴宓日记并非毫无间断,且有部分散佚,如1922年仅有7月1日至13日的日记,为相关时段的研究增加了难度。梅光迪1945年2月至10月的日记已收入其文集中,据闻近年又发现部分日记手稿[①],惜尚未见整理出版。此外如胡适、竺可桢、顾颉刚、丰子恺、刘节等学人的日记亦值得参阅。除此以外,冯斐的《流亡日记》一书亦颇具史料价值。该书作者曾担任浙大外文系助教,后将其抗战时期的日记自费整理出版,知者甚少。该书对于了解梅光迪主持浙大外文系的情形及浙大师生生活均有帮助。

5. 书信。近年出版的《吴宓书信集》提供了不少有关"学衡派"的新史料,其中如致白璧德、吴芳吉、郭斌龢等师友的信札,与本书的研究主题关系尤为密切。其他如《竺可桢全集》《张其昀先生文集》《梅光迪文存》等书中均收有数量不等的函件,亦可资利用。

6. 回忆。由于本书偏重于人物,故对于回忆录、自传、自编年谱、纪念文集等回忆类的著述、文章尤为倚重。如《吴宓自编年谱》一书,可与《吴宓日记》互为补充,其中关于谱主早年所受教育的描述,尤其值得重视。不过,由于编撰年谱时作者年事已高,书中部分细节不尽准确。再如柳诒徵纪念文集《劬堂学记》一书,收录了多篇柳门弟子的回忆,生动展现了柳诒徵在课堂上的风采。《追忆吴宓》一书的性质与此相似,汇集了大量亲友及晚辈的文章,可资参考。此外较为重要者,尚有梅光迪夫人梅李今英的英文回忆录《山高水长》(Flash-backs of a Running Soul),该书有大量篇幅涉及东南大学及浙江大学,目前似尚未得到研究者的充分关注。

---

① 参见眉睫:《梅光迪研究的历史与现状》,《文学史上的失踪者》,北京:金城出版社,2013年,第211页。

第一章
初露头角：留美学生与"学衡派"的发轫

在近代中国大学教育史上，留美学生扮演了极为重要的角色，本书所要探讨的"学衡派"即发轫于近代留美学界。与多数同辈人不同，以梅光迪、吴宓等为代表的"学衡派"并未高举"西化"的大旗，而是对中国人文传统多了几分温情与敬意，持相对稳健的文化立场。作为得风气之先的留洋学子，梅、吴等人为何会有此等"保守"的主张？欲解答这一问题，则势必要对近代中国的教育转型及上述学人的求学经历做一番回顾。

一 "学衡派"成员与传统人文教育

（一）晚清教育改革与文教之存续

中国的人文教育传统源远流长，正如史家陈寅恪所言，"吾民族所承受文化之内容，为一种人文主义之教育"[①]。以儒家为代表的中国文化，历来重视学者人格的涵养与学识的积淀。纵使是在风雨飘摇的晚清，这一人文传统仍余晖尚存。

[①] 陈寅恪：《吾国学术之现状及清华之职责》，《陈寅恪集·金明馆丛稿二编》，北京：生活·读书·新知三联书店，2009年，第362页。

以京师同文馆为例。一方面,创设于1862年的京师同文馆乃中国新式教育的肇端;但在另一方面,其主事者却仍带有浓重的儒家色彩。在清末名士辜鸿铭的一则笔记当中,对此有过生动的描绘①:

> 余同乡故友蔡毅若观察,名锡勇,言幼年入广东同文馆肄习英文,嗣经选送京师同文馆肄业。偕同学入都,至馆门首,刚下车卸装,见一长髯老翁,欢喜迎入,慰劳备至。遂带同至馆舍,遍导引观。每至一处,则告之曰,"此斋舍也""此讲堂也""此饭厅也",指示殆遍。其貌温然,其言霭然,诸生但知为长者,而不知为何人。后询诸生曰:"午餐未?"诸生答曰:"未餐。"老翁即传呼提调官。旋见一红顶花翎者旁立,貌甚恭。诸生始知适才所见之老翁,乃今日当朝之宰相文中堂(文祥——笔者注)也。

儒家所强调之人文修养常给人以"空疏"之感,但在此处,儒家人格却如此具体而微地呈现在这样一位清朝"洋务派"重臣身上,这一景象着实耐人寻味。

若由个体扩展到社会与国家,制度化的儒学同样将人文教育放在极为重要的位置上。如研究者所言,"儒家政治的最高理想是某种'政教合一'的观念,在这种对政治的特殊理解中,政治的主要内涵是'养',施政的主要目的是让人受文化濡染,所谓'人文化成'。因此,政治事务中不仅应有文化和教育,而且它就是文教本身"②。教育与政治二者的交织,一方面增强了教育的影响力,另一方面却削弱了其独立性。从这一视角来看,甲午战败后清廷在教育上的种种改革,正是这样一种试图维持"政教合一"的努力,其目的既是"保大清",也是"保名教"。

1898年6月11日,在康有为、梁启超等维新派人士的倡议下,光绪皇帝

---

① 辜鸿铭:《辜鸿铭的笔记》,台北:西南书局,1978年,第3—4页。
② 维舟:《失败的拯救:儒家政治最后的努力》,2015年3月16日,http://book.douban.com/review/7415249/,查阅日期:2015年12月4日。

正式发起变法。7月10日,清廷命各省府厅州县将现有之大小书院一律改为兼习中西学之学校,首次在政策层面对全国教育作整体的结构性调整。与此同时,朝廷以上谕形式将张之洞的《劝学篇》颁行天下,以"中体西用"作为教育改革的指导思想。张之洞指出,"今日学者,必先通经以明我中国先圣先师立教之旨,考史以识我中国历代之治乱、九州之风土,涉猎子集以通我中国之学术文章,然后择西学之可以补吾阙者用之,西政之可以起吾疾者取之"①。尽管其最终目的仍是培养"具有'忠君爱国'意识而又掌握西方科学技术知识的封建臣民"②,但张之洞强调在保存本民族固有文化的基础之上,有意识地吸收外来文化,其主张仍具有一定的合理性③。梁启超与张之洞政见虽不尽相同,却也坦言"中体西用"之说在清末颇得朝野上下赞同,"举国以为至言"④。

戊戌变法仅维持三个月便告失败,相关教育改革也陷于停滞。1900年八国联军侵华,再一次震动了清政府。1901年1月,清廷痛定思痛,试图通过推行"新政"挽救自身的统治。教育层面的改革,大体由张之洞主持,其内容主要集中于三个方面:一是改书院为学堂,二是建立近代学制,三是废除科举制度。从指导思想来看,清末新政时期的教育改革基本延续了此前"中体西用"的思路,着重强调维护儒学的主导地位。

---

① 张之洞:《张文襄公全集》(第四册),北京:中国书店,1990年,第559页。

② 田正平主编:《中国教育史研究·近代分卷》,上海:华东师范大学出版社,2009年,第347页。

③ 事实上,陈寅恪便在张之洞的基础之上对"中体西用"说有所发挥。陈寅恪以"独立之精神,自由之思想"为现代知识分子树立了典范,其观念不可谓不新;而他却自陈"思想囿于咸丰同治之世,议论近乎湘乡南皮(曾国藩、张之洞——笔者注)之间",后一句正是指"中体西用"之说。吴宓1961年南下广州探视陈寅恪时,亦曾在日记中谈及这一点:"寅恪兄之思想及主张,毫未改变,即仍遵守昔年'中学为体,西学为用'之说(中国文化本位论)……即是中国应走'第三条路线'……独立自主,自保其民族之道德、精神、文化,而不应'一边倒',为 C. C. C. P.(苏联——笔者注)之附庸。"简而言之,陈寅恪抛弃了张之洞学说当中维护帝制的一面,着重强调"中体西用"说在文化层面的重要意义。参见陈寅恪:《冯友兰〈中国哲学史〉下册审查报告》,《陈寅恪集·金明馆丛稿二编》,北京:生活·读书·新知三联书店,2009年,第285页。吴学昭整理注释:《吴宓日记续编》(第五册),北京:生活·读书·新知三联书店,2006年,第160页。

④ 梁启超:《清代学术概论》,《饮冰室合集》(第八册),北京:中华书局,1989年,第71页。

举例而言,清廷 1901 年 9 月 14 日发布上谕,强调改书院为学堂及兴办学校二者并举,并着重指出:"其教法当以四书五经纲常大义为主,以历代史鉴及中外政治艺学为辅。"①谕旨当中维护纲常名教的意识表露无遗。1904 年 1 月 13 日,张百熙、荣庆、张之洞联名进呈《奏定学堂章程》,其中明确指出:"至于立学宗旨,无论何等学堂,均以忠孝为本,以中国经史之学为基。"②纵观整个学制系统,"读经讲经"课的比重极大,初等小学堂占课程总时数的五分之二,高等小学堂占三分之一,中学堂占四分之一,大学设有经学科③。在大学之上,又设有通儒院。以儒学为本的思想可谓贯穿"癸卯学制"的始终。与此同时,三人又共同奏请递减科举。为打消清廷的疑虑,张之洞等特别强调:"兹臣等现拟各学堂课程,于中学尤为注重。凡中国向有之经学、史学、文学、理学,无不包举靡遗。凡科举之所讲习者,学堂无不优为。学堂之所兼通者,科举皆所未备。"④因此,尽管科举制在次年即宣告废除,传统的经史子集等学问却借助新学制在课程体系中占得一席之地,其全面性与系统性甚至超过科举时代。

如上所述,在适当接受西学的同时,不废弃传统儒学,成为清末教育改革的基调。其主要目的是维护清廷的统治,但在客观上起到了保存传统人文教育的效果。"学衡派"的主要成员正是在此背景下成长起来的。

(二)"学衡派"主要成员早期教育经历概述

早年教育经历对个人的文化立场往往有重要影响,"学衡派"亦不例外。其主要成员的成长经历既受到国家文教政策的影响,同时又由于出生地域、家庭环境等因素的不同而各具特点。

---

① 朱寿朋编:《光绪朝东华录》(第四册),北京:中华书局,1958 年,第 4719 页。
② 朱有瓛主编:《中国近代学制史料》(第二辑上册),上海:华东师范大学出版社,1987 年,第 78 页。
③ 参见孙培青主编:《中国教育史》(第三版),上海:华东师范大学出版社,2009 年,第 349 页。
④ 朱寿朋编:《光绪朝东华录》(第四册),北京:中华书局,1958 年,第 5127 页。

表 1-1 "学衡派"主要成员早期教育经历简况表

姓名	生卒年	籍贯	家庭背景	求学经历	治学方向
梅光迪	1890—1945	安徽宣城	士绅之家	私塾—安徽高等学堂—复旦公学—清华学堂—威斯康星大学—美国西北大学—哈佛大学	西洋文学
吴宓	1894—1978	陕西泾阳	士商结合	私塾—宏道高等学堂—清华学堂—弗吉尼亚大学—哈佛大学	西洋文学
胡先骕	1894—1968	江西新建	官宦之家	家塾—洪都中学堂—京师大学堂预科—加利福尼亚大学—哈佛大学	植物学
刘伯明	1887—1923	江苏江宁	基督教家庭	汇文书院—游学日本—美国西北大学	西洋哲学、中国哲学
柳诒徵	1880—1956	江苏镇江	儒学世家	家学—培风书院—游学日本	中国史
缪凤林	1899—1959	浙江富阳	士绅之家	私塾—杭县私立宗文中学—南高师—东南大学—南京支那内学院	中国史
景昌极	1903—1982	江苏泰州	地主家庭	私塾—泰州伍成小学—南京省立第一中学—南高师—东南大学—南京支那内学院	哲学、佛学
郭斌龢	1900—1987	江苏江阴	士绅之家	家学—杨舍镇梁丰小学—南高师—香港大学—哈佛大学—牛津大学	古希腊哲学、西洋文学、中国文学
张其昀	1901—1985	浙江鄞县	士绅之家	鄞县第四高级小学—浙江省立第四中学—南高师—东南大学	历史地理学

备注：表格内容多参考个人年谱、传记等材料，不具录。

根据出生的年代，大致可将上述"学衡派"成员划分为三个层级：出生于 1880 年的柳诒徵资格最老，为"学衡派"的旧学领袖；出生于 1890 年前后的刘伯明、梅光迪、吴宓、胡先骕可算作"学衡派"的中坚；出生于 1900 年前后的缪凤林、景昌极、郭斌龢、张其昀则可视为"学衡派"中的后辈。

从籍贯来看,上述成员中以江苏籍为最多,共有 4 人,这与"学衡派"的大本营东南大学位于南京有一定的关系,其次是浙江籍,共计 2 人,其余 3 位核心成员梅光迪、吴宓、胡先骕分别来自安徽、陕西、江西,可见"学衡派"的地域文化特征并不明显。

就家庭背景而言,"学衡派"成员的家境大多较为殷实。其中胡先骕曾祖胡家玉为道光朝探花,官至都察院左都御史;祖父胡庭风为光绪朝探花,曾代理两广总督;父亲胡承弼为举人,官至内阁中书[①],为典型的官宦之家。以背景相对普通的景昌极而论,家中亦拥有数十亩田产,并无衣食之忧[②]。上述状况也使得多数"学衡派"成员有条件接受相对良好的家庭教育与学校教育。

从上述"学衡派"成员的求学经历来看,大致可根据出生年代的不同而划分为三种模式:

(1)"学衡派"当中最为年长的柳诒徵成长于科举时代,接受的是旧式教育。柳氏自陈:"我自幼从母亲读四书、五经、《孝经》、《尔雅》、《周礼》,以及古文、《古诗源》、唐诗。天天要背诵。自七岁至十五六岁,逐日念生书、背熟书……"[③]常年的记诵固然使柳诒徵对传统典籍十分熟悉,但实际效果并不好。柳氏坦言,"彼时我虽读了许多书,也不知道如何讲解,更不知道如何讲求经学"[④]。这一时期柳诒徵亦跟随伯舅、仲舅学习八股文,并在 17 岁时考中秀才。难能可贵的是,出身儒学世家的柳诒徵有志于继承先祖的学问品行,并不以功名自限。在读书之余,柳氏常向同乡前辈学者请教,渐窥学问之门径。1903 年,柳诒徵陪同江楚编译局总纂缪荃孙赴日考察,对西学亦有所接触。

(2)随着时代的变化,梅光迪、吴宓、胡先骕、刘伯明等"学衡派"中坚的教育经历与柳诒徵已有所不同。梅、吴等人幼时在家庭或私塾当中接受传统教

[①] 胡宗刚:《胡先骕先生年谱长编》,南昌:江西教育出版社,2008 年,第 1—7 页。
[②] 参见许均:《哲学家景幼南传》,泰州市哲学学会编:《泰州市哲学学会成立十周年纪念集》,泰州:泰州人民印刷厂,1996 年,第 147 页。
[③] 柳诒徵:《我的自述》,柳曾符、柳佳编:《劬堂学记》,上海:上海书店出版社,2002 年,第 11 页。
[④] 柳诒徵:《我的自述》,柳曾符、柳佳编:《劬堂学记》,上海:上海书店出版社,2002 年,第 11 页。

育,1905年废除科举后转入新式学堂就读,此后又赴美留学,系统接受西方大学教育。几位主要成员当中,刘伯明的情况较为特殊。刘氏出身基督教家庭,早年在教会学校就读,日后则服膺儒学,展现出基督教文化与中国传统文化融会的可能性。

（3）缪凤林、郭斌龢、张其昀等"学衡派"后起之秀成长的环境又有所变化。出生于19、20世纪之交的这几位学人早年几乎完全接受新式教育,在其就读中小学期间,时代已由晚清跨入民国。民初教育界虽采取了一系列"除旧布新"的举措,但其影响并未迅速扩展到各地方学校。以张其昀所在的浙江省立第四中学为例,该校国文教员陈康黼极为推崇曾国藩,史学教员洪允祥则鼓励学生取法两位宁波乡贤——著名史家万斯同及全祖望,积极投身学术[①],张氏因此对传统文史之学有较多认同。上述几位学人此后又考入南京高等师范学校,直接受到柳诒徵、梅光迪、吴宓等学者的影响,对传统文化持同情态度。

就治学方向而言,"学衡派"主要成员的学术兴趣不尽相同,涵盖的领域较广,既有中国哲学、中国史等"旧学",也有西洋文学、西洋哲学等"新知";既有文史哲等人文学科,也有植物学、历史地理学等自然科学或交叉学科。由此可知,"学衡派"成员并非研习"四部之学"的旧式学人,而是现代学科体系下各具专长的新式学者。

在"学衡派"形成的过程中,梅光迪、吴宓起到了最为关键的作用,下文即以梅、吴二人为个案,进一步分析其成长经历与心路历程。

（三）梅光迪早期教育经历

梅光迪(1890—1945),字迪生,号觐庄,安徽宣城人。宣城为中国历史文化名城之一。其地位于安徽东南部,东临浙江,南倚黄山,为江东大郡。唐人李白诗中有"两水夹明镜,双桥落彩虹"(《秋登宣城谢朓北楼》)之句,极写当

[①] 参见张其昀:《〈中华五千年史〉自序(一)》,《张其昀先生文集》编辑委员会、中国国民党中央党史委员会编:《张其昀先生文集》(第20册),台北:"中国文化大学"出版部,1989年,第10836页。张其昀:《自述著述的经过》,《张其昀先生文集》编辑委员会、中国国民党中央党史委员会编:《张其昀先生文集》(第10册),台北:"中国文化大学"出版部,1988年,第5067—5068页。

地景致之美。宣城梅氏乃当地望族,其远祖梅远于唐昭宗光化年间入宣州刺史王茂章幕中,天祐年间任宣城掾。梅远曾孙梅询、玄孙梅尧臣为宋代著名文人。其后历代亦不乏人才,如元代大儒梅致和,晚明学者梅守德、戏剧家梅鼎祚、文字学家梅膺祚、文学家梅朗中,清初黄山画派巨擘梅清、梅庚,康乾年间大数学家梅文鼎、梅瑴成,晚清桐城派领袖梅曾亮等[1]。梅光迪在族谱中属宛陵梅氏章务望一支,其父梅藻为廪贡生,堂叔祖举瞉为太学生。梅光迪祖、父辈虽非声名显赫,但尚能耕读传家,维持家风于不坠。

作为这一望族的后裔,梅光迪对传统文化有天然的亲近之感。在日记中,他曾不无自豪地写道:"宣城梅氏在中国族姓中实为最光荣之一也。予考宣城梅氏所产人物有两种,一为文艺家,一为数学家。……梅氏家风,合文学与科学而为一,在吾国尤绝无仅有。"[2]除浓厚的宗族感情以外,其中更展现出对于人文与科学二者兼容并包的态度,尤为难能可贵。

梅光迪自1894年起在父亲梅藻执教的私塾中就读,开始接触"四书"。就学术取向来看,梅藻极为重视经世致用,对汉学、宋学均有所批评。在一封家书中,梅藻指出,"经学一道,自汉以来,注疏家支离穿凿,害人不浅……非具有特别眼光魄力,终不免为古人之奴隶。古称经生无用,正坐此弊耳"[3]。其中对章句之儒的不满已跃然纸上。对于先秦诸子,梅藻亦从事功的角度做出积极评价:"如《庄子》《荀子》《墨子》《管子》《晏子》《老子》等书皆可看,因各书中皆各有道理,不屑屑寄人篱下,均不失为豪杰之材,非若人云亦云,多假装门面语也。'管晏杂霸,圣门羞称',此语最害事。管晏在当时,亦不得不谓之小有成就,事多征实,非空疏无据者可比。其长处亦自可采,若概一笔抹倒,则冤矣。"[4]晚清国势衰颓,作为宋明理学与乾嘉考据之学的反动,经世实学一时蔚为风气,梅藻显然也受到这一思潮的影响。可以想见,幼年梅光迪耳濡

---

[1] 参见眉睫:《梅光迪年表》,《文学史上的失踪者》,北京:金城出版社,2013年,第212页。
[2] 中华梅氏文化研究会编:《梅光迪文存》,武汉:华中师范大学出版社,2011年,第561页。
[3] 《梅先生尊翁教子书》,罗岗、陈春艳编:《梅光迪文录》,沈阳:辽宁教育出版社,2001年,第200页。
[4] 《梅先生尊翁教子书》,罗岗、陈春艳编:《梅光迪文录》,沈阳:辽宁教育出版社,2001年,第188页。

目染的正是这一实学思想。

此外,乡儒中亦不乏开明之士,其中岩山先生给梅光迪留下了尤为深刻的印象:"迪自五岁入塾受学,先生方以高年盛德,为乡里所钦仰。时曳杖来塾,闻书声琅琅,则大喜。儿童有俊异者,先生则手自抚摩之,如己出。每至则人坐乃去,去而未少旋又来。兴至则与师从谈稗官小说,口角飞沫,须髯辄张,目光炯炯动人。迪辈常辍读听,神为之往。"[①]可见当时的私塾生活亦并非仅有囫囵吞枣、埋头苦读的沉闷景象。

1902年,13岁的梅光迪通过县试,被乡人目为神童。1905年,梅光迪入读安徽高等学堂。该学堂前身为安庆敬敷书院,1902年改为安徽大学堂。1904年"癸卯学制"颁布后,又奉命改为高等学堂(其性质相当于大学预科),总教习为桐城派后期代表人物姚永概。

1906年3月,近代著名翻译家、教育家严复出任安徽高等学堂监督,针对学堂当时学风散漫、重中学而轻西学等弊端,进行了大胆的改革,主要措施为裁汰冗员、整顿学风、加强数学与英文的教学等。据统计,这一时期安徽高等学堂开设课程有经学伦理、中国文、外国文、中国史、外国史、英文、中国舆地、外国舆地、数学、心理、生理、论理、天文地质、地文地质、物理、化学、动植、法律、兵制、动静力、理财[②],可谓中西兼备。由此可知,梅光迪在青少年时期即对西方学问有所接触。

严复的改革操之过急,触犯了安徽当地士绅的利益,也引起部分师生的不满。加之严复同时担任安徽高等学堂与复旦公学两校之监督,分身乏术,在办学中又有任人唯亲之嫌,难免贻人口实。1907年5月,数十名学生掀起学潮,驱逐斋务长周献琛,同时纠集全校学生罢课。6月5日,严复辞去安徽高等学堂监督之职。梅光迪也在这一年肄业,并于1908年初入读复旦公学[③]。严复此时仍担任复旦公学监督,由此推断,梅光迪对于这位近代思想界的著

---

① 原文断句似有误,引用时略有调整。参见梅光迪:《岩山先生墓表》,中华梅氏文化研究会编:《梅光迪文存》,武汉:华中师范大学出版社,2011年,第10—11页。
② 《奏派调查安徽学务员报告书》,《学部官报》第38期,1907年,第362—363页。
③ 参见张仲民:《陈寅恪与复旦公学关系考》,《中国文化》2013年第1期,第170页。

名人物当颇有好感。

从内陆省会来到得风气之先的上海,梅光迪的视野自然也为之一新。复旦公学由马相伯、严复等人在1905年创办,性质为高等学堂。其学生的专业方向分为两类,一类为政法科、文科、商科大学之预备;一类为工科、理科、农科大学之预备,学制均为三年。在高等科之外,又另设近于中学性质的预科。梅光迪所读的是哪一专业方向,目前已不易考证。就复旦的整体风气而言,以下两点值得注意:一是重视国学,发现学生"有意唾弃国学","虽录取亦随时屏斥";二是重视外语,除国文、历史、地理及伦理外,其他学科采用外语课本,运用外语教学①。这一中西并重的办学思路对梅光迪当有潜移默化的影响。

当时就读于复旦的学生,亦多为同辈中的佼佼者。梅光迪的同学当中,便包括竺可桢、陈寅恪、刘永济等日后的知名学者②。1909年,梅光迪由室友胡绍庭引介,结识了时在中国新公学担任英文教员的安徽同乡胡适。1910年夏,两人在赴京参加第二届庚款留美考试的舟中相遇,由此交往更密。这一年胡适顺利考取,赴康奈尔大学读农学,而梅光迪则铩羽而归。第二年春,游美学务处将下设的游美肄业馆更名为清华学堂,梅光迪进入清华学堂就读,并在这一年的庚款考试中获得留美资格,入读威斯康星大学③。

赴美前后,梅光迪与胡适通信甚为频繁,我们从中大抵能窥见梅光迪早年的学问功底与文化倾向。

在其中一封信里,梅光迪向胡适介绍了自己的藏书,这一书单颇值得注意。梅光迪写道:"迪此次经学携有《十三经注疏》、《经籍纂诂》、《经义述闻》、段氏《说文》,史学有四史、《九朝纪事本末》、《国语》、《国策》、《文献通考详

---

① 《复旦大学百年志》编纂委员会编:《复旦大学百年志(1905—2005)》(上卷),上海:复旦大学出版社,2005年,第19—20页。

② 竺可桢、陈寅恪在丙班,梅光迪、刘永济在己班。参见《复旦公学章程》,上海:商务印书馆,出版时间不详(约为1908年),第29—37页。

③ 根据当时报道,可知第三届庚款留美考试在排名时按照游美考试"所得分数及平时品行学业积分平均核算",共录取63人,梅光迪排第29名。参见《游美学务处来件·奏设游美学务处示一》,《申报》1911年7月9日,第3张第2版。

节》《十七史商榷》，诗文集有昌黎、临川、少陵、香山、太白、温飞卿、李长吉、吴梅村及归、方、姚、施愚山、梅伯言诸家，又有子书廿八种。此外，又有陆宣公及象山、阳明、梨洲诸家。总集有《文选》《乐府诗集》《十八家诗钞》《古文辞类纂》，词类有《历代名人词选》《花间集》，理学书有《理学宗传》《明儒学案》，余尚有杂书十余种。……迪一切学问皆无根底，现拟于此数年内专攻经书、子书、《史记》、《汉书》、《文选》、《说文》，以立定脚跟。亦昌黎所谓非三代两汉之书不敢观之意也。"①文中的方、姚、梅伯言指桐城派的方苞、姚鼐与梅曾亮，可见梅光迪对于"桐城义法"②颇有会心。信中提及的其他古籍广涉经史子集，足见梅光迪兴趣广泛。另一方面，作为一名追求新知的留学生，甫出国门即大谈如何阅读中国古书，难免让人有"不务正业"之感，事实是否果真如此呢？

在另一封信中，梅光迪向胡适吐露了自己的雄心壮志："吾人生于今日之中国，学问之责独重。于国学则当洗尽二千年来之谬说；于欧学则当探其文化之原与所以致盛之由。能合中西于一，乃吾人之第一快事。"③可见梅光迪同样有志于研究西方文化，并试图在探本求源的基础上实现中西会通。

纵观梅光迪早年的成长经历，可以看到，受家庭环境影响，梅光迪幼年即深受儒学熏陶，少年时期所就读的安徽高等学堂、复旦公学对于以儒学为代表的中国传统文化亦持肯定态度，这在一定程度上促成了梅光迪对传统文化的认同。具体而言，这一时期梅光迪在文学立场上接近桐城派，对于儒学则更强调其经世致用的一面。对于西学，梅光迪在读书时代即对西方文化与现代科学有所接触，却并未因此丧失对传统文化的信心，而是试图探索

---

① 中华梅氏文化研究会编：《梅光迪文存》，武汉：华中师范大学出版社，2011年，第521页。信札内容据手稿（收入《胡适遗稿及秘藏书信》第33册）略有订正。

② "桐城义法"之"义"指"言之有物"，"法"指"言之有序"，即思想内容与文章技巧二者并重。

③ 中华梅氏文化研究会编：《梅光迪文存》，武汉：华中师范大学出版社，2011年，第504页。梅光迪此处所谓"洗尽二千年来之谬说"，并非全面否定儒学，而是指肃清汉学、宋学的影响，以经世致用为归依，复兴先秦儒学。参见肖朗、朱鲜峰：《"文化保守主义"的另一面——试论"学衡派"对中国传统的反思》，《社会科学战线》2016年第3期，第79—80页。

出一条会通中西文化的路径。此后,这一理想又深刻影响了梅光迪的人生选择。

(四) 吴宓早期教育经历

梅光迪大概未曾想到,自己日后会与胡适反目成仇,却和另外一位庚款留美生吴宓结为同道知己。

吴宓(1894—1978),字雨僧,陕西泾阳人。泾阳地处陕西中部,自北宋理学家张载创立"关学"以来,此地历来是"关学"重镇。与其他儒学流派相比,"关学"在强调个人道德修养的同时,也重视"通经致用"。受这一思想影响,在中国近代教育转型的过程当中,关中地区也走在了时代的前列。

1887年,关中大儒刘古愚主持泾阳味经书院,对课程进行改革,"其课以经学、史学、道学、政学为主,而天文、地舆、算法、掌故各学附之"①。在当时书院多强调课艺之学的风气当中,这一中西并重的改革举措殊为难得,对泾阳的文化教育发展产生了深远影响。

吴家为泾阳当地一大家族,族人亦多曾入泾阳书院就读,吴宓生父吴建寅、嗣父吴建常均曾从学于刘古愚。吴宓少年时期所就读的私塾、学堂亦多由刘古愚弟子主持,可见这位关中大儒对吴宓家族的影响。多年后,吴宓重读刘古愚的《烟霞草堂文集》,不禁感慨系之:"古愚太夫子之精心毅力,其一腔热诚及刻苦实行之处,宓自谓颇似之。愿更奋勉,而有所进焉。"②显然,刘古愚的人格与主张对吴宓均有潜移默化的影响。

与梅光迪相似,除了诵读传统典籍之外,吴宓在少年时代即对西学有所接触。吴宓回忆,自己早年曾由继母雷氏在家中教读,用的是嗣父从上海寄来的书报:"以仁和叶澜、叶瀚兄弟所编印之《蒙学报》为课本。兼读《泰西新史揽要》《地球韵言》等书。又翻阅每期《新民丛报》,甚喜之。"③吴宓嗣父吴建

---

① 刘古愚:《陕甘味经书院志·教法(上、下)》,《刘古愚教育论文选注》编委会编:《刘古愚教育论文选注》,西安:陕西人民出版社,1988年,第185—186页。
② 吴学昭整理注释:《吴宓日记》(第三册),北京:生活·读书·新知三联书店,1998年,第202页。
③ 吴学昭整理:《吴宓自编年谱:1894—1925》,北京:生活·读书·新知三联书店,1995年,第46—47页。

常性好游历,加之债务缠身,此时避居上海。从这些书报来看,其思想在当时颇为进步,吴宓本人也因此受到梁启超启蒙思想的影响。

但在同时,吴建常仍十分强调传统儒家道德文化修养,这从他日后写给吴宓的家书中也透露出一二:"父复谕,谓治心,学为最要,然冲淡闲适之境,极不易到。浩然之气,须集义以善养。……行义愈多,则此心愈安,遇事乃不役于物。"①受家庭的影响,吴宓自小便对儒学产生了认同之感。

1903年起,吴宓先后在数所私塾就读,并在1906年冬考入三原宏道高等学堂预科(相当于五年制中学)。据吴宓回忆,宏道高等学堂开设的课程有国文、英文、日文、数学、物理、化学、地理、中外历史、博物学、图画、体育、兵操等。其中吴宓对中外历史课教师范卓甫印象最深,认为其自编的讲义使自己"不但多得确切之历史知识,且中文之辞亦多所长进也"②。此外,当时清廷为加快引进新知,曾大量聘请日本教习,宏道高等学堂亦聘有日本教习四人,但水平参差不齐。就读宏道高等学堂期间,吴宓对文学表现出极大的兴趣,接触了不少明清文人的诗词,如陈维崧《湖海楼集》、吴伟业《吴梅村诗集》等,也大量阅读《孽海花》《老残游记》等新出的白话小说。

经过四年的学习,吴宓于1910年6月从宏道高等学堂预科提前毕业。此前一个月,吴宓已考取即将成立的清华学堂,次年春季入学。与梅光迪不同的是,吴宓属于"游美第二格学生"③,需要在清华就读数年,毕业后统一派遣留美。

1911年3月3日,清华学堂正式开学,学生大体分为中等、高等两科,并未具体划分年级,而是根据学生的意愿及能力分别安排课表。这一年暑间,张伯苓出任清华教务长,明确将中等科学制定为五年,高等科定为三年。秋季开学后,吴宓被编入中等科四年级。

---

① 吴学昭整理注释:《吴宓日记》(第一册),北京:生活·读书·新知三联书店,1998年,第402页。

② 吴学昭整理:《吴宓自编年谱:1894—1925》,北京:生活·读书·新知三联书店,1995年,第77页。

③ 当时清华采用八年一贯制,分为中等和高等两个阶段,大致各为四年(其间略有调整)。"游美第二格学生"即中等科学生。

表 1-2　清华学堂课程简表（1911 年 9 月）

科别	课程
中等科	修身　国文　英文　算术　代数　几何　三角　中国历史　中国地理　外国历史　外国地理　博物　物理　化学　地文地质　手工　图画　乐歌　体操
高等科	修身　国文　英文　世界历史　美国史　高等代数　几何　三角　解析几何　物理　化学　动物学　植物学　矿物学　生理学　法文或德文　拉丁文　手工　图画　体操

资料来源：清华大学校史研究室：《清华大学史料选编》（第一卷），北京：清华大学出版社，1991 年，第 152 页。

由表 1-2 可知，清华开设的课程较为丰富，广涉人文学科、社会科学、自然科学诸领域，同时还有多种外国语言类课程，其课程体系近于西方的博雅教育（liberal education）。吴宓入学后眼界大开，读书兴致极高，"自以为得所，甚觉快乐"[①]。

就读清华期间，吴宓最感兴趣的仍是中外文学与文化，与国文教师饶麓樵来往尤为密切。饶氏强调儒家"温柔敦厚"的诗教传统，指出"如是则不寒、不枯、不刚、不生硬、不轻薄"[②]，对吴宓启发极大。课后吴宓常与同学到饶氏住所拜谒请益，并在老师的指点下研读吴伟业、王国维等人的诗作，得益甚多。

作为留美预备学校，清华聘请了大量美籍教师，按照吴宓的说法，其整体水平颇为庸劣[③]，但也有少数高明之士，历史教师 J. 皮克特（J. Pickett）便是其中的一位。皮克特以古罗马吸收希腊文明不当，竞尚奢华，终至覆亡的历史教训为例，告诫学生在向西方学习时应当有所择别："诸生若他日赴美游学，撷载西方文明，亦当专取其长而适于中国者，资为材料，以自制本国之新文

[①] 吴学昭整理：《吴宓自编年谱：1894—1925》，北京：生活·读书·新知三联书店，1995 年，第 104 页。

[②] 吴学昭整理注释：《吴宓日记》（第一册），北京：生活·读书·新知三联书店，1998 年，第 310 页。

[③] 吴学昭整理：《吴宓自编年谱：1894—1925》，北京：生活·读书·新知三联书店，1995 年，第 112 页。

明。……诸生当知美之文明与其豪富,截然为二物,绝无关系。我当学其文明,不当冀其富,更不当徒效其奢。"①作为一位外籍教师,能如此恳挚地向中国学生提出忠告,其情可感。吴宓日后提倡会通中西文明,在某种程度上也受到这一思想的影响。

在上课之余,吴宓也勤于阅读。传统典籍自不必说,吴宓还大量阅读了西方的文史哲著作。尤其耐人寻味是,阅读外文著作反而进一步坚定了吴宓对儒家的认同。例如,在读完 W.W.本(W.W.Benn)的《古代哲学史》(History of Ancient Philosophy)之后,吴宓大为感慨:"希腊哲学重德而轻利,乐道而忘忧,知命而无鬼。多合我先儒之旨,异近世西方学说,盖不可以道里计矣。"②其中已流露出中西比较的自觉意识,以及对现代社会过分追求功利的批判。在阅读英国散文家、历史学家托马斯·卡莱尔(T. Carlyle)的文集时所写下的札记当中,吴宓对此有更为清晰的表述:"其论世变始末,谓今世为机械时代,Age of Mechanicism,凡政治、学问,甚至宗教、文章,以及人之思想、行事、交际,莫不取一机械的趋向。精神的科学,与形而上之观感,几于泯灭。是不可不急图恢复,以求内美之充实,与真理之发达。凡此云云,均合于余近数年来,日益警觉之感触,特言之不能如氏之明显。"③对于当时急切追求现代化的中国来说,吴宓的观点未免显得"落后"。但在今日看来,这些想法又何尝不是超前呢?

清华当时整体的风气也直接影响了吴宓的文化立场,然而这一影响并非正面的鼓励,而是负面的刺激。与复旦公学中西并重的方针不同,早期的清华以重视西学、轻视国学著称。从上文所引课表可以看出,相比于西学类的课程,清华开设的国学类科目极少,中等科仅有修身、国文、中国历史、中国地理四门,高等科更是只有修身与国文两门课程。清华校方在排课时,又一律

---

① 吴学昭整理注释:《吴宓日记》(第一册),北京:生活·读书·新知三联书店,1998年,第310页。
② 吴学昭整理注释:《吴宓日记》(第一册),北京:生活·读书·新知三联书店,1998年,第440页。
③ 吴学昭整理注释:《吴宓日记》(第一册),北京:生活·读书·新知三联书店,1998年,第441页。

将西学类课程排在上午,国学类课程则排在下午。学生们也深知二者的轻重:"学生过了午刻,把西文课交代过后,便觉得这一天的担子全卸尽了,下午的国文课只好算是杂耍场、咖啡馆。"①吴宓也发现,"同人议论,往往于中国诗文,一笔抹杀,讥斥诽笑,诋为无用"②。可见当时从学校当局到学生群体,普遍轻视中国文史之学。吴宓对此深感忧虑,常与二三好友讨论振兴国学等问题,并萌生了办杂志的想法。如1915年2月24日日记中写道:"与锡予(汤用彤——笔者注)谈,他日行事,拟以印刷杂志业,为入手之举。而后造成一是学说,发挥固有文明,沟通东西事理,以熔铸风俗、改进道德、引导社会。虽成功不敢期,窃愿常自勉也。"③显然,这一想法孕育了吴宓日后主编《学衡》杂志的萌芽。

更令人诧异的是,在就读清华期间,由于文化立场的差异,吴宓竟与自己的生父产生了激烈冲突。与吴宓嗣父的儒家立场不同,吴宓生父吴建寅在上海经商,一心希望吴宓学好英文,赚取功名利禄。在家书中,生父对吴宓的前程预先做了一番规划:"英文学好,易谋饭碗。洋行之买办,大人物之翻译,得钱皆不赀[赀],且最好先入美国籍,使中国亡,则可保一家之安乐。"④对于父亲的功利思想,吴宓深感痛惜,在日记当中以儒家安贫乐道的思想相反驳:"颜子陋巷之乐,达人立命,何惧于贫哉?"⑤今人早已习闻五四时期"进步青年"为追求自由、平等而反抗儒家旧礼教的故事,吴宓此处却反其道而行之,欲以儒家道义反抗家庭的功利思想,这一情况着实罕见。

1916年6月,吴宓从清华学校高等科毕业,由于体育不及格,兼之眼部有

---

① 顾毓琇、梁治华、翟桓:《清华学生生活之面面观》,《清华十二周年纪念号》,1923年,第52页。
② 吴学昭整理注释:《吴宓日记》(第一册),北京:生活·读书·新知三联书店,1998年,第408页。
③ 吴学昭整理注释:《吴宓日记》(第一册),北京:生活·读书·新知三联书店,1998年,第410页。
④ 吴学昭整理注释:《吴宓日记》(第一册),北京:生活·读书·新知三联书店,1998年,第370页。
⑤ 吴学昭整理注释:《吴宓日记》(第一册),北京:生活·读书·新知三联书店,1998年,第370页。

疾,须推迟一年出洋。他随后受聘在学校文案处工作一年,于1917年8月被派遣出国,前往弗吉尼亚大学攻读文学。此时吴宓已初步形成了"发挥固有文明,沟通东西事理"的文化立场。赴美之后,这一立场将受到新的挑战。

我们若将梅光迪与吴宓的成长经历试加比较,其间的异同的确值得留意。两人均出身于儒学氛围较为浓厚的家庭,且较早接受了新式教育,却并未对儒家人文传统失去信心,反而试图用西方思想资源来印证儒家学说。梅光迪与吴宓对于文学,尤其是中国古典诗歌均有浓厚的兴趣。而由于地域差异,梅光迪受到安徽"桐城派"的直接影响,吴宓则更多地受到陕西"关学"的影响。就时代背景而言,梅光迪出国之时,辛亥革命尚未爆发,而在吴宓出国时,袁世凯业已病亡,民国的教育方针经历了几度调整。两人分别就读的复旦公学与清华学堂学风的差异,在某种程度上也代表了时代风气的转变。从个人的思想倾向来看,此时梅光迪更为关注儒学经世致用的一面,吴宓则更强调儒学砥砺德行的一面,其间也有微妙的差异。

尽管如此,就整体的文化立场而言,梅光迪与吴宓基本相同,而与当时拥抱西学、鄙夷传统的同龄人迥然有别。因此,虽然两人在1911年的清华园中未能结识,最终却因共同的理想与信念在离祖国万里之遥的美洲大陆上相遇。

二 留美学生与"两种文化"

(一)中国学生留美情形概述

梅光迪、吴宓赴美留学之时,可谓正值中国学生留学美国的"黄金时期"。甲午战败后的十余年间,在朝野上下的推动之下,中国掀起留学日本的热潮,至1908年左右方告消歇。就在此时,美国政府决定退还部分庚款,用于资助中国学生赴美留学。1909年10月,第一批庚款生共47人启程赴美,以后按照规程逐年选派。以此为契机,中国留学的潮流也逐渐由日本转向美国。除庚款留美生之外,尚有教育部及其他各部、各省派出的公费留学生,以及数量不断上涨的自费生。据研究者统计,1912年,留美学生人数为594人,这一数字到 1925 年已增长至 2500 人,占在美 97 个国家留学生总数的 1/3[①]。

美国政府退还庚款的举措,可谓正当其时。已有研究者指出,"在当时的社会舆论看来,东邻日本的留学生教育,更偏重于普通速成教育,要培养专门人才、研究高深学问,解决发展实业教育、高等专门教育所缺乏的师资问题,就要多派学生赴欧美各国留学"[②]。并且,日本对中国始终心存觊觎,在第一次世界大战爆发后,更是急剧扩张在中国的势力,大大加深了国人对日本的抵触情绪。

与此相反,一战却极大地增强了美国对中国的吸引力。有学者指出,"第一次世界大战的结果,国人咸认为是公理战胜了强权,而美国俨然成了世界和平、正义的化身和保护神"[③]。19、20 世纪之交,也是美国国力蒸蒸日上的时期,这一时期美国经济、科技、文化高速发展,工业化、城市化逐步实现,一跃成为世界一等强国。凡此种种,均为中国学生留学美国奠定了良好的基础。

值得注意的是,此时的美国高等教育同样处在转型之中。19 世纪下半叶,受德国影响,美国高等教育的目的逐渐从培养具有文化修养的绅士转变为培养专门研究人才。1876 年建立的约翰斯·霍普金斯大学率先致力于科学研究与研究生教育,成为美国第一所研究型大学,其他高校也随之纷纷效仿。1890 年,全美研究生人数约有 2400 人,1910 年已增长至接近 10000 人[④]。在课程方面,则是专业化与职业化的倾向逐步增强,传统的博雅教育有所削弱,这一趋势在康奈尔大学、约翰斯·霍普金斯大学等新兴高校中体现得尤为明显。哈佛、耶鲁等老牌院校的改革虽相对缓慢,但并非无所作为,如哈佛在这一时期即着手推行相对个性化的选课制度,耶鲁大学则是将自然科学、

[①] 转引自章开沅、余子侠主编:《中国人留学史》(上册),北京:社会科学文献出版社,2013 年,第 277 页。
[②] 田正平:《留学生与中国教育近代化》,广州:广东教育出版社,1996 年,第 102 页。
[③] 田正平主编:《中国教育史研究·近代分卷》,上海:华东师范大学出版社,2009 年,第 243 页。
[④] [美]亚瑟·M. 科恩、卡丽·B. 基斯克著,梁燕玲译:《美国高等教育的历程》(第 2 版),北京:教育科学出版社,2012 年,第 69 页。

文学及其他现代学科融入博雅教育体系之中①。中美两国国情及美国高等教育的转型，自然也对留美学生产生了深刻影响。上述影响集中表现为科学与人文"两种文化"之争。

(二) 科学之学

任鸿隽（字叔永）的夫人、著名作家陈衡哲在晚年回忆中，对民国初年的留美学界做过一个简明的勾勒："我是于一九一四年秋到美国去读书的。一年之后，对于留学界的情形渐渐的熟悉了，知道那时在留学界中，正激荡着两件文化革新的运动。其一，是白话文学运动，提倡人是胡适之先生；其二，是科学救国运动，提倡人便是任叔永先生。"②的确，面对积贫积弱的国势，讲求科学成为诸多留美学生的共识。1914年夏，任鸿隽、杨铨（杨杏佛）、赵元任等康奈尔大学留学生发起成立"科学社"（后改组为中国科学社），以"联络同志，共图中国科学之发达"相号召③，更是产生了极大影响。

纵观这一时期留美学生倡导科学的相关主张，最值得关注的无疑是对科学精神与科学方法的提倡。中国向来不重视科技，认为此乃形而下之学，任鸿隽则明确指出："西方科学，固不全属物质；即其物质一部分，其大共唯在致知，其远旨唯在求真，初非有功利之心而后为学。其工商之业，由此大盛，则其自然之结果，非创学之始所及料也。"④这种"只问是非，不计利害"的精神，恰与国人趋重实用的心理互为对照⑤。科学精神的另一特点则是不守成说，勇于探索："苟已成之教、前人之言，有与吾所见之真理相背者，则虽艰难其

---

① 参见［美］亚瑟·M. 科恩、卡丽·B. 基斯克著，梁燕玲译：《美国高等教育的历程》(第2版)，北京：教育科学出版社，2012年，第89页。
② 陈衡哲：《任叔永先生不朽》，张朋园、杨翠华、沈松侨：《任以都先生访问纪录》，台北："中央研究院"近代史研究所，1993年，第192页。
③ 《中国科学社总章》，《科学》1916年第2卷第1期，第128页。
④ 任鸿隽：《论学》，《科学》1916年第2卷第5期，第491页。
⑤ 中国传统一方面轻视功利，另一方面则看重实用，二者似相矛盾，实则不然。传统儒家立身处世的标准，可以董仲舒"正其谊不谋其利，明其道不计其功"一语为代表。依照这一标准，儒者虽不谋一己私利，但其所欲明之"道"，最终仍落脚于人伦日用。由此可见，"重实用"与"轻功利"二者可并行而不悖。

身,赴汤蹈火以与之战,至死而不悔,若是者吾谓之科学精神。"[1]这一精神恰可打破国人笃重旧说、迷信权威的心理。至于科学方法,已有研究者指出,这一时期的留美学生主要注重实验方法与逻辑方法的引介[2]。如任鸿隽所言,此举意在打破中国传统"冥心空想"的治学方式[3]。

在学科层面,发展自然科学固然是"科学之学"的题中应有之义,值得注意的是,科学的精神与方法在这一时期亦渗透到人文学科当中。

就文学来看,作为中国科学社的早期成员,胡适大力倡导以白话取代文言,这一主张即可视为"科学观念"影响下的产物。胡适认为,白话"乃是文言之进化"[4],并将白话、文言之争简化为"活文学"与"半死文学"的斗争[5],从而为文学革命确立合法性。就文学风格而言,胡适赞同陈独秀的看法,认为"吾国文艺犹在古典主义理想主义时代,今后当趋向写实主义"[6]。在上述阐释框架当中,"进化论"的痕迹极为明显。

在史学领域,"科学之学"的提倡者强调科学方法在历史研究中的应用,这一方面同样可以胡适作为代表。早在1914年,胡适即提出疑问:"我们是接受现有的经典,还是先用现代历史研究与批判所发展出来的科学方法去整理它们,以便确定哪些是可信的?"[7]显然,对胡适而言,相较于义理的阐释,文本的考订是更为重要的工作。在这一时期发表的《先秦诸子之进化论》[8]中,胡适亲自示范,试图钩沉老子、孔子、列子、庄子等人的进化论思想,开了"以科学方法整理国故"的先河——此后数十年间,这一研究取向对中国史学界产

---

[1] 任鸿隽:《科学精神论》,《科学》第2卷第1期,1916年,第2页。
[2] 范铁权:《体制与观念的现代转型——中国科学社与中国的科学文化》,北京:人民出版社,2005年,第302页。
[3] 任鸿隽:《建立学界再论》,《留美学生季报》第1卷第3号,1914年,第27页。
[4] 季羡林主编:《胡适全集》(第28卷),合肥:安徽教育出版社,2003年,第391页。
[5] 季羡林主编:《胡适全集》(第28卷),合肥:安徽教育出版社,2003年,第337页。
[6] 胡适:《寄陈独秀》,季羡林主编:《胡适全集》(第1卷),合肥:安徽教育出版社,2003年,第1页。
[7] Suh Hu, "The Confucianist Movement in China: An Historical Account and Criticism," The Chinese Students' Monthly, vol. 9, no. 7 (May 1914), p.533.
[8] 胡适:《先秦诸子之进化论(改定稿)》,《留美学生季报》第4卷第3号,1917年,第1—29页。

生了深远的影响。

在留美学生的哲学探索当中,科学的影响同样宛然可见。任鸿隽即提出:"远西迩来哲学玄理之进步,又何尝不恃科学为之前驱。不由科学的方法以求真理,譬如乘轻气球游于天空,惝然不知方向之所在。"[①]在这方面,赵元任或可作为一个典型的例子。赵氏于1918年获得哈佛大学哲学博士学位,博士论文题目为《连续:方法论之研究》[②](Continuity: A Study in Methodology)。该论文试图探讨程度上的区别与品类上的区别,以及后者能否减低为前者等问题。博士论文考试结束后,主考官询问赵元任:撰写论文对其个性是否有影响,赵氏回答说毫无帮助[③]。显而易见,在赵元任这里,哲学已成为客观的科学研究,与个人的人格及价值观念毫无瓜葛。

此外,面对国内大学教育亟待发展的现状,以中国科学社成员为代表的留美学生极力倡导科学研究,强调扶持国内大学建设。任鸿隽认为,学界的缺席是当时中国落后的重要原因。他慨叹:"耗矣哀哉!吾中国之无学界也",强调"学界者,暗夜之烛,而众瞽之相也。国无学界,其行事不豫定,其为猷不远大"。建立学界的要素,则在于"少数为学而学,乐以终身之哲人,而不在多数为利而学,以学为市之华士"。[④]欲建立学界,则不能专恃留学,而应当着力发展国内教育。胡适即指出:"留学乃一时缓急之计,而振兴国内高等教育,乃万世久远之图。"[⑤]以上观点不惟目光长远,更体现出当时留美学生对大学科研功能的敏锐把握。19世纪下半叶,美国高等教育受德国影响,逐渐开始重视科学研究;到20世纪初年,不少著名大学已建立起了较为完备的研究生制度,大学(university)与独立学院(college)的区别逐渐凸显。当时即有学者点明:"学院与大学最根本的差异在于它们的视角不同。大学朝前看,学院

---

① 任鸿隽:《建立学界再论》,《留美学生季报》第1卷第3号,1914年,第28页。
② 赵元任:《从家乡到美国:赵元任早年回忆》,上海:学林出版社,1997年,第125页。
③ 赵元任:《从家乡到美国:赵元任早年回忆》,上海:学林出版社,1997年,第125页。
④ 任鸿隽:《建立学界论》,《留美学生季报》第1卷第2号,1914年,第43—46页。
⑤ 胡适:《非留学篇(二)》,《留美学生年报》1914年,第10页。

则往后看。"①部分中国留学生也接受了这一观点。任鸿隽同样认为,"就其目的言之,大学主自由研究,分校(独立学院——笔者注)主浅近练习"②。他进一步总结:"西方大学之教育精神,一言以蔽之曰,重独造,尚实验而已。"③显然,任鸿隽充分认识到科学研究对于现代大学的重要意义。但另一方面,大学与独立学院各有其优势,任鸿隽乃至大多数留学生则过于偏重前者。

与此同时,近代留美学生对科学的提倡不免带有"唯科学主义"的倾向。中国科学社同人宣称,科学的发展有助于人类道德的改善:"自科学大昌,明习自然之律令,审查人我之关系,则是非之见真,而好恶之情得。人苟明于经济学之定理,知损人之终于自损也,必不为以邻为壑之行。"④这一观点颇能代表当时一批学者对于科学的极度信服。上述例证当中,胡适的"文学进化论"看似"科学",实则并无坚实的根据,以进化论比附先秦诸子思想的做法亦有可商榷之处。至于科学与哲学二者的关系问题,日后在国内更是引起激烈的争论。且不论其利弊,随着胡适、任鸿隽等人归国执教,这一"唯科学主义"的思潮却是实实在在地传播开了。

(三) 人文之学

在当时的留美学界,另有一批留学生着意强调人文之学,试图发扬中国传统中的人文精神,并与西方传统相融会。值得注意的是,这一部分留学生主要集中于哈佛大学,除梅光迪、吴宓之外,还包括陈寅恪、汤用彤、楼光来、张鑫海(后更名张歆海)等日后闻名海内的学者,其中不少人成为"学衡派"的成员。追寻其源流,当从梅光迪说起。

抵达美国后,梅光迪进入威斯康星大学攻读政治学。据留美学界当时的统计,威斯康星大学有中国学生 29 人,其数量仅次于康奈尔、哥伦比亚、伊利

---

① Edwin E. Slosson, *Great American Universities*, New York: Macmillan, 1910, p.374, quoted in John R. Thelin, *A History of American Higher Education* (2nd ed.), Baltimore: The Johns Hopkins University Press, 2011, p.155.
② 任鸿隽:《西方大学杂观》,《留美学生季报》第 3 卷第 3 号,1916 年,第 36 页。
③ 任鸿隽:《西方大学杂观》,《留美学生季报》第 3 卷第 3 号,1916 年,第 42 页。
④ 《发刊词》,《科学》第 1 卷第 1 期,1915 年,第 6 页。

诺伊三校①,可谓中国留学生汇聚之地。梅光迪为人心高气傲,加之其观点常与理工科学生相左,处境颇为艰难。

两年后,梅光迪转入西北大学攻读史学与英语,并结识在此修读哲学的刘伯明,两人成为契友(日后刘伯明亦成为"学衡派"的中坚力量)。一次偶然的机缘,梅光迪读到哈佛大学教授白璧德的著作,多年后他仍清晰地记得当初的情景:"当时,我和许多同龄人一样,正陷于托尔斯泰式的人道主义②的框框之中,同时又渴望在现代西方文学当中找寻到更具阳刚之气,更为冷静、理智的因素,能与古老的儒家传统辉映成趣。我几乎是带着一种顶礼膜拜的热忱一遍又一遍地读着当时已面市的白璧德的三本著作。对我来说,那是一个全新的世界;或者说,是个被赋予了全新意义的旧世界。"③1915年秋,在西北大学获得学士学位之后,为了"能够聆听这位新的圣哲的教诲"④,梅光迪转学哈佛,成为白璧德的第一位中国弟子。

值得附带一提的是,留美期间梅光迪与胡适有密切的联系,甚至一度想转学至胡适所在的康奈尔大学。在出国前,梅、胡即已订交,两人为安徽同乡,又素怀"文学救国"之志,并不乏共同语言。1915年夏,梅光迪来到康奈尔大学所在地绮色佳(今译伊萨卡),与胡适、任鸿隽、杨铨同游,颇得友朋之乐。此时梅光迪已决定转学哈佛,胡适特作长诗相送,以"神州文学久枯馁""文学革命其时矣"相勉励⑤。胡适本人大概也未曾想到,两人关于白话与文言的争论此后愈演愈烈,酿成了近代文学史上的一场大风波。

---

① 朱庭祺:《美国留学界》,《留美学生年报》1911年,第9页。
② 严格区分"人道主义"(humanitarianism)与"人文主义"(humanism)是白璧德思想的重要特点。简而言之,白璧德认为人道主义重博爱,人文主义则更看重自我的完善。这两种取向与中国传统当中的墨家和儒家分别有相似之处。
③ 梅光迪:《评〈白璧德:人和师〉》,中华梅氏文化研究会编:《梅光迪文存》,武汉:华中师范大学出版社,2011年,第237页。译文略有改动。事实上,梅光迪这篇文章是《白璧德:人和师》当中的一篇,而非为此成书另撰的书评。原文见 Frederick Manchester and Odell Shepard, ed., *Irving Babbitt: Man and Teacher*, New York: G. P. Putnam's Sons, 1941, pp.112–127.
④ 梅光迪:《评〈白璧德:人和师〉》,中华梅氏文化研究会编:《梅光迪文存》,武汉:华中师范大学出版社,2011年,第237页。
⑤ 胡适:《送梅觐庄往哈佛大学诗》,季羡林主编:《胡适全集》(第28卷),合肥:安徽教育出版社,2003年,第268页。

  1917年6月,胡适结束了在美国的学业,乘舟返回中国。两个月后,另一位清华庚款留美生从上海启程,乘坐"委内瑞拉"号海船赴美,此人便是吴宓。吴宓抵达美国后,先入弗吉尼亚大学习文学。1918年7月,吴宓进入哈佛大学暑期学校学习,随后转入哈佛就读。机缘巧合,来到哈佛之后,很快有清华旧友向吴宓介绍了梅光迪,并告知吴宓,梅光迪此时正在"招兵买马",拟回国后"对胡适作一全盘之大战"。不久,梅光迪前来拜访,两人果然一见如故。吴宓对此有一段生动的回忆:"梅君慷慨流涕,极言我中国文化之可宝贵,历代圣贤、儒者思想之高深,中国旧礼俗、旧制度之优点,今彼胡适等所言所行之可痛恨。昔伍员自诩'我能覆楚',申包胥曰'我必复之'。我辈今者但当勉为中国文化之申包胥而已,云云。宓十分感动,即表示:宓当勉力追随,愿效驱驰,如诸葛武侯之对刘先主'鞠躬尽瘁,死而后已',云云。"①可以说,日后"学衡派"的功名事业就此埋下了种子。

  自吴宓1918年9月入哈佛就读,至1921年夏季获得硕士学位归国,这一时期先后在哈佛就读的中国留学生可谓人才济济。仅就人文社科而言,包括梅光迪复旦公学时期的同学陈寅恪及其表弟俞大维、吴宓旧友汤用彤、原清华教员林玉堂(后更名林语堂),以及经吴宓引介转学至哈佛的清华毕业生张鑫海、楼光来等。按照吴宓的说法,"此间同学诸人,惟林玉堂君一人,为胡适、陈独秀之党羽,曾受若辈资助",其他人皆"莫不痛恨胡、陈之流毒祸世",归国后欲与其鏖战一番②。

  吴宓留学海外这一时期,正是新文化运动风行海内之际。梅光迪、吴宓等人与胡适、陈独秀等新文化运动倡导者的争论,已成为近代文化史、文学史上的重要事件,引起了不少关注。若从教育史的角度着眼,则梅、吴等人以下几个方面的观点尤其值得注意。

  其一是强调教育应当弘扬传统人文精神。在与胡适往来辩难时,梅光迪

---

① 吴学昭整理:《吴宓自编年谱:1894—1925》,北京:生活·读书·新知三联书店,1995年,第177页。
② 吴学昭整理注释:《吴宓日记》(第二册),北京:生活·读书·新知三联书店,1998年,第144页。

曾指出："吾国之文化乃'人学主义的'（humanistic），故重养成个人。吾国文化之目的，在养成君子（即西方之 Gentleman and scholar, or humanist 也）。养成君子之法，在克去人性中固有之私欲，而以教育学力发达其德慧智术。……弟窃谓吾国今后文化之目的尚须在养成君子。君子愈多则社会愈良。"[①]"humanistic"一词，"学衡派"后来译为"人文主义的"。显然，梅光迪认为，传统教育对个人道德文化修养的强调并未过时，且与英国的绅士教育有相通之处。从大学史的角度来看，这一观点亦值得深究。美国的大学制度移植自英国，起初亦强调博雅之学，后又受德国影响，逐渐重视科学研究，但始终未彻底摆脱英国的影响，如强调学生在大学前两年接受普通教育（即今日之"通识教育"），即是明证。中国留学生当中，任鸿隽、胡适等人主要关注的是科学研究这一面，对于教学方面未免有所忽视，梅光迪的观点恰可作为有益的补充。

其二是对传统人文精神失落的担忧。初到美国时，梅光迪即观察到，"吾国人游学此邦者，皆以习国文、讲国语为耻，甚至彼此信札往来，非蟹行之书不足重，真大惑也"[②]。其中一大原因，是当时教会学校出身的留学生较多。根据任鸿隽1918年的统计，留美学生中出身教会学校者约占其半数。由于教育环境较为特殊，其中不少人对中国文化了解极少，甚至有不知儒释道三教、不辨韩愈与汉武帝年代者。[③] 梅光迪对此深为忧虑，认为教会学校出身的留学生一旦得志，"恐不旦尽祖国学术而亡之，并且将其文字而亡之（此辈多不识汉文，故最恨汉文），而国亦因之亡矣"[④]。事实上，早期的清华学校同样存在类似的弊端。已有研究者指出，"清华学校的留美预备教育对国学相当不重视，这样就使得许多学生形成了轻慢中国历史、文化的心理"[⑤]。由此可见，梅光迪等人对祖国文字与学术的提倡，与当时留学生群体轻视传统的文化心态有极为紧密的联系。

---

① 中华梅氏文化研究会编：《梅光迪文存》，武汉：华中师范大学出版社，2011年，第548页。信札内容据手稿（收入《胡适遗稿及秘藏书信》第33册）略有订正。
② 中华梅氏文化研究会编：《梅光迪文存》，武汉：华中师范大学出版社，2011年，第502页。
③ 任鸿隽：《教会教育与留学生》，《留美学生季报》第5卷第2号，1918年，第17—18页。
④ 中华梅氏文化研究会编：《梅光迪文存》，武汉：华中师范大学出版社，2011年，第506页。
⑤ 元清等著：《中国留学通史》（民国卷），广州：广东教育出版社，2010年，第26页。

其三是对美国大学现状的反思。美国大学生向来重视运动与交际,梅光迪、吴宓对其弊端均有所批评。梅光迪喟叹:"今之学生以束书不观,略习应酬末务为学。此美国学生大缺点,而吾人摹拟之惟恐不速,真可痛耳!"①吴宓亦在日记中提及,美国大学当中,"堕胎之案,层出无已。学生中百分之六十至八十,皆有不正之行,见于统计报告"②。即便是声名赫赫如哈佛者,亦有不尽如人意处。吴宓即大为感慨:"哈佛大学等规模宏大、学生众多之学校,在其中无异游览百货商店。其课堂中,学生数百人挤坐,上课无异听广播演说,师生之间,毫无接触,遑云'心传'与'自得'。至如白璧德先生之在哈佛(而不在他校)讲学,实偶然之事。"③显然,在吴宓的心中,既有对弗吉尼亚大学的怀念,也有传统书院的朦胧记忆。从更为宏观的角度来看,随着大学功能日趋世俗化,道德教育的衰落成为美国现代大学的重要特征,其中的利弊得失,可谓众说纷纭。至少在梅光迪、吴宓等人看来,现代大学不应以牺牲道德教育为代价。

其四,梅光迪等人并未忽视科学在教育中的重要性,但极力反对教育过重实用。事实上,梅光迪本人即是中国科学社成员。吴宓则更为关注国人偏重实用的特点,曾与友人谈及"中国人之通病,为溺于功利,急于目见,不务远大,而留学生尤甚"④。陈寅恪对此有更为精辟的分析:"昔则士子群习八股,以得功名富贵;而学德之士,终属极少数。今则凡留学生,皆学工程、实业,其希慕富贵、不肯用力学问之意则一。而不知实业以科学为根本。不揣其本,而治其末,充其极,只成下等之工匠。……至若天理人事之学,精深博奥者,亘万古,横九垓,而不变。凡时凡地,均可用之。而救国经世,尤必以精神之学问(谓形而上之学)为根基。乃吾国留学生不知研究,且鄙弃之,不自伤其

---

① 中华梅氏文化研究会编:《梅光迪文存》,武汉:华中师范大学出版社,2011年,第527页。
② 吴学昭整理注释:《吴宓日记》(第二册),北京:生活·读书·新知三联书店,1998年,第25页。
③ 吴学昭整理:《吴宓自编年谱:1894—1925》,北京:生活·读书·新知三联书店,1995年,第204页。
④ 吴学昭整理注释:《吴宓日记》(第二册),北京:生活·读书·新知三联书店,1998年,第164页。

愚陋,皆由偏重实用积习未改之故。"①

　　哈佛园中的这批人文主义者在当时留美学界的影响究竟如何呢? 从孟宪承在《留美学生季报》发表的一篇文章当中,我们或可略窥一二。据他描述:"从去年'五四'学潮以后,国中智识阶级,传播'新思潮',速率很快了。……在这'如荼如火'的运动中,留美学生是比较的沈[沉]寂了。我们加入的讨论很少,差不多表面上没什么贡献。并且有时发现反对新思潮的言论,如关于国语文学,虽在国内已不成问题,在我们中间,怀疑的人还不少。"②其中怀疑"国语文学"的人,自然包括梅光迪等哈佛留学生。就在此前一年,《留美学生季报》发表了汪懋祖的《送梅君光迪归圜桥序》③,文中明确表示反对新文化运动。1921年,吴宓与邱昌渭又为此展开了一场小规模的论战。这一年的《留美学生季报》春季号刊登了吴宓的《论新文化运动》,冬季号又相继刊载了邱昌渭的《论新文化运动——答吴宓君》与吴宓的《再论新文化运动——答邱昌渭君》,直观地展现出正反两方面的观点。由此亦可见,在当时的留美学界,梅光迪、吴宓等反对新文化运动的声音仍有一定影响。

三　梅光迪、吴宓等人在哈佛大学

(一) 文学积淀与文化情怀:梅光迪在哈佛大学

　　为进一步厘清梅光迪、吴宓二人留美期间思想发展的脉络,有必要对其在哈佛的求学经历详作探讨。

　　梅光迪从美国西北大学毕业之后,于1915年秋转入哈佛大学文理研究生院求学。在此之前,梅氏对西方语言、历史、政治等学科已有接触。梅光迪在威斯康星大学修读的课程有:英语、法语、德语、欧洲政治、欧洲史、美国中央

---

① 吴学昭整理注释:《吴宓日记》(第二册),北京:生活·读书·新知三联书店,1998年,第101页。

② 孟宪承:《留美学生与国内文化运动》,《留美学生季报》第7卷第2号,1920年,第134—135页。

③ 汪懋祖:《送梅君光迪归圜桥序》,《留美学生季报》第6卷第1号,1919年,第196—197页。

政治、现代政治、哲学导论等①。在西北大学主要修读的课程为：代数、平面几何、立体几何、三角函数、地理学、中世纪史、英国史、美国史、希腊语②。本科毕业后，梅光迪又在1915年夏季进入康奈尔大学暑期学校进修英语。以上学术积淀无疑为其进一步求学奠定了基础。

在梅光迪进入哈佛求学之时，这所享有盛名的高校在校长洛厄尔（A. L. Lowell）的主持下，正值蓬勃发展之际。截至1915年底，学校主要的教学与科研部门包括：文理学部（下设哈佛学院与文理研究生院），应用科学研究生院（下设工程学院、矿学院、建筑学院、景观建筑学院、林学院、应用生物学院），企业管理研究生院，神学院，法学院，医学部（下设医学院、牙医学院、医学研究生院），在校学生共计4604人，教师859人，规模在当时堪称宏大。③ 梅光迪所在的文理研究生院创立于1890年，此时的院长为中古史专家哈斯金斯（C. H. Haskins）。哈斯金斯开创了美国的中世纪史研究，在教育史学界同样广为人知。其著作《大学的兴起》（*The Rise of Universities*）至今仍被列为大学史领域的经典之作。这一时期哈佛文理学部的系科已较为完备，仅就文科而言，即包括八个部门（Divisions）：闪米特语言与历史，古代语言（下设印度语言学系、古典学系），现代语言（下设英语系、德国语言与文学系、法语及其他罗曼语言与文学系、比较文学系），历史、政治学与经济学（下设历史系、政治学系、经济学系），哲学（下设哲学与心理学系、社会伦理学系），教育，美术，音乐④。梅光迪最终选择的专业方向为英语文学。

梅光迪在哈佛大学前后共就读四年，未获硕士学位，其中各学年的选课情况如下：

---

① Folder of Kuang-Ti May, Harvard University Archives UA V 161. 201. 10 HA13XE, The Harvard University Archives. 中华梅氏文化研究会编：《梅光迪文存》，武汉：华中师范大学出版社，2011年，第508页。

② Folder of Kuang-Ti May, Harvard University Archives UA V 161. 201. 10 HA13XE, The Harvard University Archives.

③ *Harvard University Catalogue 1914 - 15*, Cambridge, Mass. : Harvard University, 1915, pp.248 - 249.

④ *Harvard University Catalogue 1915 - 16*, Cambridge, Mass. : Harvard University, 1916, p.356.

表 1-3　梅光迪修读哈佛大学硕士学位期间选课列表

学年	课程	授课教师	成绩
1915—1916	英语 2：莎士比亚（戏剧六种）	Prof. G. L. Kittredge	abs.
	英语 11a[1]：培根	Prof. W. A. Neilson	D
	英语 63[1]：爱默生	Prof. B. Perry	B
	斯拉夫语 4[1]：俄国文学史导论	Prof. L. Wiener	B
	英语 56[2]：18 世纪感伤主义者及其敌人	Dr. E. Bernbaum	abs.
	英语 59[2]：英国批评散文	Prof. B. Perry	B
	斯拉夫语 5[2]：托尔斯泰及其时代	Prof. L. Wiener	B
1916—1917	比较文学 22：16 世纪以来文学批评	Prof. I. Babbitt	B+
	法语 A：基础课程	Dr. R. L. Hawkins	
	比较文学 32[1]：抒情诗	Prof. B. Perry	B−
	英语 54[1]：卡莱尔	Prof. B. Perry	B
	美术 1c[1]：古代艺术史	Prof. G. H. Chase	abs.
	比较文学 19[2]：各体戏剧	Prof. G. P. Baker	E
	美术 1d[2]：中世纪、文艺复兴时期及现代艺术史	Asst. Prof. A. Pope	abs.
	哲学 18[2]：当前哲学趋势	Prof. R. B. Perry	abs.
1917—1918	比较文学 11：19 世纪浪漫主义运动	Prof. I. Babbitt	A
	拉丁语 A：西塞罗与维吉尔	Mr. R. K. Hack	abs.
	英语 73[1]：法国大革命对英国文学的影响	Prof. C. Cestre	B
	英语 11b[2]：弥尔顿	Dr. P. F. Baum	abs.
1918—1919	比较文学 9：卢梭及其影响	Prof. I. Babbitt	A
	哲学 12：古希腊哲学，以柏拉图为重心	Prof. J. H. Woods	abs.
	英语 64[1]：蒲柏及其时代	Prof. B. S. Hurlbut	abs.
	比较文学 19[2]：各体戏剧	Prof. G. P. Baker	abs.

备注：1. 课程编号中的上角标"1"表示上半学年课程，"2"表示下半学年课程；
　　　2. 课表中两门斯拉夫语课程的授课语言为英语；
　　　3. 法语 A 为本科生课程，不计算成绩；
　　　4. "abs."为"absence"之缩写，指缺席考试。

资料来源：Transcript of Kuang-Ti May, Harvard University Archives UA Ⅴ161. 272. 5 Box 10 HA1H63, The Harvard University Archives. 该成绩单仅注明课程编号及成绩，课程名称及授课教师参见 *Harvard University Catalogue 1915 - 16, 1916 - 17, 1917 - 18, 1918 - 19*.

在表 1-3 中，最引人注目的或许并非各门课程的名称，而是其中众多的"缺考"(abs.)标识。在总共 22 门课程中（其中"各体戏剧"修了两次），缺考的次数竟达 10 次之多，着实出人意料。这一现象或可从两个方面加以解释。首先，梅光迪所选课程的数量远远超出了申请硕士学位的要求。按照哈佛当时的规定，硕士生只需在研究生院学习一到两年（年限视该生所读本科院校的知名度而定，如哈佛本校的毕业生只需读一年），集中攻读某个专业的课程，即可提出学位申请，最终由所在部门（Division）及研究生院管理委员会（Administrative Board）裁定是否授予学位①。对于专业之外的课程，校方并无明确的成绩要求。据哈佛所藏学籍档案记录，梅光迪于 1917 年 1 月 15 日提交了硕士学位申请，研究生院认为其所修课程及成绩基本达到要求，只需再通过一门拉丁文考试即可获得学位。然而，梅光迪在 1917 年 9 月未能通过这门拉丁文考试。② 1917—1918 学年梅光迪又选修了拉丁文，最终仍以缺考而告终。在 1918—1919 学年，梅光迪显然已放弃了申请学位的想法，但仍留在哈佛继续听课，此时课程成绩也就无关紧要了。其次，这一情况反映出梅光迪在学业上或许不够勤奋，或是在课程的精力分配方面不够均衡。下文将要介绍的吴宓在课业上即明显比梅光迪出色。相比之下，梅光迪的优势在于英文表达能力较强。就读哈佛期间，梅光迪一度参与《中国留美学生月报》(The Chinese Students' Monthly)的编辑工作，负责介绍文史领域的英文出版物，并曾在《波士顿晚报》(Boston Evening Transcript)上发表了一篇谈中国政局的长文③，可见梅氏的英文写作水平较高。

就所选课程的内容来看，梅光迪的主要兴趣仍在西方文学与文学批评领域，尤其是英国文学。在这一时期写给胡适的信中，梅光迪亦谈及个人志趣

---

① Harvard University Catalogue 1915-16, Cambridge, Mass.: Harvard University, 1916, pp.632-634.

② Folder of Kuang-Ti May, Harvard University Archives UAⅤ161.201.10 HA13XE, The Harvard University Archives.

③ Kuang-Ti May, "Running China from Harvard: With Yuan Out of the Way, the Young Men Who Are One Day to Take Over the Country Have Hopes of Making It a Real U. S.," Boston Evening Transcript, 1916-06-14(3).

的转变:"迪初有大梦以创造新文学自期,近则有自知之明,已不作痴想,将来能稍输入西洋文学知识,而以新眼光评判固有文学,示后来者以津梁,于愿足矣。……向来所好只是人生哲学兼及文章,盖欲藉文章以发布人生哲学为改造社会之用耳。故近益趋重宗教、伦理、历史等方面,而不以纯粹文学家自期矣。"①由此可见,梅光迪这一时期对于自身有了更为明确的定位,将研习的重心转移到西方文学与文学批评。梅氏曾指出,"人生无穷之动机与究竟,表于文学中者,较在他处更为显然"②,相比于哲学,文学批评兼备说理与艺术,更切近人生,易为读者所了解。梅光迪攻读西方文学的深意实在于此。

前文已提及,梅光迪来到哈佛的主要目的之一是聆听白璧德的教诲。上述课表显示,梅光迪共选修了三门白璧德的课程,其中两门的成绩为 A,另一门为 B+,亦可见白璧德对这位中国弟子的欣赏。对于白璧德在课堂上的风采,梅光迪曾有生动的描绘:"他走进教室的一霎那,你就会感觉到那是一位大师的出现。很快他就能在课堂上创造出一种庄谐相映的学术气氛。""在进行讲座时,他一直都坐在椅子上。整个讲演本身就是一种简洁与明了。他的声音很清晰,音调抑扬顿挫,但很少加强语气。为了显示强调,他会伸出右手,画出一个半圆,仿佛要将自己的思想更进一步地推向听众。"③另一位学生提到,白璧德也常提及孔子,称其为"道德宗师"(the master moralist)④。至于授课的内容,据在梅光迪之后进入哈佛的林语堂回忆:"他常从法国的文学批评家圣柏孚的 Port Royal 和十八世纪法国作家著作中读给学生,还从现代法国批评家 Brunetière 的著作中引证文句。他用'卢梭与浪漫主义'这一门课,探讨一切标准之消失,把这种消失归诸[之]于卢梭的影响。这门课论到德·斯

---

① 中华梅氏文化研究会编:《梅光迪文存》,武汉:华中师范大学出版社,2011 年,第 537—538 页。

② 梅光迪:《现今西洋人文主义》,中华梅氏文化研究会编:《梅光迪文存》,武汉:华中师范大学出版社,2011 年,第 158 页。

③ 梅光迪:《评〈白璧德:人和师〉》,中华梅氏文化研究会编:《梅光迪文存》,武汉:华中师范大学出版社,2011 年,第 239、238 页。

④ Frederick Manchester and Odell Shepard, ed., Irving Babbitt: Man and Teacher, New York: G. P. Putnam's Sons, 1941, p.53.

达勒夫人(Madame de Staël)以及其他早期的浪漫主义作家,如 Tieck,Novalis 等人。"①可见白璧德在文学上同样持古典主义立场。在课后,梅光迪有时会陪同导师沿着查尔斯河散步,一路畅叙古今、纵论时事。笔者曾亲身踏访白璧德故居(6 Kirkland Road)与梅光迪住宿过的神学堂(Divinity Hall),两处均在校园东北面,相距不逾半公里,来往极为便利。

除白璧德之外,梅光迪所选较多的是布利斯·佩里(B. Perry)讲授的课程,如"英国批评散文""抒情诗""卡莱尔"等。佩氏是当时哈佛英语系极受欢迎的一位教授。据吴宓的回忆,佩里"曾任文学杂志《大西洋月刊》(Atlantic Monthly)之总编辑。极负盛名。其讲课最受人欢迎。盖先生深通人情世故,对人圆通而和蔼,故人皆悦之。其讲课,不外简单、明了,使学生容易接受,考试分数又宽,所以致此"②。在文学立场方面,佩里属于古典派。另一位清华留美生闻一多即引用过佩氏的名言:"差不多没有诗人承认他们真正给格律缚束住了。他们乐意戴着脚镣跳舞,并且要戴别个诗人的脚镣。"③在与胡适讨论"文学革命"时,梅光迪亦极力强调格律对于诗歌的重要性,其观点或许受到佩里的部分影响。其他任课教师当中,亦不乏名家大师。如主讲莎士比亚的教授基特里奇(G. L. Kittredge),为 20 世纪上半叶的莎学权威。1928 年留学哈佛的范存忠对其授课的情景曾有描绘:"前往旁听的除青年教师而外,有硕士、博士研究生,还有从附近学校来的白发苍苍的老年人,把教室挤得满满的。克特里奇老师一上堂,随便指定几个人读几段戏文,读后总说读得不好,并说明为什么不好。接着就一些关键性问题(有时是一段话,有时是几个字或一个字)着重发挥。"④讲授"各体戏剧"课程的乔治·贝克(G. P. Baker)则是著名剧作家洪深的导师,在戏剧人才的培养方面卓有贡献。

---

① 林语堂著,工爻、谢绮霞、张振玉译:《林语堂自传·从异教徒到基督徒·八十自叙》,长春:东北师范大学出版社,1994 年,第 281 页。
② 吴学昭整理:《吴宓自编年谱:1894—1925》,北京:生活·读书·新知三联书店,1995 年,第 181 页。
③ 闻一多:《诗的格律》,《闻一多全集》(第三卷),北京:生活·读书·新知三联书店,1982 年,第 411 页。
④ 范存忠:《学然后知不足——个人学习外语的一点回忆》,《外国语》1986 年第 5 期,第 6 页。

总体来看,留学哈佛时期是梅光迪学术积累与思想发展的重要阶段。在价值观念层面,梅光迪由托尔斯泰式的"人道主义"转向白璧德"新人文主义",并由此建立了沟通儒家传统与西方思想的桥梁。在专业层面,梅光迪主攻英国文学与文学批评,力持古典主义,反对浪漫主义文学观。在教育观念上,梅光迪同样偏于"保守",前文对此已有所论及。日后梅光迪在总结自身立场时,将之概括为"哲学、政治和教育上的理想主义及文学中的古典主义"[1],追本溯源,上述思想实肇端于哈佛时期。

(二) 融会中西,贯通文史:吴宓与哈佛大学

1918年9月,吴宓由弗吉尼亚大学转入哈佛大学,经梅光迪引介,拜入白璧德门下。当时哈佛规定,本科生自第二年起,每年由学校安排一位导师(adviser)指导学生拟定课表,吴宓遂选定白璧德为导师,同时将英语与比较文学确定为专业方向。在吴宓的学籍档案中,存有一份当时哈佛招生委员会的调查表,其中问及求学目的,吴宓列举了以下三条,颇值得注意:(1) 专攻英语与比较文学,以求理解西方的精神、理想与信念,同时密切关注现代思想的发展;(2) 学习史学、政治学与经济学,以期能思考、书写与讨论中国的政治、社会、学术问题及中国与世界的关系;(3) 充分利用哈佛图书馆完善的设施。[2]由此可见,吴宓之所以选择攻读文学专业,并非为习得一技之长,而是着眼于中西文明的交流,这一点与梅光迪极为相似。

吴宓在哈佛大学共就读三年,先后获得学士学位及硕士学位,其中本科阶段修读的课程如下:

表 1-4 吴宓修读哈佛大学学士学位期间选课列表

学年	课程	授课教师	成绩
1918 暑假	法语 S1:复习训练	Mr. E. L. Raiche	C
	心理学 S1:普通心理学	Dr. R. C. Gilver	A

---

[1] 梅光迪:《人文主义和现代中国》,中华梅氏文化研究会编:《梅光迪文存》,武汉:华中师范大学出版社,2011年,第193页。

[2] Folder of Mi Wu, Harvard University Archives UA Ⅲ15. 88. 10 Box 5530, The Harvard University Archives.

续　表

学年	课程	授课教师	成绩
1918—1919	法语 1:法国散文与诗歌 法语口语	Prof. I. Babbitt	B PASSED
	比较文学 9:卢梭及其影响	Prof. I. Babbitt	A
	比较文学 22:16 世纪以来文学批评	Prof. I. Babbitt	B
	比较文学 32:抒情诗	Prof. B. Perry	B
	英语 24:浪漫主义时期诗人研究	Prof. J. L. Lowes	A
	英语 29:英国小说(从理查逊到司各特)	Dr .G. H. Maynadier	B
	英语 55:丁尼生	Prof. B. Perry	B
1919暑假	经济学 S7b[1]:社会重建方案	Prof. T. N. Carver	B
	历史 S12[1]:英国史(1688 年至当前)	Prof. C. H. McIlwain	C
	历史 S14[2]:法国史(1498 年起)	Prof. F. M. Anderson	B
1919—1920	比较文学 11:19 世纪浪漫主义运动	Prof. I. Babbitt	A
	比较文学 12:18、19 世纪各体小说	Prof. B. Perry	A
	法语 6:法国文学概论	Prof. C. H. Grandgent	A
	法语 17:法国文学批评	Prof. I. Babbitt	A
	德语 25[1]:德国文学史大纲	Asst. Prof. W. G. Howard	A

备注:"经济学 S7b[1]"的课程全称为:社会重建方案,包括各类社会主义、布尔什维主义、共产主义、无政府主义及单税制。

资料来源:Transcript of Mi Wu, Harvard University Archives UA Ⅲ15. 75. 12 Box 22, The Harvard University Archives. Folder of Mi Wu, Harvard University Archives UA Ⅲ15. 88. 10 Box 5530, The Harvard University Archives. 吴学昭整理:《吴宓自编年谱:1894—1925》,北京:生活·读书·新知三联书店,1995 年。占如默、张忠梅:《〈吴宓留美笔记〉的内容与价值》,《现代中文学刊》2018 年第 5 期,第 28—44、75 页。部分课程名称及授课教师参见 Harvard University Catalogue 1918‐19, 1919‐20。

这一时期哈佛大学的本科课程实行"集中分配制"(concentration and distribution)。学校将所有课程分为四个类别:语言、文学、美术、音乐;自然科学;历史、政治学、社会科学;哲学与数学。每位本科生在毕业前必须修满 12 门课程,其中 6 门须集中在一个类别中的特定系科(或者 4 门该系科的课程外加 2 门邻近系科的课程),另外 6 门则分摊到其他三个类别中。① 其目的在于使学

---

① Harvard University Catalogue 1918‐19, Cambridge, Mass. : Harvard University, 1919, pp. 557‐558.

生既具备较宽的知识面，又能在某一领域有较为深入的研究。由于吴宓此前在清华学校及弗吉尼亚大学修读的部分课程得到哈佛的承认，需要修读的课程实际上少于12门，各门课程"集中"与"分配"的情况如下表所示：

表 1-5 吴宓本科课程"集中"与"分配"简况表

类别	哈佛所认可的其他学校课程（括号内为课程数量）	就读哈佛期间所学课程
1	英语(2)，德语(1)	英语 24、29、55，比较文学 9、11、12、22、32，法语 S1、1、6、17，德语 25[1]
2	物理学(1)	
3	历史(2)，经济学(1)	历史 S12[1]、S14[2]，经济学 S7b[1]
4	哲学(1)，数学(1)	心理学 S1

资料来源：Folder of Mi Wu, Harvard University Archives UA Ⅲ15. 88. 10 Box 5530, The Harvard University Archives.

由表 1-5 可知，吴宓在主修英语的同时，兼习法语、德语及比较文学，数量远远超过了毕业所要求的 6 门课。由于进入哈佛之前已基本达到了课程"分配"的要求，吴宓在其他三个类别中选修的课程极少。从课业成绩来看，吴宓的成绩基本为 A 或 B，两个学年他均列入优秀学生光荣榜[①]。

在上述课表中，白璧德的课程共有 5 门。据吴宓回忆，除法文为临时代课之外，其余 4 门是白璧德当时所开设的全部课程[②]。吴宓无一遗漏，可见其对导师的尊崇之情。在课堂之外，白璧德对吴宓亦勉励有加，一再鼓励其读书撰文，以求沟通中西文化。

吴宓的专业虽为英语文学，但与梅光迪相比，修读的专业课程并不算多。与此相较，吴宓的法语基础则胜过梅光迪，在法国文学方面有所涉猎。对于法国文学教授葛兰坚(C. H. Grandgent)，吴宓尤为钦佩，认为其人有悲天悯人之心、匡时救弊之志，人品学问堪与白璧德相比。

[①] 吴学昭整理注释：《吴宓日记》（第二册），北京：生活·读书·新知三联书店，1998 年，第 71、123 页。

[②] 吴学昭整理：《吴宓自编年谱：1894—1925》，北京：生活·读书·新知三联书店，1995 年，第 197 页。

课业之余,吴宓同样勤于阅读。1918—1919学年,吴宓除了阅读当时已出版的数种白璧德著作之外,又读完了另一位新人文主义代表人物保罗·穆尔(P. E. More)的《谢尔本随笔集》(Shelburne Essays)9册。1920年夏,吴宓在酷暑中读完《柏拉图对话录》,并请俞大维、汤用彤分别为自己讲授西洋哲学史与佛学、印度哲学,展现出强烈的求知热情。

1920年9月,吴宓升入哈佛大学文理研究生院。按照个人的规划,吴宓本拟在哈佛继续学习两年,"研究历史、哲学、文学,专务自修,不拘规程,以多读佳书,蔚成通学,得其一贯为目的"①。但由于此前他已接受北京高等师范学校的聘请,校方敦促其1921年下半年归国就职,最终仅修读一年。在研究生阶段,吴宓选修的课程如下:

表1-6 吴宓修读哈佛大学硕士学位期间选课列表

学年	课程	授课教师	成绩
1920 暑假	历史 S4:希腊、罗马史(自希腊第一次扩张至罗马帝国的瓦解)	Prof. W. S. Ferguson	B+
1920—1921	政府 6:政治学说史	Prof. C. H. McIlwain	A-
	历史 7:文艺复兴及宗教改革	Prof. R. B. Merriman & Asst. Prof. G. H. Edgell	C+
	英语 14:英国戏剧(1590—1642)	Prof. G. P. Baker	B+
	比较文学 19[1]:各体戏剧	Prof. G. P. Baker	B
	历史 41[2]:欧洲思想史(500—1500)	Prof. C. H. Haskins	B-
	英语 32:16世纪初至王政复辟时期的英国文学(不包括戏剧)	Prof. J. L. Lowes	

资料来源:Transcript of Mi Wu, Harvard University Archives UA V161. 272. 5 Box 16 HA0XZT, The Harvard University Archives. 吴学昭整理:《吴宓自编年谱:1894—1925》,北京:生活·读书·新知三联书店,1995年。占如默、张忠梅:《〈吴宓留美笔记〉的内容与价值》,《现代中文学刊》2018年第5期,第28—44,75页。部分课程名称及授课教师参见 Harvard University Catalogue 1919-20.

由表1-6可知,在修读硕士学位期间,吴宓研习的重点转移到西方史学,在文学方面则侧重于文艺复兴时期的英国文学。从1920年暑假吴宓自主学

① 吴学昭整理注释:《吴宓日记》(第二册),北京:生活·读书·新知三联书店,1998年,第138页。

习哲学的情况可以推断,此时吴宓仍试图沟通文、史、哲三科,展现出巨大的治学抱负。但由于时间有限,在学习的广度与深度上受到一定限制。

这一时期,吴宓学习的课程主要涉及上古史与中古史,其中"欧洲思想史"由研究生院院长哈斯金斯亲自讲授。吴宓撰写的课程论文为《意大利人巴图鲁斯(1314—1357)之政治学说》,哈斯金斯认为文章"论述巴氏学说太广,而论述影响则太少"①,评定为 B+(此处指论文成绩,非课程成绩)。对于讲授希腊、罗马史的教授弗格森(W. S. Ferguson),吴宓印象甚佳,称其"绩学醇儒,人极和蔼"②。"政治学说史"课程的授课教师麦基尔韦恩(C. H. McIlwain)同样是一位名师。在吴宓之后进入哈佛就读的浦薛凤曾选修同一门课程,他回忆说:"麦琪尔温教授(Prof. McIlwain)所授'政治思想史'(课程相同,译名不同——笔者注)不用课本,全凭其口述与自己笔记。每次上堂伊持有绿绒布袋包藏之书籍三四册,备随时取读若干段引用原文(预置长签条,一翻即到页数),伊并不携带讲演大纲,盖由于饱学,随意顺序讲述,并加评论,语意明白,层次井然。伊对于希腊柏拉图与亚里斯多德两氏之政治思想,讲来如数家珍。"③

在学习"政治学说史"课程期间,吴宓撰写了一篇长达 40 页的论文,题为《孔子、孟子之政治思想与柏拉图、亚里士多德比较论》。在着墨正文之前,吴宓用较长篇幅叙述了撰写此文的缘起。文中写道,希望通过对传统的重新阐释,使"中国民众能够对这些伟大哲人的学说重拾信心,不再以无情地破坏本国文化与传统而自豪",同时能够"更为细致地检视西方文明的精神内核"④。可见吴宓在写作此文时,有着强烈的现实情怀。论文以阐发孔子与孟子的政治思想为主,全文分为七个小节,其标题如下:(1)历史背景;(2)伦理基础;(3)经济学说;(4)理想的国家;(5)民主与诛戮暴君;(6)战争与和平;(7)实

---

① 吴学昭整理:《吴宓自编年谱:1894—1925》,北京:生活·读书·新知三联书店,1995 年,第 207 页。

② 吴学昭整理注释:《吴宓日记》(第二册),北京:生活·读书·新知三联书店,1998 年,第 176 页。

③ 浦薛凤:《浦薛凤回忆录(上) 万里家山一梦中》,合肥:黄山书社,2009 年,第 95 页。

④ The Political Thought of Confucius and Mencius as Compared with Plato and Aristotle, Harvard University Archives HUC 8920. 334. 6, The Harvard University Archives, pp.ii‒iii.

践方案。在文中,有少数几处将孔孟与柏拉图及亚里士多德做了比较。例如,其中一处提到,孔子所说的"中国"与柏拉图及亚里士多德所说的"希腊"相类似,指的是"文明世界"或"文明"本身①。论文写就之后,吴宓分别请汤用彤与张鑫海过目,二人均认为文章堆砌史实过多,未能就哲学观点展开充分的论述。汤用彤进一步指出,论文未涉及柏拉图与亚里士多德的思想,对孔孟思想的理解也不够准确。② 由此可见,此时的吴宓尚处在学术积累期,对四位哲人思想的理解尚不到位,但这一中西比较的尝试无疑值得肯定。

1921年5月,正当吴宓准备收拾行李归国之际,忽然收到梅光迪自国内寄来的快函。梅氏于1919年10月回国,先在南开大学执教一年,后转赴南京高等师范学校。在信中,梅光迪敦促吴宓到南高师任教,共同弘扬新人文主义思想。收到信后,吴宓毅然决定辞去北高师的聘约,改就南高师。

临行前,吴宓写信向正在新罕布什尔州休假的白璧德道别,不久收到回信。白璧德在信中对这位中国弟子勉励有加:"对我而言,很高兴能有你这样一名学生。我坚信你一定能够卓有成效地工作,将你们国家的传统之中令人钦敬的、智慧的部分从不明智的革新当中拯救出来。请随时给我来信,告知你个人的境遇与中国大致的情形。如你所知,我对于中国的教育问题尤其感兴趣。"③肩负着导师的殷切期望,吴宓于同年6月启程归国。

(三)"学衡派"其他成员及盟友在哈佛大学

如前所述,除梅光迪、吴宓外,这一时期提倡"人文之学"的哈佛留学生尚包括汤用彤、陈寅恪、楼光来、张鑫海等,这批学者求学哈佛的经历同样值得关注。此外,梅光迪、吴宓归国后,"学衡派"其他成员如胡先骕、郭斌龢、张其昀又先后到哈佛求学、进修。在某种意义上,哈佛大学堪称"学衡派"的摇篮。

在本小节中,我们先从汤用彤谈起。汤氏为吴宓就读清华时期的挚友,

---

① The Political Thought of Confucius and Mencius as Compared with Plato and Aristotle, Harvard University Archives HUC 8920. 334. 6, The Harvard University Archives, pp.38-39.
② 吴宓:《致白璧德》,吴学昭编:《吴宓书信集》,北京:生活·读书·新知三联书店,2011年,第8页。
③ Wu Xuezhao, "The Birth of a Chinese Cultural Movement: Letters Between Babbitt and Wu Mi," Humanitas, 2004(1-2), p.12.

于1918年赴美留学,先入汉姆林大学(Hamline University),次年转学哈佛。尽管汤用彤与吴宓的文化立场相近,二人的学术兴趣却不相同。汤用彤与白璧德虽有所接触,并曾选修白璧德的"19世纪浪漫主义运动",但其在哈佛学习的重心并非文学,而是哲学与宗教,其间与梵文教授查尔斯·兰曼(C. R. Lanman)来往尤为密切①。汤氏日后对中国佛教史尤为关注,这一点在求学哈佛期间已有所展露。

与汤用彤相似,1919—1921年间求学哈佛的陈寅恪同样对佛学深感兴趣,并曾跟随兰曼学习梵文与巴利文②。吴宓日记显示,陈寅恪还曾与白璧德究论佛理③。日常生活中,陈氏常与吴宓纵论中西文化,展现出超出同辈的学养,其中一则谈道:"中国之哲学、美术,远不如希腊,不特科学为逊泰西也。但中国古人,素擅长政治及实践伦理学,与罗马人最相似……中国家族伦理之道德制度,发达最早。周公之典章制度,实中国上古文明之精华……汉、晋以还,佛教输入,而以唐为盛。唐之文治武功,交通西域,佛教流布,实为世界文明史上大可研究者。"④由此可见,陈寅恪对东西方文化均有独到的见解,对中外文化交流问题尤为重视。

这一时期在哈佛学习文学的中国学生还有楼光来、张鑫海。二人均为清华毕业,在吴宓的建议下转学哈佛,师从白璧德。对于这两位中国学生,白璧德也甚为满意,在课堂内外时加揄扬⑤。其中楼光来于1922年获得硕士学位,张鑫海在1923年以论文《马修·阿诺德与人文主义人生观》(Matthew Arnold

---

① 参见林伟:《汤用彤先生留美经历考及其青年时期思想源流初探》,未刊稿,第7—16页。
② 参见陈怀宇:《在西方发现陈寅恪:中国近代人文学的东方学与西学背景》,北京:北京师范大学出版社,2013年,第19—43页。
③ 吴学昭整理注释:《吴宓日记》(第二册),北京:生活·读书·新知三联书店,1998年,第37页。
④ 吴学昭整理注释:《吴宓日记》(第二册),北京:生活·读书·新知三联书店,1998年,第101—102页。
⑤ 参见吴学昭整理注释:《吴宓日记》(第二册),北京:生活·读书·新知三联书店,1998年,第152页。

and the Humanistic View of Life）①获博士学位，为白璧德中国弟子当中唯一得博士学位者。张氏的论文分为七章："一、人文主义：含义及演变；二、宗教与道德；三、行为与文化；四、欧洲的背景：歌德及希腊文化；五、文学理念；六、文学批评；七、阿诺德与儒家人文主义。"②上述框架显然受到白璧德新人文主义思想的影响，最后一章则体现出作者试图沟通中西文化的努力。楼光来、张鑫海日后虽并未参与"学衡派"的事业，但始终与"学衡派"成员保持良好的关系。

上述几位中国留学生平日亦多有交流。前文已提到，吴宓的一篇课程论文即先后经汤用彤及张鑫海过目。1920年8月17日，吴、汤、陈、楼、张诸人与俞大维、顾泰来齐聚吴宓宿舍，纵谈书籍学问，极一时之盛，被吴宓喻为"七星聚会"③。白璧德对这批中国学生亦颇为看重，认为东西方人文主义者应当"联为一气，协力行事，则淑世易俗之功，或可冀成"④。

另一位"学衡派"主将胡先骕于1923年7月启程前往哈佛大学攻读植物学博士学位。作为一名自然科学家，胡先骕对文学、文化问题同样有广泛的兴趣，此前亦曾阅读过白璧德、保罗·穆尔及白璧德弟子薛尔曼（S. P. Sherman）的作品⑤。1922年，胡先骕率先将白璧德关于中西人文教育的一篇演说稿译出，刊于《学衡》杂志⑥，并由此确立了两个重要译名：其一是将"Bab-

---

① 国内学者多沿用《吴宓自编年谱》中的说法，认为张鑫海的博士论文题目为《马修·阿诺德的古典主义》(The Classicism of Matthew Arnold)，并不准确。参见吴学昭整理：《吴宓自编年谱：1894—1925》，北京：生活·读书·新知三联书店，1995年，第192页。

② Hsin-Hai Chang, Matthew Arnold and the Humanistic View of Life, Doctoral Thesis of Harvard University, Sept. 1922, "Table of Contents", pp.viii – xi.

③ 吴学昭整理注释：《吴宓日记》（第二册），北京：生活·读书·新知三联书店，1998年，第179—180页。

④ 吴学昭整理注释：《吴宓日记》（第二册），北京：生活·读书·新知三联书店，1998年，第212—213页。

⑤ 参见吴宓：《致白璧德》，吴学昭编：《吴宓书信集》，北京：生活·读书·新知三联书店，2011年，第19页。

⑥ ［美］白璧德撰，胡先骕译：《白璧德中西人文教育谈》，《学衡》第3期，1922年，第1—12页。（《学衡》所刊文章均各篇单独编页，下文引用时不再注明。）

bitt"译为"白璧德",其二是把"Humanism"译为"人文主义"①。在哈佛期间,胡先骕曾数次拜谒白璧德,亲聆教诲。与此同时,胡先骕在白璧德与吴宓之间扮演了信使的角色,协助传递信件、书籍等,使吴宓等中国弟子得以了解导师学说的新进展。

  1924—1925年间留学哈佛的梁实秋同样深受白璧德影响。与"学衡派"成员不同的是,梁氏在出国前已热衷于新文学创作。到哈佛大学后,梁实秋选修了白璧德的"16世纪以来文学批评"一课。梁氏自陈,最初选修白璧德的课程,"并非是由于我对他的景仰,相反的,我是抱着一种挑战者的心情去听讲的"。一听之下,梁实秋大为震惊,"我初步的反应是震骇。我开始自觉浅陋,我开始认识学问思想的领域之博大精深。继而我渐渐领悟他的思想体系,我逐渐明白其人文思想在现代的重要性"②。归国之后,梁实秋在文学领域大力提倡古典主义,并将《学衡》中的相关译文辑为《白璧德与人文主义》③一书出版。吴宓认为:"对于宣扬白璧德师之学说,尤其在新文学家群中,用白话文作宣传,梁君之功实甚大也。"④

  1927年7月,"学衡派"的后起之秀郭斌龢顺利通过清华留美专科考试,前往哈佛留学。得知这一消息后,吴宓特地通过书信向白璧德引荐郭氏:"我恳求介绍我最好的朋友之一——郭斌龢君给您,郭君将来哈佛师从于您和P.E.穆尔教授,以及其他杰出的教师们……他虽与您未曾谋面,却对您顶礼膜拜,堪比弟子;我可以断言,他将毕生是您的人文主义坚定不渝的信徒。"⑤郭

---

  ① 梅光迪最初将这一术语译为"人学主义",吴宓则初译为"人本主义"。参见本章"人文之学"一节及吴学昭整理:《吴宓自编年谱:1894—1925》,北京:生活·读书·新知三联书店,1995年,第233页。
  ② 梁实秋:《关于白璧德先生及其思想》,《梁实秋文集》编辑委员会编:《梁实秋文集》(第1卷),厦门:鹭江出版社,2002年,第547页。
  ③ [美]欧文·白璧德等著,徐震堮、吴宓、胡先骕译:《白璧德与人文主义》,上海:新月书店,1929年。
  ④ 吴学昭整理:《吴宓自编年谱:1894—1925》,北京:生活·读书·新知三联书店,1995年,第243页。
  ⑤ 吴宓:《致白璧德》,吴学昭编:《吴宓书信集》,北京:生活·读书·新知三联书店,2011年,第44页。

斌龢在哈佛大学求学三年,主攻古典文学及比较文学,其间与白璧德自然多有接触。1930年7月,郭氏又前往牛津大学进修半年,专研古希腊文学[①],发扬了白璧德新人文主义思想中重视古希腊传统的一面。

　　"学衡派"另一位成员张其昀于1943年到哈佛访学,此时白璧德已去世多年。因缘际会,张氏在此接触到以哈佛大学科学史教授乔治·萨顿(G. L. A. Sarton)为代表的另一派"新人文主义"(New Humanism)。与白璧德不同的是,萨顿的"新人文主义"极为重视科学史的作用,试图以此沟通科学与人文。张氏敏锐意识到这一学说的价值,归国后特邀请浙江大学数学系教授钱宝琮为萨顿的《科学史和新人文主义》(*The History of Science and the New Humanism*)一书撰写书评[②],这一重要的人文主义流派也由此导入中国。

---

　　① 参见沈卫威:《"学衡派"谱系:历史与叙事》,南京:南京大学出版社,2015年,第376页。
　　② 参见刘兵:《钱宝琮:在中国介绍研究新人文主义的先驱》,钱永红编:《一代学人钱宝琮》,杭州:浙江大学出版社,2008年,第411页。

第二章
风云际会:"学衡派"与东南大学

1922年《学衡》的创刊标志着"学衡派"正式登上近代中国大学教育的舞台。"学衡派"秉持"昌明国粹,融化新知"的宗旨,一方面极力弘扬中国人文教育传统,一方面积极引介白璧德新人文主义学说,对"五四"之后的"反传统主义""唯科学主义"等倾向构成了一定的制衡。在近代中国大学教育格局方面,20世纪20年代前期呈现出北京大学与东南大学双峰并峙的局面,前者以"激进"著称,后者以"保守"自持。作为"东南学风"的代表,"学衡派"在教学实践中同样展现出独特的风采。

一 东南大学与20世纪20年代大学教育格局

(一) 20世纪20年代中国大学教育格局

在梅光迪、吴宓等人归国之际,国内大学究竟是怎样一番景况呢?此处不妨以1922年为例,对中国的大学教育状况略作探析。

截至1922年,中国国内各类大学可列表如下[①]:

---

① 参见庄俞、贺圣鼐编:《最近三十五年之中国教育》,上海:商务印书馆,1931年,第99—100页。教育部编:《第一次中国教育年鉴》,上海:开明书店,1934年,丙编,第15页。

一、国立大学(5所)：北京大学、交通大学①(分北京、唐山、上海三处)、北洋大学、东南大学、上海商科大学(东南大学与暨南学校合办——笔者注)；

二、省立大学(3所)：山西大学、河北大学、鄂州大学预科；

三、私立大学(12所)：民国大学、中国大学、朝阳大学、平民大学、南开学校大学部、复旦大学、大同学院、南通大学农科、仓圣明智大学、厦门大学、中华大学、明德大学；

四、教会大学(15所)：燕京大学、齐鲁大学、圣约翰大学、东吴大学、金陵大学、震旦大学院、沪江大学、三育大学、协和大学、之江大学、文华大学、雅礼大学、华西协和大学、岭南大学、夏噶医科大学。

公立大学方面，此时中国尚处于起步阶段，学校数量极为有限。在5所国立大学当中，声望最高的无疑是北京大学。1916年底，蔡元培出任北京大学校长，此后进行一系列改革，使这所官僚习气浓厚的大学转变为研究高深学问的学府。尤为可贵的是，蔡元培秉持"思想自由、兼容并包"的原则，鼓励不同思想观念的交锋，对陈独秀、胡适、鲁迅等思想趋新的学者尤为包容，使北大成为新文化运动的中心。

梅光迪、吴宓所在的东南大学由南京高等师范学校改组而成，于1921年正式成立。在校长郭秉文的主持之下，东南大学吸纳了大批留美归国学生，办学水准得到了极大提升。有学者认为，这一时期东南大学文、史、哲的师资力量并不亚于北大，其理科的实力甚至在北大之上[2]。

其他3所国立大学当中，北洋大学、交通大学以工科见长，上海商科大学专注于商学，这几所高校在思想文化领域均未能产生广泛影响。山西大学、河北大学等省立高校的影响则更为有限。

私立大学方面，此时的学校数量远远超过公立大学，呈现出十分活跃的

---

[1] 该校于1922年6月进行改组，交通大学上海学校更名为"交通部南洋大学"，唐山学校更名为"交通部唐山大学"，北京学校解体。参见《交通大学校史》编写组编：《交通大学校史(1896—1949年)》，上海：上海教育出版社，1986年，第128—129页。

[2] 梁和钧：《记北大(东大附)》，转引自朱斐主编：《东南大学史(第一卷)》(第2版)，南京：东南大学出版社，2012年，第97页。

态势。事实上,已有研究者指出,1917—1924年间国内掀起了一次兴办私立大学的热潮①,上述大学名单也在一定程度上印证了这一论断。究其原因,大致可归结为以下几点:首先,由于欧洲各国卷入第一次世界大战,我国民族资本主义在这一间隙当中获得长足的发展,社会对于科学、文化及新式人才有了更紧迫的需求;其次,这一时期北洋军阀混战,政府较为弱势,客观上为民间力量办学创造了条件②;最后,根据1917年颁布的《修正大学令》,凡设一科者即可称大学,1922年"新学制"继续沿用这一规定,在无形中降低了设立大学的门槛,促进了这一时段私立大学的繁荣③。

与此同时,办学条件的放宽也导致学校的水准参差不齐。根据40年代的时人概述,"民国十三四年,私立大学盛极一时,立案者不过十三校,而试办者即有十四校,未准试办而径行设立者,为数更多。其设备之简陋,师资之贫乏,正与民初之私立法政专门学校相若"④。即以上述名单而论,其中的多数私立大学早已湮没无闻,仅有南开大学、复旦大学、厦门大学等数所学校坚持办学,并跻身著名学府之列。

在学科设置上,这一时期的私立大学注重迎合市场的需求,致力于开设各类应用性专业。以复旦大学为例,该校在20世纪20年代重点发展商科,开设了普通商业、银行学、工商管理、会计学、国际贸易等多个专业。1921—1924年间总计157名毕业生当中,101名为商科学生,所占比例高达64.3%⑤。然而同时,这一倾向也使得私立大学在思想文化界的影响较为有限。

教会大学方面,如上述名单所示,其数量远超公立大学,也多于国人自办的私立大学,充分表明北京政府时期我国国力不振,难以遏制欧美宗教势力对我国教育的渗透。

---

① 霍益萍:《近代中国的高等教育》,上海:华东师范大学出版社,1999年,第109页。
② 鉴于私立大学办学情况混乱,北京政府教育部曾一度颁布《取缔私立大学之布告》,最终却未能执行,成为一纸空文。参见董宝良主编:《中国近现代高等教育史》,武汉:华中科技大学出版社,2007年,第133页。
③ 参见霍益萍:《近代中国的高等教育》,上海:华东师范大学出版社,1999年,第112页。
④ 教育部教育年鉴编纂委员会编:《第二次中国教育年鉴》,上海:商务印书馆,1948年,第147页。
⑤ 参见复旦大学校史编写组编:《复旦大学志(第一卷):1905—1949年》,上海:复旦大学出版社,1985年,第300、306页。

不可否认，由于经费较为充足、师资力量较强，部分教会大学达到了较高的办学水准，如燕京大学、圣约翰大学、金陵大学等在当时均有一定的声望。然而，教会大学的最终目的仍是培养信奉基督教的高层次人才，做礼拜、读圣经等宗教活动成为校园生活的重要内容。相关学校大力灌输欧美价值观念，对中国文化的漠视更是达到惊人的程度。曾在圣约翰大学任教的钱基博对此印象深刻："学生上国文课，只自管自手里拿一本英文书读；国文老师，则在讲台上，摊一本国文，低着头，有声无气的自管自咬文嚼字，而绝不过问学生手里拿的，是国文，还是英文？乃至点起名来，则正襟危坐着，叫：'密斯脱某！''密斯脱某！'一六十多岁之老孝廉公，也不能例外！不但学生忘记掉自己是中国人；即国文老师，也自己忘其所以！"[①]显而易见，教会大学无法负担起中华民族复兴的使命，在某种程度上阻碍了中国大学教育的自主独立发展。

在上述高校当中，以北京大学与东南大学对中国大学教育的影响最为深远，两校在办学理念上的分歧乃至对立也在一定程度上促成了"学衡派"的形成。因此，下文即以这两所学校为个案，对其办学情况做进一步的探讨。

（二）蔡元培与北京大学的改革

1916年12月26日，蔡元培被任命为北京大学校长。在1917年1月9日的就职演说当中，蔡元培开宗明义，指出"大学者，研究高深学问者也"[②]，期望学生摒弃做官发财的想法，努力钻研学问。与此相应，蔡元培对北大的科系设置作了较大调整：一方面停办工科，将商科改为商业学，并入法科，另一方面对文、理两科进行扩充，使北大成为偏重纯粹学理研究的大学[③]。

---

① 钱基博：《自我之检讨》，《精忠柏石室教育文选》，武汉：华中师范大学出版社，2014年，第269页。

② 蔡元培：《就任北京大学校长之演说》，中国蔡元培研究会编：《蔡元培全集》（第三卷），杭州：浙江教育出版社，1997年，第8页。

③ 事实上，蔡元培对北大的改革深受德国大学理念影响，学界对此已多有探讨。参见田正平主编：《中外教育交流史》，广州：广东教育出版社，2004年，第581—601页。陈洪捷：《德国古典大学观及其对中国的影响》（第三版），北京：北京大学出版社，2015年，第145—159页。此外，有研究者指出，在蔡元培担任校长期间，北大在理念与制度上也受到美国大学的影响。参见[美]江勇振：《舍我其谁：胡适》（第二部：日正当中，1917—1927），杭州：浙江人民出版社，2013年，第44—54页。

为营造自由探讨学问的氛围,蔡元培"循'思想自由'原则,取兼容并包主义"①,聘请教员唯以学问为去取之标准,对其政治文化立场及个人行为不多予过问。以文科教师为例,据当时学生回忆,教员当中"有穿着宽袍大袖拖了辫子的辜鸿铭——号'Thomson'(汤生),有筹安会发起人刘师培,有孔教会会长陈汉章,有梁漱溟,去聘请马一浮,因为'礼无往教'不来;但也有李大钊,陈独秀,胡适,以及穿鱼皮鞋子的刘半农,手提着大皮夹的钱玄同,(当时黄侃是挟着绛色(?)布书包来上课的)"②,可谓新旧杂陈、各放异彩。

应当指出的是,蔡元培"兼容并包"的方针看似不偏不倚,实则总体偏向于新派。执掌北大之后,蔡元培随即聘请陈独秀担任文科学长(即今日之文学院院长)。1917年底,北大文、理、法三科分别成立研究所,其中胡适任文科研究所哲学门负责人,沈尹默任国文门负责人③。由此可见,北大文科实际是由新派人物所主导。

随着陈独秀北上任教,其主办的《新青年》也移至北京继续刊行,胡适、鲁迅、李大钊、钱玄同、刘半农、沈尹默等北大教职员陆续加入编辑部,壮大了刊物的力量。借助北京大学这一平台,上述诸人所倡导的文学革命、"打倒孔家店"等主张广为传播,形成了声势浩大的新文化运动。蔡元培本人也有文章在《新青年》发表,以示对该运动的支持④。作为反对的一方,吴宓对于蔡元培也有自己的评价:"他的汉学功底可堪称道,但他对西方哲学的认识则或许肤浅(无歧视之意)。所以他近年已成为北大时髦年轻的激进分子们名义上的领袖。"⑤显然,吴宓认为蔡元培是被陈独秀、胡适等人蒙蔽了。

在北大校内,《新青年》的激进言论同样引起了保守派师生的不满。1919

---

① 蔡元培:《答林琴南的诘难》,中国蔡元培研究会编:《蔡元培全集》(第三卷),杭州:浙江教育出版社,1997年,第576页。
② 川岛:《"五四"杂忆》,陈平原、夏晓虹编:《北大旧事》,北京:北京大学出版社,2009年,第195—196页。原文标点不规范,未径改。另,发起成立孔教会者为陈焕章,非陈汉章。
③ 梁柱:《蔡元培与北京大学》(修订本),北京:北京大学出版社,1996年,第58页。
④ 参见梁柱:《蔡元培与北京大学》(修订本),北京:北京大学出版社,1996年,第208—209页。
⑤ 吴宓:《致白璧德》,吴学昭编:《吴宓书信集》,北京:生活·读书·新知三联书店,2011年,第12页。

年初,在刘师培、黄侃、陈汉章、马叙伦、黄节等教员的支持下,部分学生发起成立《国故》月刊社,以求"昌明中国固有之学术"[①]。1919 年 3 月,《国故》第一期出版,文章皆为文言,一律直排印刷,不加标点。卷首刊有黄侃"题辞"一篇,对新文化运动做了严厉的批判。黄侃认为,新派的言论乃是数典忘祖、乱国坏俗,鼓励有志之士"振颓纲以绍前载,鼓芳春以扇游尘"[②],担当起维护传统的责任。然而,该刊 1919 年 10 月便宣告停刊,总计出版 5 期[③],影响有限。

北大对新文化的提倡在其招生考试的试题中同样有清晰的反映。以 1919 年国文与英文两科的试题为例,该年度国文试题如下[④]:

本科国文试题
儒家崇古,法家尊今,试略征事实以论其得失。

预科国文试题
(A)作文
学问当以实验为基础说。
(B)解释文义(主要要求学生解释古籍文句中的字词,题目从略——笔者注)

上述试题当中,预科国文试题显然受到杜威"实验主义"(今译"实用主义")的启发。此时杜威正在北京讲学,由此亦可窥见其对中国教育文化界的广泛影响。本科国文试题则是将儒家与法家等而论之,呼应了学术界重估先秦诸子、反对将儒家定于一尊的思潮。相关资料显示,国文试题的出题人为

---

① 《国故月刊社记事录》,王学珍、郭建荣主编:《北京大学史料:第二卷(1912—1937)》(下册),北京:北京大学出版社,2000 年,第 2715 页。
② 黄侃:《〈国故〉月刊题辞》,王学珍、郭建荣主编:《北京大学史料:第二卷(1912—1937)》(下册),北京:北京大学出版社,2000 年,第 2718 页。
③ 参见章人英、夏乃儒主编:《简明国学常识辞典》,上海:上海辞书出版社,2014 年,第 15—16 页。
④ 《新生入学试验之试题》,《北京大学日刊》1919 年 7 月 23 日,第 1 版。各题具体作答要求,从略不录。

中国文学门主任朱希祖①。朱氏为章太炎弟子,同时也热心于新文化运动,曾在《新青年》发表多篇文章。

这一年北大预科英文试题的出题人则是胡适,其中预科试题尤为明显地体现出胡适的文化主张。试卷分两题,其一是分析一段英文的语法结构,其二则是中译英,中文内容如下②:

> 做文章的第一要件是要明白。为什么呢?因为做文章是要使人懂得我所要说的话。做文章不要人懂得,又何必做文章呢?
>
> 做文章的第二要件是要有力。这就是说,不但要使人懂得,还要使他读了不能不受我的文章的影响。
>
> 做文章的第三要件是美。我所说的"美",不是一种独立的东西。文章又明白、又有力,那就是美。花言巧语算不得美。

借助这一道考题,胡适明确地宣示了自己的白话文学主张,为新文学作了极佳的宣传。鉴于北大在全国的地位,上述试题更是具有明显的导向性作用,将在一定程度上对青年考生的知识结构与文化取向产生间接的影响。

在教学方面,新旧两派可谓各擅胜场。在"中国哲学史"课上,初登讲坛的胡适一改常规,从西周晚年讲起,令人耳目一新;鲁迅主讲"中国小说史",为此前不登大雅之堂的小说正名,其见解更是时有独到之处;黄侃讲授"汉魏六朝文学",常以其特有的"黄调"念诵诗文,抑扬顿挫,极具特色,学生纷纷起而模仿;刘师培讲"中古文学史",上课不带任何书本,引用资料均是随口背诵,满座叹服③。精彩、充实的授课内容已然令学生受益匪浅,其中不同立场、不同观点的碰撞,尤其能激发学生学习的热情与探索的兴趣。

---

① 《入学试验委员会出题委员名录》,《北京大学日刊》1919年7月20日,第2版。
② 《新生入学试验之试题》,《北京大学日刊》1919年7月23日,第1—2版。
③ 关于这一时期北大开课的情况及教师授课的情景,参见王学珍、郭建荣主编:《北京大学史料·第二卷(1912—1937)》(中册),北京:北京大学出版社,2000年,第1042—1150页;肖东发、李云、沈弘主编:《风骨:从京师大学堂到老北大》,北京:北京图书馆出版社,2003年,第66—71页。

在学术研究层面,北京大学的影响同样广泛而深远,其中的标志性事件是"整理国故"运动的兴起与北大研究所国学门的成立。

早在1918年11月,蔡元培就指出,所谓学术研究,"非徒输入欧化,而必于欧化之中为更进之发明;非徒保存国粹,而必以科学方法,揭国粹之真相"①,强调以新方法整理国粹。1919年12月,胡适在《新青年》(时名《青年杂志》)发表《新思潮的意义》一文,系统提出了"研究问题、输入学理、整理国故、再造文明"②的主张。胡适指出,"整理国故"应当分为四个步骤:第一步是"条理系统的整理";第二步是"要寻出每种学术思想怎样发生,发生之后有什么影响效果";第三步是"要用科学的方法,作精确的考证,把古人的意义弄得明白清楚";第四步是"综合前三步的研究,各家都还他一个本来真面目,各家都还他一个真价值"③。

显而易见,与《国故》月刊"昌明中国固有之学术"的民族主义立场不同,胡适秉持其一贯的"科学主义"立场,强调"科学方法"的重要性。在写给友人的信札当中,胡适更是明确指出这一点:"若以民族主义或任何主义来研究学术,则必有夸大或忌讳的弊病。我们整理国故,只是研究历史而已,只是为学术而作功夫,所谓'实事求是'是也,绝无'发扬民族之精神'的感情作用。"④正是通过对价值中立的强调,胡适为学界确立了新的研究范式。

为进一步推动学校的研究工作,1920年7月,北京大学评议会通过设立研究所的计划,该所拟设国学、外国文学、社会科学、自然科学四门⑤。由于此时"整理国故"的口号得到教师群体的广泛响应,国学门的筹备工作进展最为

---

① 蔡元培:《〈北京大学月刊〉发刊词》,中国蔡元培研究会编:《蔡元培全集》(第三卷),杭州:浙江教育出版社,1997年,第450页。
② 胡适:《新思潮的意义》,季羡林主编:《胡适全集》(第1卷),合肥:安徽教育出版社,2003年,第691页。
③ 胡适:《新思潮的意义》,季羡林主编:《胡适全集》(第1卷),合肥:安徽教育出版社,2003年,第698—699页。
④ 胡适:《答胡朴安》,季羡林主编:《胡适全集》(第23卷),合肥:安徽教育出版社,2003年,第606页。
⑤ 《校长布告》,王学珍、郭建荣主编:《北京大学史料:第二卷(1912—1937)》(中册),北京:北京大学出版社,2000年,第1336页。

顺利,率先于1922年1月成立,由沈兼士担任主任。国学门下设登录室、研究室、编辑室以及五个学会。各学会的名称及负责人如下[①]:

歌谣研究会:周作人

明清史料整理会:陈垣

考古学会:马衡

风俗调查会:张竞生(江绍原继任)

方言研究会:林语堂(刘半农继任)

从学会的设置来看,北大国学门极大地拓宽了国学研究的范畴,其中如歌谣研究、风俗调查等主题,更是与新文化运动关注普罗大众的取向相呼应。在研究方法上,国学门积极引入考古学、民俗学、语言学等现代学术方法,走在时代的前列。此外,北大国学门在培养研究生、出版学术著作、发行学术刊物等方面亦多有成绩[②],展现出现代学术研究机构多方面的功能。

北大研究所国学门成立后,在学界也产生了显著的示范效应。到20世纪20年代中期,已有观察者注意到,"年来整理国故的空气,弥漫全国,老的,少的,莫不以国学为大事。各大学争前恐后地设立国学门,或国学系;各杂志也纷纷置国学栏"[③]。由此可见,经过五四"狂飙突进"式的洗礼,学界重新趋于沉潜,"整理国故"成为这一时期学术研究的中心课题。

(三)郭秉文与东南大学的崛起

在20世纪20年代前期,足以与北大相媲美的国立学府当属南京的东南大学。

东南大学的办学历史可追溯至1903年创办的三江优级师范学堂(后更名为两江优级师范学堂)。该校由时任两江总督张之洞创办,为清末教育改革的产物。三江(两江)师范秉持"中学为体,西学为用"的方针,主张忠君、尊

[①] 陈以爱:《中国现代学术研究机构的兴起:以北大研究所国学门为中心的探讨》,南昌:江西教育出版社,2002年,第92页。

[②] 参见陈以爱:《中国现代学术研究机构的兴起:以北大研究所国学门为中心的探讨》,南昌:江西教育出版社,2002年,第84—96页。

[③] 朱维之:《十年来之中国文学》,《青年进步》第100册,1927年,第222页。

孔、读经，同时延聘日本教习，讲授物理、化学、生物等西学课程①，带有典型的时代特征。辛亥革命之后，学堂一度停办。1915年，在原校址建立南京高等师范学校，由江南硕儒、原江苏省教育司司长江谦任校长。

作为一位旧学修养深厚的教育家，江谦极为注重汲取传统教育中有益的部分，其中尤为强调"诚"的重要性。他指出："'诚者自成，所以成物。'先圣至言，实为教育精神之根本。"②在其倡导下，南高师将"诚"确立为校训。江谦又为南高师亲撰校歌歌词，对此做了进一步的阐发："大哉一诚天下动，如鼎三足兮，曰知、曰仁、曰勇。千圣会归兮，集成于孔。……"③为营造精诚一致的文化氛围，南高师十分重视师生间的接触。学校规定，师生每周须见面两次以上，以便了解学生品性、增进师生感情④。另一方面，江谦也注意到共和时代对于教育的新要求。面对中央政令不一的情形，江谦更为认同蔡元培在民国初年确立的教育宗旨，强调学校应当"注意于道德、实利、军国民、美感诸要目，以养成国民模范人格为目的"⑤。江谦同时还对孔学与孔教加以区别，对恢复"孔教"的做法不以为然。在其主持之下，南高师初步形成了尊重本国文化、折中新旧思想的传统。

1918年3月，江谦因病休养，由教务主任郭秉文代理校务。翌年9月，教育部委任郭秉文为南高师校长。1921年9月，南高师改组为国立东南大学，仍由郭氏担任校长。此后，东南大学迎来了迅速发展的崭新局面。

郭秉文（1880—1969），字鸿声，江苏江浦人，长于上海，早年毕业于上海清心书院。后留学美国，获乌斯特学院（College of Wooster）理学士学位、哥伦比亚大学师范学院硕士学位，1914年以论文《中国教育制度沿革史》获哥伦比亚

---

① 参见朱斐主编：《东南大学史（第一卷）》（第2版），南京：东南大学出版社，2012年，第19页。
② 《江谦关于南京高等师范学校开办状况报告书》，《南大百年实录》编辑组编：《南大百年实录》（上卷），南京：南京大学出版社，2002年，第46页。
③ 王德滋主编：《南京大学百年史》，南京：南京大学出版社，2002年，第59页。
④ 《江谦关于南京高等师范学校开办状况报告书》，《南大百年实录》编辑组编：《南大百年实录》（上卷），南京：南京大学出版社，2002年，第46页。
⑤ 《江谦关于南京高等师范学校开办状况报告书》，《南大百年实录》编辑组编：《南大百年实录》（上卷），南京：南京大学出版社，2002年，第46页。

大学哲学博士学位。归国之后,郭秉文参与创办南京高等师范学校,深得江谦赏识。1921—1925年间,郭氏任东南大学校长。① 对于郭秉文的个人形象,"学衡派"成员胡先骕有极为传神的描绘:"郭先生躯干短而略肥,面时具笑容,吐语声柔而稍雌,然慢缓明晰而悦耳,与之倾谈即知其为干才也。"②

上文谈到,蔡元培主要依照德国大学模式改革北大,偏重文理两科。作为留美学生,郭秉文则是取法美国综合性大学,力求学科完备。在东南大学成立初期,学校即设有文理(后分为文、理两科)、教育、工、农、商5科,其下共设22系,此后又扩充为6科31系,科系数量居国内高等学府之首③。师资方面,早在南高师时期,学校即着力引进留学归国人员。以1918年为例,全校53名教员当中,曾在国外留学者达到32人,占60.4%。改组为大学后,东大又进一步扩大教师规模,优化教师结构。据研究者统计,曾在东南大学任教的222名教授当中,有国外留学经历者计127人,外籍教授16人,二者占教授总数的64.4%。④ 强大的师资力量为东南大学办学水平的提高提供了有力保障。

先就梅光迪、吴宓所在的文科来看,在最盛之时,东南大学文科包括6个学系。各系系主任名单如下⑤:

国文系:陈中凡

英文系:张士一(楼光来继任)

西洋文学系:梅光迪

历史系:徐则陵

哲学系:刘伯明(汤用彤继任)

政治经济系:王伯秋

---

① 参见《郭秉文先生年表》,《郭秉文先生纪念集》,台北:中华学术院,1971年。
② 胡先骕:《梅庵忆语》,《子曰丛刊》第4辑,1948年,第20页。
③ 参见《国立东南大学组织系统表及说明》,《南大百年实录》编辑组编:《南大百年实录》(上卷),南京:南京大学出版社,2002年,第115页;朱斐主编:《东南大学史(第一卷)》(第2版),南京:东南大学出版社,2012年,第148页。
④ 朱斐主编:《东南大学史(第一卷)》(第2版),南京:东南大学出版社,2012年,第36、100页。
⑤ 朱斐主编:《东南大学史(第一卷)》(第2版),南京:东南大学出版社,2012年,第108页。

在以上系主任中,梅光迪、刘伯明、汤用彤均属于"学衡派",刘伯明同时还兼任校长办公处副主任(即副校长)及文理科主任。其余诸人当中,张士一为哥伦比亚大学师范学院硕士,楼光来为哈佛大学文学硕士、白璧德弟子,徐则陵为伊利诺伊大学史学硕士,王伯秋肄业于早稻田大学与哈佛大学,仅有国文系主任陈中凡无海外学习经历。文科其他著名教授还包括柳诒徵、王伯沆、吴梅、顾实、吴宓、萧纯锦等。此外,著名作家赛珍珠(P. S. Buck)及外国文学专家温德(R. Winter)也曾在东南大学任教。[①]

总体而言,东南大学文科承南高师余绪,强调继承与弘扬民族文化,赞同新文化运动者在文科当中并不占上风。梁启超在1923年应邀到东南大学讲学时,也特别指出这一点:"这边的诸同学,从不对于国学轻下批评,这是很好的现象。自然,我也闻听有许多人讽刺南京学生守旧,但是只要旧的是好,守旧又何足病诟?"[②]可见不仅教师如此,东南大学学生对于传统文化亦多持肯定态度。

再就教育学科而言,东南大学同样引领一时风气。东大教育科主任为著名教育家陶行知。该科教授包括陈鹤琴、陆志韦、郑宗海、孟宪承、廖世承等,几乎皆为今日教育学人耳熟能详的著名学者。另一值得注意的现象是,东大教育学教授多有留学哥伦比亚大学师范学院的背景。除校长郭秉文之外,陶行知、陈鹤琴、郑宗海也都曾在哥伦比亚大学师范学院学习。著名哲学家、教育家杜威长期在哥伦比亚大学执教,其实用主义教育思想对哥大师范学院有深刻影响。在上述中国"校友"的努力之下,东南大学也一度成为宣传实用主义教育理论的重要阵地。

最后,在理科、工科与农科等领域,东南大学亦是实力雄厚。理科方面,数学系主任为熊庆来,法国蒙柏里大学理科硕士,中国函数论的开拓者之一;物理系主任为胡刚复,哈佛大学物理学博士,在光电学领域造诣深厚;地学系

[①] 参见朱斐主编:《东南大学史(第一卷)》(第2版),南京:东南大学出版社,2012年,第97—98页。
[②] 梁启超:《治国学的两条大路》,《饮冰室合集》(第五册),北京:中华书局,1989年,第119页。

主任为竺可桢,哈佛大学地学博士,中国现代气象学、地理学的开创者;工科主任为著名桥梁专家茅以升,其下设有机械、土木、电机三系;农科主任为邹秉文,康奈尔大学农学学士,植物病理学专家,该科其他著名教授包括动物学专家秉志,植物学专家胡先骕、张景钺、钱崇澍等。就上述学科的师资阵容而论,东南大学在全国可谓首屈一指。此外,前文提到的中国科学社也一度将办事处设在南高师校园内,其主要成员如任鸿隽、杨杏佛、竺可桢、秉志、胡刚复、邹秉文均曾在东大任教,使得东南大学成为中国科学社的大本营。

由上可知,东南大学的科系极为丰富,教师的学术背景及立场亦极为多元。为凝聚各学科力量,在办学过程中,东南大学极为重视人文与科学的平衡。校长郭秉文指出,"不发扬民族精神,无以救亡图存;非振兴科学,不足以立国兴国"①,强调二者不可偏废。在人文方面,除发扬民族精神之外,东南大学也重视学习西方文化。学校始终将国文、英文列为全校必修课②,旨在增强学生中西语言与文化的基本素养。在科学方面,东南大学则是基础科学与应用科学并重,这一点在科系设置与师资力量的安排当中均有所体现。

南高师本有重视本国文化的传统,加之东南大学校长郭秉文及副校长刘伯明均为文科出身,使得人文学科对学校学风的影响尤为显著。有学者总结道:"南高师—东南大学的核心教育理念是一种以培养社会精英为目的的通才教育,重视人格养成,在知识理念上以求'真'、求'诚'为最高目的,而不只是求一时一地之'用',在这种教育模式中,人文知识具有重要地位。"③曾在东大就读的史学家郭廷以也指出,东南大学"学生均循规蹈矩,一切都不走极端,既接受西洋文化,亦不排斥我国固有文化,因此学生虽鲜出类拔萃人物,但太差的也没有,这与北大恰好相反……虽然在新文化的提倡上北大功不可没,也出了不少风云人物,但由于学生可以随便不上课,可以随便闹事,差的

---

① 王德滋主编:《南京大学百年史》,南京:南京大学出版社,2002年,第63页。
② 朱斐主编:《东南大学史(第一卷)》(第2版),南京:东南大学出版社,2012年,第148页。
③ 孙化显:《和而不同:20世纪20年代东南大学的学者群体与知识生活》,《现代中国文化与文学》2012年第1期,第20页。

却也不少"①。可见北大与东大两校在学风上确有显著差异。

二 《学衡》的创刊与"学衡派"的教育主张

(一)《学衡》的创刊及其背景

"学衡派"因《学衡》杂志而得名。这份杂志的创办既得益于梅光迪、吴宓等人集聚东南大学这一机缘,同时也与新文化运动期间国人思想观念的剧烈变动有密切关联。

随着五四新文化运动的兴起,白话文在文化出版界迅速流行开来。据研究者统计,仅在五四运动之后的半年内,即有大约400种白话文刊物出现,绝大部分为学生或同情学生的人士所主编②。伴随着大量白话刊物而来的,是新思潮与新观念对传统的冲击。一位这一时代的亲历者对此曾有生动的描绘:"中国青年思想,以五四运动前后变动得最利[厉]害。那时的青年,大家嚷着反对家庭,反对宗教,反对旧道德、旧习惯,打破一切的旧制度。我在南京暑期学校读书,曾看见一个青年,把自己的名字取消了,唤做'他你我'。后来到北京,在北大第一院门口碰见一个朋友偕了一个剪发女青年,我问她:'你贵姓?'她瞪着眼看了我一会,嚷着说:'我是没有姓的!'还有写信否认自己的父亲的,说,'从某月某日起,我不认你是父亲了,大家都是朋友,是平等的。'"③

对于上述转变,梅光迪、吴宓等人同样有所察觉。吴宓曾在日记中写道:"二十六日晚,接阅北京高等师范学校寄来所出《教育丛刊》等件,粗鄙卑陋,见之气尽。而白话文字、英文圈点。学生之所陈说,无非杜威之唾余,胡适之

---

① 张朋园、陈三井、陈存恭等:《郭廷以先生访问纪录》,台北:"中央研究院"近代史研究所,1987年,第124—125页。
② [美]周策纵著,陈永明、张静等译:《"五四"运动史》,北京:世界图书出版公司北京公司,2016年,第180页。
③ 衣萍:《枕上随笔》,上海:北新书局,1929年,第66页。

反响,且肆行谩骂,一片愤戾恣睢之气。"①在另一则日记中,吴宓提及,"陈君寅恪来,谈中国白话文学及全国教育会等事。倒行逆施,贻毒召乱,益用惊心"②。

所谓"全国教育会等事",当指1919年10月在山西太原召开的全国教育会联合会第五次年会。会议持续半个月,共有各省区代表、教育家以及一线教育工作者500余人参会,杜威、胡适亦出席该次会议③。在会上,"推行国语以期言文一致"被作为议决案提交教育部及各省区教育会。该案除强调在小学教员当中推广国语、注音字母外,特别指出:"国民学校国文教科书,应即改用国语;高等小学国文教科书应言文互用。"④

这一议决案上呈教育部之后,很快得到回应。1920年1月,教育部颁布训令,要求将小学一、二年级国文改为语体文:"案据全国教育会联合会呈送该会议决《推行国语以期言文一致案》,请予采择施行……查吾国以文言纷歧,影响所及,学校教育固感受进步迟滞之痛苦,即人事社会亦欠具统一精神之利器。若不急使言文一致,欲图文化之发展,其道无由。本部年来对于筹备统一国语一事,既积极进行,现在全国教育界舆论趋向,又咸以国民学校国文科宜改授国语为言;体察情形,提倡国语教育实难再缓。兹定自本年秋季起,凡国民学校一、二年级,先改国文为语体文,以期收言文一致之效。"⑤由此可见,新文化运动的影响此时已开始波及国家教育政策层面。这一情形显然令吴宓、陈寅恪等力图维护传统的学人颇为不满。

上文曾谈及,吴宓在1921年5月收到梅光迪自南京高等师范学校寄来的

---

① 吴学昭整理注释:《吴宓日记》(第二册),北京:生活·读书·新知三联书店,1998年,第188页。
② 吴学昭整理注释:《吴宓日记》(第二册),北京:生活·读书·新知三联书店,1998年,第129页。
③ 参见孙佳瑾:《全国教育会联合会第五次年会及其影响》,华中师范大学硕士学位论文,2014年5月,第13—14页。
④ "第五届全国教育会联合会大会议决案",邰爽秋等合选:《历届教育会议议决案汇编》,上海:教育编译馆,1935年,第20页。
⑤ 黎锦熙:《国语运动史纲》,上海:商务印书馆,1934年,第109—110页。

快函,敦促其辞去此前与北京高师订立的聘约,改就南京高师。梅光迪在信中提到,南京高师副校长兼大学文理科主任刘伯明博士为其在美国西北大学之同学知友,贤明温雅,志同道合,今后决以此校为聚集同志知友,发展理想事业之地①。梅氏特别指出:"1920 秋即已与中华书局有约,拟由我等编撰杂志(月出一期)名曰《学衡》,而由中华书局印刷发行。此杂志之总编辑,尤非宓归来担任不可。……兄(宓)素能为理想与道德,作勇敢之牺牲,此其时矣!"②

另据吴宓在同一时期写给导师白璧德的信件,可知梅光迪此时已有通盘筹划:"梅君的策略是我们能在中国的高等教育机构站稳脚跟,而不是在北京大学。他强烈地反对我们中的任何人去北京大学,或受北大影响控制的北京其他大学。梅君为了实施他的策略,催促我们迅速回国。他写道,不应错失任何机会,不应继续允许文化革命者占有有利的文化阵地。"③

吴宓最终听从了梅光迪的建议,决定前往南高师任教,并于 1921 年 6 月启程回国。随着 9 月底学校正式开学,《学衡》的筹办也提上了议事日程。11 月初,在梅光迪召集下,《学衡》杂志社第一次会议在吴宓寓所召开,与会者包括东南大学教授刘伯明、柳诒徵、马承堃、胡先骕、萧纯锦、徐则陵及东南大学附属中学国文教师邵祖平。会上决定,由吴宓担任"集稿员",并推举柳诒徵作发刊辞一篇(即刊物第 1 期之《弁言》)。

1922 年 1 月,《学衡》第 1 期正式出版。刊物目录如下④:

---

① 吴学昭整理:《吴宓自编年谱:1894—1925》,北京:生活·读书·新知三联书店,1995 年,第 214 页。

② 吴学昭整理:《吴宓自编年谱:1894—1925》,北京:生活·读书·新知三联书店,1995 年,第 214 页。此外,吴宓 1920 年 10 月 20 日日记写道:"梅君迪生筹办《独立月刊》,已有端绪,出版在即,促宓等作文寄稿,以明正学而辟邪说。"可知《学衡》初拟命名为《独立月刊》。参见吴学昭整理注释:《吴宓日记》(第二册),北京:生活·读书·新知三联书店,1998 年,第 187 页。

③ 吴宓:《致白璧德》,吴学昭编:《吴宓书信集》,北京:生活·读书·新知三联书店,2011 年,第 13 页。

④ 《〈学衡〉第一期目录》,《学衡》第 1 期,1922 年,目录页。

插画
  孔子像
  苏格拉底像

弁言

通论

学者之精神	刘伯明
评提倡新文化者	梅光迪
中国提倡社会主义之商榷	萧纯锦

述学

国学摭谭	马承堃
论艺文部署	张文澍
汉官议史	柳诒徵
老子旧说	钟歆
近今西洋史学之发展	徐则陵

文苑
  一、文录
  自莲花洞登黄龙寺记（邵祖平）　记黄龙寺双宝树（邵祖平）
  嘲黄龙寺僧（邵祖平）　记白鹿洞谈虎（邵祖平）

  名家　钮康氏家传　　　　英国沙克雷　W. M. Thackeray　著
  小说　（The Newcomes）　　泾阳　　　吴宓　　译

  二、诗录（诗题略——笔者注）

杂缀

浙江采集植物游记	胡先骕

书评

评《尝试集》	胡先骕

  《学衡》将孔子像与苏格拉底像置于正文之前，直观地展现出崇尚古典的文化与教育立场。上述文章当中，除《钮康氏家传》外，均为文言文，可见"学

衡派"极力提倡文言,但并非全然拒斥白话。就刊物内容而言,可谓广涉中西学术,同时兼登旧体诗文以为点缀。在目录之前附有《〈学衡〉杂志简章》,明确揭示刊物的宗旨:"论究学术,阐求真理。昌明国粹,融化新知。以中正之眼光,行批评之职事。无偏无党,不激不随。"①其中"昌明国粹,融化新知"一语尤其能代表"学衡派"的主张。

《学衡》的发行情况大致如下:刊物由上海中华书局承印发行,1922年1月至1926年12月,以月刊形式刊行了60期。1927年停刊一年。1928年1月复刊,以双月刊印行,至1929年11月,出版了第61—72期。1930年停刊。1931年以后,时出时断,至1933年7月,又印行了第73—79期,此后未再续出。

(二)"学衡派"的教育主张

本着"昌明国粹,融化新知"这一宗旨,"学衡派"对于教育问题多有论述,其中尤为强调人文教育的重要性。以下就"国粹"与"新知"两方面分而论之。

就"昌明国粹"这一面而言,"学衡派"极力倡导以儒学为代表的传统人文教育,重视人格的培养与塑造。

对于五四时期教育界的"反传统"倾向,"学衡派"明确表示反对,指出在教育中"必须极力提倡吾国固有文化"②。甚至有"学衡派"成员认为,"现在中国教育,需要根本改造,自小学以至大学,一概应以人格教育为本"③。与此同时,"学衡派"也极力为孔子辩白,柳诒徵即一再申言:"中国今日之病源,不在孔子之教……在满清之旗人,在鸦片之病夫,在污秽之官吏,在无赖之军人,在托名革命之盗贼,在附会民治之政客,以迄地痞流氓,而此诸人固皆不奉孔子之教。"④

事实上,近代以来,倡导复兴传统教育者并不在少数,上述主张尚不足以

---

① 《〈学衡〉杂志简章》,《学衡》第1期,1922年。
② 胡先骕:《留学问题与吾国高等教育之方针》,张大为、胡德熙、胡德焜合编:《胡先骕文存》(上卷),南昌:江西高校出版社,1995年,第298页。
③ 昀(张其昀):《教师节之日期》,《时代公论》第1卷第13号,1932年,第3页。
④ 柳诒徵:《论中国近世病源》,《学衡》第3期,1922年,第5—6页。

显示"学衡派"的特点所在。具体而言，与其他流派相比，"学衡派"对儒家教育的提倡有如下特点：

首先是对先秦儒家的重视。我国历来强调教育者的人格感染力，"学衡派"主将梅光迪即对此有简要的分析："吾国人品，约略言之，可分三派。一曰老庄派也。此派任自然，轻礼法，极盛于魏晋六代，而至今流风不息。……二曰道学派也。此派自当以程朱为宗。其上者，志行艰贞，谨守礼教名节之防，宋元以来之讲学大师，配享两庑者，皆是。其下者，则吾人习见习闻之'假道学'也。三曰孔孟派也。此派折中于前两者之间，有老庄派之超逸，而无其放荡，有道学派之谨严，而无其拘泥，所以为人品极则也。"①于此可见梅光迪尊先秦而抑宋明的倾向。对于汉儒，"学衡派"同样有所批评。针对汉代训"儒"为"柔""懦"的观点，柳诒徵提出反驳："盖孔门虽尚《中庸》，以世人多偏于柔懦，故恒思以刚强济之，非若老子专偏于柔弱也。后世儒者，未得孔门真传，徒以乡愿为儒，而儒遂有优柔濡滞之训，此自是汉人见解，非春秋、战国时之儒者也。"②从这一角度来看，"学衡派"的主张与欧洲"文艺复兴"时期复兴希腊罗马古典文化的思潮颇有异曲同工之处。

其次是强调文学的教育功用。缪凤林认为，"吾国教育，素主人文"，"人文 humanization 义兼文化 culture 及修养 refinement 而言，意谓人生而质，必经文学之陶淑，始温温然博学君子人也"③。吴芳吉更是明言："所贵于文学者，非仅学为文章而已，学以养性情，学以变气质，学以安身立命，学以化民成俗者也。"④可见"学衡派"极为重视文学在人格陶冶与移风易俗层面的作用，这一点与仅以道义相砥砺的儒者又有所不同。

最后则是取欧西学说与传统儒学相印证。"学衡派"指出，"苟虚心多读书籍，深入幽探，则知西洋真正之文化与吾国之国粹实多互相发明、互相裨益

---

① 梅光迪：《孔子之风度》，《国风》第 1 卷第 3 号，1932 年，第 8—9 页。
② 柳诒徵：《柳诒徵文集》（第六卷），北京：商务印书馆，2018 年，第 287 页。
③ 缪凤林：《文情篇》，《学衡》第 7 期，1922 年，第 5 页。
④ 吴芳吉：《再论吾人眼中之新旧文学观》，《学衡》第 21 期，1923 年，第 29 页。

之处,甚可兼蓄并收、相得益彰"①。吴宓以古代圣哲为例,对此做了阐发:"夫西方有柏拉图、亚里士多德,东方有释迦及孔子,皆最精于为人之正道,而其说又在在不谋而合。"②胡先骕进一步指出,西方教育对于治事治学与修身两方面并不偏废:"欧西文化在希腊鼎盛之时期,苏格拉底、柏拉图、亚里士多德诸贤讲学,咸知二者并重。至中世纪,则基督教亦能代希腊文化,以教人立身之道。……在欧美各邦,基督教义,已成社会全体之习尚。其认道德与基督教义,几为一物,亦犹吾国之认道德与孔子教义几为一物也。"③假如说五四"新文化派"意在以西方现代教育思想取代中国传统教育思想,"学衡派"则试图以西方古典文化印证儒家教育思想的正确性,借此重拾对传统教育的信心。

而从另一个维度来看,"学衡派"并未止于东西方思想的简单比附,而是试图在白璧德新人文主义思想的指引之下,对西方教育、文化追源溯流,并在此基础上"融化新知"。

作为美国新人文主义思想的代表人物,白璧德对"学衡派"有直接而重要的影响。因此,对白璧德思想、主张的译介,构成了《学衡》的重要主题之一。相关文章当中,如《白璧德中西人文教育谈》④、《白璧德释人文主义》⑤等均直接论及教育问题。一方面,白璧德极力推崇孔子,进一步增强了"学衡派"对儒学的认同;另一方面,白璧德亦多次称赏柏拉图、亚里士多德等古希腊哲学家及马修·阿诺德(M. Arnold)所代表的英国人文主义思想家,同样对"学衡派"产生了深远影响。

遵循白璧德的指引,"学衡派"探本穷源,积极引介古希腊哲学,其中以郭斌龢用力最勤。郭氏先与景昌极陆续译介柏拉图语录,登载于《学衡》杂志⑥,此后又专门撰文讨论柏拉图、亚里士多德的教育思想。郭斌龢认为,"我国传

---

① 吴宓:《论新文化运动》,《学衡》第 4 期,1922 年,第 6 页。
② 吴宓:《〈白璧德中西人文教育谈〉按语》,《学衡》第 3 期,1922 年,第 2 页。
③ 胡先骕:《说今日教育之危机》,《学衡》第 4 期,1922 年,第 3—4 页。
④ [美]欧文·白璧德撰,胡先骕译:《白璧德中西人文教育谈》,《学衡》第 3 期,1922 年。
⑤ [美]欧文·白璧德撰,徐震堮译:《白璧德释人文主义》,《学衡》第 34 期,1924 年。
⑥ 相关译文结集为《柏拉图五大对话集》,于 1934 年由国立编译馆出版。

统教育，以偏重人格之陶冶，而忽略思辨之技术的训练"①，而以柏拉图等人为代表的希腊教育思想恰可作为补充。在比较孔子与亚里士多德的思想时，郭氏表达了类似的观点："孔子之伟大，在其品格；亚氏之伟大，在其智慧。由亚氏观之，道德之为物，所以供吾人之研究探讨；由孔子观之，道德之为物，所以供吾人之躬行实践。"②由此可见，"学衡派"对于中西文化观、教育观的差异有充分的认识与自觉的探讨。

梅光迪留意到19世纪中叶英国教育界关于文学与科学的争论，并着重介绍了马修·阿诺德的观点："科学为工具的智慧，于人之所以为人之道无关，文学则使人性中各部分如智识、情感、美感、品德，皆可受其指示薰陶，而自得所以为人之道。"③梅光迪本人精研英国文学，这段介绍亦颇有"夫子自道"的意味。

与此同时，"学衡派"站在新人文主义的立场，对浪漫主义教育哲学多有批判。胡先骕即明确指出："自卢梭《爱米儿》出，教育之宗旨大改。因势利导之方法，乃取严厉之训练而代之。其优点固在使求学为可乐，其弊则在阿顺青年避难趋易之趋向。……其弊之尤大者，则在极端趋重个性。早年即使专治一业，于为人生基本之人文教育，无充分之训练。"④刘伯明认为，卢梭的教育主张有一定的合理性，但其弊端亦极为明显，理性主义"立论极为高超，惟其流弊则戕贼天性，处处拂自然之好恶，致使人不堪其苦，此即卢梭自然主义之反动之所由来也。……其流弊则造成儿童专制，以旋起旋灭之兴趣为教育之标准"⑤。值得注意的是，"学衡派"对卢梭教育思想的批评并非无的放矢，而是基于对西方教育传统的准确把握，展现出丰厚的西学素养。

此外，对于实用主义教育哲学，"学衡派"亦有所褒贬。刘伯明公允地指出，以实用主义为代表的现代教育利弊杂陈："今之教育，其趋势在重视活动、

---

① 郭斌龢：《柏拉图之生平及其教育思想》，《思想与时代》第5期，1941年，第9页。
② 郭斌龢：《孔子与亚里士多德》，《国风》第1卷第3号，1932年，第43页。
③ 梅光迪：《安诺德之文化论》，《学衡》第14期，1923年，第8页。
④ 胡先骕：《文学之标准》，《学衡》第31期，1924年，第7页。
⑤ 刘伯明：《教育与训练》，《新教育》第4卷第5期，1922年，第838页。

创作,而以应变、解决问题、发起新事业为有价值。……此项反动就其大体言之,实有充足之理由,盖吾人生当今世,必具有应付改造环境之能力。……然谓教育宜重创造则可,谓创造外别无其他宜重之德则不可也。"①显然,在"学衡派"看来,相比于创造,人文修养在教育中占有更重要的地位。郭斌龢则借助柏拉图教育哲学,对杜威的民主教育理论提出批评:"柏拉图之教育学理最为近人如杜威等所抨击者,厥为其三种人民担任三种工作之说,以为不合于民主主义,此亦目论。……论人格,当然平等;论才能,则物之不齐,物之情也,当然不能平等,亦不必求其平等。"②以上论点充分体现出"学衡派"的精英主义立场。

综上可知,"学衡派"对中西教育传统均有所涉猎,其教育主张带有鲜明的人文主义色彩。对于以孔子为代表的先秦儒家教育思想,"学衡派"极力推崇,尤其强调道德与文学二者的统一。面对纷繁的西方教育思潮,"学衡派"选择了白璧德新人文主义思想,并由此上溯西方古典主义传统,极力批判现代教育过分迁就儿童、过于强调现实功用等弊端。在卢梭、杜威教育思想广为流行的背景之下,"学衡派"的声音固然微弱,却不乏闪光之处。

(三)《学衡》在教育界的影响

《学衡》的刊行在文化界具有标志性意义,在教育界同样影响深远。学者钱基博即把"学衡派"与"北大派"的论争视为"人文教育"与"知识论"两种理念的冲突:"(北大派)横绝一时,莫与京也!独丹徒柳诒徵,不徇众好。以为古人古书,不可轻疑;又得美国留学生胡先骕、梅光迪、吴宓辈以自辅,刊《学衡》杂志,盛言人文教育,以排难胡适过重知识论之弊。一时之反北大派者归望焉,号曰学衡派。世以其人皆东南大学教授,或亦称之曰东大派。"③史学家金毓黻则从"雅"与"俗"的对立看待南北学界的分歧:"廿载以往,北都学者主以俗语易雅言,且以为治学之邮,风靡云涌,全国景从。而南都群彦则主除屏

---

① 刘伯明:《教育与训练》,《新教育》第4卷第5期,1922年,第838—839页。
② 郭斌龢:《柏拉图之生平及其教育思想》,《思想与时代》第5期,1941年,第10页。
③ 钱基博编辑:《国学文选类纂》,上海:商务印书馆,1935年,"总叙"第20页。

俗语,不捐雅言,著论阐明,比于诤友,于是有《学衡》杂志之刊行。"①

由上可知,在同时代学人眼中,《学衡》俨然成为南方学界的代表性刊物。尤其值得注意的是,以"学衡派"为中心,《学衡》杂志汇集了一大批文化、学术立场相近的学者。已有研究者指出,《学衡》的作者群涵盖"桐城派""南社""国粹派""常州词派""同光体"诗派等多个流派的成员②,范围极广。其中声名较著者包括③:

沈曾植(1850—1922),字子培,号乙庵,浙江嘉兴人,近代著名学者。

林纾(1852—1924),字琴南,号畏庐,福建闽县人,"桐城派"后期成员,著名学者、翻译家。

陈三立(1852—1937),字伯严,号散原,江西义宁人,近代著名诗人,"同光体"诗派重要代表人物。

朱祖谋(1857—1931),字藿生、古微,号彊邨,浙江归安人,近代著名词人,"常州词派"代表人物之一。

梁启超(1873—1929),字卓如,号任公,广东新会人,近代著名思想家、文学家。

黄节(1873—1935),字晦闻,广东顺德人,"国粹派"代表人物,曾任北京大学教授。

王国维(1877—1927),字静安,号观堂,浙江海宁人,近代著名学者。

马一浮(1883—1967),名浮,字一浮,号湛翁,浙江绍兴人,近代"新儒家"代表人物之一。

吴梅(1884—1939),字瞿安,号霜厓,江苏苏州人,著名曲学大师,曾任东南大学教授。

---

① 金毓黻著,《金毓黻文集》编辑整理组校点:《静晤室日记》(第六册),沈阳:辽沈书社,1993年,第4629页。
② 沈卫威编著:《"学衡派"编年文事》,南京:南京大学出版社,2015年,第43页。
③ 参见沈卫威编著:《"学衡派"编年文事》,南京:南京大学出版社,2015年,第161、277、102、133、162、123、158、120、136、104、106页。

陈寅恪(1890—1969),江西义宁人,近代著名史学家。

张荫麟(1905—1942),字素痴,广东东莞人,近代著名史学家。

从受众这一层面来看,《学衡》的读者当中亦不乏教育文化界的知名人士。如近代著名实业家、教育家张謇在读到柳诒徵寄赠的《学衡》杂志后,即欣然提笔回信,对"学衡派"的主张颇表赞同。他在信中指出,《学衡》"论新教育、论白话诗,乃无一非吾意所欲言。不意近日白门乃有此胜流群萃之乐也。望更寄全分三部,欲分与中学、师范诸校,为流行病之药。吾恶知恶风之不已侵吾域耶?得此庶以多自证、以同自卫"①。已有研究者指出,张謇的立场并非个案,上述言论在当时一部分旧学者和社会名流中实具有代表性②。

此外如东北大学文、法科学长(相当于院长)汪兆璠,亦颇为赞同《学衡》杂志的主张,为"学衡派"成员此后前往东北大学任教奠定了基础。吴宓本人即坦言,在1931年九一八事变以前,"宓对各校举荐各院系教授、讲师、助教、职员,恒以东北大学为最易成,最听信宓"③。可见,通过《学衡》建立起的人际关系在其中发挥了重要的作用。

与此同时,《学衡》也引起了外国人士的注意。溥仪外籍教师庄士敦(R. F. Johnston)即为《学衡》的订阅者之一,原南洋公学监院福开森(J. C. Ferguson)亦通过《学衡》与吴宓订交,并由此建立通讯联系④。1923年,香港大学伦理学教授沃姆(G. N. Orme)特地致函吴宓,表示赞同《学衡》杂志之宗旨、主张及内容,并向吴宓介绍了郭斌龢、胡稷咸、朱光潜三位香港大学学生。其中郭、胡两位日后成为"学衡派"的中坚,朱光潜亦与吴宓私交甚好。同年8月,沃姆本

---

① 张謇:《致柳诒徵函》,李明勋、尤世玮主编:《张謇全集》(第3册),上海:上海辞书出版社,2012年,第1091页。信札内容据张裕伟《张謇致柳诒徵信札墨迹新释》(刊于海门市张謇研究会网站 www.zhangjianyanjiu.org/)略有订正。
② 沈卫威:《民国大学的文脉》,北京:人民文学出版社,2014年,第108页。
③ 吴学昭整理:《吴宓自编年谱:1894—1925》,北京:生活·读书·新知三联书店,1995年,第249页。
④ 参见吴学昭整理:《吴宓自编年谱:1894—1925》,北京:生活·读书·新知三联书店,1995年,第241页。

人在归国途中于南京稍事停留,并在"学衡派"的安排下为东南大学师生作演讲,讲座内容随即以《沃姆中国教育谈》为题登入《学衡》杂志①。所谓"旁观者清",在国人纷纷呼吁打倒传统之际,在华英美学人反倒颇能欣赏中国文化的优越之处,二者的反差构成了中国近代文化史、教育史上的独特景象。

然而,作为一份文言性质的学术刊物,《学衡》在青年学生当中的影响则极为有限。梅光迪、吴宓的好友楼光来即在文章中谈到,《学衡》杂志"与流行的趋势恰相背反,且缺乏标语与战斗口号来激发大众的想象力,它在普通学生与大众当中自然也就未能产生大的影响"②。梁实秋更是直言,文言这一载体极大地限制了期刊的传播与影响:"《学衡》初创之时,我尚未卒业大学,我也是被所谓'新思潮'挟以俱去的一个,当时我看了《学衡》也是望而却步,里面满纸文言,使人不敢进一步探讨其内容了。"③梁实秋日后与"学衡派"多有来往,其观点尚且如此,其他普通学生的态度更可想而知④。

就刊物的销量来看,《学衡》的情况同样不容乐观。相关材料显示,截至1926年底,《学衡》的平均销量仅数百份,亏损严重⑤。前文已提到,自1927年之后,《学衡》的出版时断时续,呈现出难以为继的态势,终至1933年7月停刊。作为《学衡》的"假想敌",《新青年》在最鼎盛之时,一月可印一万五六千本⑥,二者相差极为悬殊。

---

① 参见吴学昭整理:《吴宓自编年谱:1894—1925》,北京:生活·读书·新知三联书店,1995年,第249—250页。吴宓述:《沃姆中国教育谈》,《学衡》第22期,1923年,第1—9页。

② Low Kwang-lai, "Nationalism and the Vernacular in China," *The North American Review*, Jun 1, 1926, pp.320-321.

③ 梁实秋:《关于白璧德先生及其思想》,《梁实秋文集》编辑委员会编:《梁实秋文集》(第1卷),厦门:鹭江出版社,2002年,第547页。

④ 当然,其中亦有例外情况,吴宓在日记中即提到一例:"京师大学文科预科二年级生瞿吉喆欲购《学衡》全份,来函询问。并述读宓撰《我之人生观》(载《学衡》第16期——笔者注)一文而深服,愿遵照奉行之云云。"参见吴学昭整理注释:《吴宓日记》(第四册),北京:生活·读书·新知三联书店,1998年,第23页。

⑤ 吴学昭整理注释:《吴宓日记》(第三册),北京:生活·读书·新知三联书店,1998年,第258—259页。

⑥ 汪原放:《回忆亚东图书馆》,上海:学林出版社,1983年,第32页。

对于意在"救世"的"学衡派"而言,《学衡》的主张未能在学生群体当中引发充分的回应,的确是莫大的遗憾。不过,这一缺憾在某种程度上通过"学衡派"自身的教学活动得到了弥补。

三 "学衡派"与东南大学的人文教育

(一) 力秉中枢——刘伯明

在郭秉文的主持之下,东南大学迅速崛起,其中文科方面,郭秉文尤为倚重"学衡派"的力量,如哲学学科之刘伯明、汤用彤,史学之柳诒徵,文学之梅光迪、吴宓,均为一时之选。对于"学衡派"这一时期在东南大学的贡献,胡先骕有极为精当的概括[①]:

> 当五四运动前后,北方学派方以文学革命整理国故相标榜,立言务求恢诡,抨击不厌吹求。而南雍师生乃以继往开来融贯中西为职志,王伯沆先生主讲四书与杜诗,至教室门为之塞,而柳翼谋先生之作《中国文化史》,亦为世所宗仰。流风所被,成才者极众。在欧西文哲之学,自刘伯明、梅迪生、吴雨僧、汤锡予诸先生主讲以来,欧西文化之真实精神,始为吾国士夫所辨认,知忠信笃行,不问华夷,不分今古,而宇宙间确有天不变道亦不变之至理存在,而东西圣人,具有同然焉。自《学衡》杂志出,而学术界之视听以正,人文主义乃得与实验主义分庭而抗礼。"五四"以后,江河日下之学风,至近年乃大有转变,未始非《学衡》杂志潜移默化之功也。

在"学衡派"成员中,刘伯明担任校长办公处副主任、行政委员会副主任

---

① 胡先骕:《朴学之精神》,《国风》第 8 卷第 1 期,1936 年,第 15 页。

及文理科主任①,辅助郭秉文统筹学校工作,对东南大学学风的影响尤为显著。

刘伯明(1887—1923),名经庶,以字行,江苏江宁人,早年毕业于汇文书院(金陵大学前身),后游学日本,其间师从章太炎,治说文学、诸子学,并加入同盟会。1911年,刘伯明赴美国西北大学攻读哲学与教育,于1915年获博士学位。归国后任金陵大学国文部主任,同时兼任南高师教授。1919年起专任南高师训育主任及文史地部主任。1921年南高师改组为东南大学,任行政委员会副主任及文理科主任等职。②

在南高—东大任职期间,刘伯明孜孜以求,以改进学风为己任。据时人回忆,"每逢开学散学、新年元旦及其他特别典礼,常有师生一堂的盛会;那时刘先生必亲自出席,对于学风问题,常侃侃而谈"③。纵观刘伯明关于大学教育的论述,其中既有对传统人文精神的阐扬,亦有对现代国民素养的提倡,凸显出中西会通的特点。

一方面,刘伯明自觉继承了两江师范的传统,始终强调人格的感化。他指出:"学校精神,存乎教师学生间个人之接触。无论修学息游,为人师者,应随时加以指导,于以改造其思想,而陶冶其品性,不仅以授与智能为尽教者之职责。"④刘伯明本人即身体力行,赢得了东大师生的一致崇敬。梅光迪指出:"伯明之于学生,亦无若何特殊之德育训练,而其静穆和易之貌,真挚悱恻之言,自使人潜移于无形之中。当时东大,俨然自成风气,为社会所公许。"⑤1923级学生厉鼎煃多年后仍对入学时刘伯明演讲的情景记忆犹新,感慨"经

---

① 查东南大学组织结构,学校不设副校长,行政事务由行政委员会统筹管理。梅光迪指出,"校长办公处副主任,滑稽之名称也……有副校长之勤苦,而副校长之名与实,皆未尝居"。参见《东南大学报送学校章程呈教育部文(1921年9月10日)》,南京大学校史研究室编:《南京大学校史资料选编·第二卷:南京高师与东南大学时期(上)》,南京:南京大学出版社,2019年,第108—109页;梅光迪:《九年后之回忆》,《国风》第1卷第9号,1932年,第24页。

② 参见郭秉文:《刘伯明先生事略》,《学衡》第26期,1924年,第1页。郑师渠:《在欧化与国粹之间——学衡派文化思想研究》,北京:北京师范大学出版社,2001年,第71—72页。

③ 张其昀:《教育家之精神修养》,《国风》第1卷第9号,1932年,第59页。

④ 刘伯明:《论学风》,《学衡》第16期,1923年,第8页。

⑤ 梅光迪:《九年后之回忆》,《国风》第1卷第9号,1932年,第24页。

师易得,人师难求。若先生之以身示范,实人格教育家"①。从中可见,刘伯明的人格魅力对于东大学风确有潜移默化的影响。

另一方面,刘伯明并不以保守主义自限。据张其昀回忆,刘伯明并不同意当时流行的"北大尚革新,南高尚保守"之说,而是强调学者应当有自由之心②。所谓"自由之心",即是不懈追求真理的科学精神。刘氏认为,科学的训练对于为人处世亦有所助益:"吾国古代伦理,颇重雍容礼让之风,此诚吾国国粹之一种。然因是不重精确效率等事,人与人之间既重浑融,则人我之界因以不分,此皆应以科学之训练补救者也。"③可见刘伯明亦颇能正视传统文化的缺点。

刘伯明认为,青年学生应当具备共和国民的精神。在高度肯定五四运动所倡导的"个人自由"这一价值观的同时,刘伯明指出,自由尚不足以穷民主之意蕴,而必须与"负责"相结合。与此同时,还须摒除私见,惟理性是从,如此方为合格之共和国民。④

在"通"与"专"两种教育取向当中,刘伯明主张先"通"而后"专"。对于专业主义与职业主义的主张,他尤为反对:"教育目的,在学为人。凡学为人,必使人性中所具之本能,俱有发展之机会,而学谋生,不过发展人性中之一部分。"⑤刘氏进一步指出:"人生于社会,除专门职业外,尚有人之职业,为父、为母、为友、为市民、为国民、为人类之一分子,皆不可列入狭隘职业之内。"⑥与此相对应,刘伯明试图改革东南大学课程,使学生在前两年学习普通科目,第三年始确认专业,专治一科⑦。由于多方面的原因,这一构想最终并未实现。

在教学和管理工作中,刘伯明同样面临诸多困难,其中之一是学术与政治的关系问题。在当时军阀主政的局面下,刘伯明极力避免政治对教育的渗

---

① 厉鼎煃:《刘先生演讲记》,《绛帏痕影录》,镇江:集成编译社,1947年,第13页。
② 张其昀:《刘伯明先生逝世纪念日》,《国风》第1卷第9号,1932年,第68页。
③ 刘伯明:《教育与训练》,《新教育》第4卷第5期,1922年,第842页。
④ 刘伯明:《共和国民之精神》,《学衡》第10期,1922年,第3—5页。
⑤ 刘伯明:《论学风》,《学衡》第16期,1923年,第6—7页。
⑥ 刘伯明:《再论学者之精神》,《学衡》第2期,1922年,第2页。
⑦ 参见刘伯明:《论学风》,《学衡》第16期,1923年,第7页。

透,力求维护学术的尊严。

曾在东大英文系就读的梅李今英在回忆中提到,某日学生们正在上刘伯明的逻辑学课程,此时校长郭秉文陪同江苏督军齐燮元参观校园,恰好走到教室门口。郭秉文示意刘伯明暂停上课,欲请齐氏进入教室参观。刘伯明佯装不知,仍旧上课不辍。待两人走远后,刘伯明对学生正色道:"我们不能容许任何事情打断课堂的教学。学术高于一切物质事物,尤其是权力与金钱。这是数千年来对待心智与道德训练应有的态度,对此我们理应保持并发扬。"①如果说郭秉文是为了学校的发展而不得不与军阀相周旋,刘伯明则是尽力在这一情形之下维持学校的底线,展现出一位学者的人格与操守。

东大 1921 级经济系学生罗时实提及刘伯明的另一则轶事:"有一天政治经济系的同学向校方请愿,希望能请张君劢先生作系主任。刘伯明先生是校长办公室副主任,事实上全校教育行政是由他主持。他听过同学陈述意见,只喟然叹息一声,然后慢条斯理地说,张先生清末留学日本,前三年再去德国,是一位政治性重于学术性的人物。他对宪法有很多主张,对哲学还说不上有多大的深度。我们要使大学发扬研究高深学术的精神,最好是和实际政治保持一点距离,牵涉太多,会给学校招致烦恼。"②在北方高校学生运动风起云涌之际,东南大学学生独能屹立于政潮之外,潜心于学业,显然与刘伯明提倡"学术超然于政治"的立场有莫大的关联。

就学校内部而言,不同系科之间往往因课程安排、经费配置等问题而产生矛盾,如何妥善协调上述关系,无疑是对刘伯明的巨大挑战。刘氏本人固然提倡人文主义,但同时也对实用主义深有研究③,对于自然科学亦不排斥,故能从不同学科的立场出发考虑问题,也因此赢得了各科教员的一致尊敬。

---

① Ida Ching-ying Lee Mei, *Flash-backs of a Running Soul*, Taipei: Chinese Culture Univ. Press, 1984, p.58.
② 罗时实:《柳翼谋先生及其学衡诸友——南雍感旧录之二》,《中外杂志》第 7 卷第 6 期,1970 年,第 14 页。
③ 刘伯明曾翻译杜威的《思维术》(*How We Think*,今译《我们怎样思维》),是"学衡派"当中为数不多的对杜威教育哲学有研究之人。参见[美]约翰·杜威著,刘伯明译:《思维术》,上海:中华书局,1921 年。

即便如此,在某些事务的处理上仍难以令各系科一致满意。以上文所谈课程设置一事为例。梅光迪即指出,当时学校"一派主张大学前两年不分科,或分科亦须多修文理科基本学程,一派主张第一年即分科,文理科之基本学程,愈少愈好……",刘伯明"为文理科主任,而又真解文理科之意义者,然处于校长办公处副主任地位,各科皆须同样看待,以避褊袒本科之嫌"①。就此一端,可见刘伯明协调各方关系之不易。

除课程与教学之外,刘伯明对学生的课外文娱活动也多有关注。如1920年12月,刘氏就图书室杂志订阅问题专门致函图书委员会主任张士一,指出"此事关系学生精神方面者甚大"②,建议其会同有关人员商量研究,删汰质量不高的杂志,同时兼顾各学科的平衡。该函充分体现出刘伯明考虑问题之细致。

由上可知,在办学主张上,刘伯明极力提倡人格教育与人文素质的培养,同时并未忽视科学精神与现代国民意识。在实际工作中,刘氏极力排除政治的干扰,尽力协调内部各系科的关系,为师生营造了良好的教学氛围,其成绩有目共睹。学生胡焕庸回忆,刘伯明在任上"努力提倡学生课外活动,注意完人训练,学生自治会及各种学术研究会等,即于此时应运而生,蓬蓬勃勃,有如春笋怒发,旭日方升,全校师生,无不精神焕发,兴趣活泼,治学成绩斯时最佳,撰述译著盛极一时"③。从上述描绘当中,犹能想见彼时东南大学的活跃气氛。

因校务繁剧,刘伯明积劳成疾,于1923年11月病逝,享年仅三十有七。据家人回忆,在病重之时刘氏仍关心学校校务,"喃喃所语者,无非关于学校某系某科或某学生之事"④。其中所展现出的对于学校与学生的关切之情,足以令人动容。在得知刘伯明去世的消息后,学生们伤心不已,纷纷前往刘宅

---

① 梅光迪:《九年后之回忆》,《国风》第1卷第9号,1932年,第25页。
② 《刘伯明致函图书委员会主任请审查杂志(1920年12月10日)》,南京大学校史研究室编:《南京大学校史资料选编·第二卷:南京高师与东南大学时期(下)》,南京:南京大学出版社,2019年,第801页。
③ 胡焕庸:《忆刘师伯明》,《国风》第1卷第9号,1932年,第27—28页。
④ 刘芬资:《悼先夫伯明先生》,《国风》第1卷第9号,1932年,第15页。

向老师作最后的告别。由于人数太多,有学生甚至为此排了近一个小时的队[①],师生感情之深挚于此可见。

(二) 旧学领袖——柳诒徵

在"学衡派"诸成员当中,以柳诒徵最为年长,国学修养亦最为深厚,堪称东南大学旧学之领袖。

前文谈到,柳诒徵于1880年出生于江苏镇江的书香门第,祖辈以儒学名世。柳氏幼年失怙,在母亲鲍氏的督教下,广泛诵读中国传统典籍。1901年,经友人举荐,柳诒徵入缪荃孙所主持的江楚编译局工作,并于1903年陪同缪氏赴日本考察。归国之后,热心于教育事业,先后在南京商业学堂、两江师范学堂、明德大学堂等校任教,1916年起任教于南京高等师范学校。

柳诒徵在南高师—东南大学常年开设"中国通史""中国文化史""东亚各国史"等课程,其中以"中国文化史"影响最大。有学生回忆,"柳师美仪容,长髯及胸,声音宏亮,庄严而潇洒"[②],足可想见其授课的风采。"中国文化史"也一度成为校内的热门课程,不仅大量文科学生选修该课,理工科学生亦前来旁听,教室经常座无虚席[③]。

那么,柳诒徵授课的内容究竟如何呢? 其课程讲义后结集为《中国文化史》一书出版,我们从中可一窥堂奥。该书洋洋80万言,上起远古部落时代,下至北洋军阀时期,内容广涉政治、经济、教育、学术、建筑、书法、图画等多个方面,描绘出中国光辉灿烂的物质文明与精神文明,读之足以增强民族自豪感与自信心。在当时学界提倡新文化、反对旧文化的氛围之中,柳诒徵毅然选择讲授此课,更可见其用意所在。

至于该书(同时也是该课)的宗旨,柳门弟子张其昀举出"民治精神"与

[①] 罗时实:《十四年东大学潮与我——成贤街回忆之二》,《传记文学》1962年第1卷第5期,第28页。

[②] 张其昀:《吾师柳翼谋先生》,柳曾符、柳佳编:《劬堂学记》,上海:上海书店出版社,2002年,第113页。

[③] 参见罗时实:《柳翼谋先生及其学衡诸友——南雍感旧录之二》,《中外杂志》1970年第7卷第6期,第13页。胡焕庸:《怀念柳翼谋先生》,柳曾符、柳佳编:《劬堂学记》,上海:上海书店出版社,2002年,第66页。

"学者精神"两点①,可谓独具只眼。

所谓"民治精神",指的是中国古代的民主思想。举例而言,论及周代政制时,柳诒徵指出:"周之重民,累世相传,明哲之士,咸喻斯义。……故虽未有民主立宪之制度,而实有民治之精神。"②站在这一立场,柳诒徵对古代王朝专制的一面进行了深刻揭露。如书中谈到清代对言论的钳制:"清之学者,有谨守卧碑之语。卧碑者,顺治朝所颁,以告诫学校生员者也。……盖明季学校中人,结社立盟,其权势往往足以劫制官吏。清初以卧碑禁之,而后官权日尊,惟所欲为,为士者一言建白,即以违制论,无知小民,更不敢自陈其利病矣。"③由此可知,柳诒徵既鼓励士大夫为民请命,亦赞同普通百姓自陈利病。这一观念事实上已超越了古人"为民做主"的思想,而与现代民主思想相接轨。

所谓"学者精神",则是指传统儒家对人格修养的重视。柳诒徵以孔子为例,对此做了阐发:"孔子以为人生最大之义务,在努力增进其人格,而不在外来之富贵利禄,即使境遇极穷,人莫我知,而我胸中浩然,自有坦坦荡荡之乐。"④柳氏同时阐明,提升人格的最终目的在于兼济天下:"孔子之学,亦非徒为自了汉,不计身外之事也。成己必成物,立己必立人。……故修身之后即推之于家国天下。"⑤此外,对于儒学在不同时期的发展与流变,《中国文化史》一书亦有细致的分析与精当的评判。前文提到,柳诒徵对于汉儒有所批评,此处再以宋明理学为例,略作探析。

柳诒徵着重强调宋、明两朝理学的区别,其批评多针对明代理学。柳氏评价:"平心论之,明儒风气,亦自成为一派。固与汉、唐不同,亦与宋、元有别,盖合唐、宋以来禅学、理学而别开一种心性之学,分茅设苨,与国相终。"⑥在他看来,"宋、元诸儒,多务阐明经子,不专提倡数字以为讲学宗旨。明儒则

---

① 张其昀:《吾师柳翼谋先生》,柳曾符、柳佳编:《劬堂学记》,上海:上海书店出版社,2002年,第114页。
② 柳诒徵:《柳诒徵文集》(第六卷),北京:商务印书馆,2018年,第228页。
③ 柳诒徵:《柳诒徵文集》(第七卷),北京:商务印书馆,2018年,第757—758页。
④ 柳诒徵:《柳诒徵文集》(第六卷),北京:商务印书馆,2018年,第264页。
⑤ 柳诒徵:《柳诒徵文集》(第六卷),北京:商务印书馆,2018年,第264页。
⑥ 柳诒徵:《柳诒徵文集》(第七卷),北京:商务印书馆,2018年,第685页。

一家有一家之宗旨,各标数字以为的。……纷然如禅宗之传授衣钵、标举宗风者然。谓为由宋、元以来,讲求理学,渐从由书册直指人心,可;谓为堕入禅学,遁于虚无,亦可。"①由此可见,柳氏在强调道德修养的同时,也重视经义的阐求,对于理学空谈"心性"的一面有所不满。

在学术研究层面,柳诒徵对于南高师—东南大学的史学风气同样有重要影响。胡先骕曾评论:"当时北方之学风,以疑古为时髦,遂有顾颉刚所主编《古史辨》之发行,……南高东大之史学在柳先生领导之下,则著重在史实之综合与推论,其精神与新汉学家不同,此则柳先生之功也。"②以柳诒徵为代表的东大学者一方面强调从大处着眼,重视史事的会通,不拘于枝节之考证;另一方面则是重视史学的道德功用,具有浓厚的人文精神。柳诒徵即明言:"吾国圣哲深于史学,故以立德为一切基本。必明于此,然后知吾国历代史家所以重视心术端正之故。"③可知柳氏意欲发扬中国史学的优良传统,这一点与强调科学与客观的"疑古学派"不尽相同。

柳诒徵在南高师—东南大学任教近十年,门下弟子众多,其中如缪凤林、向达、张其昀、胡焕庸、陈训慈、郑鹤声、范希曾、景昌极、徐震堮、王焕镳、陆维钊、赵万里等日后均在学界崭露头角。北京大学教授林损曾大为感慨:"翼谋先生培养出大批人才,实为我和其他专家所莫及。"④可见柳诒徵在人才培养上的贡献深得学界同行认可。柳门弟子当中,张其昀、陈训慈、缪凤林等均为"学衡派"中坚,以维护传统文化为己任。有学者指出,缪凤林、郑鹤声等在学术研究中即明显继承并发扬了柳诒徵强调道德教化的史学风格⑤。

综上可知,在人文素养方面,柳诒徵在南高师—东南大学所着力培养的,乃是一种兼备传统人文精神与现代民主意识的宏通之才;在学术研究方面,

---

① 柳诒徵:《柳诒徵文集》(第七卷),北京:商务印书馆,2018年,第690—692页。
② 胡先骕:《梅庵忆语》,《子曰丛刊》第4辑,1948年,第22页。
③ 柳诒徵:《柳诒徵文集》(第八卷),北京:商务印书馆,2018年,第85页。
④ 蔡尚思:《柳诒徵先生学述》(代序),柳曾符、柳佳编:《劬堂学记》,上海:上海书店出版社,2002年,第1页。
⑤ 区志坚:《道德教化在现代史学的角色——以柳诒徵及其学生缪凤林、郑鹤声的传承关系为例》,《史学史研究》2010年第2期,第57—66页。

柳诒徵强调史事的贯通,重视以史学发扬民族精神。凭借渊博的学识与出色的教学才能,柳诒徵在以上两方面均取得了巨大的成功。吴宓为此由衷感叹:"南京高师校之成绩、学风、声誉,全由柳先生一人多年培植之功。论现时东南大学之教授人才,亦以柳先生博雅宏通,为第一人。"①此语足以反映柳诒徵对于南高师—东南大学的重要贡献。

(三)援西入中——梅光迪、吴宓

东南大学成立之初,外国语言文学方面仅设立英文系,其范围较为狭窄。在梅光迪、吴宓的努力之下,学校创办国内首个西洋文学系,相关课程逐渐完善,极大增进了青年学生对西方文化的了解,也奠定了东南大学西洋文学教学与研究的人文主义学风。

着眼于学科的长远发展,1921 年 10 月,梅光迪、吴宓共同撰写《增设西洋文学系意见书》,提交东南大学教授会讨论。意见书强调:"以文学言,希腊拉丁法德等,比之英国文学,其重要有过之无不及。英国文学充其量亦只西洋文学之一部而已。"②尽管梅、吴二人的专长均为英语文学,他们的目光并未局限于英美两国,而是上溯古希腊罗马,旁及欧洲大陆,展现出开阔的文学视野。得力于刘伯明的支持,1921 年 11 月,设立西洋文学系的提议经教授会、评议会讨论通过。作为系主任,梅光迪踌躇满志,对该系的发展有一番宏伟的规划。如 1922 年 10 月,梅光迪就西洋文学系建设事宜致函郭秉文,信中写道:"国人正在倡言介绍西洋文化,文学乃其重要部份,而本国大学中有西洋文学一系者,独有我校,若不极力进行,不有负此领袖资格乎?"③可见梅光迪对西洋文学系的使命有极高的期待与自觉的承担。

---

① 吴学昭整理:《吴宓自编年谱:1894—1925》,北京:生活·读书·新知三联书店,1995 年,第 228 页。
② 《梅光迪、吴宓:增设西洋文学系意见书(1921 年 10 月)》,南京大学校史研究室编:《南京大学校史资料选编·第二卷:南京高师与东南大学时期(上)》,南京:南京大学出版社,2019 年,第 291 页。
③ 《梅光迪就西洋文学系建设事宜致郭秉文函(1922 年 10 月 26 日)》,南京大学校史研究室编:《南京大学校史资料选编·第二卷:南京高师与东南大学时期(上)》,南京:南京大学出版社,2019 年,第 297 页。

尽管创系时仅有梅光迪、吴宓两位教员（1923年下半年增聘李思纯），西洋文学系依然开出了数量可观的专业课程。

表2-1　东南大学西洋文学系课程表（1923年4月）

课程类别	课程名称及学分
第一类	文学总论(3)　文学选读(6)　抒情诗通论(3)　纪事诗通论(3)　戏剧通论(6)　小说通论(6)　短篇小说通论(2)　散文通论(6)　传记通论(3)　文学评论(6)　修词原理(3)　文学研究法(3)
第二类	欧洲文学大纲(6)　欧洲文学名著(6)　希拉文学史(6)　罗马文学史(6)　英国文学史(6)　法国文学史(6)　德国文学史(3)　意大利文学史(3)　西班牙文学史(3)　美国文学史(3)　欧洲中世纪文学史(3)　文艺复兴时代文学史(6)　古学派文学史(6)　浪漫派文学史(6)　欧洲现世文学史(6)　英国十六十七世纪文学史(6)　英国十八世纪文学史(6)　英国十九世纪文学史(6)
第三类	荷马(3)　桓吉尔(3)　新旧约全书(6)　但丁(6)　莎士比亚(6)　弥尔顿(6)　约翰生及其游从(3)　福禄特尔(6)　卢梭(6)　葛特(6)　卡莱尔(3)　爱玛生(3)　丁尼生(3)　安诺德(3)　易卜生(3)　托尔斯泰(3)
第四类	欧人论述中国之文(3)　西洋人研究中国文学之情形(3)　文学翻译(无定)　特别研究(无定)

备注：1. 6学分的课程授课时间均为一年，3学分及2学分的课程授课时间为半年。
　　　2. 除短篇小说通论、文学翻译、特别研究外，其他课程每周教授或讨论时数均为3学时。
　　　3. 课表所列课程为西洋文学系可开设的课程，并不等同于该系学生各学年的课程。这一时期东南大学采用"主系辅系"制度，主系课程总共须修读40至60学分，辅系课程修读15至30学分。
资料来源：《文理科学程详表》，《国立东南大学一览》，出版地不详，1923年，第16—21页。

由表2-1可知，西洋文学系的课程划分为四类，第一类主要为概论类课程，第二类主要为文学史，第三类为作家专题，第四类为中外文学与文化交流，层次分明。结合梅光迪、吴宓在哈佛的求学经历来看，二人留学期间所学课程在课表中有所反映。如"小说通论"、"文学评论"、"桓吉尔"（维吉尔）、"莎士比亚"、"弥尔顿"、"卢梭"、"卡莱尔"、"丁尼生"等课程，在哈佛的课表中均可寻得线索。文学史课程中，希腊文学史与罗马文学史各占6学分，荷马、维吉尔、但丁、莎士比亚、弥尔顿等经典作家在课程中均占有较大比重，这一重视古典文学的倾向显然受到白璧德新人文主义思想的影响。相比之下，同一时期北京大学英文学系则明显偏重19、20世纪的英国文学，简·奥斯汀、托马斯·哈代、奥斯卡·王尔德、H. G. 威尔斯等人的作品成为讲授的重点,其学术取向迥然不同①。此外,梅光迪、吴宓已注意到东西方文学与文化的"双向交流",并开设了相关课程,极具学术前瞻性。也要看到,由于该系定位于"文学",对口语、语法等语言类课程有所忽视。从现实角度而言,这给毕业生从事英语教学工作带来了一定困难②。

就教学内容而言,目前能看到的梅光迪授课讲义较少,其中一种为梅氏在南高师暑期学校讲授"文学概论"的讲义。该课程与表 2-1 中的"文学总论"相近。另有资料显示,在 1920—1921 学年,梅光迪确曾开设"文学概论"课程③。本书即以该课程为例,对梅光迪的授课内容略作探讨。

已有研究者指出,文学概论课程的开设在当时中国高校尚属于尝试阶段。大约与此同时,周氏兄弟在北大开设了同类课程,其教材多取自日文著作,如鲁迅选用的是厨川白村《苦闷的象征》一书。梅光迪则是直接取法欧美,其《文学概论讲义》多参考梅氏此后主持翻译的美国学者温彻斯特(C. T. Winchester)《文学评论之原理》④(Some Principles of Literary Criticism)一书,结构较为合理,内容较为充实⑤。

吸收参考国外理论的同时,《文学概论讲义》也带有梅光迪个人鲜明的烙

---

① 李良佑、张日昇、刘犁编著:《中国英语教学史》,上海:上海外语教育出版社,2004 年,第 228—234 页。

② 曾在东南大学西洋文学系就读的吕叔湘以亲身经历为例,谈及这一问题:"什么语音啊,语法呀,会话呀,我上学的时候是不去多管的。这叫做好高骛远。这跟当时的时代潮流有关,我们是'五四'时代的青少年,很受新文化运动的影响,有点'志大才疏'。这样学,出去教英语可就吃苦头了。'老师!这个字你刚才念的跟字典不一样啊!'坏了,自己念了个白字!'老师!这个成语是什么意思啊?''老师!这个句子怎么分析啊?'哎呀,一时答不上来。"参见吕叔湘:《学习·工作·经验——在北京市语言学会召开的治学经验座谈会上的讲话》,《吕叔湘全集》(第十三卷),沈阳:辽宁教育出版社,2002 年,第 159—160 页。

③ 《梅光迪、吴宓:增设西洋文学系意见书(1921 年 10 月)》,南京大学校史研究室编:《南京大学校史资料选编·第二卷:南京高师与东南大学时期(上)》,南京:南京大学出版社,2019 年,第 292 页。

④ [美]温彻斯特著,景昌极、钱堃新译,梅光迪校:《文学评论之原理》,上海:商务印书馆,1923 年。

⑤ 参见孙化显:《和而不同:20 世纪 20 年代东南大学的学者群体与知识生活》,《现代中国文化与文学》2012 年第 1 期,第 28 页。

印。讲义常以中西方例证相对举,展现出梅光迪试图会通中西文学的宏大理想。其中分析道,"中国文学喜言忠孝,西洋文学喜言爱。故吾国人于爱少感情,西洋人于忠孝少感情"①,此是中西文学相异之处。又如谈中西诗歌,梅光迪指出西洋诗的音节有轻重之分,"如吾国之平仄然"②,此是中西文学相通之处。对于浪漫派,梅光迪多有批评,认为其作品缺少对感情的节制,笔端不够含蓄③,这一观点当系受白璧德新人文主义的影响。此外,梅光迪强调:"文学家之宗旨在研究人生,并教人以如何为人。……哲学家之人生观为抽象的,文学家之人生观为具体的。……哲学家告人以道,文学家使人乐道。"④其中明显透露出以文学改造个人与社会的人文思想。

就授课效果而论,梅光迪口才并不甚佳,无法与柳诒徵相比。不过,凭借个人渊博的学识,梅氏依然受到本系学生的尊敬。另一方面,梅光迪也是一位不折不扣的严师。梅光迪妻子、原东南大学学生梅李今英回忆:"在他的莎士比亚课上,每周要讲一个戏剧,而且要求学生掌握每一个单词、每一个词组。……当一个问题问下来,没有人能够回答,他看起来是那样的伤心和失望:'你们年纪也不小了,难道还要我用戒尺来逼你们学习吗?'"⑤这一例证足以体现梅光迪对待学问的严肃态度。1922 年,梅光迪因故欲辞去东南大学教职,受到学生的苦苦挽留,当时情景令人动容:"一些学生哭了,特别是女生们,一些人在哀求着,还有人则是慷慨陈词。事件发展到最高潮,几个男生在他面前跪

---

① 《文学概论讲义》,中华梅氏文化研究会编:《梅光迪文存》,武汉:华中师范大学出版社,2011 年,第 74 页。
② 《文学概论讲义》,中华梅氏文化研究会编:《梅光迪文存》,武汉:华中师范大学出版社,2011 年,第 88 页。
③ 《文学概论讲义》,中华梅氏文化研究会编:《梅光迪文存》,武汉:华中师范大学出版社,2011 年,第 75 页。
④ 《文学概论讲义》,中华梅氏文化研究会编:《梅光迪文存》,武汉:华中师范大学出版社,2011 年,第 71 页。
⑤ Ida Ching-ying Lee Mei, *Flash-backs of a Running Soul*, Taipei: Chinese Culture Univ. Press, 1984, p.55.

了下来,一些女生本来在啜泣,这时也哭了出来。"①由此亦可见梅光迪在学生心目中的地位②。

吴宓在东南大学任教的第一学年共开设四门专业课程:(1) 英国文学史;(2) 英诗选读;(3) 西洋小说;(4) 修辞原理。③ 从第二学年起,又增开欧洲文学史。对于文学史课程的重要性,吴宓曾做过精辟的阐发:"文学史之于文学,犹地图之于地理也。必先知山川之大势,疆域之区画,然后一城一镇之形势、之关系可得而言。……近年国人盛谈西洋文学,然皆零星片段之工夫,无先事统观全局之意,故于其所介绍者,则推尊至极,不免轻重倒置、得失淆乱、拉杂纷纭、茫无头绪。"④引文后半段所针对的显然是当时推崇欧美现当代作家的风气,已然透露出吴宓的新人文主义立场。与此同时,吴宓又结合授课内容,在《学衡》杂志陆续发表《西洋文学精要书目》《英诗浅释》《希腊文学史》《西洋文学入门必读书目》等文章,以及西洋文学系学生翻译的伏尔泰、兰姆等人的作品,实现了办刊与教学之间的互动。

凭借扎实的功底与细致的备课,初登讲坛的吴宓在东南大学逐渐立稳脚跟。吴宓自陈:"宓以备课充足,兼以初归自美国,用英语演讲极流利、畅达,故上课后深受学生欢迎。"⑤1923 年春,时在清华学校就读的梁实秋到东南大学参观,对学校的学风印象深刻,并特别提及吴宓授课的风采:"这里的学生

---

① Ida Ching-ying Lee Mei, *Flash-backs of a Running Soul*, Taipei: Chinese Culture Univ. Press, 1984, p.55.

② 不过,思想趋新的学生则对梅光迪有所不满。据吕叔湘回忆:"梅光迪上课就骂胡适,另外就是宣传人文主义,反对新文学。我们不怎么爱听。我只是在一年级上过他一门英文选读,用作读物的三本书是:Kipling 的短篇小说选,Stevenson 的 In the South Seas,另外一本 Selected English Essays。这三本书对一年级学生来说是够得一啃的。"参见吕叔湘:《致外孙吕大年》,《吕叔湘全集》(第十九卷),沈阳:辽宁教育出版社,2002 年,第 314—315 页。

③ 参见吴学昭整理:《吴宓自编年谱:1894—1925》,北京:生活·读书·新知三联书店,1995 年,第 221—222 页;《梅光迪、吴宓:增设西洋文学系意见书(1921 年 10 月)》,南京大学校史研究室编:《南京大学校史资料选编·第二卷:南京高师与东南大学时期(上)》,南京:南京大学出版社,2019 年,第 292 页。

④ 吴宓:《希腊文学史》,《学衡》第 13 期,1923 年,第 48 页。

⑤ 吴学昭整理:《吴宓自编年谱:1894—1925》,北京:生活·读书·新知三联书店,1995 年,第 222 页。

没有上海学生的浮华气,没有北京学生的官僚气,很似清华学生之活泼朴质。……这里的教授很能得学生的敬仰,这是胜过清华的地方。我会到的教授,只是清华老同学吴宓。我到吴先生班上旁听了一小时,他在讲法国文学,滔滔不断,娓娓动听,如走珠,如数家珍。我想一个学校若不罗致几个人才做教授,结果必是一个大失败,我觉得清华应该特别注意此点。"①梁实秋大概未曾想到,自己这篇文章日后竟促成了吴宓到清华任教。

从梅、吴二人的教学中,我们可以看到,"学衡派"在导入西方文学与文化的过程中同样发挥了重要作用,展现出"融化新知"的一面。尽管东南大学西洋文学系从1921年11月成立到1924年5、6月间被合并,办学时间不足三年,但在人才培养方面仍取得了一定成绩,该系较著名的毕业生包括胡梦华、顾仲彝、张劲公、沈同洽、吕叔湘、浦江清等②。尤其值得注意的是,西洋文学系的理念、课程与教学对国内学界同样影响深远。吴宓即颇为自豪地表示:"自新文化运动起,国内人士竞谈'新文学',而真能确实讲述西洋文学之内容与实质者则绝少。……故梅君与宓等,在此三数年间,谈说西洋文学,乃甚合时机者也。"③南京国民政府更是一度将与梅光迪、吴宓、楼光来、张歆海视为"民二十(民国二十年——笔者注)前四大西洋文学权威教授"④。对于"新文化"的提倡者而言,这无疑是绝大的讽刺。此外,有研究者指出,继东南大学之后,清华学校大学部、复旦大学、大夏大学、岭南大学等多所高校均使用过"西洋文学系"这一名称,前者的示范效应不容低估⑤。

---

① 梁实秋:《南游杂感》,《清华周刊》第280期,1923年,第6页。
② 傅宏星:《近代中国大学西洋文学系的创立与人文理想考识——以东南大学西洋文学系为中心(1922—1924)》,《华中师范大学学报(人文社会科学版)》2015年第4期,第132页。
③ 吴学昭整理:《吴宓自编年谱:1894—1925》,北京:生活·读书·新知三联书店,1995年,第222页。
④ 转引自杨扬:《海外新见梅光迪未刊史料》,《华东师范大学学报(哲学社会科学版)》2013年第5期,第58页。
⑤ 傅宏星:《近代中国大学西洋文学系的创立与人文理想考识——以东南大学西洋文学系为中心(1922—1924)》,《华中师范大学学报(人文社会科学版)》2015年第4期,第130—131页。

四 东南大学风潮与"学衡派"的困境

(一)"学衡派"的内忧外患

在日常教学之外,人事、薪资问题及各类琐务同样构成了大学教师生活的一部分。就这方面而言,"学衡派"亦遭遇到诸多困难。

围绕《学衡》杂志的办理问题,"学衡派"在办刊之初就产生了难以调和的矛盾。在第一次社员会议上,梅光迪提出,《学衡》社不必立社长、总编辑、撰述员等名目,以免有争夺职位之事;甚至社员亦不必确定,凡有文章登载于《学衡》杂志者,其人即算作社员[1]。这一主张未免过于理想化。吴宓当即提出,总编辑一职应当设立,以便处理稿件。会议最终折中二人的意见,推举吴宓为"集稿员",负责稿件的编排。"集稿员"非正式职位,名不正而言不顺,不利于刊物的办理与对外联络。自第5期起,吴宓遂擅自在正文之前的《〈学衡〉杂志简章》上增添一行:"本杂志职员表:总编辑兼干事吴宓。撰述员,人多,不具录。"[2]此举引来梅光迪、胡先骕等人的不满,"学衡派"内部因此产生裂痕。不过,由于身负"总编辑"之名,吴宓将《学衡》视为个人事业,始终倾注心血,使刊物得以坚持十余年,对"学衡派"而言未尝不是幸事。

《学衡》创办之初,各栏目均设有主任编辑,其中胡先骕负责主持"文苑"一栏,其下分文录、诗录、词录、名家小说等。胡氏偏爱江西派,在"诗录"当中仅登载邵祖平、汪辟疆、王易、王浩等几位江西籍诗人作品,其他来稿均不选用。吴宓对此极为不满,乃于第3期当中,改胡先骕主持的"诗录"为"诗录一",另辟"诗录二",刊登其他师友的作品。该期出版之后,胡先骕颇有意见,认为此举无异于向外界宣示"学衡派"内部不和,吴宓则坚持如故。所幸胡先骕对此尚能理解,此后仍持续为《学衡》写稿。

---

[1] 吴学昭整理:《吴宓自编年谱:1894—1925》,北京:生活·读书·新知三联书店,1995年,第229页。

[2] 《〈学衡〉杂志简章》,《学衡》第5期,1922年。

另一位《学衡》社成员邵祖平则未能有此度量。吴宓在编排稿件时,曾将邵祖平所作《无尽藏斋诗话》推迟一二期登载,邵氏遂怀疑吴宓有意为此。1923年9月某日,邵祖平找到吴宓,要求将其新作登入最新一期《学衡》。吴宓不欲开此先例,拒不从命,邵氏乃拍案而起,高声怒骂,颇失风度。幸得柳诒徵从中调解,双方未酿成大冲突。① 即此一端,亦可见吴宓编辑刊物之艰难。

令吴宓最为痛心的无疑是梅光迪对《学衡》编辑工作的冷淡。作为《学衡》杂志的重要发起人,梅光迪在刊物上总计仅发表五篇文章②,自1923年2月第14期之后,未曾再为《学衡》写稿。梅光迪甚至一度对外界宣称:"《学衡》内容愈来愈坏,我与此杂志早无关系矣!"③梅氏未能协同吴宓巩固《学衡》这一阵地,对"学衡派"而言是重大的损失。尽管此后梅、吴二人在教学上依旧保持密切联系④,但交情已无复哈佛时期的亲密无间。

除"内忧"之外,"学衡派"尚有"外患",其中最为突出的是梅光迪、吴宓与英文系主任张士一的矛盾⑤。

张士一(1886—1969),名谔,以字行,江苏吴江人,早年肄业于南洋公学,1915年至南京高等师范学校英文科任教。1917年与吴宓同船赴美留学,入哥伦比亚大学师范学院,获硕士学位。归国后,任南高师英文部主任,后出任东南大学英文系主任。张氏的专长为语音学,对于文学缺乏研究。

在梅光迪到南高师任教之前,校内已有十余位英文教师,大部分为张士

---

① 吴学昭整理注释:《吴宓日记》(第二册),北京:生活·读书·新知三联书店,1998年,第255—256页。
② 篇目如下:《评提倡新文化者》(第1期)、《评今人提倡学术之方法》(第2期)、《论今日吾国学术界之需要》(第4期)、《现今西洋人文主义(第一章 绪言)》(第8期)、《安诺德之文化论》(第14期)。
③ 吴学昭整理:《吴宓自编年谱:1894—1925》,北京:生活·读书·新知三联书店,1995年,第235页。
④ 以1923年9月为例,该月二人至少有三次会面,其中一次为商谈新学期课程安排。参见吴学昭整理注释:《吴宓日记》(第二册),北京:生活·读书·新知三联书店,1998年,第253、255页。
⑤ 关于此事的新近研究,参见牛力:《倔强的少数:西洋文学系与学衡派在东南大学的聚散》,《民国研究》2019年第1期,第155—173页。

一所聘。其中多数为留美归国学生,有学政治、经济者,有学工程、生物者,所学不精,回国后只能辗转来教英文,其水平可想而知。梅光迪到校后,处处受到掣肘。对于梅光迪开设的课程,张士一并不干涉;在添聘西洋文学教员方面,张氏却是多方阻挠。1921年,梅光迪提出欲聘请吴宓,张氏乃谎称英文系预算只余每月160圆,恐吴宓不肯来。梅光迪应之曰:"姑且一试。"①随后即致信吴宓,邀其到南高师任教。

吴宓正是在这一背景之下,舍弃了北高师每月300圆的高薪,改就南高师之聘。按照梅光迪的计划,待到志同道合之士渐多,势力既厚,则可提议成立西洋文学部②,与英文部并立,如此则可依照梅、吴等人的教育理念开展教学。从这一层面来说,梅光迪与张士一的矛盾,乃是人文教育与语言教育两种理念的冲突。

西洋文学系成立后,原英文系学生根据个人意愿分配到二系之中,结果四分之三的学生选择转入西洋文学系,英文系遂相形见绌。张士一不得不求助郭秉文,请其转告梅光迪,英文系未批准转系的学生,西洋文学系不得擅自接收③。1923年夏,楼光来自哈佛学成归国,校方直接任命其为英文系主任,显然有收编原英文系人马之意。此举令张士一等人益发不满,原英文系教员遂群起而反对楼光来,新旧两派乃成水火不容之势④。

在张士一等人的推动下,1923年秋,东南大学校务会议决定,重新合并英文系与西洋文学系。此时西洋文学系仅有梅光迪、吴宓、李思纯三人,力量相对较弱。吴宓坚决反对两系合并,强调自己之所以到东南大学任教,"乃为西

---

① 吴学昭整理:《吴宓自编年谱:1894—1925》,北京:生活·读书·新知三联书店,1995年,第214页。
② 今日通行之学系,在南高师称为"学部",改组为东南大学之后,则称"学系"。
③ 《张士一为英文科学生转系事致郭秉文函(1922年9月21日)》,南京大学校史研究室编:《南京大学校史资料选编·第二卷:南京高师与东南大学时期(下)》,南京:南京大学出版社,2019年,第645页。
④ 刘伯明力主聘请楼光来,故英文系教师对其亦多有不满,甚至要攻倒刘伯明。参见南京大学校史研究室编:《南京大学校史资料选编·第二卷:南京高师与东南大学时期(上)》,南京:南京大学出版社,2019年,第329—331页。吴学昭整理:《吴宓自编年谱:1894—1925》,北京:生活·读书·新知三联书店,1995年,第252页。

洋文学系而来","为此五个字之招牌与名称而来"①,若"西洋文学系"这一名称取消,纵使将月薪提高至300圆,亦必然辞职而去。由此可见,吴宓之所以对学系的名称如此敏感,固然有现实层面的考量,但其更为看重的是这一名称所代表的人文教育理想。

1923年11月,刘伯明因病逝世,此后形势急转直下。1924年4月,楼光来辞去英文系主任一职。5月,梅光迪递交辞呈,通过白璧德与赵元任的举荐前往哈佛大学教授汉文。西洋文学与英文两系随之合并,改称外国语文系,"学衡派"在东南大学的一个重要阵地就此消亡。在此不利情形下,吴宓亦只得辞职,改赴东北大学任教,李思纯则黯然返回四川成都老家。

(二) 柳诒徵与东南大学"易长风潮"

在梅光迪、吴宓相继离开东南大学之后,一场更大的风潮席卷了这所高等学府。1925年1月6日,教育部突然发布训令,免去郭秉文东南大学校长一职,改聘胡敦复为校长。命令下达后,在平静的校园内掀起轩然大波。大批师生对此表示强烈抗议,校内随之形成"拥郭"与"倒郭"两派,争斗不已。风潮持续两年有余,东南大学的日常教学工作一度陷于停顿。②"学衡派"领袖柳诒徵以"倒郭派"主将的身份参与到这场风潮当中,更是成为众矢之的。柳氏为何会卷入东南大学"易长风潮"之中？此次事件对于其个人又有怎样的影响？以上两个问题是本小节讨论的重点所在。

事实上,柳诒徵对郭秉文的不满由来已久,郭氏拉拢江苏省教育会,相关决策不够民主,是其中的一个重要原因。

东南大学采用校长领导下的"三会制",即设立评议会、教授会与行政委员会,分别负责议事、教学和行政事务。③柳诒徵以资望较高,在教授会上常仗义执言。在办学过程中,郭秉文一方面倚重行政委员会,另一方面延揽江

---

① 吴学昭整理:《吴宓自编年谱:1894—1925》,北京:生活·读书·新知三联书店,1995年,第253页。
② 关于此次风潮的详细情形,参见许小青:《政局与学府:从东南大学到中央大学(1919—1937)》,北京:中国社会科学出版社,2009年,第74—100页。
③ 参见王德滋主编:《南京大学百年史》,南京:南京大学出版社,2002年,第78—80页。

苏省教育会主要人员（如沈恩孚、黄炎培、袁希涛）、省行政长官（如财政厅厅长严家炽）与著名教育家（如蔡元培、蒋梦麟）以及宁沪实业界领袖（如穆藕初、陈光甫）等人为校董，成立校董会，逐步收缩评议会与教授会的权力，甚至一度撤销评议会。

以国立大学而设校董会，本已不合理，郭秉文与部分校董又擅自扩大其职权，试图将校董会提升为校内最高权力机关①。如1923年11月制定的《国立东南大学大纲》规定，校董职权包括"决定学校大政方针""审核学校预算决算""推送[选]校长于教育当局"等②。如此一来，学校实权已集中在郭秉文及少数主事的校董手中。诚如梅光迪所言，"教授中之悃愊无华办事认真者，每当讨论一事，则据其此事本身之是非，引古证今，往覆辨难，抑知其事已由当局与其亲信者，在密室中先定。任尔书呆有广长之舌，徒增彼等之背后窃笑耳"③。此种行径也令柳诒徵极为愤慨。

郭秉文办学之专断，在1924年的裁撤工科事件中达于顶点。1924年4月，郭秉文以经费不足为由，通过校董会所作裁撤工科的决定，校内外一片哗然。加之郭秉文与工科教授杨杏佛素来不睦，部分教师认为此举意在排挤杨杏佛。如柳诒徵即持这一观点，指出裁撤工科乃是"以一人之故牺牲一科之师生"④，对郭氏的行为不以为然。

柳诒徵反对郭秉文的另一原因是学校财务不公开。不可否认，郭秉文在东南大学的经费筹措上付出了大量心力，为学校发展与校园建设提供了经济保障。然而，在郭秉文任内，学校财务始终未能公开，难免引发外界的质疑。柳诒徵在南高师—东南大学任教多年，对其中内幕或有了解，曾公开撰文指出："若购仪器，若置书籍，若建房屋，若圈地亩，胥为教育家无上之财源，而以

---

① 郭秉文、黄炎培、沈恩孚均有此意。参见南京大学校史研究室编：《南京大学校史资料选编·第二卷：南京高师与东南大学时期（上）》，南京：南京大学出版社，2019年，第164、175页。
② 《国立东南大学大纲》（1923年11月），南京大学校史研究室编：《南京大学校史资料选编·第二卷：南京高师与东南大学时期（上）》，南京：南京大学出版社，2019年，第111页。
③ 梅光迪：《九年后之回忆》，《国风》第1卷第9号，1932年，第25页。
④ 柳诒徵：《记杨铨》，柳曾符、柳佳编：《劬堂学记》，上海：上海书店出版社，2002年，第54页。

建筑为尤甚。官厅之批准,议会之承诺,工匠之投标,员司之监督,方面孔多,朋分至秘。……彼可怜之教职员,乃仰之如神明,敬之如天帝,以为是不可侮,侮之且失其啖饭所。悲哉!教育界之沦陷,至于此极,竟无人伸其吭而诉之天下!"①其"倒郭"的立场已表露无遗。

在公仇私怨相交织的情形下,杨杏佛试图借助政治力量打倒郭秉文。作为杨氏的知友,柳诒徵极力表示赞同。1924年底,杨杏佛以秘书的身份随同孙中山入京,私下与国民党元老吴稚晖及教育部代理部长马叙伦(马氏为国民党北京地下组织成员)商议斥退郭秉文,遂有上述将郭氏免职的训令。

接到部令之后,东南大学紧急召开教职员会议,决定致电北洋政府及教育部,表明反对态度,同时提议组织临时紧急校务委员会,推定包括柳诒徵在内的9人为委员②。学生方面,也通过电报、宣言等方式表示抗议。由于不悉内情,此时校内尚无过激举动。胡敦复则迫于舆论压力,表示"不就东大职"③。

1925年3月初,随着东南大学经济系教授萧纯锦致柳诒徵及物理系教授、胡敦复之弟胡刚复的一封密函被披露,各界一片哗然。信中写道④:

> 嘱呈部恢复评议会,业已遵命照办,并进一步请部取消董事会。想此事已得精卫、稚晖诸人合作。……经济由部拨助一层,夷初(马叙伦——笔者注)允一律担承。据此,似部方已无问题,现在惟视在宁诸人之团结及疏通各教授效果如何,以定将来之阻力大小耳。……总之,据弟各方接洽之结果,觉郭免职后推倒董事会一层已为各方所共认,而铲除江苏省教育会把持之局,尤为执政府及民

---

① 柳诒徵:《罪言》,《学衡》第40期,1925年,第4—5页。
② 《东南大学教职员会议记录(1925年1月8日)》,南京大学校史研究室编:《南京大学校史资料选编·第二卷:南京高师与东南大学时期(下)》,南京:南京大学出版社,2019年,第931页。
③ 朱斐主编:《东南大学史(第一卷)》(第2版),南京:东南大学出版社,2012年,第125页。
④ 《萧纯锦致胡刚复、柳翼谋之亲笔函》,中国社会科学院近代史研究所中华民国史研究室编:《胡适来往书信选》(上册),北京:社会科学文献出版社,2013年,第231页。

党两方殊途同归之目标。……敦复先生就事,即将遄归,届时杏佛亦当约其南下。

"倒郭"之内幕至此已被揭开,柳诒徵也随之被推上风口浪尖。柳氏一方面向最先发布该函的《时事新报》去信表示抗议,追问该函的来源。与此同时,又致函东南大学行政委员会,质问道:"本校何项委员会有拆阅教授函件,不得本人许可即为印载报纸之权(报纸称该信系东南大学委员会所得——笔者注)?"①3月6日,胡刚复、柳诒徵联名在上海《民国日报》发表《东南大学内幕之法律问题》。文章指出,经查阅案卷,1923年制定的东南大学组织大纲未经教育部批准,该大纲扩大董事会职权的相关规定不具有效力。因此,教员求助教育部恢复评议会、取消董事会的不当职权乃正当之举。②

3月9日上午,胡敦复、胡刚复兄弟突然来到东南大学,在校长室索出校印之后,将预先准备好的就职通告盖章贴出,表明正式就任东南大学校长。教育科教授陆志韦见到布告之后,愤然撕去,并指挥学生痛殴胡氏兄弟。与此同时,教育科主任徐则陵在人群密集的图书馆前高声扬言:"教部突然更动我们校长,是因为校内有汉奸。汉奸是谁?就是柳翼谋!"③午后教职员与学生召开联席会议,议决"驱逐拥胡派之教员柳翼谋、胡刚复、萧纯锦,不承认其教授"④。其后,汤用彤、叶企孙、段子燮等8位教授又于3月13日发表致各界的公开信,强烈谴责校园内的暴力行为,表示对胡敦复并无迎拒成见⑤。两派的对立至此已彻底公开化。

驱胡运动发生后,柳诒徵将攻击的矛头指向江苏省教育会控制的东南大

---

① 《柳诒徵致行政委员会函(1925年3月4日)》,南京大学校史研究室编:《南京大学校史资料选编·第二卷:南京高师与东南大学时期(下)》,南京:南京大学出版社,2019年,第949页。
② 胡刚复、柳诒徵:《东南大学内幕之法律问题》,《民国日报》(上海)1925年3月6日,第7版。
③ 陈训慈:《劬堂师从游賸记》,中国人民政治协商会议镇江市委员会文史资料研究委员会编:《柳翼谋先生纪念文集》(镇江文史资料·第十一辑),出版地不详,1986年,第130页。
④ 《国立东大易长风潮之昨闻》,《申报》1925年3月11日,第12版。
⑤ 《东大教授汤锡予等之快函代电》,《申报》1925年3月13日,第11版。

学校董会。3月21日、22日,柳氏在报纸发文,指出易长问题的关键在于江苏省教育会从中作梗,试图通过违抗部令维持其对江苏教育的控制权,掩盖学校的财务问题①。4月6日,柳诒徵等15位东大教授联名发表宣言,一一指陈校董会的违规行为。4月20日,章士钊出任教育部部长,柳诒徵联名萧纯锦、熊正理等4位教授通电教育部,电文指出:"东大学潮,纯由沈恩孚等造成,裁撤工科,不报教部,职查决算,久不报销,……号称'教育独立',实则沈恩孚等欲独立耳。……"②不过,此时东南大学仍以"拥郭派"占据上风。柳诒徵在谤议之下,只得转赴东北大学任教。

受此次事件影响,柳诒徵在高校谋职也一度遭遇挫折。1925年底,已到清华任教的吴宓向校长曹云祥举荐柳诒徵。据吴宓日记描述:"(校长)又谓柳公在东南(大学)鼓动风潮,断不可聘其来此云云。"③柳诒徵最终只得屈就北京女子大学。

随着国民党北伐成功,形势又有了新的变化。1927年夏,南京国民政府决定将东南大学与江苏省内数所高校合并,改组为国立第四中山大学,柳诒徵成为24位大学筹备委员会委员之一④。早在1925年"倒郭"之时,即有流言称柳诒徵欲借机出任东南大学文学院院长、江苏省教育厅厅长等职。柳诒徵为表明心迹,在第四中山大学成立后,乃力辞学校当局的邀约,转而出任江苏省立第一图书馆馆长,潜心整理古代典籍。

回顾东南大学这场一波三折的风潮,我们可以看到,柳诒徵在其中扮演了极为特殊的角色。柳氏一方面是传统文化的提倡者,另一方面则是学校风潮的鼓动者。两种截然不同的取向集于一身,也呈现出"学衡派"成员立场的

---

① 柳诒徵:《东南大学留长拒长之真谛》,《民国日报》(上海)1925年3月21日,第7版。柳诒徵:《东大校长留长拒长之真谛(续)》,《民国日报》(上海)1925年3月22日,第7版。
② 转引自陈训慈:《劬堂师从游胜记》,中国人民政治协商会议镇江市委员会文史资料研究委员会编:《柳翼谋先生纪念文集》(镇江文史资料·第十一辑),出版地不详,1986年,第130—131页。
③ 吴学昭整理注释:《吴宓日记》(第三册),北京:生活·读书·新知三联书店,1998年,第107页。
④ 许小青:《政局与学府:从东南大学到中央大学(1919—1937)》,北京:中国社会科学出版社,2009年,第106页。

复杂性。前文提到,柳诒徵着力阐扬传统文化中的民主精神。在现实中,柳氏真正践行了自己这一主张——其所以极力"倒郭",主要是出于对郭秉文独断专权的不满,并非政治上的投机。但与此同时,柳诒徵采取的却是"以暴易暴"的方式——一面指责郭秉文笼络江苏省教育会,一面却借助国民党的力量打击郭氏。柳氏遭人诟病之处也在于此。这一情况也从另一个角度说明,柳诒徵对现代大学相对独立于政治的一面缺少充分认识,并未完全摆脱传统"政教合一"思想的窠臼[①]。

[①] 对于柳诒徵在此次风潮中的行为,"学衡派"内部亦有不同看法,吴宓即曾在日记中抱怨柳氏过于热心此局。参见吴学昭整理注释:《吴宓日记》(第三册),北京:生活·读书·新知三联书店,1998年,第56页。

第三章

群英散落:"学衡派"的分流与重组

随着刘伯明在1923年11月病故,"学衡派"在东南大学的辉煌转瞬即逝。此后"学衡派"成员逐渐星散,辗转于东北大学、清华大学、中央大学等校。另一方面,以五四"新文化派"为代表的北大师生逐步占据教育要津。北京大学原代校长蒋梦麟一度出任浙江大学校长,并在1930年正式执掌北大,同时邀请胡适出任文学院院长;罗家伦在1928年出任清华大学校长,此后又于1932年出任中央大学校长;傅斯年于1928年发起成立中央研究院历史语言研究所,同样吸引了一批优秀学者。在此种不利的形势下,"学衡派"又会有怎样的作为?这将是本章所要考察的重点。

一 "学衡派"与东北大学

(一)"学衡派"重聚东北大学

上文提到,"学衡派"多位成员离开东南大学之后,转赴东北大学任教,这所远在关外的大学也一度成为"学衡派"的新阵地。

据笔者统计,"学衡派"这一时期在东北大学任教的情况如表3-1所示:

表 3-1 "学衡派"成员执教东北大学简况表

姓名	执教时间
缪凤林	1923 年 8 月—1928 年 1 月
景昌极	1923 年 8 月—1928 年 9 月
吴宓	1924 年 8 月—1925 年 1 月
郭斌龢	1925 年 2 月—1927 年 6 月 1931 年 2 月—1932 年 1 月
柳诒徵	1925 年 6 月—1926 年 1 月
刘朴	1925 年 8 月—?（约为 1929 年）
刘永济	1927 年 2 月—1932 年 7 月
吴芳吉	1927 年 3 月—1927 年 5 月

资料来源：《全校教授一览表》，东北大学：《东北大学一览》，出版地不详，1926 年，第 10—12 页。另参考个人日记、年谱等材料，不具录。

由表 3-1 可知，"学衡派"执教东北大学的时段为 1923 年至 1932 年。尽管其中的大部分成员任教时间并不长，带有一定的过渡性质，但人数已十分可观。

那么，东北大学在当时中国高校中居于何种地位？该校又何以能吸引众多"学衡派"成员远赴奉天（1929 年改称沈阳）任教？

事实上，东北大学在当时尚属新兴高校。该校在奉系军阀张作霖的支持下，于 1923 年 4 月 26 日正式成立。学校初创之时，设文、法、理、工四科，实行预科制，预科生两年毕业之后升入大学本科。学校于 1923 年 10 月正式开学，此时有学生 480 余人，教职员 50 余人。①

自创校至 1937 年，东北大学先后由三位校长主政：1923 年 4 月至 1927 年 11 月，奉天省代省长王永江兼任校长；1927 年 11 月至 1928 年 8 月，校长一职由奉天省省长刘尚清兼任；1928 年 8 月至 1937 年 2 月，张学良兼任东北大学校长。由此可见，东北大学与东三省地方政权有直接联系。

---

① 杨佩祯、王国钧、张五昌主编：《东北大学八十年（1923—2002）》，沈阳：东北大学出版社，2003 年，第 2 页。

在上述情形下，东北大学的办学经费得到了充分保障，这也成为该校的一大优势。曾在此任教的一位教师回溯往昔："民国十二年创办东北大学时，经费之充足，远胜于关内各公私立大学，校地之广，也是空前，初办时政府拨昭陵地三百亩，收买民地三百余亩，又在北陵前拨地二百余亩……"①可见张作霖对该校的发展极为重视。1923年夏吴宓推荐缪凤林、景昌极到此任教时，校方给出的月薪是现银200圆整②。在当时高校欠薪已成为常态的情况下，东北大学的待遇可谓优厚。

1928年6月，张作霖在"皇姑屯事件"中被炸身亡。张氏留下遗嘱，要求将遗产的一部分用于教育事业。张学良继任校长之后，遂将其中的900万银圆用于支持东北大学发展。③ 此后学校更是以优厚的待遇大量礼聘学者名流。除上述"学衡派"成员之外，章士钊、黄侃、林损、刘仙洲、梁思成、林徽因、萧公权等知名学者均曾在东北大学任教④，足见当时该校师资阵容之强。

此外，与关内相较，东北地区的教育文化氛围偏于保守，为"学衡派"到此任教创造了契机。

已有研究者指出，张作霖在统治东北期间，将其视为独立王国，对进步和革命思想严加限制："东北地区的爱国知识分子，在五四前后虽然也进行过爱国反帝斗争，但那规模和声势却远不如北京、上海和关内其他各地。"⑤可见，文化上的保守主义构成了张作霖维持地方稳定的重要手段。对吴宓而言，则更愿意将其视作对传统文化的尊重。在写给导师白璧德的信中，吴宓谈道："尽管奉天的气氛过分保守有点褊狭，却是中国惟一严肃和诚实地进行教育工作的地方……这里不容所谓的'新文化运动'的影响潜入，对那些敢于反对

---

① 黄大受：《东北大学任教记》，《中外杂志》第48卷第1期，1990年，第96页。
② 吴学昭整理：《吴宓自编年谱：1894—1925》，北京：生活·读书·新知三联书店，1995年，第249页。
③ 参见李汉章：《教职员举行欢迎校长大会》，《东北大学周刊》第52期，1928年，第56页；吴宓：《致吴芳吉》，吴学昭编：《吴宓书信集》，北京：生活·读书·新知三联书店，2011年，第131页。
④ 参见杨佩祯、王国钧、张五昌主编：《东北大学八十年（1923—2002）》，沈阳：东北大学出版社，2003年，第5—6页。
⑤ 李侃：《浅谈传统文化在近代东北地区的演变》，《史学集刊》1994年第4期，第45页。

胡适博士等的人(像我自己)来说,也许是找到了一个避难所和港湾……"①东北地区的此种地域性特点十分值得注意。

就东北大学当局而言,立场同样较为保守。校长王永江为旧式教育出身,对于"新文化"不以为然。在为学校官方刊物《东北大学周刊》撰写的《发刊辞》当中,王氏评判:"挽近怙乱,人心傲诡。士竞于党,民逞其私。……青年叫嚣,黉舍阒寂,一若含识可以不学。盖学术之替,非朝夕之故也……"②对于新创办的刊物,王氏寄予"期明学术,以扬国华"③的厚望,明确表示出维护传统之意。学校文、法科学长汪兆璠则是在接触《学衡》杂志后,对于刊物的主张深表赞同,进而通过友人辗转联系吴宓,托后者举荐教员。"学衡派"遂因此与东北大学建立联系。

1923年夏,吴宓向东北大学推荐缪凤林为文科历史教授,推荐景昌极为文科哲学教授,校方当即寄来聘书,显示出对吴宓的信任。此后吴宓本人及柳诒徵、郭斌龢、刘朴、刘永济等也得以顺利进入该校执教,"学衡派"在东北大学的力量日益壮大。

需要指出的是,"学衡派"成员在东北大学并非仅为稻粱之谋,而是有全盘的规划。此处仅举一例。1924年8月,吴宓因清华有聘任的意向,加之第二次直奉战争一触即发,遂打算辞职赴京任教,与缪凤林、景昌极商议良久。缪凤林认为,应当对东北大学守信不渝,不可辞职。景昌极则认为应慎重行事,并指出:"以我辈之志行,中国可容身之地甚寡,东北断不可轻弃。即去,亦当和平出之,以为再来地步。年假改赴清华,于势较顺。此时言辞,勉强拂裾而去,则与汪君之情谊断绝,而不能以东北作退步之地盘矣。"④吴宓最后从大局出发,采纳了景昌极的意见,寒假后始转赴清华任教。事实证明,吴宓此举较为明智。"学衡派"既保留了东北大学这一阵地,其影响又得以扩大到清

---

① 吴宓:《致白璧德》,吴学昭编:《吴宓书信集》,北京:生活·读书·新知三联书店,2011年,第34页。
② 王永江:《发刊辞》,《东北大学周刊》第1号,1926年。
③ 王永江:《发刊辞》,《东北大学周刊》第1号,1926年。
④ 吴学昭整理注释:《吴宓日记》(第二册),北京:生活·读书·新知三联书店,1998年,第286页。

华大学,足以徐图发展。

(二)"学衡派"与东北大学的人文教育

20世纪20年代,日本侵略势力在东北大肆扩张,并广设各类学校,加深其教育影响力。因此,发扬民族精神、抵制日本的文化侵略构成了东北大学创校的重要动机,加之东三省当局极力排斥"新文化",传统文化课程遂在东北大学的课程体系中占据了重要地位,构成了学校人文教育的主要内容。这一倾向与"学衡派"的主张较为契合。

"学衡派"成员主要在文科任教,本节即以文科为例试做分析。东北大学初创之时,文科分为三系:国学系、英文学系与俄文学系。在当时高校普遍开设中国文学系的情形之下,东北大学仍以"国学"为系名,呈现出浓重的保守色彩。此外,文科设俄文学系而未设日文学系,明确表示出对日本的抵制。

师资方面,截至1926年年底,东北大学文科共有教师18人,包括外籍教师4人。其名单如下:马宗芗、陶明濬、缪凤林、景昌极、卢默生、陈飞鹏、顾忠尧、曾运乾、郭斌龢、陈履垿、陈鼎忠、卞鸿儒、王毓桂、邢壮观、艾勒戡(俄国籍)、敖斯福(俄国籍)、瓦雷(美国籍)、麻色理斯(荷兰籍)。[①] 其中马宗芗为国学系主任教授(即系主任)。马氏乃章太炎弟子,此前曾在北京大学任教。"学衡派"成员有缪凤林、景昌极、郭斌龢三人(此外刘朴任法科教员)。

文科课程方面,当以国学系最具特色。其课表如下。

就学制而言,尽管北京政府1922年颁布的"壬戌学制"已取消大学预科,东北大学仍采用预科制,课程数量大大增加。国学系所有课程均为必修,充分展现出课程编排者的思路,但未能照顾到学生个性的发展。就课程内容来看,重视经学是课程设置的一大特点。儒家"十三经"均有设课(《尔雅》涵括在文字学当中),当时颇为流行的"诸子学"则未开课,表现出维护正统的立场。在学科分类上,则呈现出新旧杂陈的特点,既有经学、史学、文学等传统课程,亦有哲学、心理、论理、伦理等现代学科建制下的课程。

[①] 《全校教授一览表》,东北大学:《东北大学一览》,出版地不详,1926年,第9—20页。

表 3-2　东北大学文科国学系课程标准表（1925—1926 学年）

学科	预科 第一学年 一学期 时数	预科 第一学年 一学期 单位	预科 第一学年 二学期 时数	预科 第一学年 二学期 单位	预科 第二学年 一学期 时数	预科 第二学年 一学期 单位	预科 第二学年 二学期 时数	预科 第二学年 二学期 单位	本科 第一学年 一学期 时数	本科 第一学年 一学期 单位	本科 第一学年 二学期 时数	本科 第一学年 二学期 单位	本科 第二学年 一学期 时数	本科 第二学年 一学期 单位	本科 第二学年 二学期 时数	本科 第二学年 二学期 单位	本科 第三学年 一学期 时数	本科 第三学年 一学期 单位	本科 第三学年 二学期 时数	本科 第三学年 二学期 单位	本科 第四学年 一学期 时数	本科 第四学年 一学期 单位	本科 第四学年 二学期 时数	本科 第四学年 二学期 单位
国文	6	6	6	6					5	5	5	5	5	5	5	5	5	5	5	5	5	5	5	5
哲学概论	2	2																						
孝经论语	4	4																						
论理	2	2																						
文字学	6	6	5	5																				
英文	6	6	6	6																				
中国史	3	3	3	3																				
西洋史	3	3	3	3																				
经学概论	2	2	2	2																				
心理			2	2																				
伦理			3	3																				
孟子			4	4																				
史学概论					2	2	2	2																
文学概论					2	2	2	2																
毛诗					5	5	5	5																
三礼					6	6	6	6	6	6	6	6	6	6	6	6								
中国文化史					4	3	4	3	4	3	4	3												
中国哲学史					4	3	4	3	4	3	4	3												
中国文学史					4	3	4	3	4	3	4	3												
尚书									4	4	4	4												
易经													6	6	6	6								
史汉													5	4	5	4								
目录学													2	4	2	4								
春秋三传													6	6	6	6	6	6	6	6				

续 表

学科＼学年学期每周时数及单位数	预科 第一学年 一学期 时数／单位	预科 第一学年 二学期 时数／单位	预科 第二学年 一学期 时数／单位	预科 第二学年 二学期 时数／单位	本科 第一学年 一学期 时数／单位	本科 第一学年 二学期 时数／单位	本科 第二学年 一学期 时数／单位	本科 第二学年 二学期 时数／单位	本科 第三学年 一学期 时数／单位	本科 第三学年 二学期 时数／单位	本科 第四学年 一学期 时数／单位	本科 第四学年 二学期 时数／单位
诗词									2／2	2／2	3／3	3／3
中国美术史									2／1		2／1	
第二外国文									4／3	4／3		
甲骨金石学									2／1		2／1	
论文研究									2／8		2／8	
体育	2／	2／	2／	2／	2／1	2／1						
总计	36／	36／	36／	36／	34／30	34／30	27／24	27／24	32／30	32／30	24／27	24／27

备注:"单位"与今日大学使用的"学分"相近。
资料来源:《课程标准》,东北大学:《东北大学一览》,出版地不详,1926年,第1—3页。

具体到"学衡派"而言,缪凤林主要负责中国史与伦理课程,景昌极则讲授西洋史、哲学史等课。以上学科在国学系的课程体系中处于较为边缘的位置。此外,刘永济主讲课程为中国文学史,吴宓与郭斌龢则主要承担英文学系的教学工作。吴宓曾讲授英国文学史、修辞及作文等课程。郭斌龢开设的课程包括英文阅读、英文作文、英文名著选读、欧洲文学史等。刘朴则在法科讲授国文、西洋史等课程。[①] 由是观之,在东北大学的人文教育体系中,"学衡派"的身份是参与者而非策划者。受制于这一身份,"学衡派"成员呈现出零星作战的状态,并未有效形成合力。

在教学之外,"学衡派"也充分利用学校的期刊平台,向师生宣传自身的文化主张。《东北大学周刊》即曾先后发表或转载郭斌龢、吴芳吉、刘永济等

---

① 参见《全校教授一览表》,东北大学:《东北大学一览》,出版地不详,1926年,第10—12页。李工真:《刘永济先生传略》,刘永济:《诵帚词集 云巢诗存:附年谱、传略》,北京:中华书局,2010年,第636页。吴学昭整理注释:《吴宓日记》(第二册),北京:生活·读书·新知三联书店,1998年,第274页。沈卫威:《"学衡派"谱系:历史与叙事》,南京:南京大学出版社,2015年,第376页。

人反对新文学、新文化的文章①。举例而言,郭斌龢在《新文学之痼疾》一文当中指出:"今骛新之士,竭力介绍流僻邪散与怨怒之文学,奉为圭臬,视为正宗,是惟恐民德之不偷、国之不乱、族之不亡也。……必有中和之生活,然后有中和之文学……此人生之正则也,此文学之正则也。"②文章对浪漫主义文学的批评鲜明地体现出白璧德新人文主义的特点。

值得注意的是,在学生群体当中,"学衡派"的文化主张(尤其是提倡文言、反对白话这一点)引起了截然不同的反应。

在1928年第59期《东北大学周刊》上,有学生以"学衡派"所推崇的旧体诗的形式,对文科教授作了集体歌咏,其中涉及"学衡派"成员的数首如下③:

(七)刘先生弘度、柏荣(刘永济、刘朴——笔者注)

宋玉登高恨未休,屈平放逐贾生流。衡湘自古钟才气,才气如今属二刘。二先生皆湖南人,故诗云云。

……

(九)景先生幼南(景昌极——笔者注)

过去生中寻化化,来无始处证因缘。火传薪尽知消长,毕竟天才属少年。先生年最少,研佛学极精深,为支那内学研究院健将。

(十)缪先生赞虞(缪凤林——笔者注)

满腹琳琅万卷开,史家应属马迁才。细寻尚有微言在,信是读书得间来。先生有《读史微言》一书,极有见地。

从上述诗歌中,我们也得以领略"学衡派"成员在东北大学任教的风采。由此可知,在共同的文化立场之外,上述学人又各具专长,将"昌明国粹,融化

---

① 郭斌龢:《新文学之痼疾》,《东北大学周刊》第8号,1926年,第3—9页。吴芳吉:《吾人眼中之新旧文学观》,《东北大学周刊》第42号,1927年,第3—9页。刘弘度:《迂阔之言》(上),《东北大学周刊》第97期,1930年,第1—4页。刘弘度:《迂阔之言》(下),《东北大学周刊》第98期,1930年,第1—4页。以上文章又见于《学衡》《湘君》等刊物。
② 郭斌龢:《新文学之痼疾》,《东北大学周刊》第8号,1926年,第9页。
③ 何恨蝶:《本级教授十咏》,《东北大学周刊》第59期,1928年,第33页。

新知"这一主张导向深处。

但与此同时,也有学生将旧诗与缠足相提并论:"天生的一双脚,不容它自由去长,偏要把它用布条子捆起,虽然穿上一双红绣鞋儿,在崇拜小脚的男子眼睛里显得俊俏;但是里面终究像干姜似的,一点活动气都没有……天赋的一团火烈的情感,发出来以表现人生,就叫作'诗',偏要依照韵谱,凑齐字句,虽然齐整一点儿,可是内容总嫌陈腐枯寂,没有创造性,并且弄得真的感情也消磨了、损废了……"①此种观点颇能代表一部分青年学生的心理。

总体来看,在东北大学学生当中,似仍以支持白话文者占多数。这一点可从《东北大学周刊》的销量变化中窥见一斑。1928年5月,周刊进行改组,编辑权由教师转移到学生手中。改组后的刊物打破了此前仅登载学术论文及旧体诗词的惯例,开始刊登学生的白话文作品,其销量随之大幅提升。据编辑部报道:"本刊自上学期以来,编辑改组,内容刷新,颇蒙读者之欢迎。现际开学伊始,同学购置本刊者,尤为踊跃。闻新出之周刊,不日即可售罄矣。"②这一情况也充分说明"新文化运动"影响的广泛性。东北三省的文化氛围在当时已属保守,却依然难以阻挡白话文在学生当中流行,其他地区及大学的情况可想而知。

(三)东北大学困局与"学衡派"的离去

总体而言,"学衡派"成员在东北大学执教时间较短、成绩有限。其中如缪凤林、景昌极等任教时间稍长,亦仅有五年左右。除"学衡派"自身的原因之外,这一情况也反映出学校内外部的诸多问题,值得稍做探析。

就东北大学的内部管理而言,由于学校校长由地方官员兼任,在行政上难免染上官僚主义气息。吴宓即对此有所抱怨:"办学者如汪悉鍼学长,全不思大处落墨,目光及远,使东北大学成为全国之名校。而但知趋承上官,奔走逢迎省长(校长)。以办学为作官,视教员为僚属。虽一钱之微,或教员请假一二日之琐事,亦以请命省长为词。况其大者乎?……又省见甚深,事事以

---

① 宛宜:《废话——旧诗与缠足》,《东北大学周刊》第48号,1928年,第49页。
② 祥:《周刊畅销》,《东北大学周刊》第51期,1928年,第49—50页。

奉天为范围。奉天固一小独立国,而东北大学直省长公署附属之一机关而已。……决不如在东南之自由与坦适也。"①由此可见,东北大学当局对现代大学的使命及其特殊性认识不够,办学眼光远不及东南大学。

除此之外,学校办学尚存在其他问题。在《东北大学周刊》上,即有学生对校内决策不民主、账目不清、图书管理不善等诸多问题不乏微词。② 有学生在晚年回忆中,还对当年入学考试营私舞弊的情形做了坦诚的描述:"适有同乡盛文光先生者,任母校图书馆职员。盛君厚爱,竟利用其职司分发考场试卷之便,潜将英文答稿,预写于我之试题背页上……"③入学考试尚且如此,其他各方面的情况可以推知。此种办学环境自然难以令"学衡派"诸君满意。

教师方面,按照吴宓的说法,在东北大学办学初期,大部分教员"均毫不读书,亦不务他事。惟以赌博及狎妓为乐"④。校内的学术氛围并不浓厚。在很长一段时间之内,《东北大学周刊》成为校内唯一的刊物。有论者对此大为不满:"偌大的东北大学为什么仅仅出了一种周刊? 其它半月刊、月刊、季刊,尚付阙如。我们不是主张学前几年出版热的北平学校,但至少能有多种有价值的刊物,可以能代表一校的生命。"⑤相较之下,东南大学除《学衡》之外,尚有《文哲学报》《史地学报》等刊物,《科学》《新教育》等知名期刊的主持者也一度在东南大学执教,其学术研究氛围远胜东北大学。

学生方面,整体水准亦不如东南大学。在吴宓看来,"此间学生大皆用功,惟思想枯窘,智识陋。教科书以外,不读他书,专务功课及分数"⑥。一位毕业生的反思也印证了这一说法:"我在学校的时候,不敢说考第一,也是头五名以内的手,自己觉得以为满足,现在毫无适用。其原因呢,大半是在二

---

① 吴学昭整理注释:《吴宓日记》(第二册),北京:生活·读书·新知三联书店,1998年,第298页。
② 欣然:《他心目中的大学校》,《东北大学周刊》第92期,1930年,第54—55页。
③ 何秀阁:《大学生活琐忆》,《中外杂志》第27卷第5期,1980年,第92页。
④ 吴学昭整理注释:《吴宓日记》(第二册),北京:生活·读书·新知三联书店,1998年,第285页。
⑤ 秀:《关于本刊的话》,《东北大学周刊》第66期,1929年,第12—13页。
⑥ 吴学昭整理注释:《吴宓日记》(第二册),北京:生活·读书·新知三联书店,1998年,第284页。

十年前的读书法,是死读死背,成了一个传教的牧士,不过成了一个留声机而已……每天照常上课,自己对于课外的书籍,一概不看,但等教授讲……"①由此观之,部分东北大学学生仍以中学生的心态看待大学课程,全无探索高深学问的自觉意识。

东北大学内部情形固然令人失望,更大的威胁则来自学校外部。20世纪二三十年代是东北政局剧烈变动的时期,一系列重大事件接踵而至:1924年9月,第二次直奉战争爆发,以奉系取胜告终;1925年底,张作霖心腹郭松龄联合冯玉祥倒奉,在日军干涉下告于失败;1928年4月,北伐军与奉系军阀展开激战,奉军全线崩溃;1928年6月,张作霖在"皇姑屯事件"中被炸身亡;1928年12月,张学良宣布东北易帜;1931年,日军发动九一八事变,东北三省相继沦陷……政局的动荡直接牵涉到学府的存废,部分"学衡派"成员的离去也与此有重要关联。

举例而言,吴宓执教东北大学之时,正值第二次直奉战争,在1924年9月16日的日记中,吴宓写道:"奉直已在山海关等处接战,京奉火车亦已断绝。交通阻隔,邮信罕至。至者亦耽延多日。市中百物昂贵,食粮缺乏。故校中诸同事皆食黄米饭。……且奉直既战矣,奉败,则此校瓦解停顿,固不待言,且须逃往他处避难。"②在此情形下,教师自然难以安心教学。吴宓此后转赴清华任教,在很大程度上即出于对东北政局的担忧。

九一八事变的爆发,更是直接中断了东北大学在沈阳的办学。1931年9月26日,东北大学师生乘火车转移至北平。10月,学校在觅得临时校址后勉强复课。部分东北大学学生激于义愤,自发组织义勇军,奋起抗日。刘永济为此特赋《满江红》词一阕,表达出师生同仇敌忾的气概。词云③:

禹域尧封,是谁使、金瓯破缺?君不见,铭盂书鼎,几多豪杰。

---

① 倒戈:《一封怜悯信》,《东北大学周刊》第103期,1930年,第59页。
② 吴学昭整理注释:《吴宓日记》(第二册),北京:生活·读书·新知三联书店,1998年,第288页。
③ 刘永济:《诵帚词集 云巢诗存:附年谱、传略》,北京:中华书局,2010年,第35页。

交阯铜标勋迹壮,燕然勒石威名烈。忍都将、神胄化舆台,肝肠裂。

天柱倒,坤维折。填海志,终难灭。挽黄河净洗,神州腥血。两眼莫悬阊阖上,只身直扫蛟龙穴。把乾坤、大事共担承,今番决。

然而,由于南京国民政府实行"不抵抗"政策,东北遂拱手让与他人,迟迟未能收复。国家纷乱,学校此时的办学情况亦不容乐观。"学衡派"尚留在东北大学的郭斌龢、刘永济二人在北平短暂任教后,不得不辞职他往。"学衡派"与东北大学的短暂交集至此结束。

二 吴宓与清华大学

(一)吴宓转赴清华始末

1924 年 9 月,在旧友顾泰来的引介之下,吴宓顺利获得清华的聘约。事实上,此前梁实秋在《清华周刊》中对吴宓的揄扬,早已引起校方的关注,为此埋下了伏笔。1925 年 1 月,吴宓从沈阳东北大学回上海、南京探亲,随后即赶赴清华任教。如吴宓所愿,清华待遇优厚、学风优良,条件远胜于东北大学。

吴宓回到清华之时,也正是清华历史上重要的转折期。与十年前吴宓就读时相比,此时的清华已全然不同。早期的清华以培养学生出洋留学为目的,毕业生的程度相当于美国大学的一、二年级,课程设置亦模仿美国,早已引起社会舆论的不满。五四运动后,国内要求收回教育主权,争取教育自主和学术独立的呼声日益高涨,社会各界纷纷要求清华改办大学。另一方面,庚款将于 1940 年退清,较之出洋留学,将其用于办理大学显然是长久之计。在校长曹云祥、教务长张彭春的推动下,1925 年 5 月,清华正式成立大学部,同时又增设研究院国学门(通称"国学研究院")。后者为一独立研究机构,与大学部并无直接关系。原有的留美预备部不再招生,旧有学生于 1929 年全部毕业后,该部即行停办。纵观当时的高等教育界,除北京大学与东南大学之外,中国较有声望的大学几乎全为教会学校。清华于此时改办大学,无疑具有重要的意义。

在行政方面,受国内政局影响,清华校长一职在20世纪二三十年代数易其人,成为各方势力争夺的焦点。1925年10月,曹云祥有意辞去清华校长一职,随颜惠庆赴英国使馆工作,不料却因此掀起一场大风波。除教务长张彭春外,留法派的李石曾、留英派的陶孟和等人均有意角逐清华校长之职,以原东南大学校长郭秉文为代表的东南集团亦试图加入竞逐的行列[①]。后因时局转变,颜惠庆取消赴英之行,曹云祥继续留任。1927年年底,曹云祥辞职,严鹤龄与温应星先后接任清华校长,为时均极短。1928年6月,国民革命军进入北京。8月,南京国民政府任命罗家伦为清华大学校长。上任之后,罗家伦厉行改革,推行"廉洁化、学术化、平民化、纪律化"四化政策。在提倡研究与消除浪费方面,罗家伦的确取得了一定成效,但其强力推行的军训、"党化"等政策却引起师生的反感和抵制。1930年1月,阎锡山公开与南京国民政府决裂,并控制华北地区。迫于校内外形势,罗家伦于1930年5月辞职。此后,清华校长的人选问题又几经反复。1931年10月14日,教育部正式任命梅贻琦为清华大学校长,从此清华的发展渐趋平稳。

就吴宓个人而言,并未因外部环境的波动而受到太大影响。回到清华后,吴宓即受校长曹云祥之托,负责筹办国学研究院。1925年8月2日,刚刚升任清华国学研究院主任的吴宓致信白璧德,向导师报告自己的现状:"与我过去在南京和奉天的生活相比,我现在生活更加舒适,物质更加丰富;由于奔波于应付大量事务和应酬,我现在很少有时间读书和写作。这使我感到悲哀:我在南京和奉天有过安静、单纯的学研生活,有如一段黄金时期,我虽渴望重新拥有,但它却已一去不返!"[②]显然,吴宓对于行政事务并不感兴趣。半年之后,吴宓宣布辞职,改任西洋文学系教授,这也是重要的原因之一。

---

① 参见苏云峰:《从清华学堂到清华大学:1911—1929》,台北:"中央研究院"近代史研究所,1996年,第89—95页。

② 吴宓:《致白璧德》,吴学昭编:《吴宓书信集》,北京:生活·读书·新知三联书店,2011年,第35页。

事实上,吴宓真正关注的重心仍是《学衡》。在同一封信中,吴宓继续说道:"我摒弃奉天来北京到清华学校,既不是由于首都通常的吸引力(政治机遇;上流社会的漂亮女孩;高级饭店和书店等等),也不是为了清华学校能较好提供物质待遇和身体享受,而是那些便利条件能够帮助我为《学衡》工作得更好和效率更高。"①作为中国的文化中心,北京汇聚了众多学者,显然有利于扩充《学衡》的稿源。事实也的确如此。吴宓在清华主持《学衡》期间,来自王国维、黄节、林损等北方学者的稿件日渐增多,为《学衡》杂志注入了新的活力。1927年,吴宓又毛遂自荐,出任《大公报·文学副刊》主编,使其成为宣传新人文主义思想的另一个阵地。

在此期间,吴宓与原东南大学的"学衡派"成员依旧保持密切的联系。东南大学改组之后,亦曾数次邀请吴宓南下任教,但均被吴宓婉言谢绝。如1927年7月29日,吴宓在日记中写道:"是日写一长函,致柳、梅、汤(柳诒徵、梅光迪、汤用彤——笔者注)诸公,托寅恪带往南京。略谓聚居不如分立,尚易推行志业。故宓决留清华。"②此前东南大学改组为第四中山大学,梅光迪、汤用彤等旧友再度邀请吴宓回南京任教,但吴宓却有自己的考虑。在写给吴芳吉的信中,吴宓道出了不愿回东大的真正理由:"京中安谧,清华稳固,故宓决长留清华。……东南用人必党,而库空如洗,实不如清华之安闲丰裕也。"③吴宓家累较重,除政局方面的顾虑之外,亦不得不考虑经济因素,此举完全可以理解。

尽管吴宓本人无南下之意,却并未因此轻忽"学衡派"的志业。除继续编辑《学衡》外,吴宓亦极力向清华举荐"学衡派"诸公。早在1924年年底,尚在东北大学的吴宓即致函清华校长曹云祥,推荐柳诒徵、刘永济与吴芳吉担任

---

① 吴宓:《致白璧德》,吴学昭编:《吴宓书信集》,北京:生活·读书·新知三联书店,2011年,第35页。
② 吴学昭整理注释:《吴宓日记》(第三册),北京:生活·读书·新知三联书店,1998年,第381页。
③ 吴宓:《致吴芳吉》,吴学昭编:《吴宓书信集》,北京:生活·读书·新知三联书店,2011年,第35页。

清华大学国学教授。回到清华之后,吴宓亦曾多方设法。有研究者指出,清华国学研究院便带有较强的"东大色彩":"研究院主任是来自东大的《学衡》主编吴宓,先后任用的助教也常出身东大(如陆维钊、赵万里、浦江清等)。"[①] 吴宓甚至一度想聘请柳诒徵担任国学院导师,但未能成功。"学衡派"其他成员当中,仅有郭斌龢在1932年8月获得清华聘约,担任外文系教授。

1933年7月,白璧德因病去世,此后《学衡》与《大公报·文学副刊》相继因故停办,"学衡派"的事业遭受重创。郭斌龢亦在这一年南下中央大学任教,唯有吴宓坚守清华。1937年全面抗战爆发后,吴宓随清华南迁,至西南联大任教。抗战胜利前夕,吴宓离开联大,此后相继在燕京大学、武汉大学、西南师范学院等校执教,再未能回到清华任职。

总体而言,尽管在吴宓执教清华期间,清华大学未能成为"学衡派"的新阵地,吴宓本人在教学与行政工作上的成绩却是可圈可点。

(二)吴宓与清华国学研究院

创办于1925年的清华国学研究院是中国近代学术史上的重要机构。尽管存在的时间只有短短四年,清华国学院却因汇集了王国维、梁启超、陈寅恪、赵元任"四大导师"而享有盛名。作为首任国学研究院主任,吴宓直接参与了国学院的筹办与日常管理工作,贡献卓著。更值得注意的是,在当时学界普遍倡导客观研究的"新汉学"风气之下,吴宓始终强调国学的人文精神。两种理路的调和与冲突,也在清华国学院的办学过程中得到了鲜明的体现。

前文提到,在胡适的倡导之下,"整理国故"运动在20世纪20年代蔚然成风。1922年1月,北京大学率先成立研究所国学门,由章太炎弟子沈兼士担任主任。与此同时,清华校长曹云祥亦有意筹办国学院,以图振兴清华的国学教育。1924年秋,曹云祥特意请胡适为国学研究院代为规划。胡适借鉴中国书院及英国大学制度,为研究院绘一蓝图,建议聘请导师数人(不称教授),

---

[①] 罗志田:《一次宁静的革命:清华国学院的独特追求》,《清华大学学报(哲学社会科学版)》2011年第2期,第6页。

常川住院,主讲国学重要科目,指导研究生专题研究,并共同治院①。曹云祥提出敦聘胡适为导师,胡适谦逊地推辞道:"非第一流学者,不配作研究院的导师,我实在不敢当,你最好去请梁任公、王静安、章太炎三位大师,方能把研究院办好。"②尽管胡适本人未能到清华国学院任教,他对国学院的规划却基本得到遵行。

依照胡适建议,曹云祥于1924年年底函聘王国维为清华国学研究院院长,王以故婉辞。在此情形下,曹云祥转请吴宓担任国学研究院筹备处主任,负责相关事宜。在吴宓等人的多方努力之下,除王国维之外,清华又顺利延聘梁启超、陈寅恪及赵元任担任国学院导师,同时聘请李济任特别讲师。1925年3月6日,清华学校校务会议通过了吴宓、王国维等人草拟的《研究院章程》。8月1日,清华学校国学研究院正式成立,由吴宓担任研究院主任。

1925年9月9日,在清华的开学典礼上,吴宓以国学研究院主任的身份发表演说,向师生介绍清华开办研究院的旨趣及经过。据他阐释:"惟兹所谓国学者,乃指中国学术文化之全体而言,而研究之道,尤注重正确精密之方法(即时人所谓科学方法),并取材于欧美学者研究东方语言及中国文化之成绩……"③事实上,此乃折中调和之论,并非吴宓内心真实想法。在这一年早些时候,吴宓曾致信白璧德,向导师吐露了自己的心声:"研究院将进行的研究工作全部限于国学领域——国学研究的不同学科,它们致力于研究事实,而非讨论鲜活的思想,此外还有许多学校政治活动,而我主要关心的是《学

---

① 值得附带一提的是,胡适之所以重视书院,主要是珍视其研究精神,对于其阐扬文化、砥砺德行的一面,似不甚措意。在他看来,"书院之真正的精神唯自修与研究,书院里的学生,无一不有自由研究的态度",清末改革将书院制度完全推翻,"实在是吾中国一大不幸事。一千年来学者自动的研究精神,将不复现于今日"。参见胡适:《书院制史略》,季羡林主编:《胡适全集》(第20卷),合肥:安徽教育出版社,2003年,第112—116页。

② 蓝文徵:《清华大学国学研究院始末》,夏晓虹、吴令华编:《清华同学与学术薪传》,北京:生活·读书·新知三联书店,2009年,第388页。

③ 吴宓:《清华开办研究院之旨趣及经过》,徐葆耕编选:《会通派如是说——吴宓集》,上海:上海文艺出版社,1998年,第174页。

衡》，因此我在研究院的事务和方向方面，采取调和的和谨慎的方针。"①由此可见，相较于精密的考证，吴宓更关心的是"鲜活的思想"。在写给庄士敦的一封信中，吴宓更是坦言自己"对目前从事的所谓国学研究不感兴趣，因为它避开了所有对古代圣贤和哲人伟大道德理念的哲学讨论"②。

由此可进一步追问，究竟是怎样的阻力妨碍了吴宓阐扬国学当中所蕴含的思想？首先自然是王国维的影响。研究院的章程主要由吴宓和王国维共同起草，而此时王国维早已抛弃了"可爱"而"不可信"的哲学与文学，投入到古史的考证当中，这一倾向自然也反映在研究院章程当中。吴宓一方面承认"王先生古史及文字考证之学冠绝一世"，但又坦言"予独喜先生早年文学哲学论著"③。可见吴宓本人并不完全认同这一转变，但作为晚辈，又不得不尊重王国维的个人选择。

此外，当时学界的"新汉学"风气亦值得注意。20世纪20—30年代，中国文史学界当中，以胡适、傅斯年为代表的"新汉学"占据主流。这一派主张"为学问而学问"，强调"价值"与"事实"的分离④。傅斯年即明确指出："把些传统的或自造的'仁义礼智'和其他主观，同历史学和语言学混在一气的人，绝对不是我们同志！"⑤对此吴宓自然不能认同。但清华国学院四大导师当中，王国维、梁启超、陈寅恪的史学研究，以及赵元任的语言学研究，或多或少均受这一风气的影响，实际状况并非吴宓所能左右。

尽管如此，吴宓仍旧尽其所能，以求在科研与教学二者之间取得平衡。作为补救措施，《研究院章程》规定，除分组指导、专题研究以外，各教授均须面向研究院全体学生作普通演讲，每星期至少一小时，以求增强学生的国学

---

① 吴宓：《致白璧德》，吴学昭编：《吴宓书信集》，北京：生活·读书·新知三联书店，2011年，第35—36页。

② 吴宓：《致庄士敦》，吴学昭编：《吴宓书信集》，北京：生活·读书·新知三联书店，2011年，第151页。

③ 吴学昭整理：《吴宓诗话》，北京：商务印书馆，2005年，第192页。

④ 参见王汎森：《价值与事实的分离？——民国的新史学及其批评者》，《中国近代思想与学术的系谱》，长春：吉林出版集团有限责任公司，2011年，第381页。

⑤ 傅斯年：《历史语言研究所工作之旨趣》，傅斯年著，陈槃等校订：《傅斯年全集》（第四册），台北：联经出版事业公司，1980年，第266页。

根底,同时鼓励师生切磋问难、砥砺观摩,以期养成"敦厚善良之学风,而收浸润薰陶之效",担当"指导社会、昌明文化之任"①。

随着国学院教学研究工作渐次展开,诸多事项进展颇为顺利。梁启超即坦言,研究院开办半年来的成绩"实属不坏,也可以说超过我的希望"②。在此情形下,吴宓于1925年年底提出了进一步扩大国学院的设想,拟在原有基础上增聘教授二人,学生由三十人增至五十人。在办学方针上,则依旧强调普通国学与专题研究二者并重。事实上,清华内部对于国学院早有反对的声音,钱端升便质疑:"国学之为重要,无待烦言,而在偏重西学之清华犹然。现时研究院教授,若海宁王静安先生、新会梁任公先生皆当代名师,允宜罗致。然注重国学罗致名师为一事,而特设研究院又为一事。清华学生之受益于王梁诸先生者,初不限于研究院学生,何以不竟聘先生等为大学教授,尊而崇之,而必名之曰研究院教授乎?"③

钱氏的批评极有道理。当时清华校内旧制留美预备部、新制大学部和国学研究院三部各自为政,机构繁琐。若欲讲授普通国学,则完全可以归入新制大学部,似不必专设国学研究院。若专设研究院,则似不应局限于国学一门。

1926年1月5日,清华学校举行校务会议。会上,吴宓根据早先的设想,正式提出了国学研究院下年度的发展计划。教务长张彭春极力反对,主张研究院应当缩小范围,只做高深之专题研究,而不教授普通国学。经过讨论,会议通过了张彭春的提议。

在国学院内部,同样以赞成张彭春的声音占多数。1月7日上午,国学研究院召开教授会议讨论此事,根据吴宓日记的记载,"赵、李力赞校务会议之决案。王默不发言。独梁侃侃而谈,寡不敌众。宓亦无多主张。其结果,即拟遵照校务会议之办法,并将旧有之中国文学指导范围删去,专作高深窄小

---

① 《研究院章程》,《清华周刊》第360期,1925年,第21—24页。
② 《梁任公教授来函》,徐葆耕编选:《会通派如是说——吴宓集》,上海:上海文艺出版社,1998年,第191页。
③ 钱端升:《清华学校》,《清华周刊》第362期,1925年,第39页。

之研究"①。如此一来，在国学研究院内外，吴宓的计划均遭到否决。撇开人事的因素不论，这次关于专门与普通的争议，也反映出学术取向的不同。正如研究者所言，"大体上，王国维、赵元任和李济本为治学而来，偏于提高的一面；而梁启超和吴宓却有着更深远的寄托，故不能忘怀于普及"②。

那么，梁启超和吴宓又有怎样的寄托呢？一言以蔽之，即是阐扬中国文化。梁启超认为，治国学有两条大路：一是文献的学问，应当用客观的科学方法去研究；二是德性的学问，应该用内省和躬行的方法去研究③。并希望拿"中国儒家道术的修养来做底子，而在学校功课上把他体现出来"④。吴宓也指出，"讲明国学"的目的，就是要"造成正直高明之士，转移风俗，培养民德"⑤。由此可见，在客观研究之外，梁启超与吴宓更为重视的是儒家的人文修养。

正由于此，吴宓决定据理力争，试图挽回局面。1月中旬，吴宓写就《研究院发展计划意见书》，呈交校长曹云祥，请求对研究院改制一事进行复议。这一次，吴宓不再作调和之论，而是开宗明义，强调国学研究院与科学研究院二者绝不相同："宓以为研究院正当之宗旨及办法，只能有二，一为国学研究院，一为科学研究院。今欲根本改组，只能就此二者择一而行，不容丝毫混淆假借。……而决择于斯二者，则宓极主张办国学研究院，而不取科学研究院。"⑥根据吴宓的设想，国学研究院既独立于大学部，又独立于毕业院（即今日之研究生院），不授予专门学位，其性质近似于新式书院，而科学研究院则等同于

---

① 吴学昭整理注释：《吴宓日记》（第三册），北京：生活·读书·新知三联书店，1998年，第123页。

② 罗志田：《一次宁静的革命：清华国学院的独特追求》，《清华大学学报（哲学社会科学版）》2011年第2期，第12页。

③ 梁启超：《治国学的两条大路》，《饮冰室合集》（第五册），北京：中华书局，1989年，第110页。

④ 梁启超：《北海谈话记》，夏晓虹辑：《〈饮冰室合集〉集外文》（中册），北京：北京大学出版社，2005年，第1034—1035页。

⑤ 吴学昭整理注释：《吴宓日记》（第三册），北京：生活·读书·新知三联书店，1998年，第156页。

⑥ 吴宓：《研究院发展计划意见书》，徐葆耕编选：《会通派如是说——吴宓集》，上海：上海文艺出版社，1998年，第184页。

毕业院。

至于国学研究院的办学目标,吴宓以为有两个方面:"(1)则整理全部材料,探求各种制度之沿革,溯其渊源,明其因果,以成历史的综合。如梁任公之《中国文化史》之体例,及其他急宜编著之《中国文学史》《哲学史》皆是也。(2)则探讨其中所含义理,讲明中国先民道德哲理之观念,其对于人生及社会之态度,更取西洋之道德哲理等,以为比较,而有所阐发,以为今日中国民生群治之标准,而造成一中心之学说,以定国是。如梁任公所拟讲之《儒家哲学》,即合于此类也。"①从前者来看,在科学研究方面,吴宓更为看重的是通史类的综合研究,而非细致的专题研究;至于后者,则显然寄托了吴宓个人的文化理想。对于科学研究院,吴宓也承认其重要性"固人人所知"②,但他认为,当时清华大学部刚刚成立,设立科学研究院的时机尚不成熟。

整体而言,吴宓反对设立科学研究院的理由并不够充分,而他自己所构想的国学研究院,又未免过于理想化。1月19日,清华举行临时校务会议讨论研究院问题,再次否决了吴宓的提议,其结果也在意料之中。事已至此,吴宓乃决定辞去国学研究院主任一职。

学生方面,对于吴宓的工作亦多有不满。1月22日,研究院学生向吴宓陈情,希望能获得学位或应考游美的资格。然而,国学研究院事务非吴宓一人所能定夺,未能全如学生所愿。研究院学生对此极为愤怒,决定上书校方,要求将吴宓免职。听闻这一消息,吴宓大为感慨:"无论如何办法,宓对于清华之办研究院,实不能不谓失望。而今之所谓专治国学、修行立名之士,其行事之不可问,盖有过于新文化之党徒也。"③吴宓本想通过国学研究院培养高明正直之士,不料结果竟是如此,自然灰心丧气。

---

① 吴宓:《研究院发展计划意见书》,徐葆耕编选:《会通派如是说——吴宓集》,上海:上海文艺出版社,1998年,第184—185页。
② 吴宓:《研究院发展计划意见书》,徐葆耕编选:《会通派如是说——吴宓集》,上海:上海文艺出版社,1998年,第187页。
③ 吴学昭整理注释:《吴宓日记》(第三册),北京:生活·读书·新知三联书店,1998年,第135页。

2月下旬新学期开学后,国学研究院基本遵照临时校务会议的决议而运作。3月,吴宓上书校长曹云祥,坚辞国学研究院主任一职,获得批准。吴宓辞职后,研究院主任一职由曹云祥兼理,后由新任教务长梅贻琦兼管。此后,由于王国维与梁启超先后辞世,加之清华早有创办多科研究院之议,国学研究院遂于1929年停办。

从吴宓受命筹办清华国学研究院,到其正式辞去主任一职,时间仅一年有余,但其中的种种波折却耐人寻味。一方面,在当时客观专题研究已成主流的情形之下,吴宓仍未能忘情于阐扬中国文化,对于"普通国学"的讲授不肯退让;另一方面,彼时中国的现代教育制度已基本成形,吴宓却仍欲取法于传统书院,以不授予学位杜绝学生的名利之心。正如研究者所言,这的确是"一场小小的制度革命"①。不过,吴宓的构想固然美好,这次"制度革命"却未能取得成功。

(三)吴宓与清华大学外文系

辞去国学研究院主任一职后,吴宓改任新制大学部西洋文学系(1928年改名为外国语文系,以下简称外文系)教授。清华外文系肩负着培养外国文学研究与外交人才的重任,地位举足轻重。吴宓亲身参与了外文系课程编制工作,并分别在1926—1927、1932—1933、1933—1934学年代理系主任,为这一系科的发展奠定了良好的基础。事实上,由于清华外文系成立伊始,系主任王文显即告休假,外文系的纲领性文件多由吴宓编撰或修订。其培养目标与课程设置,也较为鲜明地体现出吴宓的人文教育理念。

在介绍外文系的培养目标时,吴宓概括道:"本系课程之目的,为使学生得能:(甲)成为博雅之士;(乙)了解西洋文明之精神;(丙)造就国内所需要之精通外国语文人才;(丁)创造今世之中国文学;(戊)汇通东西之精神思想

---

① 罗志田:《一次宁静的革命:清华国学院的独特追求》,《清华大学学报(哲学社会科学版)》2011年第2期,第5页。

而互为介绍传布。"①在吴宓看来,相较于语言技能的训练,外文系更为重要的职能是引导学生领会西洋文明的精神,进而成为会通中西的博雅之士。正如研究者所言,"'博雅'浓缩了吴宓的人文主义外语教育思想,为清华外文系的发展构筑了一个非常高的起点"②。清华外文系日后成就斐然,与此不无关联。

另一方面,吴宓对于"语言"与"文学"二者的辩证关系也有深刻的理解,在编制课程时并不忽视语言文字等基本功:"本系始终认定语言文字与文学,二者互相为用,不可偏废。盖非语言文字深具根柢,何能通解文学而不陷于浮光掠影?又非文学富于涵泳,则职为舌人亦粗俚而难达意,身任教员常空疏而乏教材。故本系编订课程,于语言文字及文学,二者并重。"③

具体到课程的内容与性质,吴宓强调:"本系文学课程之编制,力求充实,又求经济,故所定必修之科目特多,选修者极少。盖先取西洋文学之全体,学生所必读之文学书籍及所应具之文字学知识,综合于一处。然后划分之,而配布于四年各学程中。……总之,本系学生虽似缺乏选择之自由,而实无选择之需要。因课程编制之始,已顾及全体。比之多列名目,虚张旗帜,或则章程学科林立而终未开班,或则学生选修难周而取此失彼者,似差胜一筹也。"④由此可见,较之学生的兴趣,清华外文系更为重视教师的眼光,这也符合吴宓强调文化传承的一贯风格。前文亦提到,吴宓的导师白璧德对原哈佛校长埃利奥特推行的"自由选课"制度即多有批评。

从1926年到1937年,清华外文系的课程设置并无大的调整,其中1936—1937学年的课表如下,我们从中或能更为直观地领略吴宓所言的课程特点。

---

① 吴宓:《外国语文系学程一览》,徐葆耕编选:《会通派如是说——吴宓集》,上海:上海文艺出版社,1998年,第204页。
② 吕敏宏、刘世生:《会通中西之学,培育博雅之士——吴宓先生人文主义外语教育思想研究》,《外语教学与研究》2011年第2期,第284页。
③ 吴宓:《外国语文学系概况》,《清华周刊》第588—589期,1934年,第85页。
④ 吴宓:《外国语文学系概况》,《清华周刊》第588—589期,1934年,第85—86页。

表 3-3　清华大学外国语文系课程表（1936—1937 学年）

第一年（36 或 38 学分）			
国文	6 学分	逻辑、高级算学、微积分（择一）	6 或 8 学分
第一年英文	8 学分	普通物理、普通化学、普通地质学、普通生物学（择一）	8 学分
中国通史、西洋通史（择一）	8 学分		
第二年（36 学分）			
第二年英文	6 学分	西洋文学概要	8 学分
第二外国语（任择一种）	8 学分	英国浪漫诗人（专集研究一）	4 学分
西洋哲学史	6 学分	西洋小说（专集研究二）	4 学分
第三年（32 学分）			
第三年英文或德法文（择一）	8 学分	西洋文学分期研究	
英文文字学入门	4 学分	（一）古代希腊罗马	4 学分
戏剧概要（专集研究三）与莎士比亚轮流开班	4 学分	（二）中世（至但丁止）与十八世纪轮流开班	4 学分
文学批评（专集研究四）与现代文学轮流开班	4 学分	（三）文艺复兴时代（至十七世纪末止）与十九世纪轮流开班	4 学分
第四年（24 学分）			
第四年英文或德法文	8 学分	西洋文学分期研究	
现代西洋文学：（一）诗，（二）戏剧，（三）小说（任择二种）与文学批评轮流开班	4 学分	（四）十八世纪 与中世文学轮流开班	4 学分
莎士比亚（专集研究五）与戏剧轮流开班	4 学分	（五）十九世纪 与文艺复兴轮流开班	4 学分

资料来源：吴宓：《外国语文系学程一览》，徐葆耕编选：《会通派如是说——吴宓集》，上海：上海文艺出版社，1998 年，第 205—207 页。

　　清华大学的课程设置借鉴美国大学通行的方式，第一年实行通识教育，各系学生所修课程相同，第二年起进入专业教育。学生毕业所要求的总学分为 132 学分，从外文系的情况来看，文学类课程占 52 学分，语言类课程占 42 学分（含第二外国语），可见其课程总体上仍偏重于文学。就课程数量与内容来看，四年共开设 12 门文学课，数量虽不多，编排却极用心。已有研究者指出,其特点为"世界文学与国别文学并重;文学史、文学理论和文学批评并重;文学各个体裁并重"①,确如吴宓所言,课程的整体安排既"充实"又"经济"。

吴宓特别强调,外文系与中文系应当相辅而行,鼓励学生选修中文系的课程:"本系对学生选修他系之学科,特重中国文学系。盖中国文学与西洋文学关系至密。本系学生毕业后,其任教员,或作高深之专题研究者,固有其人。而若个人目的在于(1)创造中国之新文学,以西洋文学为源泉为圭臬,或(2)编译书籍,以西洋之文明精神及其文艺思想介绍传布于中国,又或(3)以西文著述,而传布中国之文明精神及文艺于西洋,则中国文学史学之知识修养均不可不丰厚。故本系注重与中国文学系联络共济。"②从中更可见出吴宓沟通中西文明的宏愿。清华外文系的毕业生当中,不乏钱锺书、季羡林、李健吾、田德望、吴达元等会通中西的知名学者,这一成就与吴宓的悉心规划不无关联。

作为外文系的授课教师,吴宓同样兢兢业业。据研究者统计,自1925年至1937年,吴宓在清华先后讲授过的课程包括:"英国浪漫诗人""古代希腊罗马文学""西洋文学史""翻译术""中西诗比较""文学与人生""第一年英文""第二年英文""古代文学史""西洋小说(专集研究二)"③。在这些课程当中,同样渗透着吴宓的人文理想。如"中西诗比较"一课的课程说明指出:"本学程选取中西文古今诗及论诗之文若干篇,诵读讲论,比较参证。教师将以其平昔读诗作诗所得之经验及方法,贡献于学生。且教师采取及融贯之功夫,区区一得,亦愿诉说,共资讨论,以期造成真确之理想及精美之赏鉴,而解决文学人生切要之问题。"④可见吴宓试图打破古今中西的界限,直面诗歌本身,与学生共同探讨其艺术魅力与蕴含的人生哲理。

至于吴宓授课的情景,当以原清华外文系教授温源宁的描绘最为生动:

---

① 吕敏宏、刘世生:《会通中西之学,培育博雅之士——吴宓先生人文主义外语教育思想研究》,《外语教学与研究》2011年第2期,第286页。
② 吴宓:《外国语文学系概况》,《清华周刊》第588—589期,1934年,第87页。
③ 刘明华:《吴宓教育年谱》,《重庆教育学院学报》1999年第4期,第66页。
④ 刘明华:《吴宓教育年谱》,《重庆教育学院学报》1999年第4期,第66页。

"作为老师,除了缺乏感染力之外,吴先生可说是十全十美。他严守时刻,像一座钟,讲课勤勤恳恳,像个苦力。别人有所引证,总是打开书本念原文,他呢,不管引文多么长,老是背诵。无论讲解什么问题,他跟练兵中士一样,讲得有条有理,第一点这样,第二点那样。枯燥,容或有之,但绝非不得要领。"①在学生的记忆中,自然也少不了吴宓所服膺的新人文主义思想:"在他的课堂上,当然也常听他提到他所钦佩的 Matthew Arnold(安诺德)和 Irving Babbitt(白璧德)教授以及他们的批评见解。"②

与此同时,吴宓也利用主编《学衡》与《大公报·文学副刊》之便,在课堂与报刊之间建立了良好的互动关系。例如,《学衡》发表的雪莱《云吟》、罗色蒂(罗塞蒂)《愿君常忆我》、济慈《无情女》等外国诗歌,便是吴宓"翻译术"课程的课后习作③。《大公报·文学副刊》所刊发的文章当中,清华学生的作品亦为数不少。

尤为重要的是,在传授知识之外,吴宓的授课理念也对学生产生了深远的影响。钱锺书即坦言,自己"本毕业于美国教会中学,于英美文学浅尝一二。及闻先师于课程规划倡'博雅'之说,心眼大开,稍识祈向;今代美国时流所讥 DWEMs(Dead White European Males——笔者注),正不才宿秉师说,拳拳勿失者也"④。钱锺书早年就读于美国圣公会创办的苏州桃坞中学与无锡辅仁中学,1929 年考入清华外文系,写作此文时已年过八十,足见印象之深。

(四)个案分析:"文学与人生"

"文学与人生"是吴宓在 20 世纪 30 年代为清华大学高年级本科生和研究生开设的一门全校性选修课。此后,吴宓又在其任教的西南联大、燕京大学

---

① 温源宁撰,南星译:《吴宓先生》,温源宁:《一知半解及其他》,沈阳:辽宁教育出版社,2001 年,第 5 页。
② 王岷源:《忆念吴雨僧先生》,李继凯、刘瑞春选编:《追忆吴宓》,北京:社会科学文献出版社,2001 年,第 42 页。
③ 关于该课与《学衡》的互动,可参见刘霁:《学术网络、知识传播中的文学译介研究——以"学衡派"为中心》,复旦大学博士学位论文,2007 年 4 月,第 71—72 页。
④ 吴学昭整理注释:《吴宓日记》(第一册),北京:生活·读书·新知三联书店,1998 年,序言第 1 页。

及武汉大学等校先后讲授此课,足见对该课的重视。如课程名称所示,"文学与人生"强调"人"与"文"二者的紧密联系,的确颇能代表吴宓的思想取向。下文即以这门课程为例,对吴宓的授课理念与特点做进一步分析。

根据课程说明,"文学与人生"每周课时为2小时,须修1年,计4学分。按照吴宓的说法,课程的主题是"人生与文学之精义,及二者间之关系。以诗与哲理二方面为主。然亦讨论政治、道德、艺术、宗教中之重要问题"①。即此已可见该课内容之广泛,绝非一般的文学或哲学类课程所能涵括。与此同时,吴宓为选课学生开列了一份"应读书目"②,从中更可见出该课的规模。

书目所列书籍共一百余种,涵盖中外文学、史学、哲学、宗教诸领域,包罗甚广。中国名著方面,有"四书"、《毛诗》、《礼记》、《春秋左传》、《史记》、《楚辞王逸注》、《杜诗镜铨》、《桃花扇》、《红楼梦》、《大正新修大藏经》等。值得注意的是,其中还有徐志摩《爱眉小札》、朱湘《海外寄霓君》等白话文作品,可见吴宓对此并非完全排斥。外国名著方面,有柏拉图《理想国》、亚里士多德《伦理学》、《新旧约全书》、马可·奥勒留《沉思录》、卢梭《忏悔录》、《培根随笔集》、《哈姆雷特》、《天方夜谭》、《堂吉诃德》、《傲慢与偏见》等,且多要求读英文本。当然,其中也有吴宓所服膺的新人文主义的相关著作,如白璧德的《文学与美国的大学》、保罗·穆尔的《谢尔本随笔集》等。

此外,吴宓还特别谈及课程的学习方法:"1. 读书——独立阅读,但要经常阅读。2. 听讲——不记笔记;但抄下提纲。3. 发问——用口头或书面提问。4. 作题——对练习与问题的答题必须仔细思考,简明表达。"③可见吴宓不仅倡导埋头读书,也鼓励学生积极提问,强调"学"与"思"的结合。

吴宓强调,"文学与人生"的课程内容包含两个方面,一是通过阅读文学作品理解人生,二是以人文主义的观点研究人生。所谓"人文主义",吴宓将其界定为"个人之修养与完善"④。纵观吴宓的授课提纲,也可清晰地看到,课

---

① 吴宓著,王岷源译:《文学与人生》,北京:清华大学出版社,1993年,第1页。
② 吴宓著,王岷源译:《文学与人生》,北京:清华大学出版社,1993年,第3—9页。
③ 吴宓著,王岷源译:《文学与人生》,北京:清华大学出版社,1993年,第11页。
④ 吴宓著,王岷源译:《文学与人生》,北京:清华大学出版社,1993年,第13—15页。

程内容主要分为两部分,一部分偏重于文艺理论的探讨,另一部分侧重于人生哲学的阐释。

文学方面,在吴宓看来,其对于人生有十大功用:"(1)涵养心性;(2)培植道德;(3)通晓人情;(4)谙悉世事;(5)表现国民性;(6)增长爱国心;(7)确定政策;(8)转移风俗;(9)造成大同世界;(10)促进真正文明。"①其中前四点主要就个人而言,后六点则主要就社会而言。从中可见,吴宓极为重视文学的道德功能,与"为艺术而艺术"的唯美派不同。

吴宓的高明之处在于,他并未因重视文学的道德功用而将其等同于宣传工具,而是强调文学本身有其技巧与规律。在"文学与人生"的授课提纲中,吴宓附上了冯友兰的一篇短文。文章指出,一个哲学家认同某种学说,"并不是因为他认为这个道理于救世有用,而是因为他认为这个道理是唯一的真理,关于这一点,哲学与文学有点相同,因为一个哲学及一个文学作品,都是一种创作,决不能先出题目"②。这显然与中国文学传统当中讲究"文章合为时而著,歌诗合为事而作"(白居易语)的一派有所区别。

以小说为例,吴宓认为,优秀的小说应当具备六项条件:"(1)宗旨正大;(2)范围宽广;(3)结构谨严;(4)事实繁多;(5)情景逼真;(6)人物生动。"③除第一项以外,其他几项条件均是就文学技巧而言。根据以上几个标准,吴宓对《红楼梦》作了极高的评价。吴宓指出,曹雪芹不仅"写了一部具有完美艺术与技巧的伟大小说",而且"把一种新的、较高级的、对人生和爱情的概念引入中国文学与社会"④。这一评价颇能体现吴宓兼顾"文学"与"人生"的特点。

不惟如此,吴宓还把自己的目光从文学延展到文化,放眼于古今中西的不同传统,熔铸成自己的人生哲学。他将自己的人生态度概括为"一多并在"

---

① 吴宓著,王岷源译:《文学与人生》,北京:清华大学出版社,1993年,第59—68页。
② 冯友兰:《对于哲学一点意见》,吴宓著,王岷源译:《文学与人生》,北京:清华大学出版社,1993年,第162页。
③ 吴宓著,王岷源译:《文学与人生》,北京:清华大学出版社,1993年,第27—28页。
④ 吴宓著,王岷源译:《文学与人生》,北京:清华大学出版社,1993年,第53页。

"情智双修"两点。其中"一"指理念世界,"多"指现实世界,这显然是受到柏拉图哲学的影响。所谓"一多并在",指的是在现实生活中遵循理想的标准。吴宓曾以道德行为为例,指出"道德行为＝是非正误之标准＋事功或行动"①。在这方面,吴宓尤为推崇儒家的中庸之道,强调中庸并非谨小慎微,而是"惟义是从",此即儒家的"是非正误之标准"。正是在这一层意义上,吴宓称自己是一位"道德家,不是诗人;一位现实主义的道德家,或道德的现实主义者,具有浪漫主义(理想主义)气质"②。

所谓"情智双修",按照吴宓的说法,指兼具澄明的理性与热烈的情感。吴宓认为,阅读诗歌有助于培养情感,阅读哲学有助于培养理性,阅读小说则兼具以上两种功用。具体而言,优秀的小说家一方面能通过"广泛的经验及富有想象力的理解,为吾人揭示出'人的法则'(爱默生)或人生的真理"③,此即理性的功能;另一方面,"小说家试图显示体现在不同人物身上的、不同性质和不同生活环境的各种爱。这样可使读者爱上'真诚的爱'"④,此即情感的功能。在近代教育史上,恐怕还没有哪位学者像吴宓这样对小说的教育意义作如此细致的分析。

吴宓如此独特的课程安排与人生哲学,也难免让人不解。温源宁即认为,"雨生[僧]不幸,坠入这白璧德人文主义的圈套。现在他一切的意见都染上这主义的色彩。伦理与艺术怎样也搅不清。你听他讲,常常莫名他是在演讲文学或是在演讲道德"⑤。事实上,这恰恰说明吴宓并非就文学而讲文学,其谈文学的旨归乃是人生。曾在西南联大选修"文学与人生"的何兆武对此有清晰的认识:"先生博通今古,学贯中西,讲起课来旁征博引,信手拈来,都

---

① 吴宓著,王岷源译:《文学与人生》,北京:清华大学出版社,1993年,第87页。
② 吴宓著,王岷源译:《文学与人生》,北京:清华大学出版社,1993年,第168页。
③ 吴宓著,王岷源译:《文学与人生》,北京:清华大学出版社,1993年,第32页。
④ 吴宓著,王岷源译:《文学与人生》,北京:清华大学出版社,1993年,第34页。有学者指出,吴宓对情感的过分强调,在某种程度上已经偏离了人文主义要求"把情感放在理性的缰绳之下"的主张。参见朱寿桐:《现代人文主义的人生礼教读本——论吴宓的〈文学与人生〉》,《广东社会科学》2005年第2期,第140—141页。
⑤ 温源宁撰,林语堂译:《吴宓》,《人间世》第2期,1934年,第44—45页。

成妙谛。但我的印象,主要内容是三个方面:一为先生所服膺的柏拉图哲学,一为先生所热爱的《红楼梦》,一为先生平素喜欢以理论联系实际的方式所阐发的人生哲学的精义。"①

对于许渊冲而言,印象最深的是吴宓对儒学的推崇。在"文学与人生"课上,吴宓曾提及,孔子注重理想生活(精神),对于实际生活(物质),则无可无不可。许渊冲对此极为赞赏,指出"吴先生的儒家思想深深地影响了我们这一代外文系的学生"②。春风化雨,"文学与人生"所蕴含的人文主义精神,透过吴宓饱含热情的讲解,对学生产生了潜移默化的影响。

值得附带提及的是,除课程内容之外,"文学与人生"的考题也鲜明地带上了吴宓的印记。如以下这份期末考试试题,就极具特色:

"文学与人生"学期考题(1937年1月11日)③

[注意]四题须全答:前二题用中文,后二题用英文。次序可随意,原题不必抄写。

Ⅰ. 柳诒徵先生所述:孔子之人格、精神,及其教学之宗旨,如何?

Ⅱ. 景昌极先生所论:四种生活态度,与人生之归宿问题,如何?

Ⅲ. What is the central idea or thesis of Plato's "Republic"? Explain and Prove that thesis briefly.(柏拉图的《理想国》的中心思想或论点是什么?试简短说明并证实此一论点。)

Ⅳ. Describe and discuss any one character from Thackeray's "Vanity Fair", comparing it (if you can) with some characters from Chinese history and fiction.(试描述并讨论萨克雷的《名利场》中任一人物,若有可能,试将其与中国历史上或小说中某些人物进行比较。)

---

① 何兆武:《回忆吴雨僧师片段》,李继凯、刘瑞春选编:《追忆吴宓》,北京:社会科学文献出版社,2001年,第99页。
② 许渊冲:《追忆逝水年华——从西南联大到巴黎大学》,北京:生活·读书·新知三联书店,1996年,第89页。
③ 吴宓著,王岷源译:《文学与人生》,北京:清华大学出版社,1993年,第207页。译文略有改动。

柳诒徵与景昌极均属于"学衡派",二人的代表作也在吴宓的"应读书目"当中。吴宓以二人的著作出题,显然是希望学生对"学衡派"维护传统的立场有更多的了解。第三题与第四题分别展现了吴宓对柏拉图哲学与中外小说的偏爱。上述四题基本涵盖了"文学与人生"的课程主旨,以此为整门课程作结,倒也十分得宜。

三 中央大学与"学衡派"的重组

(一) 中央大学变局与罗家伦的上任

1927年4月18日,国民政府定都南京。同年6月,南京国民政府将东南大学与河海工程大学、江苏法政大学、江苏医科大学等九所高校合并,组建国立第四中山大学(1928年4月改称国立中央大学)。这所首都最高学府也随之成为各方势力角逐的焦点,在此后四五年间数易校长,长期处于扰攘不安的状态之中。1932年9月,罗家伦受命出任中央大学校长。在其主持下,学校逐渐步入安定与发展的新阶段。

第四中山大学成立之初,南京国民政府任命江苏省教育厅厅长、国民党元老张静江之侄张乃燕为校长。张氏主持校政三年有余,在制度上多有更张。举例而言,第四中山大学最初设文学院、哲学院、自然科学院、社会科学院、教育学院、农学院、工学院、商学院、医学院共九院,其中部分学院的设置及名称不尽合理。1928年7月,学校将自然科学院更名为理学院,社会科学院更名为法学院,原有之社会学系及历史地理系归入文学院,法学院仅保留政治、法律两系,此外又裁撤哲学院,改在文学院内增设哲学系[①]。如此一来,原有的九个学院被调整为文、理、法、教、农、工、商、医八个学院,大学的架构更趋合理。

---

① 参见《张乃燕为修改大学本部各学院名称呈文》,《南大百年实录》编辑组编:《南大百年实录》(上卷),南京:南京大学出版社,2002年,第270页。在此之后,院系又有部分调整。参见朱斐主编:《东南大学史(第一卷)》(第2版),南京:东南大学出版社,2012年,第164—165页。

在张乃燕任内,中央大学也面临诸多困境,尤以两个方面最为突出:其一是经费问题,其二则是教育方针问题。1927—1929年间,南京国民政府试行大学区制,由第四中山大学(后为中央大学)兼管江苏省学术和教育行政事宜。这一制度直接导致教育经费向高等教育倾斜,引起江苏省内中小学校的强烈不满,大学区制也在1929年6月宣告废除,恢复教育厅制。该制度取消后,中央大学的经费随之捉襟见肘。然而,中央大学依然维持着庞大的行政机构,行政经费占学校开支的比例过高,遭校内师生强烈抗议[1]。

在教育方针上,张乃燕对于"党化教育"未能给予足够的重视,国民党高层对此颇为不满。早在张乃燕就职第四中山大学校长的典礼上,吴稚晖即明确指出:"今后很希望张校长本总理的精神,努力于党化教育。"[2]张氏在就职演说中,却是大谈教育行政学术化、"学术无国界"等问题[3],未能充分领会高层的用意。在院系负责人的任免上,张乃燕多从学术的角度出发,较少考虑党派背景。原东南大学"拥郭派"中坚如理学院院长孙洪芬、农学院院长邹秉文等,重新被张氏委以要职,令国民党中央及原"倒郭派"师生极为不满[4]。在学生管理方面,张乃燕亦缺乏有力的举措,致使学生运动不断。1930年11月,蒋介石在浙江溪口接受记者采访,对张乃燕提出了严厉批评:"中央大学管训废弛,国家主义派、改组派、共产党混迹其间。余两年来调查所得,早有所闻……该大学学风如此败坏,张校长应负全责……大学为培育专门人才之地,应善导学生思想。中大为首都所在地之最高学府,关系尤重,政府不能坐视其校务延弛、学风嚣张,以贻害青年。"[5]言下之意,自然是要更换校长。

在此之前,张乃燕已向蒋介石递交辞呈,教育部遂任命原中山大学校长朱家骅为中央大学校长。1930年12月21日,朱家骅到校视事。上任之后,朱

---

[1] 参见许小青:《政局与学府:从东南大学到中央大学(1919—1937)》,北京:中国社会科学出版社,2009年,第193页。
[2] 《第四中山大学张校长就职纪》,《申报》1927年7月25日,第8版。
[3] 参见《第四中大校长张乃燕就职演辞》,《申报》1927年7月29日,第11版。
[4] 参见许小青:《政局与学府:从东南大学到中央大学(1919—1937)》,北京:中国社会科学出版社,2009年,第194页。
[5] 《蒋主席对中大风潮态度》,《申报》1930年11月3日,第9版。

家骅一反张乃燕的作风,对学生运动进行强力弹压,并开除部分带头闹事学生。为稳定学校秩序,朱家骅甚至出钱收买部分学生,暗地监视师生的思想与行动,引起学生极大的反感①。九一八事变之后,学生的爱国热情更是空前高涨。中央大学学生不顾校方反对,数次上街游行示威,令朱家骅穷于应付。此外,中央大学的经费问题也始终未能得到妥善解决,教职员一度面临欠薪的窘境。1931年12月,朱家骅深感校务难以维持,决定辞去中央大学校长一职。

朱家骅辞职后,教育部先后任命桂崇基、任鸿隽、段锡朋为中央大学校长,以上诸人或拒不到任,或受到学生驱逐,未能履职。其中段锡朋到校之后,更是遭到学生痛殴,震惊朝野。1932年6月29日,蒋介石下令解散中央大学,严加整顿。7月2日,"警备司令部派有便衣侦探多人,夜间入学生宿舍,敲门入内,随意搜查,且手持照片,如面貌相似者,即被拘捕"②。一时间风声鹤唳,学府尊严扫落殆尽。

经过一个暑期的整顿,行政院于1932年8月23日任命罗家伦为中央大学校长。9月5日,罗家伦正式到校视事。前文提到,罗家伦在担任清华大学校长期间,因强制推行"党化教育"而遭到学生抵制,最后被迫辞职。此次执掌中大,罗家伦吸取之前的教训,力求在政府、教师与学生之间寻得平衡点。经过深思熟虑,罗家伦决定以构建"民族文化"作为沟通各方的共同理念。

1932年10月17日,罗家伦对全校师生做了题为《中央大学之使命》的长篇演讲,详尽阐释了上述办学理念。罗氏指出:"一定要把一个大学的使命认清,从而创造一种新的精神,养成一种新的风气,以达到一个大学对于民族的使命。……这种使命,我觉得就是为中国建立有机体的民族文化,……今日中国的危机,不仅是政治社会的窳败,而最要者却在于没有一种整个的民族文化,足以振起整个的民族精神。"③罗家伦号召全校师生共同努力,使中央大

---

① 许小青:《政局与学府:从东南大学到中央大学(1919—1937)》,北京:中国社会科学出版社,2009年,第219页。
② 《教部接收中大》,《申报》1932年7月4日,第10版。
③ 罗家伦:《中央大学之使命》,《国立中央大学日刊》1932年10月20日,第61—62页。

学成为引领民族复兴的基地。"建立有机体的民族文化"这一口号既能被政府乐于接受，又与中央大学相对保守的文化传统相契合，同时也呼应了学生的爱国热忱，为罗家伦此后工作的开展奠定了良好的基础。

在这一大背景之下，作为五四运动的健将，罗家伦选择了包容以"学衡派"为代表的保守派教师，此前在中大任教的"学衡派"成员如缪凤林、张其昀、景昌极等继续留任。在尽力保持原有师资阵容的前提下，罗家伦十分注重人才的引进。以理学院为例，在1933年8月即新聘了十多位教授，如留美数学博士孙光远、曾远荣，化学博士孙宗彭，留日生物学博士罗宗洛，等等[①]。此外，罗家伦也充分利用首都的地缘优势，时常邀请国民党要员到中央大学演讲，力求在政治与学术之间取得平衡。

针对此前学生运动频发的现象，罗家伦一方面以"诚、朴、雄、伟"四字学风相号召，鼓励学生树立远大理想，另一方面通过严格的点名与考试约束学生，避免重蹈张乃燕与朱家骅的覆辙。另外，在罗家伦的极力争取下，中大经费改由中央财政直接负担，此前经费短缺的问题得到解决，学校的办学条件亦有所改善。

得益于上述一系列举措，中央大学的办学重新步入正轨。截至1937年，学校共有教师344人，学生1115人，书刊40余万册，实验设备亦颇为完善[②]。与此同时，学校学风也有所改善。有学生评价："现在中大的空气是严肃而平静，换句话说已成了一个极好的研究学问的环境。"[③]文章言辞或有所夸大，但至少表明罗家伦主持校政的成绩胜于张乃燕、朱家骅二人。

考虑到学校的长远发展，中央大学更准备在南京城郊建立新校址，却由于日本全面侵华的战事而被迫中断，举校西迁重庆。罗家伦在回忆这段经历时，不无感慨地说道："造化的安排，真是富于讽刺性。我在南京没有能造成

[①] 参见朱斐主编：《东南大学史（第一卷）》（第2版），南京：东南大学出版社，2012年，第183页。

[②] 参见《中央大学概况》，《南大百年实录》编辑组编：《南大百年实录》（上卷），南京：南京大学出版社，2002年，第321—339页。

[③] 高山：《给准备投考中央大学者》，转引自许小青：《政局与学府：从东南大学到中央大学（1919—1937）》，北京：中国社会科学出版社，2009年，第286页。

大规模的新校址，但这点领到局部而未用完的余款，竟使我在兵荒马乱的年头，免除了许多困难的手续，在重庆沙坪坝和柏溪两处，造成两个小规模的新校舍，使数千青年，没有耽误学业……'失之东隅，收之桑榆。'难道就是这个意义吗？"①乐观的情绪中也透露出遗憾与惋惜之意。

（二）南北学风分合与"学衡派"的重组

回头再说"学衡派"。随着北伐战争推进、"拥郭派"失势，东南大学的局面事实上已朝着有利于"学衡派"的方向发展。其主要成员当中，梅光迪、吴宓、缪凤林、景昌极在1925年之前已离开东大，未受到"易长风潮"的冲击。胡先骕恰于1923—1925年间再度赴美留学，基本避开了此次风潮。柳诒徵与汤用彤则同为"倒郭派"成员，与国民党处于同一立场。因此，在1927年第四中山大学成立之后，"学衡派"的多数成员又回到该校任教。

前文提到，"易长风潮"平息之后，柳诒徵为避嫌起见，力辞文学院院长一职，改任江苏省立第一图书馆馆长。不过，由于新任院长谢寿康未能及时到任，院务由梅光迪代理，文学院仍旧由"学衡派"主导②。在此期间，柳门弟子张其昀、王焕镳、缪凤林、陈训慈也相继回到母校任教。此外，哲学院（后改为哲学系）则是由汤用彤主持。职是之故，第四中山大学文科的科系设置与办学宗旨也在一定程度上体现出"学衡派"的特点。例如，原东南大学的外国语文系被重新更名为外国文学系，以示对文学的强调；哲学方面则是中西哲学并重，兼及印度哲学③。

如上节所言，在罗家伦上任之前，中央大学风潮不断，经费状况亦不佳，中大的教师流动也因此较为频繁，在客观上促进了南北学界的交流。以"学

---

① 罗家伦：《中央大学之回顾与前瞻——民国三十年七月在国立中央大学全体师生初次惜别会中讲话》，罗久芳：《我的父亲罗家伦》，北京：商务印书馆，2013年，第195页。

② 梅光迪在1927年秋返回哈佛任教，文学院院务先后由汤用彤、楼光来代理，谢寿康1929年夏方由欧洲归国，正式就任院长。梅光迪于1932年夏归国休假一年，先后在中央大学、安徽大学任教，未担任行政职务。参见《国立中央大学文学院沿革及概况》，《国立中央大学二二级毕业纪念刊》，出版地不详，出版时间不详（约为1934年），第41页。高传峰：《梅光迪与国立中央大学、省立安徽大学（1932—1933）》，《新文学史料》2021年第2期，第62页。

③ 参见《概况及计划》，《国立中央大学一览·文学院概况（民国十九年）》，出版地不详，1930年，第3、6页。

衡派"而论,胡先骕在1928年暑间离开中大,赴北平筹建静生生物调查所,并在北大与北师大兼课;汤用彤于1930年北上,担任北京大学哲学系研究教授,此后长期在北大任教;吴宓则是选择留在清华,不愿南下任教。与此同时,北方教育界亦处在持续动荡之中。1926年,奉系军阀占据北京,大肆逮捕进步师生。次年8月,北京政府强行将北京九所国立高校合并为京师大学校。1928年6月,北伐军攻占北京,随之将北京更名北平,并着手实施大学区制。由于北大、北师大等校师生要求复校,反对大学区制,政府与师生形成对峙,学校正常教学受到影响。1929年6月大学区制废除之后,北平各高校始相继复校。在此期间,曾在北大任教的陈汉章、黄侃、熊十力等均来到中央大学执教。值得注意的是,这一时期中央大学文科教师的文化立场也日益多元化。如哲学系教授宗白华即热心于新文化运动,白话诗人闻一多、徐志摩也一度被聘至中大外文系任教①。

1932年罗家伦出任中央大学校长,可谓是"北将入主南营"②。在此之后,学界的南北之分、新旧之别进一步发生变化,中央大学的文科师资呈现出新的特点。以1935年为例,中央大学文学院各系的主要教师如下:

表3-4 中央大学文学院各学系教师简况表(1935年5月)

学　系	教　师
中国文学系	系主任兼文学院院长:汪东 教授:胡小石,王伯沆,吴梅,汪辟疆,林损,伍俶,陈延杰 助教:钱堃新,黄焯,潘重规,殷孟伦,李和兑

---

① 参见王德胜:《宗白华评传》,北京:商务印书馆,2001年,第14—38、62页。闻黎明、侯菊坤编:《闻一多年谱长编》,武汉:湖北人民出版社,1994年,第349页。曾庆瑞:《新编徐志摩年谱》,《曾庆瑞赵遐秋文集》(第十一卷),北京:中国传媒大学出版社,2007年,第415页。中央大学学生卢月化曾谈到徐志摩在中大授课的情形:"他是玩票,经常请假。来时拿着妥斯退也夫斯基Dostoïevski的《罪与罚》Crime and Punishment 念几段。才子气质的诗人与做学问的教授,不可同日而语。"参见卢月化:《英国文学三杰之一:楼光来老师》,《中外杂志》1969年第6卷第5期,第6页。

② 参见桑兵:《金毓黻与南北学风的分合》,《近代史研究》2008年第5期,第22页。

续表

学 系	教 师
外国文学系	系主任:范存忠 教授:郭斌龢,张沅长,徐颂年,商承祖,楼光来,汪扬宝,李昌熙,周其勋 讲师:彭先捷,阮补经,吕贤清,华林一,黄宗玉,胡斯曼夫人(德籍),方修训
哲学系	系主任:宗白华 教授:方东美,何兆清,李翊灼,景昌极 助教:唐君毅
史学系	系主任:朱希祖 教授:沈刚伯,缪凤林,张贵永,程憬 讲师:郭廷以,罗香林 助教:姚公书
社会学系	系主任:黄文山 教授:孙本文,胡鉴民,言心哲 讲师:王政 助教:马长寿,吴文晖

资料来源:《国立中央大学二四级毕业纪念刊》,出版地不详,出版时间不详(约为1935年),第150—151页。

由表3-4可知,中大文学院这一时期的教师阵容较为齐整,其中不乏各领域的知名学者。就各科负责人而论,中文系主任汪东与史学系主任朱希祖均为章太炎弟子,前者精于诗词、书画,早年追随孙中山从事民主革命活动,1927年到中央大学执教;后者为南明史研究的权威,此前长期在北京大学任教,对新文化运动颇为热心,1932年南下广州任中山大学史学系教授,1934年来到中央大学执掌史学系。外文系主任范存忠1926年毕业于东南大学外文系,并先后在伊利诺伊大学及哈佛大学获硕士、博士学位。范氏亦曾受学于白璧德,力持古典主义,但并不排斥白话文[①]。哲学系主任宗白华早年毕业于同济医工专门学校(同济大学前身),后赴德国法兰克福大学及柏林大学攻读哲学与美学,1925起执教于东南大学。前文谈到,宗白华同时也是新文化运动的积极参与者。社会学系主任黄文山毕业于北大,后留学哥伦比亚大学,专长

---

① 参见范存忠:《谈谈我国大学里的外国文学课程》,《国风》第1卷第1号,1932年,第65—69页。

为文化学研究。

显而易见,上述学科负责人的文化立场不尽相同,甚至截然相反,与此前东南大学文科整体趋于保守的情形大不相同,这也展现出中央大学作为首都学府的包容性。中大校长罗家伦为史学出身,此处不妨以史学系为例,对该系主要教师的背景做进一步分析。

除系主任朱希祖之外,历史系几位教师的基本情况如下:

沈刚伯,武昌高师毕业,后留学英国,专长为西洋史,在朱家骅任校长期间由中山大学转至中央大学任教。

缪凤林,东南大学毕业,柳诒徵弟子,"学衡派"代表人物,以中国通史研究见长,1928年由东北大学返回中央大学执教。

张贵永,清华大学毕业,先后赴德国、英国深造,主攻西洋史,1934年归国,随之被罗家伦聘为中央大学史学系教授。

程憬,清华国学研究院毕业,长于中国古代史、思想史,先后在厦门大学、中山大学、暨南大学、安徽大学等校任教,1932年起执教中央大学。

郭廷以,东南大学毕业,专治中国近代史。郭氏虽出身东大,对于以柳诒徵为代表的"南派"史学风格却不完全认同[①],而与时在东南大学任教的罗家伦较为接近,并于1928年跟随罗家伦赴清华任教,后返回南京执教[②]。

罗香林,清华大学毕业,专长为中国民族史研究,1934年由中山大学转至中央大学任教。

姚公书,中央大学毕业,后留校任教,主攻中国古代史。

由上可知,中大史学系教员大体可分为东南大学—中央大学出身的"南

[①] 郭廷以曾回忆道:"柳先生教我的功课很多……在我读课外书及研究近代史的兴趣方面固然受他影响很大,但在研究方法方面,我不大赞同他的方法,比如他不重视考证,对历史这门科学不下考证工夫如何下结论?"参见张朋园、陈三井、陈存恭等:《郭廷以先生访问纪录》,台北:"中央研究院"近代史研究所,1987年,第129—130页。

[②] 与此相对应,钱穆或可算作一个相反的例子。钱氏自陈:"民国二十年,余亦得进入北京大学史学系任教。但余之大体意见,则与学衡派较近。"可见此时南北两派的史学取向在对方阵营各有支持者。参见钱穆:《纪念张晓峰吾友》,《钱宾四先生全集》(第51卷),台北:联经出版事业公司,1998年,第409页。

派"与清华出身的"北派"。教师的背景与立场较为多元,原本应当有利于学系的发展。然而,中大史学系的南北两派却始终存在矛盾,未能形成合力①。究其原因,理念上的差异是一个方面,人事上的冲突亦不容忽视。

先说理念的差异。前文谈到,以柳诒徵为代表的"南派"学者重视史事的会通与史学的道德功用,与强调客观中立与细节考证的"北派"截然不同。进入30年代后,随着民族观念的进一步强化,以傅斯年、罗家伦为代表的"北派"学者亦开始有意识地提倡民族主义。在这一大背景之下,两派的分歧又有了新的变化。如研究者所言,缪凤林、傅斯年所代表的南北两派虽统一于民族主义,侧重点却并不相同。缪氏所强调的仍是传统族类观念与儒家的正统地位,而傅氏等人则是站在五四以来"民主"和"科学"的基点上,去构建现代性的国家和学术观念。② 事实上,上述分歧亦可视作"学衡派"与五四"新文化派"对于史学的不同理解与诠释。

理念上的差异又往往演化为现实中的冲突。早在20世纪20年代,柳诒徵与弟子缪凤林、刘掞藜即对胡适的哲学史研究与顾颉刚的古史考辨有所批评,双方因此展开论战,言辞颇不客气③。1932年,傅斯年出版《东北史纲》(第一卷),结果遭到缪凤林与郑鹤声的批评,缪氏更是指出书中的多处硬伤,令傅斯年大为难堪。情急之下,傅斯年乃介绍清华国学院毕业的方壮猷、谢国桢进入中大,试图挤走缪凤林。然而,方、谢二人的学问均不如缪氏,到校后招致学生反对,在1934年先后辞职他就④。尽管如此,清华出身的教员在中大史学系仍不占少数。上述七位教员当中,张贵永、程憬与罗香林均为清华毕业,主持校政者难免有偏袒"北派"之嫌,这一点自然令缪凤林等出身东大的

---

① 事实上,中央大学出身南高师—东大的教员与出身北大、清华的教员长期存在隔阂,并不限于史学一系。参见张朋园、陈三井、陈存恭等:《郭廷以先生访问纪录》,台北:"中央研究院"近代史研究所,1987年,第210页。
② 参见颜克成:《民国南北学风中的缪凤林》,《暨南学报(哲学社会科学版)》2013年第5期,第158—159页。
③ 论战详情参见沈卫威:《"学衡派"谱系:历史与叙事》,南京:南京大学出版社,2015年,第88—96页。
④ 参见颜克成:《民国南北学风中的缪凤林》,《暨南学报(哲学社会科学版)》2013年第5期,第157—158页。

教员不满。

从表3-4还可看到,此时中央大学的"学衡派"成员分散于各个学系,在教学中基本处于"各自为战"的状态——缪凤林在史学系,郭斌龢与景昌极分属外文系与哲学系,另一位重要成员张其昀则在理学院地理系任教。尤其值得注意的是,在各学系的负责人当中,并无"学衡派"的身影,这也意味着"学衡派"成员在科系之内并无太大的发言权,对于学科的办学理念与课程安排影响有限,只能主要依靠课程的讲授阐发个人的文化理念。举例而言,郭斌龢这一时期讲授的课程包括一年级英文、英文作文、欧洲文学史、拉丁文以及安诺德专集研究①,其中大部分为外文系规定的必修课,仅有"安诺德专集研究"较为明显地反映出郭斌龢的思想渊源与新人文主义立场。缪凤林在中央大学主要讲授中国通史与中国文化史②,可谓是继承了柳诒徵的衣钵。有学生指出,缪凤林在课堂上多次强调:"爱国雪耻之思,精进自强之念,莫不以历史为原动力。所以我们如欲提倡民族思想和爱国精神,就必须先行昌明史学!"③这一观点充分体现出缪氏对史学的人文教化功能的强调。

但个人教学的影响毕竟有限。为进一步集结各成员的力量,宣传"学衡派"的主张,创办刊物无疑是一个较为可行的办法。在此背景下,《国风》半月刊应运而生,成为继《学衡》与《大公报·文学副刊》之后的另一个"学衡派"阵地。

(三)《国风》及其文化教育主张

1932年9月1日,《国风》创刊号出版,以该刊命名的国风社负责刊物的编辑工作。该社社长为"学衡派"代表人物柳诒徵,编辑委员为张其昀、缪凤林与中央大学物理系教授倪尚达④。《国风》杂志的宗旨为:"一、发扬中国固有之文化;二、昌明世界最新之学术。"⑤显而易见,这两点与《学衡》"昌明国粹,

---

① 沈卫威:《"学衡派"谱系:历史与叙事》,南京:南京大学出版社,2015年,第376页。
② 王德滋主编:《南京大学百年史》,南京:南京大学出版社,2002年,第176页。
③ 康侨:《缪凤林书生报国》,《中外杂志》第11卷第1期,1972年,第34页。
④ 参见《国风》创刊号,1932年,目录页。
⑤ 《本刊宗旨》,《国风》第2卷第1号,1933年,目录页。

融化新知"的宗旨极为相似。有所不同的是,《国风》除了延续《学衡》弘扬民族文化、倡导旧体诗词、推进国学研究、译介人文新知等主张之外,还增加了自然科学研究、国防问题探讨、地理知识普及等内容。

作者方面,"学衡派"成员梅光迪、吴宓、胡先骕、汤用彤、郭斌龢、景昌极、陈训慈、王焕镳、缪钺、刘永济等均为《国风》撰稿。与此同时,不少知名文史学者亦为刊物写稿,如胡小石、唐圭璋、范存忠、钱锺书、卢前、唐君毅、贺昌群、萧一山、萧公权、李源澄等,其中多数为中央大学教授。此外,刊物的作者群还囊括了一批国内知名的科学家,如竺可桢、翁文灏、秉志、熊庆来、顾毓琇、胡敦复、严济慈、李书华等。[①]

《国风》初定为半月刊,但实际出版时间并不固定,有两期合刊、月刊、双月刊的现象,同时还有不定期的"特刊"。刊物在 1936 年 12 月出至第 8 卷第 12 期后停刊,前后共持续发行四年。如前文所述,《国风》涵盖的议题较广,本小节拟主要探讨刊物的文化与教育主张,尤其重点关注"学衡派"成员在该刊发表的言论。

首先值得注意的是,《国风》旗帜鲜明地主张"尊孔"。1932 年《国风》第 3 号"圣诞特刊",围绕孔子及其学说集中刊载了多篇文章纪念"孔圣人"诞辰,"圣诞"二字也点明了刊物的立场。事实上,弘扬以儒家为代表的传统文化是"学衡派"一以贯之的主张,只不过 20 世纪 20 年代《学衡》杂志尚未大张旗鼓地宣扬"尊孔"。进入 30 年代,中日局势日趋紧张,民族危机迫在眉睫,唤起国人的民族观念也成为当务之急。九一八事变后,郭斌龢率先提出"新孔学运动"的主张。郭氏认为,孔学"为一种人文主义",乃中国之国魂,在当前思想界混乱无序、国人信仰缺失之际,亟应提倡"新孔学运动"。这一运动大体可从四个方面展开:"(一)应发扬光大孔学中有永久与普遍性之部分(如忠恕之道、个人节操之养成等等),而铲除受时间空间之影响所产生之偶然的部分(如繁文缛节、易流于虚伪之礼仪,及后人附会之阴阳家言等等)。(二)应保存有道德意志的天之观念。(三)应积极实行知仁勇三达德。提倡儒侠合一、

[①] 参见沈卫威:《"学衡派"谱系:历史与叙事》,南京:南京大学出版社,2015 年,第 133 页。

文人带兵之风气。……知耻近乎勇、杀身成仁、士可杀不可辱等古训,应尽量宣传。……(四)应使孔学想像化、具体化。俾得产生新孔学的戏剧、诗歌、图画、音乐、雕刻等艺术。"①

在《国风》的"圣诞特刊"中,上述主张得到了其他"学衡派"成员的积极回应。在柳诒徵看来,五四运动之反孔固不值一驳,康有为、陈焕章以"孔教"相号召亦属庸妄之举,发扬孔学的关键仍在于个人的躬行实践。与此同时,柳氏对于当政者"阳儒阴法"的行为亦有所警惕:"即崇奉孔子,如张宗昌在山东印经书、举祀典,于孔子何益?于中国人何益哉?"②

缪凤林《谈谈礼教》一文则对礼教有所回护:"礼是社会的习惯,亦是社会的秩序。人类既已有了社会,自然有这些习惯和秩序。……吾人处处要越礼背礼或反礼,社会又何能一日相安?"③当然,缪氏并非主张恢复传统礼制。文章进一步辨析:"礼之节文,虽时有变通;而礼之义理,则古今不易。"④在缪凤林看来,礼之义理显然是孔学当中"有永久与普遍性之部分"。

景昌极的《孔子的真面目》一文在开头即抛出疑问:"孔子究竟是怎样一个人?值得全中华民族的崇拜吗?值得廿世纪受过科学洗礼的人去崇拜吗?"⑤文章逐层推进,列举出孔子的一系列人格特征,如好学而肯教、通权达变却又不随波逐流、平易近人、无丝毫神学意味与玄学意味等,最后得出结论:"孔子仍然值得全中华民族的崇拜,并且值得廿世纪受过科学洗礼的人去崇拜。"⑥

张其昀在文章当中提出了一个纪念孔子的具体方案,即把每年的孔子诞辰日(由农历八月二十七日换算为公历9月28日)定为教师节。其理由有四:"(一)中国讲学之风始于孔子;(二)中国以教授为职业始于孔子;(三)中国教育宗旨以'修身齐家治国平天下'为大纲始于孔子;(四)中国之文化统一始

---

① 郭斌龢:《新孔学运动》,《大公报》1931年11月2日,第10版。
② 柳诒徵:《孔学管见》,《国风》第1卷第3号,1932年,第18—19页。
③ 缪凤林:《谈谈礼教》,《国风》第1卷第3号,1932年,第21—22页。
④ 缪凤林:《谈谈礼教》,《国风》第1卷第3号,1932年,第31页。
⑤ 景昌极:《孔子的真面目》,《国风》第1卷第3号,1932年,第57页。
⑥ 景昌极:《孔子的真面目》,《国风》第1卷第3号,1932年,第63页。

于孔子。"①今日台湾地区即采用张其昀这一建议,将教师节定在9月28日。这或可算作"学衡派"成员对中国教育的一个特殊贡献。

除弘扬孔学之外,《国风》还从多个方面对发扬与革新中国文化这一议题展开探讨。

文言白话之争曾是"学衡派"与五四"新文化派"争论的焦点。在《国风》刊行之时,白话的普遍流行已成为既成事实,刊物也对此持开放的态度,对于文章的语言体裁不加限制。上文所引的景昌极《孔子的真面目》一文即为白话,可见"学衡派"在这一问题上已有所让步。不过,对于提倡文言的文章,《国风》仍乐于刊登,其中以徐英的言辞最为激烈。徐氏对于白话的总体评价是:"(子)白话毫无文学之价值。(丑)白话为提高教育程度之障。(寅)白话不适于生活工作之用。(卯)白话不适于学术工作之用。(辰)白话与复兴文化不能并存……"②《国风》能容许此种极端反对白话的言论发表,亦表明刊物编者未能忘情于文言。钱锺书的观点则恰与徐英相反,认为习读文言与发扬传统文化并无必然联系。钱氏在《与张君晓峰书》中指出:"若云不读文言则于吾邦旧日文化不得亲切体会,弟亦以为不然。老师宿儒皓首穷经,亦往往记诵而已,于先哲之精神命脉,全然未窥。……盖读书本为'灵魂之冒险',须发心自救。树之为规律,威之以夏楚,悬之以科甲,以求一当,皆官样文章而已!"③两相比较,钱锺书对文言与传统文化二者关系的理解显然更为透辟。

在批判五四新文化运动的同时,"学衡派"亦试图提出其他取代方案,上述"新孔学运动"即为其中之一。除此之外,景昌极、胡先骕等人也就这一问题阐发了个人的见解。景昌极认为,中国"缺乏希腊所谓爱智的(Philo-sophi-

---

① 张其昀:《教师节》,《国风》第1卷第3号,1932年,第102—106页。文章还提到,当时有学者倡议将6月6日定为教师节,未能得到社会各界的广泛认同。此外,南京国民政府此时已将公历8月27日定为孔子诞辰纪念日,该日学校放假一天,但各界并未将其视为教师节。参见[日]小野寺史郎著,周俊宇译:《国旗·国歌·国庆——近代中国的国族主义与国家象征》,北京:社会科学文献出版社,2014年,第266—269页。

② 徐英:《十五年来所谓白话文运动之总检讨》,《国风》第5卷第10—11号,1934年,第79页。

③ 钱锺书:《与张君晓峰书》,《国风》第5卷第1号,1934年,第15页。

cal),不急于用世的,为真理而求真理的,抑亦哲学之所以为哲学的态度"①,因此欲发起"新理智运动"以为补救。胡先骕则大声疾呼,当前救亡图存所需要的"新文化运动"应当着重区分支配人世与自然的不同规律:"禽兽之行为,纯为自然律所支配;而人则不为自然律之奴隶,另须遵循得以生存于文明社会之人的规律。凡食色争夺之兽性,必须有所节制,而另求理智上道德上之安慰与愉乐。"②这一观点实质上亦脱胎于白璧德的新人文主义③。

此外,《国风》亦密切关注时代潮流与热点问题。该刊第 1 卷第 5 号为"国防特刊",除邀请竺可桢、顾毓琇、钱昌祚等自然科学家就各自专业与国防的关系发表见解之外,还刊有柳诒徵的《辽鹤卮言》、张其昀的《太平洋上之二线》、缪凤林的《中日战争与日本军备》等文章,展现出"学衡派"成员对中日局势的关注与研究。张其昀在《国防教育四讲》中着重指出,物质层面的国防固应讲求,精神方面的国防尤其不能忽视:"方今中国民气颓丧,国魂消沉,非发扬孔学,不能恢宏军队的元气,振作军队的精神。"④《国风》第 2 卷第 1 号则是"现代文化专号",从历史学、教育学、心理学、人类学、民族学、地质学等多学科的角度探讨现代文化问题。举例而言,郑晓沧《教育学与现代文化》一文指出,教育学对于现代文化的影响主要有三点:"(一) 儿童与青年的认识;(二) 个性差异的认识;(三) 知识的人生化。"⑤可见《国风》的编者与作者对文化的古今差异有清醒的认识与自觉的探索。

最后,对南高师的追忆与纪念是《国风》另一个引人注目的主题。该刊第 1 卷第 9 号为"刘伯明先生纪念号",第 7 卷第 2 号为"南京高等师范学校二十周年纪念刊",第 8 卷第 1 期又集中刊出数篇纪念文章,充分体现出南高师校

---

① 景昌极:《新理智运动刍议》,《国风》第 8 卷第 4 期,1936 年,第 98 页。
② 胡先骕:《中国今日救亡所需之新文化运动》,《国风》第 1 卷第 9 号,1932 年,第 31—32 页。
③ 白璧德在《文学与美国的大学》一书的题词中引用美国作家、诗人爱默生(R. W. Emerson)的诗行来阐述上述两种规律:"存在着两种法则,彼此分立而无法调和:人类法则与事物法则;后者建起城池船舰,但它肆行无度,僭据了人的王座。"参见[美] 欧文·白璧德著,张沛、张源译:《文学与美国的大学》,北京:北京大学出版社,2011 年,题词页。
④ 张其昀:《国防教育四讲》,《国风》第 3 卷第 3 号,1933 年,第 12 页。
⑤ 郑晓沧:《教育学与现代文化》,《国风》第 2 卷第 1 号,1933 年,第 17—18 页。

友对母校教育传统的认同。

在诸多纪念文章中，以郭斌龢对南高师学风的概括最为精当。郭氏将南高师精神归纳为四点："（一）保持学者人格；（二）尊重本国文化；（三）认识西方文化；（四）切实研究科学。"①假如说以"学衡派"为代表的文科学者塑造了南高师的人文传统，那么，以中国科学社诸成员为代表的理工科学者则塑造了南高师的科学传统。二者交相辉映，构成了南高师留给后世的宝贵遗产。

吴俊升《纪念母校南高二十周年》一文重提南高师与北大的"保守""激进"之争，指出南高师的保守自有其价值："在文化的使命上，南高的成就，虽然在开创方面不能说首屈一指；可是在衡量和批判一切新思想、新制度，融和新旧文化，维持学术思想的继续性和平衡性这一方面，它有独特的贡献。在有些方面，诚然有人批评过南高的保守，可是保守和前进，在促进文化上，是同等的重要。"②吴氏此说可谓持平之论。

《国风》半月刊之所以不惮花费大量篇幅反复阐说南高师学风，一方面是由于南高师确有值得纪念之处，另一方面则源于对中央大学现状的不满。如前文所述，东大"易长风潮"之后，师生群体分裂为"拥郭"与"倒郭"两个阵营，正常的教学秩序被严重打乱；随着首都南迁，学校易名，政治对学术的干扰有增无已，学风更是一落千丈，昔日宁静的学府成为政党角力之所、学潮蜂起之地。这一状况在罗家伦上任之后虽稍有改善，却已难复旧观。

今昔对比之下，难免感慨系之。张其昀即坦言："中央大学的学风比起南高时代，差得远了，……现在学生对于教员除了照常上课以外，可说是漠不相关，教员对于学生，除了专门知识以外，也顾不到什么公共训练，南高时代满堂师生的盛会，振起学风的宏论，久已不可得闻。"③另一位"学衡派"成员景昌极亦直言不讳地评判，中央大学等国立高校"尽管名义比从前好听，表面比从前辉煌，而精神却迥不如前了。……南高自从改称大学直到如今，名义扩张

---

① 郭斌龢：《南京高等师范学校二十周纪念之意义》，《国风》第7卷第2号，1935年，第1—3页。
② 吴俊升：《纪念母校南高二十周年》，《国风》第7卷第2号，1935年，第6页。
③ 张其昀：《教育家之精神修养》，《国风》第1卷第9号，1932年，第60页。

了,经费扩张了,校舍扩张了,院系扩张了,甚至于学校附近供给物质生活的店铺也跟着扩张了,可是讲到同学方面朴实的风气,读书的成绩,似乎是适得其反,这确是老教授老同学们良心上深深地感觉到的"[1]。

由以上引文可知,一方面,"学衡派"对中央大学的批评并非仅为门户之争,而是确有人文关怀存诸其间;另一方面,如前文所言,"学衡派"成员散布于中央大学各学系,未能得到罗家伦重用,难以充分实践其教育理想。理念和个人际遇两个层面的不满相互叠加,已然为"学衡派"的阵地转移埋下了伏笔。

---

[1] 景昌极:《民国以来学校生活的回忆和感想》,《国风》第 7 卷第 2 号,1935 年,第 30 页。

第四章
东山再起:"学衡派"与浙江大学

1936年4月,著名科学家、原东南大学教授竺可桢出任浙江大学校长。竺氏在任上大量起用"东南旧人",促成了"学衡派"的阵地转移。全面抗战期间,浙江大学被迫迁至贵州遵义,依旧弦歌不辍。"学衡派"在这一时期积极开展人文教育,如文学院院长梅光迪强调培育通才,国文系主任郭斌龢重视文言文教学,史地系主任张其昀倡导史地合一,可谓各呈异彩。在"学衡派"成员及其他教师的共同努力下,浙大文科的影响日益扩大,在学界声誉鹊起。

一 "学衡派"的阵地转移及其动因

(一)浙江大学沿革

与中央大学相似,浙江大学同样肇端于清末,此后几经变革,见证了中国大学教育艰难的成长历程。

1897年5月,在浙江开明官绅的多方筹划下,求是书院在杭州创立,由知府林启兼任书院总办,是为浙江大学前身。该校虽名书院,实为新式学堂,开设有国文、英文、算学、历史、地理、格致、化学等中西课程[①]。与杭州诂经精舍

[①] 参见浙江大学校史编写组编:《浙江大学简史(第一、二卷)》,杭州:浙江大学出版社,1996年,第8页。

所代表的崇尚汉学的风气不同,求是书院既强调经世致用,也重视修身正心,颇有"中体西用"的意味。当时林启为书院诸生开列了四种必读书:陶葆廉《求己录》①、黄宗羲《明夷待访录》、严复译《天演论》、《曾胡文集》(曾国藩、胡林翼文集)。从中可见主持者的旨趣所在。

受清末政局及教育政策影响,求是书院此后几度更名,办学规模及课程设置亦多有调整。辛亥革命后,因学制改革等故一度停办。1927年在原校址成立第三中山大学,蒋梦麟任校长。由于试行大学区制,学校于次年更名为浙江大学(1928年7月1日起冠以"国立"二字),监管浙江省教育行政事务。

蒋梦麟为新派人物,对于推广白话文颇为热心,在校长任上曾通令全省各小学停止使用文言文教材,影响深远②。因公务繁忙,蒋梦麟对浙大校务过问较少,主要倚赖文理学院院长邵裴子。后者于1930年接替蒋梦麟担任浙大校长,却因学校经费困难在次年辞职。此后,国民党CC系骨干人物程天放短暂接任浙大校长。

1933年4月,心理学家郭任远出任浙江大学校长。任职浙大期间,郭任远强制推行军事化管理,肆意斥退学生,早已引起师生不满。20世纪30年代又正是全国民族情绪高涨、学生运动此起彼伏的时代,对于校内的学生运动,郭任远更是处理失当。

1935年12月9日,数千名北平学生举行示威游行,反对"华北自治",遭到南京国民政府的残酷镇压。在浙大学生会的组织下,杭州市大中学生于12月11日举行声势浩大的游行,以声援北平学子。12月20日,浙大学生又决定次日集体赴南京请愿。当晚,军警突然闯入校园,依照校长郭任远给出的名单大肆逮捕学生会代表。同时,郭任远又贴出布告,宣布开除学生会主席施尔宜、副主席杨国华。此举无疑触犯了众怒,全校学生决定集体罢课,开展"驱郭斗争",并最终迫使行政院免去了郭任远的校长职务。

---

① 该书分三卷,节录史传及宋儒文集中论及变革与边防之语,试图以此振作国民精神。编者在全书跋尾强调"法可变而义理不可变",体现出"中体西用"的倾向。参见芦泾遁士编:《求己录》,庚子年杭州求是书院印本。

② 参见马勇:《蒋梦麟传》,北京:红旗出版社,2009年,第260页。

郭氏去职之后，继任者的人选问题自然被提上了议程。代为主持学校工作的教务长郑晓沧想到了著名气象学家竺可桢。竺可桢为浙江绍兴人，早年留学美国伊利诺伊大学及哈佛大学，归国后曾在南高师—东南大学任教，此时担任中央研究院气象研究所所长。就个人经历及名望而言，竺可桢的确是极为合适的人选。在逐层上报之后，这一提议也得到蒋介石的首肯。

然而，竺可桢本人却不愿出任浙大校长。一方面，当时气象研究所多项工作正待展开，难以脱身；另一方面，竺可桢深知大学校长事务繁杂，自己并不擅长行政，惟恐难以胜任[①]。此外，中日战事一触即发，从个人角度考虑，此时于多事之秋出任浙大校长绝非明智之举。但与此同时，竺可桢又不忍坐视家乡的大学被政治势力蚕食："浙大自程天放长校以后，党部中人即挤入浙校。程离浙时陈立夫拟提余井塘，但为学生所不愿，乃推郭任远。郭之失败乃党部之失败。……故此时余若不为浙大谋明哲保身主义，则浙大又必陷于党部之手……"[②]正是在国民党不断加强对高校的渗透与控制这一背景之下，竺可桢几经斟酌，最终决定接任浙江大学校长，并于1936年4月25日正式就职。

（二）"学衡派"的阵地转移

对"学衡派"诸君而言，竺可桢出任浙江大学校长，无疑是一个绝佳的契机。

就个人交谊而论，竺可桢与多位"学衡派"成员有深厚的交情。早在就读复旦公学时期，竺可桢即已结识后来的"学衡派"主将梅光迪，留学哈佛期间，两人一度成为同舍室友，归国后又曾在南高师—东南大学一同任教，情谊甚笃[③]。在东南大学，竺可桢创建了中国大学第一个地学系，培养了众多弟子，其中"学衡派"的后起之秀张其昀与竺可桢来往尤为密切。也由于此，有学者

[①] 事实上，仅仅一年半之后，竺可桢即感叹："自至杭长浙大以来，余两鬓几全白，颓然老翁矣。"足见平日公务之繁忙。参见竺可桢：《竺可桢全集》（第6卷），上海：上海科技教育出版社，2005年，第412页。

[②] 竺可桢：《竺可桢全集》（第6卷），上海：上海科技教育出版社，2005年，第29页。

[③] 参见竺可桢：《竺可桢全集》（第10卷），上海：上海科技教育出版社，2006年，第27页。此外，竺可桢与吴宓则是哈佛校医院同病房的病友。参见吴学昭整理：《吴宓自编年谱：1894—1925》，北京：生活·读书·新知三联书店，1995年，第202页。

将竺可桢与柳诒徵并推为南高史地学派的两大导师①。20世纪30年代,柳诒徵在南京主持江苏省立国学图书馆,竺可桢则负责中央研究院气象研究所工作,两处职员多为南高、东大史地两系毕业学生。某次门下弟子共同设宴为二人祝寿,席间柳、竺两位导师也开起了玩笑。据其中一位弟子回忆:"柳师笑对竺师说:'我们两个大王,各聚一个山头,各拥有喽罗若干人,势力不可谓不雄厚,我们应如何作出打击计划,各成大事?'竺师笑对柳师说:'我们打天下各有范围,至于如何打法也有不同,总之我们应当用科学方法循序渐进,立业而后成功,不能躐等而进。'同学闻之,哄堂大笑。"②席上虽是笑谈,却足见二人交谊之深、门生之众。

从另一个角度看,如前文所述,"学衡派"成员对中央大学的氛围并不满意。事实上,不仅"学衡派"如此,原东大及中大的校友亦多有同感。1935年4月,南高东大中大毕业同学总会召开会议,通过多项议案,第一项便是"函请母校当局应保持母校固有诚朴勤慎之精神,继续发扬,勿偏重物质建设",另有一项则是"函请母校裁汰冗员,并尽量延聘毕业同学充任教职员"③。其中的表述颇值得玩味。北大出身的罗家伦与东大出身的教员及校友之间,显然仍有隔阂。因此,由竺可桢出掌浙大,开拓新的阵地,也是"学衡派"及东大校友们所期望的。

在竺可桢上任之前,浙江大学整体师资水平的确不容乐观。由于郭任远办学不善,浙大先后有50余位教授辞职④。在下设的工、农、文理三个学院当中,又以文科的师资力量最弱。据竺可桢所了解的情况,"课程上外国语文系有七个副教授,而国文竟无一个教授,中国历史、外国历史均无教授"⑤。在此

---

① 参见吴忠良:《南高史地学派引论》(上),《东方论坛》2006年第5期,第78页。
② 郑鹤声:《记柳翼谋老师》,柳曾符、柳佳编:《劬堂学记》,上海:上海书店出版社,2002年,第105—106页。柳、竺二人分别生于1880年与1890年,恰好相差十岁。
③ 《国立南高东大中大毕业同学总会代表会决议函请母校当局发扬固有精神 选举王㴑芳薛钟泰等为理事监事》,《申报》1935年4月10日,第15版。
④ 参见浙江大学校史编写组编:《浙江大学简史(第一、二卷)》,杭州:浙江大学出版社,1996年,第34页。
⑤ 竺可桢:《竺可桢全集》(第6卷),上海:上海科技教育出版社,2005年,第36页。

情形下,竺可桢除聘回部分辞职的教师外,又凭借自身的人际网络,大量引进原东南大学师生,其中文科尤为倚重"学衡派"的力量。以下是相关教职员简况表:

表4-1 原东南大学师生任职浙江大学简况表(1936年)

姓名(字)	职位	备注
郑宗海(晓沧)*	教务长	原东南大学教员
倪尚达(志超)	总务长	东南大学毕业
蒋振(伯谦)	训育主任	东南大学毕业
沈思屿(鲁珍)	事务主任	东南大学毕业
王庸(以中)	图书馆主任	东南大学毕业
吴福桢(雨公)	农学院院长	东南大学毕业
胡刚复	文理学院院长	原东南大学教员
梅光迪(迪生)	文理学院副院长	原东南大学教员,"学衡派"
张绍忠(荩谋)*	物理系主任	南高师毕业
张其昀(晓峰)	史地系主任	东南大学毕业,"学衡派"
王焕镳(驾吾)	文理学院教授	东南大学毕业,"学衡派"
景昌极(幼南)	文理学院教授	东南大学毕业,"学衡派"
陈训慈(叔谅)	史地系教授(兼)	东南大学毕业,"学衡派"
何增禄*	物理系教授	东南大学毕业
孙逢吉*	农学院教授	东南大学毕业
张肇骞	生物学系教授	东南大学毕业
诸葛麒(振公)	校长室秘书	东南大学毕业

备注:标"*"号者先于竺可桢进入浙大。
资料来源:竺可桢:《竺可桢全集》(第6卷),上海:上海科技教育出版社,2005年,第81页。竺可桢:《一年中之计划与方针》,《竺可桢全集》(第2卷),上海:上海科技教育出版社,2004年,第366—367页。《第6卷人名简释表》,竺可桢:《竺可桢全集》(第6卷),上海:上海科技教育出版社,2005年,第647—667页。赵中亚选编:《王庸文存》,南京:江苏人民出版社,2014年,前言第2—4页、13—14页。

由表4-1可知,在竺可桢执掌浙大之后,学校的主要领导岗位多由原东南大学师生担任。这一情况难免引起部分旧教员的不快。1936年5月19日,竺可桢即收到一封匿名信，对其大量延聘"东南旧人"表示不满①，此时竺可桢上任尚不足一个月。不过反对者的力量未能形成气候，这场风波也很快告于平息。

具体到"学衡派"诸位成员，当以张其昀的作用最为关键。在竺可桢犹豫不决之际，张其昀多次登门拜访，力劝竺可桢出任浙大校长②，并表示愿全力辅佐。竺可桢上任之后，随即向张其昀发出信函，希望张氏与缪凤林到浙大主持史地系③。与此同时，张其昀也开始多方联系同道，景昌极正是在此情形下由中大"跳槽"到了浙大。两人又集体向吴宓去信，希望他能够南下。然而，吴宓此时感情受挫，意志消沉，并未应允④。相比之下，远在美国的梅光迪收到竺可桢的电报之后，即决定回国任教，态度坚定。据梅光迪夫人回忆，当时船票已经订好，梅光迪的一位弟子顾立雅（H. G. Creel）得知消息后，特来苦留。顾氏此时在芝加哥大学教授中文，力劝梅光迪到芝加哥任教。梅光迪自然清楚国内局势之危急，在与顾氏深谈之后，最终仍决定放弃在美国的职位，毅然归国⑤。此外，竺可桢又征得柳诒徵的同意，从南京国学图书馆聘来柳门弟子王焕镳，并请浙江省立图书馆馆长、陈布雷胞弟陈训慈到浙大史地系兼课。1937年后，又陆续有郭斌龢、缪钺、刘永济等加入，"学衡派"在浙大的力量可谓极一时之盛。

（三）从东大到浙大：人文精神的传承

大量援引东大出身的教员，仅仅是竺可桢革新浙大的第一步。更值得注意的是，竺可桢将东南大学的人文精神与办学理念也带到了浙大。

---

① 竺可桢：《竺可桢全集》（第6卷），上海：上海科技教育出版社，2005年，第76页。

② 参见竺可桢1936年3月7日、3月11日、3月15日、4月6日日记。竺可桢：《竺可桢全集》（第6卷），上海：上海科技教育出版社，2005年，第35—51页。

③ 参见何春晖、胡岚：《竺可桢与张其昀交谊考》，《浙江大学学报（人文社会科学版）》2011年第2期，第190页。缪凤林本已应允，后因故未能来浙大。

④ 吴宓苦追多年的毛彦文女士于1935年与年逾六十的前北京政府国务总理熊希龄结婚，令吴宓大受打击。参见吴宓：《致陈逵》，吴学昭编：《吴宓书信集》，北京：生活·读书·新知三联书店，2011年，第204页。

⑤ 参见梅李今英：《哭迪生》，《思想与时代》第46期，1947年，第17页；Ida Ching-ying Lee Mei, Flash-backs of a Running Soul, Taipei: Chinese Culture Univ. Press, 1984, pp.96‑97.

早在上任之初,竺可桢即对浙大学子明确指出,"我们应凭藉本国的文化基础,吸收世界文化的精华,才能养成有用的专门人才"[1]。显然,这一观点与"学衡派"所倡导的"昌明国粹,融化新知"的宗旨极其相似。具体到大学教育本身,竺可桢认为,"中国古代的高等教育,对于德育和知育并重。所以古之学宫统称明伦堂,因为古代之教育目的在于明人伦。……我们把欧美的学校制度,移到中国来,但取其糟粕,而遗其精神,组织上不甚健全,'教训'两个字只行到'教'一部份,而'训'这一部份,几乎完全放弃了"[2]。可见竺可桢极为重视中国古代的德育传统,而这也是竺氏曾经任教的东南大学最为突出的特点。

甚至在论及大学学风时,竺可桢也在有意无意间以东南大学作为楷模。他指出,浙大的精神"可以把'诚''勤'两字来表示……学生不浮夸,做事很勤恳"[3]。如前所述,南高师—东南大学的教育正是强调以"诚"为本。竺可桢特地拈出"诚""勤"二字,恐非偶然。时人批评竺可桢以"哈佛为经,东大为纬"[4],撇去其褒贬之意,倒也十分贴切。

基于上述理念,竺可桢上任后采取了一系列举措,以求加强浙江大学的人文教育。

在文科师资层面,除聘请"学衡派"诸成员外,竺可桢也极为重视延请杭城本地的硕学鸿儒。上任之初,竺可桢即得知杭州有两位"瑰宝",一位是原浙大校长邵裴子,另一位则是名儒马一浮,遂决定亲自出面敦请。邵裴子方面,对于竺可桢的两度邀请,均辞以年老体弱;马一浮虽在竺可桢两次登门拜访之后允诺到浙大任教,却要求浙大给以"国学大师"名义,并将课程定名为

---

[1] 竺可桢:《大学教育之主要方针》,《竺可桢全集》(第2卷),上海:上海科技教育出版社,2004年,第332页。

[2] 竺可桢:《在就任浙江大学校长后补行宣誓典礼上的答词》,《竺可桢全集》(第2卷),上海:上海科技教育出版社,2004年,第350页。

[3] 竺可桢:《毕业后要做什么样的人》,《竺可桢全集》(第2卷),上海:上海科技教育出版社,2004年,第371页。

[4] 竺可桢:《竺可桢全集》(第6卷),上海:上海科技教育出版社,2005年,第299页。

"国学研究会",令竺可桢颇感为难,最终功亏一篑①。尽管两次敦聘以失败告终,但足以体现竺可桢对传统文化的重视及延聘名师的诚意。

在学校架构及系科设置层面,竺可桢亦多有革新。鉴于当时浙大文科较弱,在1936年5月9日第一次校务会议上,竺可桢提议筹建史地学系及中国文学系②,其中史地学系在同年8月即宣告成立,由张其昀担任系主任。值得注意的是,竺可桢作为中国现代地理学的开拓者,却未提议单独设立地学系,而是强调"史地合一",充分体现出竺可桢对文理交融的重视。令人稍感意外的是,浙大哲学系迟至1947年8月方告成立③,可见竺可桢对哲学不够重视。

为增进师生联系,加强道德教育,在竺可桢的提议下,浙江大学于1937年10月在大一新生中试行导师制。受抗战影响,这一级新生迁入西天目山禅源寺就学,该寺地处深山,师生得以朝夕相处,是施行导师制的理想场所。这一制度在施行之初,也的确取得了不错的成效④:

> 据叔岳(苏毓荣,浙大史地系教授兼训导员——笔者注)报告,此间导师制制度实行以来尚称顺手,学生既觉有一师长时可问询,而老师亦有数青年为友不致寂寞,天目山实为导师制之理想地点。如昨星期日,天气既值秋高气爽,导师与学生均群出外散步,每人约率十七八人,男女各有,又不分系。

受上述成效的鼓舞,全面抗战期间浙大继续推行导师制,并逐步推广至各年级。令人遗憾的是,由于中国学制模仿美国,在大学当中强调教学与科

---

① 关于竺可桢敦聘马一浮的细节及二人教育观的异同,可参见朱鲜峰、肖朗:《东西流水,终解两相逢——马一浮、竺可桢与新旧教育》,《现代大学教育》2013年第2期,第42—46页。
② 浙江大学校史编写组编:《浙江大学简史(第一、二卷)》,杭州:浙江大学出版社,1996年,第38页。
③ 浙江大学校史编写组编:《浙江大学简史(第一、二卷)》,杭州:浙江大学出版社,1996年,第117页。
④ 竺可桢:《竺可桢全集》(第6卷),上海:上海科技教育出版社,2005年,第389页。

研,教师难以长期兼顾德育工作;加之1938年后,南京国民政府以政治权力在各高校强制推行导师制,浙大原有的导师制度遂演变为施行三民主义教育的工具,逐渐背离了道德教化这一初衷①。

在课程方面,竺可桢上任后的一大举措是设立共同必修科目,倡导通才教育。前文已谈到,在竺可桢留美期间,哈佛大学等美国名校多倡导博雅教育,在课程安排上采用先"博"后"专"的形式,竺可桢显然受到这一美国模式的启发。在其倡议下,浙大成立公共科目课程分配委员会,着手制订共同必修科目。1936年6月5日,课程委员会召开第一次会议,决定将以下数门课程列为公共必修科目:国文、英文、第二外国语、党义、体育、军训、看护学、人文学科(至少选9学分)、自然学科(至少选9学分)②。其中以国文与英文两科最为重要。委员会规定:"国文每学期二学分,每周三小时,修习一学年,共四学分。英文每学期二学分,每周三小时,修习两学年,共八学分。国文、英文两科目,举行会考,必须在升入三年级前,修习完毕。不及格者,应令补习至及格为止,考试办法及最低及格标准,另组考试委员会规定之。"③

显而易见,人文学科在这一课程体系中占有重要地位。学校当局对文科的重视,自然也为"学衡派"的教学活动创造了有利的条件。

二 "学衡派"与浙江大学的人文教育

(一)培育通才:梅光迪与浙江大学文学院

论及竺可桢任职校长期间浙江大学的人文教育,最值得注意的自然是"学衡派"主导下的文学院的相关举措。在此有必要略述这一时期浙大文学

---

① 参见何方昱:《国家权力的侵入与大学自治的难局——以浙江大学导师制的兴衰为中心》,《史林》2009年第6期,第141—149页。

② 《国立浙江大学课程委员会第一次会议记录(补登)》,《国立浙江大学日刊》1937年1月9日,总第433—434页(所标页码为合订本页码)。

③ 《国立浙江大学课程委员会第一次会议记录(补登)》,《国立浙江大学日刊》1937年1月9日,总第433页。

院的基本情况。

如前所述，竺可桢出任浙大校长之后，大量引进"学衡派"成员，以图振兴人文学科。其中，梅光迪被聘为文理学院副院长（院长为物理系教授胡刚复），成为浙大文科最主要的负责人。在全面抗战之前，文理学院下设七个学系，分别为：外国语文学系、史地学系、教育学系、数学系、物理学系、化学系、生物学系，其中外文系主任由梅光迪兼任，史地系则由张其昀主持。1937年卢沟桥事变之后，浙大初迁浙江建德，继迁江西吉安、泰和，再迁广西宜山，最终于1940年1月迁至贵州，在遵义、湄潭、永兴等地坚持办学，直至抗战胜利。1938年8月，中国文学系宣告成立，由郭斌龢担任系主任，此时浙大尚在江西泰和办学。在"学衡派"诸人的努力之下，1939年8月，文、理学院正式分立，梅光迪出任文学院院长兼外文系主任，郭、张二人分别主持国文、史地两系。至此，"学衡派"在浙大获得了较大的自主权，得以充分实践其人文教育理想。

全面抗战期间，尽管偏处西南一隅，办学条件极为艰苦，浙大文科依然获得了长足的发展。作为浙江大学文学院首任院长，梅光迪多方规划，极力倡导人文教育，发挥了无可替代的作用。

1936年来到浙大后，梅光迪本是踌躇满志，但很快发现，作为文理学院副院长，自己的工作受到多方面的限制。且不论在师资引进方面有诸多掣肘，即便是课程设置，科学家与人文学者也往往意见不能一致。在1937年6月19日举行的文理学院茶会上，物理系教师束星北便因国文课的问题与梅光迪产生了争执。梅光迪认为，"国文为一切传统思想之所附丽"[1]，高尚的作品能给人以性情的陶冶，故应当重视文学作品的鉴赏；束星北则强烈反对，认为应当学以致用，因此要求把应用文的写作列为重点。显然，二人的着眼点不同，均难以彻底说服对方。

从竺可桢的立场而言，或是希望文理不分院能够促进人文与科学之间的交流，但从梅光迪的角度来看，文、理学院若不分立，开展工作时难免有诸多

---

[1] 《文理学院举行第三次茶会纪》，《国立浙江大学日刊》1937年6月19日，总第865页。

不便。1938年7月,梅光迪亲自前往江口,与教育部部长陈立夫商谈设立文学院一事。此外,他又致信竺可桢,详陈文学院独立的重要性。在他看来,有以下四个方面的理由:一、文科的地位若不提高,将不易罗致学者与优秀生源;二、中国文化的复兴有赖文科学者的努力;三、浙大不应以理工科学校自限;四、应当给文科学者以应有的地位,提高其积极性。[①] 从中可见,梅光迪固然有现实的考虑,其最终的关切仍是民族文化的兴亡。

1939年8月,在梅光迪的努力之下,浙江大学文学院正式成立。在院内师生谈话会上,梅光迪谈及浙大文学院的办学方针,指出学院应当"以复兴中国文化为使命,以造就通才为职志"[②],延续了其一贯的思路。

梅光迪同时兼任外文系主任,对该系倾注了极大的心血。1938年冬,梅光迪亲自为外文系拟订课程表,人文教育的理念在其中得到了丰富而具体的呈现。

表4-2　梅光迪拟订浙江大学外国语文系课程表(1938年)

类别	课程名称
第一年必修课程	普通英文(二)　希腊罗马文学　法文(一)
第二年必修课程	英国文学史　圣经文学　法文(二)
第三年必修课程	欧洲文学史　莎士比亚　小说名著
第四年必修课程	密尔顿　近代戏剧　英国语言学　文学批评
第三、四年选修课程,其各课程之预修课程(pre-requisite)可临行规定之	修词学　高等修词学　古典派文学　浪漫派文学 英美传记文学　法国革命与欧洲文学　英美文学思想家 现代文学与思想　法国文学史　德国文学史 柏拉图　亚里士多德　西塞罗　但丁　歌德 约翰生及其游从　卡莱尔与艾曼生 德文(一)　德文(二)　希腊文(一)　拉丁文(一)

资料来源:《浙大有关教务之学程表、科目表及章程等(解放前)》,1938年,国立浙江大学档案 L0-2006-002-0012,浙江大学档案馆藏,第102页。

---

① 梅光迪:《致竺可桢》,中华梅氏文化研究会编:《梅光迪文存》,武汉:华中师范大学出版社,2011年,第556—557页。
② 《费巩文集》编委会编:《费巩文集》,杭州:浙江大学出版社,2005年,第512页。

对于这份课表，梅光迪又做了几点说明①：

一、本课程表为理想的，然希望将来能实行；

二、大学教育宗旨重在广博，不在狭隘的专门，故基本课程如国文、本国史、西洋史、哲学、政治、经济、数学、物理、化学、生物皆当修（数学、物理、化学、生物至少修两学程），然不在本系课程范围之内，故不列；

三、外国语文系宗旨在造成贯通中西文化之人材，故本国文学与文化尤重，惟国文系课程不在本系范围之内，故亦不列；

四、必修普通英文本有两年，即普通英文（一）、普通英文（二），惟欲进外国语文系者其英文程度应较进其他系者为高，故普通英文（一）可免修，惟不给学分；

五、本系第二外国语当为法文，故必修两年，最好除法文外再习拉丁文一年；

六、若天资特高者最好兼习德文一二年与希腊文一年。

就课程宗旨而言，从上述课表及所附说明来看，梅光迪所欲造就的通才包括两方面含义：其一是文理兼通，其二是中西兼通。就课程内容而言，则与梅光迪的新人文主义立场密切相关，体现出如下特点：一、重视英国文学，轻视美国文学，观念偏于保守；二、重视思想与文化，如"法国革命与欧洲文学""英美文学思想家""现代文学与思想"等课程均以文学与思想并举；三、强调追根溯源，除文学史之外，还开列了希腊文、拉丁文等语言课程及"柏拉图""亚里士多德"等专题课程。

然而，上述课表囊括希腊文、拉丁文、德文、法文、意大利文等多门外国语言，今日看来似太过理想化。令人意外的是，在抗战期间艰苦的条件之下，经过梅光迪的多方努力，浙大外文系最终汇聚了较强的师资力量，上述课程大

---

① 《浙大有关教务之学程表、科目表及章程等（解放前）》，1938年，国立浙江大学档案 L0-2006-002-0012，浙江大学档案馆藏，第103页。

部分竟得以顺利开出。其中希腊罗马古典文学由郭斌龢讲授,佘坤珊、谢文通分别讲授英诗与英国散文,黄尊生负责法语与法国文学课程,但丁(意大利语)由田德望担任,戏剧、莎士比亚由张君川担任,歌德(德语)由田德望、张君川轮流担任,希腊文、拉丁文由方豪担任,此外还开设有俄语、日语课程①。曾有教师回忆梅光迪登门聘请的情景:"一个溽暑的傍晚,梅先生亲自拿了聘书到我家里来邀请。我久经离乱之苦,喘息未定,满想在这古老而安静的山城里定居下来,不料又要我走动,犹豫不定,继而一想,学识渊博而又德高望重的学者,亲自登门邀请,礼贤下士,热诚可贵,令人心感不已。我就慨然允诺,携眷前来这个穷僻乡镇。"②即此一端,可知梅光迪在人才的物色与聘任上花费了诸多心力。

梅光迪本人担任的课程包括西洋 18 世纪散文与 19 世纪散文。与东南大学的情形相似,在浙大学子眼中,梅光迪要求严格,口才虽不甚佳,却自有其魅力。曾在浙大外文系就读的茅于美回忆道:"他的口才不很好,刚上他课时,常因听不懂而打瞌睡。渐渐的,受了他半年的薰陶,从他不甚爽利的口语中,我慢慢得到一些启悟。……他并非口讷于言,而是他能运用言语至最经济的地步。能用一句话说完的,何必需要两句呢?"③茅于美还提到,在外国作家当中梅光迪喜欢兰姆与歌德,于中国诗人之中最欣赏王安石与陶渊明,可见梅光迪对中西文学均有极高的鉴赏力。

在另一位学生张续渠的记忆中,梅光迪对考试要求十分严格:"考查内容都出自于作品中,往往因看书不细心,有的题目不知出在哪篇文章上。要看的作品实在多,有的要看半本书,有的要看两三篇,但三个月一考,积累起来,

---

① 张君川、裘克安、陈建耕:《浙江大学外文系在遵义》,贵州省遵义地区地方志编纂委员会编:《浙江大学在遵义》,杭州:浙江大学出版社,1990 年,第 78—80 页。张君川:《梅光迪院长在浙大》,贵州省遵义地区地方志编纂委员会编:《浙江大学在遵义》,杭州:浙江大学出版社,1990 年,第 362 页。中华梅氏文化研究会编:《梅光迪文存》,武汉:华中师范大学出版社,2011 年,第 442 页。

② 蒋炳贤:《回忆在永兴的教学生涯》,贵州省遵义地区地方志编纂委员会编:《浙江大学在遵义》,杭州:浙江大学出版社,1990 年,第 82 页。

③ 茅于美:《敬悼梅光迪先生》,《东方杂志》第 42 卷第 2 号,1946 年,第 60 页。

需要阅读的作品,几乎占半个书架……"①由此可知,梅光迪极为重视通过经典作品的阅读为学生厚植人文根基。此外,梅光迪还多次推荐学生阅读李商隐的诗作,鼓励他们选修国文系开设的相关课程②,这也充分体现了梅氏造就中西兼通之才的理念。

整体而言,在梅光迪的主持下,浙大文学院发展较为迅速,成绩斐然。在遵义办学期间,伦敦大学文学院院长陶德斯曾到浙大访问,由梅光迪亲自接待。梅氏向陶德斯介绍了学院的课程设置,并请陶氏到课堂听课。听过课之后,陶德斯大为惊讶,认为浙大文学院与英国知名大学文学院可以媲美③,足见浙大文学院当时的办学水准。

不幸的是,梅光迪于1945年12月因病逝世,未能进一步实践其人文教育理想。对于梅光迪主持浙大文科期间的贡献,郭斌龢有极为中肯的评价:"浙江大学旧以理工科名于当世,校风质朴,先生既长文学院,思注重通才之教育,提倡人文之修养,使承学之士,闳中肆外,笃实而有光辉。惟自抗日军兴,浙江大学转徙万里,僻居黔北,风气阻塞,而战乱日久,物价腾涌,师生生计艰窘,救死不暇,故先生之所期者,遂未易骤达。"④抗战胜利后,浙大即着手回迁杭州,人文学科本大有可为,梅光迪却于此时赍志而殁,着实令人惋惜。

---

① 张续渠:《永远不会忘记——回忆在浙大学习时的几位老师》,钱永红主编:《求是忆念录:浙江大学百廿校庆老校友文选》,杭州:浙江大学出版社,2017年,第122页。
② 张续渠:《永远不会忘记——回忆在浙大学习时的几位老师》,钱永红主编:《求是忆念录:浙江大学百廿校庆老校友文选》,杭州:浙江大学出版社,2017年,第122页。
③ 参见张君川:《梅光迪院长在浙大》,贵州省遵义地区地方志编纂委员会编:《浙江大学在遵义》,杭州:浙江大学出版社,1990年,第362页。
④ 郭斌龢:《梅迪生先生传略》,《思想与时代》第46期,1947年,第9页。此外,在梅光迪的葬礼上,竺可桢以多年好友的身份发言,对梅氏的为人做了简要的评价,可资参照:"余于文学为门外汉,但余与迪生卅六年之交谊,故从私情、公谊,不能不说几句话。谓其有不可及者三:(一)对于作人、读书,目标甚高,一毫不苟。如读书,必读最佳者,甚至看报亦然。最痛恶为互相标榜、买空卖空。不广告,不宣传。(二)其为人富于热情。初望之虽俨然不犯,但即之有日,始知其为热肠。恶恶如仇。对于青年尤爱护备至。(三)不骛利,不求名,一丝不苟。目今贪污之风盛行,欲求而不孳孳求利已属上乘,而何况不要名乎?但因陈义过高,故曲高和寡。为文落笔不苟,故著述不富,但临终以前尚有著作之计划。怀志不售,悲夫!迪生之死,浙大之损失,亦国家之损失。五十年、百年而后,余知其著作必为当时人所瑰宝,是亦可称不朽矣云。"参见竺可桢:《竺可桢全集》(第9卷),上海:上海科技教育出版社,2006年,第600页。

(二) 力倡文言:郭斌龢与浙江大学国文系

1938年8月,浙江大学中国文学系正式成立,在此后的七年间,系主任始终由郭斌龢担任。

作为"学衡派"的后起之秀,郭斌龢本以古希腊哲学及西方文学见长。前文已谈及,在东北大学任教时,郭斌龢负责讲授英文作文、英文名著选读、欧洲文学史等课,此后在清华大学与中央大学,郭斌龢亦主要担任外文系课程。事实上,论及中国学问,郭斌龢同样本色当行。

上任之后,郭斌龢开宗明义,提出浙大国文系的课程宗旨与办学理念[①]:

> 大学课程,各校不同;而中国文学系尤无准的。或尚考核,或崇词章,或以文字、声韵为宗,或以目录、校勘为重。譬如耳目口鼻,皆有所明,不能相通;一偏之弊,殆弗能免。昔姚姬传谓:学问之途有三:曰义理,曰考据,曰词章。必以义理为主,然后考据有所附,词章有所归。世以为通论。而学问之要,尤在致用。本学术发为事功,先润身而后及物。所得内圣外王之道,乃中国文化之精髓。旷观史册,凡足为中国文化之典型人物者,莫不修养深厚,华实兼茂;而非畸形之成就。故中国文学系课程,不可偏重一端,必求多方面之发展。使承学之士,深明吾国文化之本原,学术之精义。考核之功,足以助其研讨;词章之美,可以发其情思;又须旁通西文,研治欧西之哲学、文艺,为他山攻错之助。庶几识见闳通,志节高卓。不笃旧以自封,不骛新而忘本。法前修之善,而自发新知;存中国之长,而兼明西学。治考据能有通识;美文采不病浮华。治事教人,明体达用。为能改善社会,转移风气之人材,是则最高之祈向已。

洋洋数百言,识见高远,词采斐然。由此可知,郭斌龢并未将浙大中国文

[①] 刘操南:《浙江大学文学院中文系在遵义》,贵州省遵义地区地方志编纂委员会编:《浙江大学在遵义》,杭州:浙江大学出版社,1990年,第57页。

学系定位为纯粹的"文学系",而是希冀该系能自觉承担起弘扬中国文化的重任,使学生蔚为通才。文中强调会通的重要性,具体而微。对于文史之学的功用,郭斌龢做了尤为精彩的阐发。他指出,研求传统学问绝非空疏无用,而是有助于培养学生的通德通识,使其成为足以改善社会、转移风气的人才。其着眼点并未局限于学问本身,而是更为关注求学之"人"的进境。

根据这一宗旨,郭斌龢为浙大国文系制定了相应的课程草案。各学年的必修、选修课程如下①:

第一学年　必修:国文兼习作,语言文字学概要,论语孟子,外国文学,中国通史,教学(原文如此,或应为"教育学"——笔者注),自然科学,社会科学。

第二学年　必修:国文习作,诗经,唐宋文,唐宋诗。选修:尚书,音韵学,小说研究,英文名著选读,西洋通史,哲学概论。

第三学年　必修:史汉研究,宋明理学,楚辞汉赋,六朝文。选修:仪礼礼记,古文字学,训诂学,翻译,文学批评(必选),第二外国语。

第四学年　必修:诸子研究,中国文学史,词选。选修:周易,春秋三传,专集研究,曲选,校勘学,目录学,中国哲学史,中国政制史,外文系课程选修一科。

上述课表中,除文学类课程之外,中国思想与文化类课程亦占有较大的比重,同时还开列有音韵学、古文字学、训诂学等小学类课程,充分体现出义理、考据、词章并重的特点。大量外文系课程列为选修,意在培养学生比较的眼光,进而会通中西。此外,国文课程强调习作,表明郭斌龢对书面表达能力尤为重视。

师资方面,截至1940年9月,浙大文学院中国文学系共有教员9人,名单

---

① 刘操南:《浙江大学文学院中文系在遵义》,贵州省遵义地区地方志编纂委员会编:《浙江大学在遵义》,杭州:浙江大学出版社,1990年,第58—60页。

如下:郭斌龢(教授),祝文白(教授),缪钺(副教授),王焕镳(副教授),郦承铨(副教授),薛声震(讲师),张清常(讲师),许绍光(助教),张志岳(助教)[①]。除郭斌龢之外,缪钺与王焕镳亦为"学衡派"成员。总体而言,由于创系未久,国文系教师阵容称不上强大,但已初具规模。

国文课程为全校学生必修,是人文教育的重要手段。相关资料显示,郭斌龢亦亲自承担国文课的教学工作[②],可见其对这门课程的重视。此外,浙大国文课的课文也颇具特色。以下试将浙江大学1940年大一国文教学篇目与西南联大同一时期的课文篇目略作比较,以见其异同。

表4-3 浙江大学大一国文教学篇目表(1940年9月)

	上编	下编
篇目	诗经:谷风,东山,常棣,六月 书经·无逸 春秋左氏传:晋公子重耳之亡,晋韩起聘于郑 庄子·逍遥游 荀子·劝学 战国策·鲁仲连说辛垣衍 屈原:九歌·湘君 班固:封燕然山铭 许靖:与曹公书 曹植:洛神赋 陆机:演连珠(选四) 颜延之:陶征士诔 谢朓:拜中军记室辞隋王笺 刘勰:文心雕龙·镕裁 杨衒之:洛阳伽蓝记·景明寺 刘炫:自序 韩愈:与崔群书,五箴 柳宗元:与许京兆孟容书 欧阳修:集古录目序,张子野墓志铭 朱熹:六先生画像赞 顾炎武:广宋遗民录序 汪中:自序	诗经:风雨,七月,采薇,蓼莪 屈原:九章·哀郢 刘歆:移让太常博士书 嵇康:与山巨源绝交书 向秀:思旧赋 陆机:吊魏武帝文 刘峻:广绝交论 刘勰:文心雕龙·知音 牛弘:请开献书之路表 韩愈:祭河南张员外文,给事中清河张君墓志铭 欧阳修:资政殿学士文正范公神道碑铭 王安石:度支副使厅壁题名记 汪中:吊黄祖文 姚鼐:刘海峰先生八十寿序 张惠言:词选序,祭江安甫文 曾国藩:圣哲画像记,王船山先生遗书序

资料来源:《国立浙江大学第一年级国文选目(附说明)》,《国立浙江大学校刊》1940年复刊第65期,第3—4页。

---

① 刘操南:《浙江大学文学院中文系在遵义》,贵州省遵义地区地方志编纂委员会编:《浙江大学在遵义》,杭州:浙江大学出版社,1990年,第62—63页。
② 《国立浙江大学本学期各院系一年级开设课程简表》,《国立浙江大学校刊》1939年复刊第6期,第4页。

表 4-4　西南联合大学大一国文教学篇目表（约 1940 年）

	上篇	中篇	下篇
篇目	《论语》选读（十章） 左传·崤之战 战国策·鲁仲连义不帝秦 史记·司马穰苴列传 汉书·李陵苏武传 三国志·诸葛亮传 世说新语（选录） 慧立、彦悰：大唐大慈恩寺三藏法师传（起长安终伊吾） 刘知几：史通·自叙 柳宗元：封建论 资治通鉴·钜鹿之战 沈括：梦溪笔谈（选录） 李清照：金石录后序 袁中道：西山十记 顾炎武：日知录·廉耻 焦循：文说（三篇） 曾国藩：圣哲画像记 王先谦：史可法传 章炳麟：国故论衡·原学 王国维：人间词话（选录）	胡适：建设的文学革命论（节录） 鲁迅：示众 周作人：希腊的小诗 徐志摩：我所知道的康桥（节录） 郁达夫：薄奠 谢冰心：往事（节录） 陈西滢：闲话（创作的动机与态度，管闲事） 丁西林：一只马蜂 茅盾：连环图画小说 巴金：父与女 林徽因：窗子以外 朱光潜：文艺与道德（节录），自然美与自然丑（节录） 鲁迅：我怎么做起小说来 沈从文：我的创作与水的关系 蒋中正：暑假期间对于救国最有效的工作是什么？	诗经·小雅·六月 楚辞·九歌·国殇 古诗八首 王粲：七哀诗（一首） 陶渊明：咏荆轲（一首），饮酒（五首） 王昌龄：从军行（四首），出塞（一首） 岑参：轮台歌奉送封大夫出师西征（一首），走马川行奉送出师西征（一首） 杜甫：悲陈陶（一首），悲青坂（一首），述怀（一首），羌村（三首），茅屋为秋风所破歌，闻官军收河南河北，登楼（一首），登岳阳楼（一首） 白居易：新乐府·缚戎人，新乐府·官牛 陆游：夜泊水村，书愤，纵笔（第二首），纵笔（第三首），书愤，夜登千峰榭，北望感怀，示儿

资料来源：大一国文编撰委员会编：《西南联大国文课》，南京：译林出版社，2015 年，目录第 1—4 页、正文第 338 页。

相较之下，浙大国文篇目最大的特点是未选白话文作品，鲜明地体现了"学衡派"提倡文言的主张，西南联大则文言、白话作品均有入选，呈现出兼容并包的气象。文体方面，浙大国文课文包括了诗、赋、序、笺、赞、铭、诔等多种体裁，重视呈现古文的不同面貌，西南联大课文则以散文与诗歌为主体，似更能照顾到非文学专业学生的接受水平。两校的课文有三篇重叠，分别是《诗经·六月》、《战国策·鲁仲连说辛垣衍》（《战国策·鲁仲连义不帝秦》）与曾国藩《圣哲画像记》。前两篇分别描述了周宣王时代尹吉甫北伐猃狁取得胜利这一事件及齐人鲁仲连力主抗秦，与秦国派到赵国的"亲秦派"辛垣衍展开辩论的过程。由此可见，浙大与西南联大均重视通过国文课程鼓舞抗战士气。

曾国藩的《圣哲画像记》既是桐城派古文的代表作，也可视为中国文统与道统的宣言书，入选浙大国文课程并不难理解。西南联大亦选入此篇，可见联大对于文化保守主义思想亦能包容。

由于过分重视文言，浙大也在一定程度上遭到外界的非议。时在西南联大任教的新文学作家沈从文即对此表示不满："直到如今为止，还有许多大学（浙江大学是其中一个），不许学生作语体文，更无机会学语体文……"①值得注意的是，文章刊出之后，这一尖锐的批评又引来吴宓的不满。此前吴宓本应允为《战国策》杂志撰稿，沈从文此文在该刊发表后，吴宓临时改变主意，婉拒了《战国策》主编林同济的约稿②。

在浙大学生这一层面，对待文言及传统文化的态度亦各不相同。整体而言，在五四新文化运动之后成长起来的这批浙大学生，对本国传统并无太多的亲近之感。早在全面抗战前，便有学生指出，晨读时大家"或者读英文或者读日本文，然而读中文的，十个里也找不出一个"③。对于抗战期间浙大学子的心态，曾在国文系就读的刘操南做过扼要的分析："本校学生分二派：一为埋头苦读不问外事之学生，一则专门喜弄笔墨自命为前进之学生。"④由此可见，相比于文化问题，政治问题更为学生所关注。此外，也有部分学生能够领会教师的用意，对于自身的文化使命有清醒的认识："方今吾国，正为保卫中国民族、中国文化而抗战。异日国运中兴，能负荷建设大业者，必为有中国文化修养之人才，可以断言。"⑤整体而言，此类学生并不占多数。

理想与现实之间往往存在落差。就教师层面而言，在物价飞涨、生计难以维持的情况下，教学的成绩亦不免受到影响，难以达到郭斌龢的预期。尽管如此，浙大国文系这一时期对于人文教育的追求与探索仍不乏可资借鉴之

---

① 沈从文：《白话文问题——过去当前和未来检视》，《沈从文全集》（第12卷），太原：北岳文艺出版社，2002年，第55页。
② 吴学昭整理注释：《吴宓日记》（第七册），北京：生活·读书·新知三联书店，1998年，第159页。
③ 炎冷：《生活拾零》，《国立浙江大学日刊》1936年12月14日，总第355页。
④ 竺可桢：《竺可桢全集》（第8卷），上海：上海科技教育出版社，2006年，第96页。
⑤ 刘操南：《中国文学系概况》，《浙大学生》1941年复刊第1期，第2页。

处,值得今日的研究者重视。

(三) 史地合一:张其昀与浙江大学史地系

前文已谈及,竺可桢出任浙大校长之后,未仿照其他高校的通例分设史、地二系,而是将两个学科统合在史地学系中①。作为竺门弟子,史地系主任张其昀贯彻并发扬了导师这一理念,形成了独具特色的办学风格。

与国文系及外文系的情形不同,史地系当中的史学与地学分属文、理两个学科领域。因此,史地系也最为直接地感受到人文与科学之间的张力。假如说梅光迪与郭斌龢是在人文学科内部探讨人文教育的可能性,那么,张其昀则超越了这一边界,对于人文与科学的会通开展了有益的尝试。

在赴浙大任教之前,张其昀即已流露出史地交融的自觉意识。1923年自南高师毕业后,张其昀进入商务印书馆工作,在此期间编写了初中《世界地理》与高中《本国地理》两部教科书。张其昀认为,此前的地理学研究过于偏重考据,忽视了地理与人生的关系。在这两部教科书中,自然环境与社会经济及人民风俗的关系得到了充分的强调②。1927年,张其昀回到母校中央大学任教,这一时期张氏除继续从事书面研究外,又分别前往浙江、东北与西北作旅行考察,进一步坚定了史地合一的信念。他慨叹道:"巨石当前,见者多默然而置之!然使此石为大人物之丰碑,则令人低回流连,不忍去焉。一国自然环境与人文环境之关系,殆如巨石之与纪念碑。所谓尺寸土地不能让人者,岂仅以山川天然之美丽,地下丰厚之宝藏!?尤其为我祖宗手足之所胼胝,心血之所流注也。中国任何地方均含有整个民族艰难奋斗之历史,名胜古迹,处处皆是民族之纪念碑,国民过此,岂有不动可歌可泣之情绪也哉!"③可见张氏提倡史学与地学的结合,更有唤起民族情感的用意。

来到浙大后,张其昀根据上述理念确立了史地系的办学宗旨:"本系方针

---

① 抗战期间,浙大史地系实际包含四个单位,即文学院史地系、师范学院史地系、文科研究所史地学部与史地教育研究室。本书主要讨论文学院史地系。参见《国立浙江大学文学院、师范学院史地学系概况》,《史地杂志》第1卷第3期,1940年,第63页。

② 参见王永太:《凤鸣华冈——张其昀传》,杭州:浙江人民出版社,2006年,第9—16页。

③ 转引自吴相湘:《张其昀治学与兴学》,"中国文化大学"华冈学会编:《张其昀博士的生活和思想》(上册),台北:"中国文化大学"出版部,1982年,第645页。

在造就史学与地学之完全人才,但仍注重史地二科之联系性,俾专精与通识得其平衡。"①他又进而从时间与空间两个维度阐释了史地结合的意义:"法国地理学家白吕纳(Jean Brunhes)曾说:'二十世纪学术上最大的贡献,是史学精神与地学精神的综合。'盖一为时间的演变原则,一为空间的分布原则,两者相合,方足以明时空之真谛,识造化之本原。"②上下四方曰宇,往古来今曰宙,张其昀这一阐释将史地结合提升到宇宙人生的高度,展现出宽阔的视野与深刻的洞见。

课程方面,浙大文学院史地学系的课程分为"本院共同必修科目""本系必修科目""本系选修科目"三类。

表4-5 浙江大学文学院史地学系历史组必选修科目表(1938级)

类别	本院共同必修科目			本系必修科目			总计		本系选修科目		
第一学年	国文(一)	3	3	地理学通论	3	3	20	20			
	英文(一)	3	3								
	中国通史	3	3								
	论理学	2	2								
	自然科学	3	3								
	社会科学	3	3								
第二学年	西洋通史	3	3	中国近世史	3	3	22	22	东洋史	3	
	哲学概论	3	3	西洋近世史	3	3					
	社会科学	3	3	本国地理概论	2	2					
	国文(二)	3	3								
	英文(二)	2	2								

---

① 《国立浙江大学文学院、师范学院史地学系概况》,《史地杂志》第1卷第3期,1940年,第63页。
② 张其昀:《教授生活的一段——我与浙大史地系》,《张其昀先生文集》编辑委员会、中国国民党中央党史委员会编:《张其昀先生文集》(第10册),台北:"中国文化大学"出版部,1988年,第5184页。

续　表

类别	本院共同必修科目		本系必修科目			总计		本系选修科目		
第三学年			中国文化史	3	3	11	11	中国经济史	3	
			中国断代史	3	3			史学史		3
			西洋中古史	3	3			英国史	3	
			中国历史地理	2	2			国际关系	3	
								欧洲经济史		3
第四学年			西洋文化史	3	3	12	12	中国思想史	3	
			中国断代史	3	3			中国政制史		3
			西洋上古史	3	3			中西交通史	3	
			历史研究法	3				俄国史	3	
			毕业论文		3			德国史		3
								历史教育	3	

备注：1. 课程名称之后的数字分别为上、下学期的学分；
　　　2. 第一学年"自然科学"原文为"数学物理化学生物（任选一种）"，为便于编制表格，以此名称代替；
　　　3. 第一学年"社会科学"原文为"社会学政治学经济学（任选一种）"；
　　　4. 第二学年"社会科学"原文为"社会学政治学经济学（任选一种，续第一学年）"。

资料来源：《各院系课程与教材》，1942年4月，国立浙江大学档案 L0-2006-001-1077(1)，浙江大学档案馆藏，第86页。

由表4-5可知，在第一、第二学年，学生所学课程以国文、英文、通史、社会科学及自然科学等基础科目为主，体现出通才教育的特点[①]。在专业课程方面，尽管浙大史地系倡导史地合一，但仍有主次之分。对历史组的学生而言，必修的地理课程仅有三门：地理学通论、本国地理概论与中国历史地理，其中后两门课程由张其昀亲自授课[②]。就历史类课程来看，最大的特点是本国史与世界史并重，意在培养学生比较的眼光。

师资方面，浙大史地系一度汇聚了张荫麟、谭其骧、陈乐素、方豪、涂长

[①] 在抗战期间，共同必修科目由教育部统一规定，各高校可根据本校情况略作调整。参见教育部教育年鉴编纂委员会编：《第二次中国教育年鉴》，上海：商务印书馆，1948年，第496—497页。

[②] 参见何方昱：《"科学时代的人文主义"：〈思想与时代〉月刊（1941—1948）研究》，上海：上海书店出版社，2008年，第246页。

望、叶良辅、任美锷、沙学浚等一批史学界和地学界的知名学者。其中如张荫麟曾讲授中国上古史、魏晋南北朝史、历史研究法等课,谭其骧负责中国通史、中国文化史、史学史等课,地质学、历史地质学等由叶良辅主讲,地形学、政治地理、经济地理等课由任美锷讲授①。

然而,尽管有张其昀的极力提倡,史地合一的理念最终仍未能得到系内师生的一致认同。原浙大史地系气象学副教授么枕生即指出:"张其昀先生坚持史地合一,而广大教师与学生则都认为史地应当分开。"②学生方面,浙大史地系这一时期培养出了众多专业人才,气象学家叶笃正、谢义炳,地理学家施雅风、陈述彭,海洋学家毛汉礼等中科院院士均为浙大史地系毕业③,但张其昀会通史地的尝试似未取得显著成效。在1946年1月梅光迪追悼会上,更有学生就史、地分系的问题攻击张其昀,场面极为尴尬④。1949年5月,杭州解放,此后张其昀渡海赴台,史地系的改组也被提上议事日程。同年秋,浙大历史学科停办,史地系改为地理系,隶属于理学院,由原史地系教授叶良辅担任系主任⑤,史、地两个学科至此正式分离。

更进一步来看,浙大史地系内部的矛盾固然有人事的因素,同时也折射出整合人文与科学所面临的困难。事实上,二者的结合可以有多种形式,如设立共同必修课,鼓励跨学科研究⑥,乃至开设科学史课程等等。在学科设置

---

① 参见倪士毅:《播州风雨忆当年——浙大史地系在遵义》,贵州省遵义地区地方志编纂委员会编:《浙江大学在遵义》,杭州:浙江大学出版社,1990年,第96—100页。

② 么枕生:《对遵义浙大史地系的教学回忆》,贵州省遵义地区地方志编纂委员会编:《浙江大学在遵义》,杭州:浙江大学出版社,1990年,第116页。

③ 参见倪士毅:《播州风雨忆当年——浙大史地系在遵义》,贵州省遵义地区地方志编纂委员会编:《浙江大学在遵义》,杭州:浙江大学出版社,1990年,第110页。

④ 参见么枕生:《对遵义浙大史地系的教学回忆》,贵州省遵义地区地方志编纂委员会编:《浙江大学在遵义》,杭州:浙江大学出版社,1990年,第116—117页。

⑤ 参见何方昱:《"科学时代的人文主义":〈思想与时代〉月刊(1941—1948)研究》,上海:上海书店出版社,2008年,第250—251页。

⑥ 竺可桢《二十八宿起源之时代与地点》《中国近五千年来气候变迁的初步研究》等文章即为跨学科研究的典范。参见竺可桢:《竺可桢全集》(第2卷),上海:上海科技教育出版社,2004年,第590—613页。竺可桢:《竺可桢全集》(第4卷),上海:上海科技教育出版社,2004年,第444—473页。

上将史、地两个学科合并,未必是明智的选择。如研究者所言,20世纪三四十年代,"学科专业化之程度已臻于成熟,历史学与地理学无疑都已成为具有独立学科意识的专门学科体系"①,伴随着学科的分化,史学与地学当中的部分研究方向(如上古史与气象学)已难以展开有效的对话,形成合力。事实上,文、理学院的分立已有例在先,史地合一固有其优势,分系亦合乎情理。就此而言,浙大史地系这一时期的经验与教训仍值得总结与反思。

三　"学衡派"与抗战后方学术圈

(一) 从《国命旬刊》到《思想与时代》

创办刊物始终是"学衡派"会聚同人、集体发声的重要方式。抗战期间有两份"学衡派"的刊物值得重视,分别是1937年创刊的《国命旬刊》与1941年创刊的《思想与时代》。

《国命旬刊》于1937年10月10日创刊,发起者包括梅光迪、张其昀、钱基博、郭斌龢、陈训慈等②。刊物封面署"杭州国立浙江大学内 国命旬刊社",由时任浙大国文教授钱基博作《发刊辞》,强调抗战乃"国命攸续",以鼓舞士气。在这一期的《编后记》中,编者对办刊缘起做了进一步说明:"国防有物质和精神两方面,综观古今战史,胜负之数不仅视乎物质方面,尤视乎精神要素的强弱。中华民族的文化是悠久伟大光明强毅而富有生气的,所谓'周虽旧邦,其命维新'。本社同人都是在大学担任教课,当此神圣战争展开的时候,益觉得对于精神的国防有集中意志尽些微力的责任……"③由此可知,刊物的目的在

---

① 何方昱:《"科学时代的人文主义":〈思想与时代〉月刊(1941—1948)研究》,上海:上海书店出版社,2008年,第242页。
② 参见《梅光迪先生等发起刊行〈国命旬刊〉》,《国立浙江大学日刊》1937年9月24日,总第939—940页;竺可桢:《竺可桢全集》(第6卷),上海:上海科技教育出版社,2005年,第498页。
③ 编者:《编后记》,《国命旬刊》创刊号,1937年,第16页。

于砥砺民族气节,坚定抗战信念。刊物的内容主要涉及政治、军事、民族文化等①,语言不拘文言白话,另刊有少量旧体诗词,其内容亦以感怀时事为主。刊物的作者主要是以"学衡派"为代表的浙大文科教师,如梅光迪、郭斌龢、张其昀、陈训慈、王焕镳、贺昌群、钱基博等。"学衡派"另一位重要人物柳诒徵亦有诗词在该刊发表。吴宓虽未在《国命旬刊》发表作品,但曾寄诗表达对刊物的支持②。由于自1937年11月起,浙江大学即着手迁校,该刊的出版亦时断时续。1939年3月20日,《国命旬刊》在广西宜山出版第15期,此后即宣告停刊。

在刊物风格上,《国命旬刊》继承了《学衡》《国风》的传统,而又有所变化。在继续秉持"昌明国粹,融化新知"这一宗旨的基础上,刊物围绕抗战这一时局,着重阐发了弘扬民族文化的时代意义。举例而言,梅光迪在《言论界之新使命》一文中,热切地展望对抗战胜利与民族复兴:"今日言论界所首当认定者,则在此次抗战,富于历史意义,而中国民族之复兴,亦从此历史意义中可以推测。"③其关键在于两方面的努力:"一面在前方将士,对于祖传之美德,以身作则,为实际之表现。一面在后方言论家,对之为精深的宣扬,与热烈的拥护。"④张其昀认为,中国传统文学中的优秀作品足以鼓舞抗战士气:"试读诸葛武侯的《出师表》,至情流露,即其人格的创造,也是弘毅之士的自我表现。在中国极丰富极优美的散文和韵文里,蕴藏着无数豪杰之士争取自由的真情感……这些不朽的文学便是培养民族精神的沃壤。"⑤郭斌龢则对南宋理学空谈误国这一流行说法展开有力的反驳:"自北宋程氏而后,凡讲理学者,莫不黜和议而主抗战。……南宋学者,以朱文公熹为宗主,而熹即为主战最力之

---

① 以《国命旬刊》第6号(1938年)为例,该期共五篇文章,分别为:梅光迪《近代大一统思想之演变》、陈训慈《战局转移中的自信力》、王焕镳《对于国民道德修养之管见》、钱基博、顾毅宜《德国兵家克老山维兹兵法精义》、李絜非《从浙东到黔中》。

② 吴宓《寄慰宜山国立浙江大学诸知友》云:"天心矜众士,《国命》系真才。远处吾滋愧,崎岖未共陪。"参见吴学昭整理:《吴宓诗集》,北京:商务印书馆,2004年,第344页。

③ 梅光迪:《言论界之新使命》,《国命旬刊》创刊号,1937年,第4页。

④ 梅光迪:《言论界之新使命》,《国命旬刊》创刊号,1937年,第6页。

⑤ 张其昀:《国际战争与中国文化》,《国命旬刊》第2号,1937年,第8页。

人。"①可以说,"学衡派"继承了传统士大夫"以天下为己任"的传统,体现了现代知识分子在国家危难之际的文化使命感与责任感。然而,由于办刊时间较短,且出版时断时续,使得《国命旬刊》的影响较为有限。此外,通讯上的不便也在一定程度上削弱了刊物的影响。相比之下,"学衡派"的另一份刊物《思想与时代》发行时间较长,影响也更大。

1941年8月,《思想与时代》月刊第1期在贵州遵义出版。刊物未写明主编,但相关资料表明,《思想与时代》社有6位基本社员,分别为钱穆、朱光潜、贺麟、张荫麟、郭斌龢、张其昀,其中张其昀为发起人②。登载于正文之前的《征稿启事》表明了刊物的定位③:

一、本刊内容包涵[含]哲学、科学、政治、文学、教育、史地诸项,而特重时代思潮与民族复兴之关系。
二、本刊欢迎下列各类文字:
　　1. 建国时期主义与国策之理论研究,
　　2. 我国固有文化与民族理想根本精神之探讨,
　　3. 西洋学术思想源流变迁之探讨,
　　4. 与青年修养有关各种问题之讨论,
　　5. 历史上伟大人物传记之新撰述,
　　6. 我国与欧美最近重要著作之介绍与批评。

张其昀曾明确指出,《思想与时代》"以沟通中西文化为职志,与二十年前

---

① 郭斌龢:《抗战精神与南宋理学》,《国命旬刊》第5号,1938年,第2页。
② 《〈思想与时代〉社第一次社务会议》,1941年6月11日,国立浙江大学档案 L053-001-4003,浙江大学档案馆藏,第212—215页。此外,浙江大学哲学教授谢幼伟亦为重要撰稿人。参见何方昱:《"科学时代的人文主义":〈思想与时代〉月刊(1941—1948)研究》,上海:上海书店出版社,2008年,第63—68页。
③ 《征稿启事》,《思想与时代》第1期,1941年。

的《学衡》杂志宗旨相同"[1]。就所涉主题的广度而论,《思想与时代》更在《学衡》之上。

从1941年8月到1945年2月,《思想与时代》共出版40期,其间极少间断。后因时局动荡,停刊近两年,1947年1月复刊,至1948年11月出版第53期后停刊。除上述基本社员之外,为《思想与时代》撰稿的学者还包括冯友兰、洪谦、陈梦家、吴其昌、费孝通、缪凤林、刘永济等学界名流,所在单位涵盖西南联大、中央大学、武汉大学、复旦大学、中山大学等国内顶尖学府[2]。刊物文章广涉文化思想、科学新知、文学艺术、史学、时政等多个领域,其中不乏近代学术史上的重要作品。研究者指出,"钱穆《中国文化史导论》一书中的各篇最初即发表于此;贺麟《文化与人生》中的数篇文章首发于此;冯友兰《新原人》亦以刊登于此的10篇文章汇集成书;洪谦发表于此的8篇文章构成了其《维也纳学派哲学》一书的主要部分;谢幼伟的数篇对于西方伦理观引介的文章,乃中国学界较早研究西方伦理学的开拓之作"[3],由此可以窥见该刊的学术分量。

在《思想与时代》所涵盖的诸多主题中,文化与教育问题是其重心所在。张其昀点明,刊物的目标是倡导"科学时代的人文主义":"科学人文化是现代教育的重要问题,也是本刊努力的方向。具体的说,就是融贯新旧,沟通文质,为通才教育作先路之导,为现代民治厚植其基础。"[4]20世纪是科技昌明的时代,但与此同时,两次世界大战的爆发也暴露出不善用科技所带来的灾难性后果。在这一背景之下,《思想与时代》对于科学与人文二者关系的协调给予了极大的关注。张其昀认为,科学家应当与哲学家携手,"为全体人类谋幸福,协助建立国际间之秩序,政治上之纲纪,谋世界资源之合理分配,切实裁

---

[1] 张其昀:《〈中华五千年史〉自序(一)》,《张其昀先生文集》编辑委员会、中国国民党中央党史委员会编:《张其昀先生文集》(第20册),台北:"中国文化大学"出版部,1989年,第10841页。

[2] 作者群的详细统计参见何方昱:《"科学时代的人文主义":〈思想与时代〉月刊(1941—1948)研究》,上海:上海书店出版社,2008年,第96—106页。

[3] 何方昱:《"科学时代的人文主义":〈思想与时代〉月刊(1941—1948)研究》,上海:上海书店出版社,2008年,第303—304页。

[4] 张其昀:《复刊辞》,《思想与时代》第41期,1947年,第1页。

减军备,以消弭世界人类自相残杀之浩劫"①。郭斌龢则强调重新反思科学与古希腊哲学的关系:"现代文明,导源希腊,知有科学而不知有哲学,知有现代而不知有希腊,是犹知声而不知音,知音而不知乐也。"②钱宝琮撰文介绍了近代科学史家乔治·萨顿的"新人文主义"③。如前所述,萨顿的"新人文主义"试图通过科学史的研究与教学联结科学与人文,视角颇为独特。此外,谢幼伟、洪谦等学者亦从不同角度对这一主题有所讨论④。

整体而言,从《国命旬刊》到《思想与时代》,大致代表了"学衡派"人文主义思想的两次转向。其一可称之为"抗战时期的人文主义",强调民族意识对于抗战建国的重要意义;其二则是"科学时代的人文主义",试图从更为广阔的视野审视人文主义,注重人文与科学二者相辅而行。另一方面,两份刊物也为浙大教师提供了展示学术成果的平台,增进了"学衡派"与学术圈的联系,进一步扩大了浙大人文学科在学界的影响。

(二) 同声相应:著名学者的讲学活动

在不断充实自身师资力量的同时,浙大亦乐于邀请著名学者到校讲学。就"学衡派"所在的人文学科而言,先后有马一浮、柳诒徵、钱穆、吴宓等数位学界名流前来讲学,呈现出同声相应、同气相求之势。

1938年2月,浙大西迁至江西泰和办学。与此同时,马一浮因浙江形势危急,欲在江西觅得一处住所,却苦于无熟识之人。一面是迫于生计的压力,另一面则是为浙大克服艰难、坚持办学的精神所感动,马氏在1938年2月致信竺可桢,表达了到浙大讲学的意愿。在与教务长郑晓沧、文理学院副院长梅光迪商议后,竺可桢决定延聘马一浮为浙大师生作国学讲座。马氏于3月29日抵泰和,竺可桢亲自前往迎接。

---

① 张其昀:《论现代精神》(续),《思想与时代》第3期,1941年,第46—47页。
② 郭斌龢:《现代生活与希腊理想》,《思想与时代》第1期,1941年,第28页。
③ 钱宝琮:《科学史与新人文主义》,《思想与时代》第45期,1947年,第1—5页。
④ 参见谢幼伟:《论人类与文化》,《思想与时代》第43期,1947年,第29—34页;洪谦:《释学术》,《思想与时代》第31期,1944年,第35—39页。对这一主题的细致梳理参见何方昱:《"科学时代的人文主义":〈思想与时代〉月刊(1941—1948)研究》,上海:上海书店出版社,2008年,第178—211页。

前文提到,马一浮曾在《学衡》发表诗文[①],与"学衡派"不乏共同语言。对于马一浮的到来,梅光迪尤为兴奋。在写给妻子的家书中,梅光迪谈道:"马在熟知中国文化的所有中国人中,享有至高的声誉和尊重,但是他完全不为普通公众和年青一代所知。……我们确信,这样一位人物的存在定会提升我们的知识水准,升华我们的学术氛围,而且对我们精神素质和风气的促进也是巨大的。……这也会让其他大学嫉妒我们,因为他们即使努力过,也没有请到他。"[②]梅氏对马一浮的国学讲座也寄予了极高的期望:"在多年来'新式教育'影响下的年轻人,一直生活在懒散的环境之中,这次讲座将会给他们一种新的精神体验。"[③]显然,梅光迪希望以传统的儒家风范来补救现代教育的偏失。

4月9日下午,讲座正式开始。在奉过茶之后,马一浮被簇拥至当时校内最大的教室——此时热切的师生早已把教室挤得水泄不通。首先由梅光迪做简短的介绍,马一浮随即徐徐开讲:"今因避难来泰和,得与浙江大学诸君相聚一堂,此为最难得之缘会。竺校长与全校诸君不以某为迂谬,设此国学讲座,使之参预讲论。其意义在使诸生于吾国固有之学术得一明了之认识,然后可以发扬天赋之知能,不受环境之陷溺,对自己完成人格,对国家社会乃可以担当大事……"[④]在此次讲座中,他着重阐发了宋儒张载"为天地立心,为生民立命,为往圣继绝学,为万世开太平"四句名言,勉励浙大学子依此立志,勇于承担弘扬民族文化的使命。显而易见,马一浮讲学的目的并不是传授具体的国学知识,而是以儒家人格相号召,期待听者能够躬行实践。

自1938年4月至1939年1月,马一浮共做了20余次讲座。其间由于浙大再度西迁,讲学的地点也从泰和转到了广西宜山。讲演主题包括《论六艺

[①] 参见本书第二章第85—89页"《学衡》在教育界的影响"一节。马一浮《绍兴县重修文庙记》一文发表于《学衡》第25期(1924年),另有诗作发表于《学衡》第58期(1926年)。

[②] 中华梅氏文化研究会编:《梅光迪文存》,武汉:华中师范大学出版社,2011年,第406—407页。蔡元培在担任北京大学校长时,曾试图聘请马一浮到北大任教,为马氏所拒绝。

[③] 中华梅氏文化研究会编:《梅光迪文存》,武汉:华中师范大学出版社,2011年,第409页。

[④] 马一浮:《泰和会语·引端》,吴光主编:《马一浮全集》第一册(上),杭州:浙江古籍出版社,2013年,第2页。

该摄一切学术》《论语首末二章义》《君子小人之辨》《说忠信笃敬》《颜子所好何学论释义》《居敬与知言》等①,总体上以阐发儒学义理为主。

曲高难免和寡,马一浮的讲学对普通浙大学子而言,仍稍显守旧与迂阔。在1938年致好友熊十力的信中,马一浮对此亦颇为无奈:"弟每赴讲,学生来听者不过十余人,诸教授来听者数亦相等……"②相比于首讲时的盛况,此时的场景可谓冷清。随着听者日渐减少,讲者亦兴致索然。1939年2月,马一浮遂正式告别浙江大学,赴四川筹建书院。

值得一提的是,除讲学之外,马一浮还曾应竺可桢之邀,为浙大撰写校歌歌词③。尽管马一浮的讲学并不算成功,这份歌词经作曲家应尚能谱曲之后,却是大受欢迎,至今传唱不衰。

在马一浮讲学的同时,柳诒徵也应浙大文学院之邀来到了江西。两位大师齐聚泰和,也令浙大同仁喜出望外。梅光迪即在家书中自豪地宣称:"他们两人的组合或可周知有关中学和中国文化的知识,目前在中国还没有第三个人可以和他们相比。"④

1938年5月8日上午,柳诒徵在竺可桢的陪同下登台演讲,马一浮亦到场。首讲的讲题为《非常时期读史要略》。开讲不到半小时,却突发意外。柳诒徵因过于激动,引发中风,一时昏倒在地。陈训慈对当时情景有清晰的回忆:"是日余与王驾吾、张晓峰均去听讲,余所忆师以日寇深入,南京居民遭虐杀,溯说前史外族凭陵,无此惨毒,乃引孟子语:'待文王而兴者……若夫豪杰

---

① 参见吴光主编:《马一浮全集》第一册(上),杭州:浙江古籍出版社,2013年,目录第1—2页。

② 马一浮:《致熊十力》,吴光主编:《马一浮全集》第二册(上),杭州:浙江古籍出版社,2013年,第480页。

③ 词云:"大不自多,海纳江河。惟学无际,际于天地。形上谓道兮,形下谓器。礼主别异兮,乐主和同。知其不二兮,尔听斯聪。 国有成均,在浙之滨。昔言求是,实启尔求真。习《坎》示教,始见经纶。无曰已是,无曰遂真。靡革匪因,靡故匪新。何以新之,开物前民。嗟尔髦士,尚其有闻。 念哉典学,思睿观通。有文有质,有农有工。兼总条贯,知至知终。成章乃达,若金之在镕。尚亨于野,无吝于宗。树我邦国,天下来同。"参见马一浮:《拟浙江大学校歌(附说明)》,吴光主编:《马一浮全集》第一册(上),杭州:浙江古籍出版社,2013年,第80页。

④ 中华梅氏文化研究会编:《梅光迪文存》,武汉:华中师范大学出版社,2011年,第414页。

之士,虽无文王犹兴',意在鼓舞期待,讲到后一句'文王'二字,声更高昂激动,目瞪遽跌……"①所幸柳诒徵并无生命危险,休养数月后渐次康复。尽管两位大师共话中国文化的盛况未能成为现实,柳诒徵却以其忧国忧民之心,为浙大师生上了生动的一课。

1943年2月,浙大迎来了另一位史学家钱穆。钱穆为《思想与时代》的核心撰稿人,与张其昀私交甚好,此次乃慨然应张氏之邀,到浙大讲学一月。钱氏素来擅于演说,此次讲学同样令浙大师生印象深刻。原浙大史地系学生程光裕对此有生动的回忆②:

> 下学期钱穆(宾四)师到校讲"中国学术思想史",文学院史地系、师范学院史地系同学全部选修,外系同学来旁听的更超过本系同学,总共一百多人,教务处排定在何家巷底的龙王庙上课。
>
> 上课铃声响起,同学入座,女在前,男在后,鸦雀无声。宾四师衣蓝布长衫,穿着布鞋,轻步而来,于讲桌前立定,众男女起立为礼,只见宾四师目光四扫,卷起衣袖,手执粉笔,开始宣讲。教材内容深入浅出,每讲一小时,起承转合,自成段落。无锡官话,声调起伏有节,幽扬激昂,其声如空谷佳音,岩瀑奔腾,举手投足各种表情,尤引人入胜,课后有余音绕梁之感。

讲学期间,钱穆与浙大文学院诸教授亦多有往还。钱氏回忆道:"其时晓峰为浙大遍觅国内名学者,如缪彦威、郭秉[斌]龢、谢幼伟等诸人,皆在浙大文学院任教,与余皆一见如故,相聚畅谈,诚为当时避难后方难得一快事。"③由此亦可见钱穆与"学衡派"文化立场颇为相近。由于此时张其昀准备赴美

---

① 陈训慈:《劬堂师从游胜记》,中国人民政治协商会议镇江市委员会文史资料研究委员会编:《柳翼谋先生纪念文集》(镇江文史资料·第十一辑),出版地不详,1986年,第107页。
② 程光裕:《龙王庙的震撼》(上),《常溪集》(第五册),台北:"中国文化大学"出版部,1996年,第2499—2500页。
③ 钱穆:《纪念张晓峰吾友》,《钱宾四先生全集》(第51卷),台北:联经出版事业公司,1998年,第411页。

讲学,竺可桢遂邀请钱穆出任浙大史地系主任。钱氏因另有聘约在身,未能应允。

抗战期间,另一位"学衡派"主将吴宓始终与浙大保持密切的联系。1944年秋,吴宓向西南联大告假一年,前往成都燕京大学任教,中途特地在遵义停留半个月,为浙大学子讲学。

抵达浙大后,吴宓受到了隆重的礼遇。在写给亲友的信中,吴宓详细描述了此间情形:"宓之友好,在浙大,乃当朝,而非在野。故不但校内(竺校长来拜访,请宴并陪聆演讲)纷纷请宴。即校外人士,如社会服务处主任等,亦特请宴。……在此共演讲三次,一为浙大文学院学生(校长以下均到)讲《文学与人生》(一多)。二为(晚间)应外文系学生会之邀,在社会服务处,公开讲《红楼梦》,听者拥塞。在酒精厂亦讲《红楼梦》一次。"[①]其兴奋之情溢于言表。

此时吴宓以精研《红楼梦》而在抗战后方享有盛名,故听者踊跃,盛况空前。据当时听众回忆,在社会服务处的这次讲座更是吸引了大量校内外人员:"听者除浙大师生以外,还有中学教师、职员、店员、泡茶馆的老头以及浙大教师家属中有些知识的老太太等……吴先生仍然以中外文学名著中的人物与红楼梦人物作对比分析,并流利地背诵出原著诗文。他发音吐字,清晰准确,抑扬顿挫,悦耳动听……;用语遣词,朴实妥贴又生动形象;分析细腻深刻,新意叠出,能给人以启迪且极富感情。听者如醉如痴,不觉进入化境。前排座席上只见梅光迪院长频频点头微哂。"[②]

停留浙大期间,吴宓寓居郭斌龢住所,与梅光迪住处亦相邻近,几位"学衡派"旧友得以畅谈学问,气氛极为融洽。在梅光迪处,吴宓读到了导师身后

[①] 吴宓:《致吴学淑、李赋宁等》,吴学昭编:《吴宓书信集》,北京:生活·读书·新知三联书店,2011年,第241页。此外,吴宓还做了多次小范围的演讲。参见吴学昭整理注释:《吴宓日记》(第九册),北京:生活·读书·新知三联书店,1999年,第348—351页。

[②] 王树仁:《吴雨僧先生在遵义》,李继凯、刘瑞春选编:《追忆吴宓》,北京:社会科学文献出版社,2001年,第322—323页。

出版的纪念文集《白璧德：人和师》(Irving Babbitt: Man and Teacher)①，大感宽慰。在短暂的接触当中，吴宓对于浙大学风亦颇有好评，认为"此间学生，颇用功。教授亦多勤慎笃学之士"②。

悠悠数十载，有如过眼云烟。斯人已矣，其讲学的风采却永远定格在历史当中。显而易见，上述学人的讲学活动与浙大自身的教学互为补充，既壮大了"学衡派"的声势，也极大地拓宽了学生的视野，丰富了师生的生活，为抗战时期的大学教育增添了一抹亮色。

（三）浙大文学院与新派人物

"党同"往往意味着"伐异"。对于新派人物，浙大文学院明显持排斥的态度。张清常、丰子恺、刘节等学人在浙大的不愉快经历，或可证实这一点。

张清常（1915—1998），贵州安顺人，知名语言学家。张氏1934年毕业于北京师范大学中文系，旋考入清华大学研究生院，师从杨树达、王力等名教授。1938年，经吴宓推荐，张清常被浙大国文系聘为专任讲师③，主讲一年级国文课程。然而，仅仅两年之后，张清常即被浙大辞退，以致张氏在晚年仍对此耿耿于怀："当时浙大文学院长是梅光迪，刚创建中文系，主任是郭斌龢，都是标准的、毫不动摇的'学衡派'。我一登上讲台，讲课内容和观点完全是北大、师大、清华老师们传授的。在我教的班上，学生的作业、作文一律用白话，加标点，分段；可以用钢笔，可以横行从左往右书写，可以写简体。一句话，我给浙大中文系带来了瘟疫……按照梅、郭的意见是马上端茶送客。郭对我讲：'我们不知道你这么年轻，早知道不请你。'"④足见当时浙大文学院立场之

---

① Frederick Manchester and Odell Shepard, ed., *Irving Babbitt: Man and Teacher*, New York: G. P. Putnam's Sons, 1941.

② 吴宓：《致吴学淑、李赋宁等》，吴学昭编：《吴宓书信集》，北京：生活·读书·新知三联书店，2011年，第242页。

③ 吴宓与张清常文化立场不同，此举令人费解。据时人回忆，吴宓对张清常之姊张敬颇有好感，或因此对张清常特为关照。参见许渊冲：《西南联大的师生》，《诗书人生》，天津：百花文艺出版社，2003年，第258页。

④ 张清常：《纪念吴宓老师》，《张清常文集》（第五卷），北京：北京语言大学出版社，2006年，第291页。

鲜明。耐人寻味的是，离开浙大之后，张清常随即被时任西南联大中文系主任朱自清聘至联大任教。由此亦可见两校对待白话文的不同态度。

著名漫画家、新文学作家丰子恺曾于1939年4月至1942年11月在浙大任教，其主张亦与浙大文学院的整体氛围格格不入，终至辞职而去。

1938年底，浙大教务长郑晓沧委托马一浮向时在桂林师范学校任教的丰子恺转达消息，表示竺可桢有意请其担任浙大艺术指导教师。丰子恺欣然接受邀请，并于1939年4月来到浙江大学所在地广西宜山。

到浙大之初，丰子恺主要讲授艺术教育、艺术欣赏两门课程，颇受学生欢迎。丰子恺本人在日记中记录了当时的情景，其中一则写道："上午续讲艺术教育，听者骤增，共约百余人，后排无坐位，均站立，如看戏然。……下课后闻学生言，其中有许多人逃他课而来听吾讲。"[①]可见浙大学子对这位艺术家的仰慕。1941年起，丰子恺又在浙大增授新文学课程，此举令梅光迪、郭斌龢颇为不满。梅光迪对丰子恺的批评更是延及其画作："近年艺术家多如春笋，展览会随时随地皆有。盖无知商人兴，半官半商者既发国难财，欲自附于风雅，故下级画品不胫而走。……予犹忆民国二十八年在宜山时，有某君开画展，强送一幅于予，标价十元。予付款而以画转送王君以中（王庸——笔者注），王亦笑受之，明知其为劣品，然以书房中毫无悬挂之物，聊用之以补壁而已。"[②]当时并无其他画家在浙大执教，文中的"某君"显然指丰子恺。中国传统绘画以文人画为正宗，在梅光迪眼中，丰子恺的漫画自然难登大雅之堂。即此可知，在文学观、艺术观等方面，丰子恺与梅光迪、郭斌龢等"学衡派"成员存在巨大的分歧。

在上述情况下，丰子恺在浙大的处境也变得十分微妙。就在此时，国立艺术专科学校校长陈之佛邀请其担任该校教授，丰子恺遂于1942年11月告别浙大，前往重庆任教。

史地系方面，张其昀曾于1939年力邀史学家刘节至浙大任教，仅仅半年

[①] 丰子恺：《丰子恺全集·书信日记卷二》，北京：海豚出版社，2016年，第332页。
[②] 中华梅氏文化研究会编：《梅光迪文存》，武汉：华中师范大学出版社，2011年，第562页。

之后,两人便因治学理念的差异不欢而散。

刘节,字子植,1928年毕业于清华国学研究院,为梁启超弟子。1939年,经旧友缪钺推荐,刘节被浙大史地系聘为教授。初到宜山的刘节对史地系主任张其昀印象颇佳:"余先访彦威(缪钺——笔者注),晓峰闻声继至,相晤甚欢。……今日初晤张晓峰,颇识其人刚毅诚笃之情,友人中未有其比也。余于此君,颇可以作一良友,于性情上得其影响不少也。"①然而,到浙大不足两月,刘节便与同事产生矛盾,其日记隐约透露了此中消息:"连日外患甚深且痛,余唯有以静处之。余之为人病在不沉着,一切事皆病在轻动感情。"②"今天情形大坏,大有尖锐化之可能,人之与人其冷酷有如此者。"③此后摩擦仍然不断,刘节最终只得在1940年春辞职,前往成都金陵大学任研究员。此中详情今日已不得而知,但据顾颉刚日记披露,其主因仍是学术理念不合:"子植见告,渠去年到浙大,彼校骂胡适之,骂顾颉刚,成为风气。嫌彼与我接近,曾为《古史辨》第五册作序,强其改变态度,彼不肯,遂受排挤。"④

前文谈到,早在20世纪20年代,柳诒徵与缪凤林、刘掞藜即与胡适、顾颉刚有过论战,两派可谓结怨已久。30年代,缪凤林、郑鹤声又分别撰文批评傅斯年的《东北史纲》,亦被学界视为派系之争。此次刘节遭受排挤,自然进一步加深了"学衡派"在新派人物中的保守印象。

可附带一提的是,作为"新派"的领袖,胡适对于浙大文学院这一立场亦颇为不满,在日记中更是直接批评张其昀主编的《思想与时代》杂志:"此中很少好文字。……张其昀与钱穆二君均为从未出国门的苦学者,冯友兰虽曾出国门,而实无所见。他们的见解多带反动意味,保守的趋势甚明,而拥护集权的态度亦颇明显。"⑤

---

① 刘显曾整理:《刘节日记(1939—1977)》(上册),郑州:大象出版社,2009年,第143页。
② 刘显曾整理:《刘节日记(1939—1977)》(上册),郑州:大象出版社,2009年,第163页。
③ 刘显曾整理:《刘节日记(1939—1977)》(上册),郑州:大象出版社,2009年,第164页。
④ 顾颉刚:《顾颉刚日记》(第四卷:1938—1942),台北:联经出版事业股份有限公司,2007年,第368页。
⑤ 季羡林主编:《胡适全集》(第33卷),合肥:安徽教育出版社,2003年,第524页。

综上可知,抗战期间学界新旧两派的分野进一步延续,浙大文学院在其中扮演着"保守派"的角色。由于在主观上对中国传统语言、文化怀有深厚的感情,浙大"学衡派"成员对于"道不同"者往往多有排斥。在这方面,浙大文学院似欠缺"兼容并包"的胸怀与气度,此亦毋庸讳言。

第五章
别求新声：胡先骕与中正大学

　　1940年8月，在战事方酣之际，胡先骕受命出任新成立的国立中正大学校长，成为"学衡派"中唯一担任国立大学校长的学人。该校以蒋介石的名字命名，一方面意在讨好蒋氏，另一方面则有实验蒋介石"政教合一"理念的意图。显而易见，这一理念与胡先骕的大学观存在较大的差距。在此情形下，胡先骕将如何协调政治与文化二者的关系？中正大学最终的办学成效如何？以上将是本章探讨的重点。

一　中正大学的创办与胡先骕的上任

（一）"政教合一"理念与中正大学的创办

　　前文提到，浙大在西迁途中，曾一度在江西西南部的吉安、泰和作停留，马一浮、柳诒徵受邀至浙大讲学即发生在这一时期。随着战事蔓延到江西，浙大于1938年8月迁往广西宜山办学。与此同时，江西当局则仍在为创办一所本省的大学而努力。

　　由于大量高校内迁，中国大学教育的格局在战时发生了剧烈的变化。原本教育相对落后的西南与西北，一时之间成为高校汇聚之地。其中重庆沙坪坝、成都华西坝与陕西城固古路坝因汇集了多所著名高校，而有战时"三坝"

之称。此外如昆明的西南联大及辗转迁至贵州遵义的浙江大学,均为高等教育的重镇。东南方面,1939年3月至5月,中国军队与日本侵略军在南昌展开会战,江西省政府于同年3月迁至泰和。受战事波及,大量青年学子涌入局势较为平稳的赣西南一带,客观上为江西设立大学创造了有利条件。

另一方面,长期以来,江西籍人士即期盼在本省创办一所公立大学。进入民国之后,江西相继建立公立法政、农业、工业、医学等专门学校。1922年,知名教育家熊育锡在南昌创办私立心远大学,但仅维持五年即宣告停办。此后数年间,江西境内仅有专门学校而无综合性大学,高等教育一度呈现倒退之势。1927年及1929年,江西省当局曾两度发起筹办大学的动议,均无果而终。

1931年,熊式辉出任江西省政府主席。除在政治上多有革新之外,熊式辉亦试图在教育领域寻求突破。

1934年夏,蒋介石为统一干部思想,在庐山组织军官集体受训。在训练过程中,蒋介石深感中国教育与政治相脱节,未能造就具备专长的"革命"干部,乃力倡"大学教育必须与地方政治完全扣合"[1],并决定试办一所理想大学,以求彻底改革高等教育,培植建国基本人才。庐山风景秀丽,历来为讲学之地,蒋介石遂有在此设立新式大学之意。随行的熊式辉闻之大喜,当即向蒋建议"由江西创办一理想大学,首先实验政教合一之理想"[2],得到蒋介石首肯。然而,由于经费缺乏、师资难觅,此次筹办大学的尝试未能成功。

1936年5月,蒋介石召集地方高级行政人员会议,再次提及政治与教育应当打成一片:"学校教职员与行政机关人员打成一片,不仅可就地取才,协助政治之推动,即于改革社会,振作人心,确立风气,亦必以政教合作为枢纽。"[3]与会的熊式辉遂借此机会,再次向蒋介石提出由江西依此理想兴办大

---

[1] 熊式辉:《中正大学之创立及今后之希望》,《国立中正大学校刊》创刊号,1940年,第6页。
[2] 熊式辉:《中正大学之创立及今后之希望》,《国立中正大学校刊》创刊号,1940年,第6页。
[3] 熊式辉:《中正大学之创立及今后之希望》,《国立中正大学校刊》创刊号,1940年,第6页。

学,并拟以"中正"命名。蒋介石颇为所动,乃拨款一百万元作为创设大学的基金。由于此后抗战全面爆发,创校计划一度被搁置。

鉴于抗战期间条件困难,1939年1月,熊式辉利用赴渝的机会向蒋介石建言,拟缩小规模,将原计划的中正大学改为中正行政学院(此后又改称"中正政治学院"),得到蒋介石的批准,并再度拨款一百万元。由此亦可见,熊式辉筹建大学的主要意图在于贯彻蒋介石"政教合一"的理念,培养行政干部,其他专门人才的培养尚在其次。

1939年8月8日,熊式辉邀集一批省内外专家学者,在江西遂川共同商讨大学筹办事宜,出席者包括邱椿、许德珩、罗隆基、王造时、萧纯锦、雷洁琼、程时煃、李德钊、杨亮功等。与会专家一致认为,仅开办政治学院难以满足江西高等教育的需求,不若径直创办一所完全的大学。熊式辉随即将此意呈报蒋介石,得到批准,遂将校名定为中正大学,并组织筹备委员会,大学的筹备工作正式展开。

江西在战时筹办大学的消息传出后,也引发了一片反对的声浪,反对者当中不乏孔祥熙、陈立夫等党政要人。争议主要集中在以下三点:其一,"蒋总裁"为全民族之领袖,应受全国之崇敬,江西不得而私;其二,江西此时乃四战之地,受到日军侵略威胁,不宜设立大学;其三,东南地区在抗战期间人才缺乏,教授不易延聘,学生质量亦难得到保障[1]。除去派系斗争的因素,上述批评确有一定的合理性,中正大学的创办至此又遇到瓶颈。

在此关键节点上,熊式辉主动致函相关政要,进行解释与疏通工作,最终取得成效。1940年4月,行政院通过决议,确定校名为"国立中正大学",直属于教育部,学校的筹备工作也得以继续进行。

经过多方勘察,由熊式辉主持的筹备委员会决定以邻近泰和县城的杏岭村作为校址,随即开始着手校园建设。院系设置方面,早在1940年3月即已形成初步规划,确定设立教务、总务、训导三处,文法学院(内设政治、经济、社会教育三系)、工学院(内设土木、化工、机电三系)及研究部,同时开设专修科

---

[1] 马博厂:《国立中正大学之创设》,《赣政十年》,出版地不详,1941年,第1页。

及训练班。1940年5月,又决定增加农学院,内设农艺、森林、畜牧兽医三系。显而易见,熊式辉主要是从行政官员的立场出发,过分追求科系的实用性,对于文科及理科的重要性缺乏认识①。人事方面,筹委会陆续聘定了一部分教授与院系负责人,其中教务长由罗廷光担任,何棣先任总务长,马博厂任文法学院院长,蔡方荫任工学院院长②。

(二) 胡先骕执掌中正大学始末

随着中正大学筹办工作的顺利进行,校长人选问题也提上了议事日程。1940年7月9日,熊式辉向蒋介石举荐七人作为候选,分别为陈布雷、蒋廷黻、王世杰、何廉、甘乃光、胡先骕、吴有训,其中实质性的候选人为胡先骕与吴有训两位江西籍学者。经过多番斟酌,1940年8月26日,行政院正式任命胡先骕为中正大学校长。

从个人履历及学术地位来看,胡先骕无疑是出任校长的合适人选。1923年秋,胡先骕辞去东南大学教职,赴哈佛大学攻读植物分类学,于1925年获博士学位。归国后,继续执教于东南大学。1928年,胡先骕与秉志等在北平创办静生生物调查所,任植物部主任,后出任所长。1934年8月,胡先骕当选为中国植物学会会长,1935年6月当选为中央研究院评议员。由此可见,在担任中正大学校长之前,胡先骕已是中国科学界极具声望的学者。与此同时,作为"学衡派"干将,胡先骕精于旧体诗词,是当时中国学界少有的文理兼通的学人。

就胡先骕个人而言,鉴于战局之危急与中正大学地位之特殊,其责任与压力可想而知。胡氏之所以毅然决定迎难而上,除了服务乡梓的责任意识外,以下两个方面尤其值得注意:

---

① 1939年2月,浙江省立战时大学成立,同年5月更名为省立英士大学,其办学情况与中正大学有相似之处。竺可桢在1939年5月15日的日记中对前者有所评论,或可作为参照。日记云:"迪生来电谓教部已准浙江设立战时大学,更名为英士大学。此全系一种投机办法,因教部长陈立夫系陈英士之侄也。许绍棣等之不要脸至此已极,可谓教育界之败类矣。专设医、工、农三学院而无文理,焉望能其[其能]办好!"见竺可桢:《竺可桢全集》(第7卷),上海:上海科技教育出版社,2005年,第88页。

② 参见何友良:《熊式辉与中正大学的创办》,《江西社会科学》2008年第4期,第123页。

首先，胡先骕本人对于教育问题有着强烈的兴趣与持续的关注。早在1922年，胡先骕即曾撰文探讨中国教育所面临的危机，指出学者应当在"求物质学问之外，复知求有适当之精神修养"①，批评五四时期全面打倒传统文化与教育的做法。1926年，胡先骕致函乡贤熊育锡，对改革江西教育提出建议：一、宽筹经费；二、广延人才；三、提议一切学校免收学费；四、提倡笃实认真之学风；五、提倡道德教育②。其对乡梓的关切之情洋溢于笔墨之间。在1937年发表的《改革中国教育之意见》中，胡先骕则是结合当时的"六三三"学制，细致探讨中小学课业过于繁重、忽视德育等问题③。除此之外，胡氏尚有多篇文章讨论各级各类教育，内容涵盖留学教育、师范教育、政治与教育的关系等④。有学者指出，胡先骕是"学衡派中思考中国教育改革最具系统思想的人"⑤，并非过誉之言。

其次，和梅光迪、吴宓等人相比，胡先骕与国民党走得较近。胡氏与国民党的接触，正是始于1931年熊式辉主政江西之时。据胡先骕回忆："那时熊式辉邀请萧纯锦回江西任职，萧来征求我的意见。我怂恿他回江西，并写了一封长信与熊式辉建议了些对省政的变革。"⑥此后胡先骕与江西当局遂开始有合作。1933年，在胡先骕的策划下，江西省农业院顺利成立。次年，静生生物调查所与江西省农业院合作建立庐山森林植物园，以便研究各类植物、改良全国农圃。由此可见，胡先骕与熊式辉主持的江西省政府保持了良好的关系。

在30年代，胡先骕更是两次得到蒋介石接见。1936年1月，胡先骕受陈果夫之邀南行，之后被引见于蒋介石。胡氏在蒋面前对国民党的部分政策做

---

① 胡先骕:《说今日教育之危机》,《学衡》第4期,1922年,第10页。
② 胡先骕:《致熊纯如先生论改革赣省教育书》,张大为、胡德熙、胡德焜合编:《胡先骕文存》(上卷),南昌:江西高校出版社,1995年,第321—326页。
③ 胡先骕:《改革中国教育之意见》,《国闻周报》第14卷第9期,1937年,第9—12页。
④ 胡先骕探讨教育问题的其他文章包括《留学问题与吾国高等教育之方针》《师范大学制平议》《东南大学与政党》《论博士考试》《战后改造南洋侨民教育之方略》《教育之改造》等。参见张大为、胡德熙、胡德焜合编:《胡先骕文存》(上卷),南昌:江西高校出版社,1995年。
⑤ 郑师渠:《在欧化与国粹之间——学衡派文化思想研究》,北京:北京师范大学出版社,2001年,第306页。
⑥ 胡宗刚:《胡先骕先生年谱长编》,南昌:江西教育出版社,2008年,第170页。

了直率的批评,建议南京国民政府效法北欧各国,造成一种无大资本、大工业的温和社会主义①。胡先骕的直言极谏给蒋介石留下了良好的印象。1937年2月,再次受到蒋的接见。此次胡先骕更是畅所欲言,就经济、政治、教育等多个方面发表个人见解,并向蒋面交一条陈。

蒋介石的青睐也让胡先骕心生感激与崇敬之情。1940年,胡先骕精心撰写一首2500字的长诗《南征》,歌颂蒋领导下的国民党抗战,并托人转呈蒋介石。诗中写道:"蒋公真天人,四义标治要。教管与养卫,自治以初肇。抗战亦其末,建国此纲纽。"②显然,此时的胡先骕已是主动向国民党政权示好。另一方面,胡先骕对于当时江西的政局也有较为清醒的认识。在1940年6月给弟子刘咸的信中,胡先骕写道:"苟奉化必欲以此校相属,亦义不容辞。……吾弟亦曾谓骕,如办大学必至失败,然骕自谓或不尔尔。骕如能主持大学,自有一番革新高等教育主张。第骕亦深知所短,而赣局能否容放手做去,大是问题。盖骕既不能唯唯诺诺,惟安义之命是从。而萧叔绚(即程柏庐亦在内)复不喜骕赴赣,故终恐无所成。……此事骕无所容心,静看其推移。"③可见胡先骕并不排斥出任中正大学校长,但其对于大学教育有自己的见解,不愿受熊式辉等地方官员的束缚。

在"学衡派"成员中,梅光迪、吴宓专心于学术,基本不过问政治,张其昀则主动投身政治。从上文所描述的情况来看,胡先骕的选择折中于其间,试图在学术与政治之间取得平衡。1949年后,胡先骕曾为此做出检讨:"我替统治者划策,却不肯负正式的责任,既参加了政治,又保全了我的清高,以科学上的成就,做政治上的本钱,以政治上的关系来便利我的科学事业的发展,这便是我特殊的向上爬的手段。"④这也从一个侧面反映出民国时期政治与学术

---

① 参见胡宗刚:《胡先骕先生年谱长编》,南昌:江西教育出版社,2008年,第235—237页。
② 胡先骕:《南征二百五十韵》,熊盛元、胡启鹏编校:《胡先骕诗文集》,合肥:黄山书社,2013年,第220页。
③ 周桂发、杨家润、张剑编注:《中国科学社档案资料整理与研究·书信选集》,上海:上海科学技术出版社,2015年,第127页。人名简释:奉化→蒋介石,安义→熊式辉,萧叔绚→萧纯锦,程柏庐→程时煃。
④ 胡宗刚:《胡先骕先生年谱长编》,南昌:江西教育出版社,2008年,第195页。

的复杂关系,以及知识分子在其中的艰难处境。

受命出任校长后,胡先骕面临的首个问题便是入党。按照南京国民政府规定,国立大学校长必须是国民党员。中正大学以国民党领袖命名,自当严格遵照执行。1940年9月4日,胡先骕在陈立夫、朱家骅的共同介绍下加入国民党,表示自己无意参与CC系与政学系的派系斗争①。10月2日,胡先骕抵达江西泰和,随即开始主持学校工作。

二 文化与政治之间:胡先骕的办学理念与实践

(一) 胡先骕的办学理想与现实处境

1940年10月31日,时逢蒋介石54岁诞辰,中正大学在泰和杏岭隆重举行开学典礼。蒋介石自重庆遥颁训词,对学校的办学方针做出指示。

蒋氏指出,中正大学应当承担两大任务:"一方面,应为研究中国国民革命之历史与进程,阐扬三民主义之真谛,以示吾人奋斗之指针;一方面,必当本登高自卑、行远自迩之指针,对国家社会之实际需要,授与诸生以实务中必需之知识。"因此,就中正大学而言,"所究研传习之道,必为救国救世三民主义之达道;所授与诸生之课业,必为担当革命建国基层事业之实际知能"。关于人才培养,蒋介石认为,"本校之所欲造成者,非仅博通学术之专材,实为革命建国之干部"。② 其"政教合一"的思想在文中表露无遗。

此外,蒋介石在训词中系统阐述了"文武合一"与"术德兼修"的教育主张:"所谓文武合一者,即恢复古代以六艺为教之主旨,俾吾在学青年之精神体魄生活习惯,均无愧一战斗军人之标准。所谓术德兼修者,即谓教育之功用,不仅在传习知能,而当以造就人格为基本。总理所特举忠、孝、仁、爱、信、

---

① 当时两派在江西斗争颇为激烈,其中熊式辉为政学系在赣的核心人物。参见胡宗刚:《胡先骕先生年谱长编》,南昌:江西教育出版社,2008年,第281页。钟健:《在政学与名实之间:国立中正大学之创设、运作及命运》,《史林》2020年第2期,第162—164页。

② 《总裁训词》,《国立中正大学校刊》创刊号,1940年,第3页。

义、和、平之八德,中正昔年在赣时所特别倡导礼、义、廉、耻之四维,均为笃学励志、成己成人必具之品性。"①上述观点反映出蒋介石的军人作风以及对传统文化的重视。据当事人回忆,训词颁布之后,教育部曾通令全国各大学共同研诵②,可见蒋介石对此文极为重视,意欲以此统一高校办学思想。

教育部部长陈立夫是日亦发来贺电。电文以典雅的文言写就,号召师生效法朱熹、文天祥等前贤,担当领袖群伦的重任:"江右人文蔚起,代有传人。明义利之辨,鹿洞遗风;昭忠贞之心,文山大节。今兹创校,式冠嘉庑,讲舍宏开,更逢令日。所冀领导群伦,景行仰止,以开来学,且绍前修。本部长有厚望焉。"③

作为学校的创办者与江西省当局的最高领导,熊式辉在典礼上做了长篇发言,向中正大学提出了"发扬三民主义之学术思想""实验政教合作之计划教育"及"建立民族复兴之精神堡垒"三大期望④。上述观点与蒋介石的教育观极为接近,第二点尤其能体现熊式辉的办学思路。熊氏认为:"理论上,大学要能成为一般政治人员之理论研究所,运用各种方式,源源不断,提供一般政治工作人员所要之学理……技术上,大学要能成为一般政治工作之技术供应部,接受一般政治工作者之咨询,解答其技术上之疑难……人员上,大学要能成为一般政治机关之人才制造厂……"⑤此即所谓"政教合作"。显然,熊式辉是从行政干部的立场出发,试图加强大学教育与现实政治的联系。其构想颇具新意,但未免太急功近利。

党政领导人的关注为中正大学的发展奠定了良好的基础,但同时也给胡先骕的办学提出了难题:在文化与政治之间,究竟应当如何取舍?胡先骕的

---

① 《总裁训词》,《国立中正大学校刊》创刊号,1940年,第3页。
② 《蒋介石与中正大学》,聂国柱主编:《国立中正大学》(《江西文史资料》第五十辑),南昌:出版社不详,1993年,第225页。
③ 《教育部长训词》,《国立中正大学校刊》创刊号,1940年,第4页。
④ 熊式辉:《中正大学之创立及今后之希望》,《国立中正大学校刊》创刊号,1940年,第7—8页。
⑤ 熊式辉:《中正大学之创立及今后之希望》,《国立中正大学校刊》创刊号,1940年,第8页。

策略是：以宏通教育为中心，将弘扬民族文化与倡导三民主义囊括其中。

胡先骕本人兼具人文学者与科学家的身份，又曾两度赴美留学，对教育自身的规律有更为清醒的认识。在早年所撰的《留学问题与吾国高等教育之方针》一文中，胡先骕即展现出对西方高等教育的全面了解。文章将当时西方的高等教育理念概括为三种：一、养成领袖人物所谓君子人（Gentleman）者；二、专求高深之知识；三、专求应用之学问①。在三者之中，胡先骕力主取法第一种大学理念，强调培养人格与广泛涉猎各学科知识。因此，对于蒋介石、熊式辉过于偏重政治，力求培养"革命"干部的办学思想，胡先骕并不赞同。在办学过程中，胡先骕更多地继承了东南大学的传统，倡导宏通教育。胡氏明确主张："大学教育，既贵专精，尤贵宏通，必使诸生多有自由讲习研求之机会，而不可过于专业化。"②传统文化教育与三民主义教育，自然也应当作为其中的一个组成部分。

前文已提到，"学衡派"极为重视弘扬传统文化。早在20世纪20年代，胡先骕即指出，在教育中应当极力提倡我国固有文化，"以保持吾民族所特具之道德观念于不坠"③。蒋介石、陈立夫、熊式辉等人对民族文化的重视，恰与胡先骕一贯的立场相契合。在中正大学校长任上，胡先骕也多次就这一主题讲话、撰文，勉励师生以弘扬民族文化为己任。

举例而言，在《中国之民族精神》一文中，胡先骕从大同主义、和平主义、民主主义、伦理观念四个角度切入，对我国的民族精神做了较为精当的概括④。同时，胡先骕也延续了"昌明国粹，融化新知"这一思路，强调文化建设应当"一面发扬固有文化，一面吸收世界文化，使文化之素质与民族精神相贯

---

① 胡先骕：《留学问题与吾国高等教育之方针》，张大为、胡德熙、胡德焜合编：《胡先骕文存》（上卷），南昌：江西高校出版社，1995年，第292页。
② 胡先骕：《教育之改造》，张大为、胡德熙、胡德焜合编：《胡先骕文存》（上卷），南昌：江西高校出版社，1995年，第423页。
③ 胡先骕：《留学问题与吾国高等教育之方针》，张大为、胡德熙、胡德焜合编：《胡先骕文存》（上卷），南昌：江西高校出版社，1995年，第298页。
④ 胡先骕：《中国之民族精神》，《正大青年》创刊号，1942年，第5—6页。

通,科学技术与社会生活相切合"①。对于国民党的三民主义理论,胡先骕也多从文化的角度加以阐发。胡氏指出:"我国文化道德最高的理想是趋向于世界大同的实现,而不是狭隘的国家主义、偏激的阶级观念。这便是我国五千年来尧舜禹汤文武周公孔孟的传统思想。……集这个道统之大成的便是三民主义。"②由此可见,胡先骕更倾向于将三民主义视为一种文化理想,而非政治信条。

我国教育历来重视人格修养,这一点也在中正大学的办学方针中有所体现。在学校的开学典礼上,胡先骕即着重阐发了进德修业的问题。围绕抗战建国这一主题,胡先骕向中正大学新生提出了五点希望:一、醉生梦死的生活必须改正;二、奋发蓬勃的朝气必须养成;三、苟且偷生的习惯必须革除;四、自私自利的企图必须打破;五、纷歧错杂的思想必须纠正③。通过结合青年学生的切身问题,胡先骕为传统的修身理论赋予了强烈的现实意义。

由于中正大学的特殊地位,政治教育构成了学校教学的重要组成部分,"阐扬三民主义"更是被明确写入学校的办学宗旨当中④。如何协调政治教育与普通教育的关系,成为了一个不容回避的问题。如前所述,胡先骕将三民主义教育纳入宏通教育的计划之中,将其作为学生综合素养的一部分,从而淡化了意识形态的色彩。

以"政教合一"这一理念为例。胡先骕指出:"这并非说每个人都要学政治(政治专业——笔者注),而是说每个人除了研究他本身专门学术之外,对于本党的三民主义和世界政治大势还应该有深切的了解,不能关在象牙塔中过生活。"⑤显而易见,这一观点与蒋介石所说的传习三民主义之达道、授予学

---

① 胡先骕:《民族复兴与文化建设》,《国立中正大学校刊》第 3 卷第 5 期,1942 年,第 4 页。
② 胡先骕:《总裁的教育思想》,《国立中正大学校刊》第 2 卷第 5 期,1941 年,第 5 页。
③ 胡先骕:《精神之改造》,张大为、胡德熙、胡德焜合编:《胡先骕文存》(上卷),南昌:江西高校出版社,1995 年,第 352—355 页。
④ 《国立中正大学概览》,1941 年 1 月,国立中正大学档案 J037-1-00393-0001,江西省档案馆藏,第 5 页。
⑤ 胡先骕讲,程永邃记:《认识我们的学校》,《国立中正大学校刊》第 2 卷第 5 期,1941 年,第 6 页。

生革命建国的实际知能有一定距离,和熊式辉所期望的大学与政治机关紧密合作的构想更是大不相同。从大学理念的角度来看,二者实质上体现了人文主义大学观与功利主义大学观的区别。

另一方面,中正大学毕竟是以"民族领袖"的名字命名,在公开讲话当中,胡先骕仍必须竭力宣传三民主义,歌颂蒋介石。在学校集会上,胡先骕也曾直白地表示:"我们最伟大的建国领袖蒋总裁,不但是当代最伟大的政治家、军事家,还是最伟大的教育家。……我们应当笃信三民主义,以三民主义为我们建国的信仰基础。"①以上言论或可视为胡先骕对现实环境的一种妥协。

胡先骕与南京国民政府的这种微妙关系,在1943年国立大学校长集体受训这一事件上得到了最为鲜明的体现。1943年4月11日,由蒋介石主持的中央训练团在重庆举行第25届党政训练班,包括蒋梦麟、梅贻琦、竺可桢、胡先骕在内的多位校长接受调训。胡先骕在回忆此事时指出:"我认为调训大学校长,实在是侮辱大学校长,而且要写自传得肄业文凭,尤其是不能忍受的。我曾对人说在我这年纪再不能做天子门生了,我便没有写自传得文凭。"②由此可见,身为国立大学校长,胡先骕并不甘于做国民党的"革命"干部,而是强调学者、教育家自身的独立人格。

(二)胡先骕的办学实践

在办学方针上,尽管有一定的妥协与让步,胡先骕仍试图坚守自己的教育理想,上述特点也在中正大学的办学实践中得到了体现。胡先骕上任后,随即采取了一系列改革措施,中正大学的教学活动渐入正轨,学校声誉鹊起。

(1)宏通教育的展开

如上文所述,胡先骕力主宏通教育,希望借此提高学生的综合素质。这一点充分体现在中正大学的办学实践中。

在日常教学中,中正大学以"严格训练基本学科,依学生能力高下而分别

---

① 胡先骕:《总裁的教育思想》,《国立中正大学校刊》第2卷第5期,1941年,第3—5页。
② 胡宗刚:《胡先骕先生年谱长编》,南昌:江西教育出版社,2008年,第338页。

施教"为指导方针①,极为重视国文、英文等基础学科。以文法学院为例,学校规定,在第一学期结束时,由教务处会同文法学院院长及授课教师审查学生的国文、英文成绩,其成绩较差者须加以补习。在第一学年结束时,须对学生的成绩严加考核,若不合格,则需重新修读②。对于其他学院的学生,胡先骕同样勉励其学好上述两门课程:"诸生来校求学,无论入文法学院、工学院或农学院,除修习本学系应修之学程外,如有余暇,宜注意研习国文及英文,以备将来服务社会之需用。诸生若能勤学不倦,定能获得新知,以之建国,始克有成。"③国文与英文为学习中西文化的基本工具,胡先骕以二者并举,亦含有国粹新知并重的意味,透露出"学衡派"知识分子的底色。此外,中正大学还将音乐课程列为必修,并延请"国歌"谱曲者程懋筠为学生授课,颇具特色。

另一方面,学校大力提倡学生跨院系选课,鼓励学生积极开展课外活动。1941年8月,学校修订《国立中正大学组织大纲》,规定学生可跨院、系进行选课。选修学分占总分数的20%左右。一年级学生在校学习一年后,可根据自己的兴趣转院转系;学生毕业后,还可转入其他院系学习,获双学士学位④。上述举措无疑有助于激发学生学习的主动性。在课外,学生亦踊跃组织学术社团。据统计,当时中正大学的学生学术团体有20余个,包括工程学会、农学会、经济学会、国语研究班、英文研究会、社会教育学会等⑤,胡先骕本人即担任诗歌研究会的研究指导,并亲自为学生讲授古典诗歌的写作技巧。

---

① 《国立中正大学概览》,1941年1月,国立中正大学档案 J037－1－00393－0001,江西省档案馆藏,第12页。

② 《国立中正大学校务会议第十一次会议议事录》,1940年11月30日,国立中正大学档案 J037－1－00565－0023,江西省档案馆藏,第24页。

③ 《本学期第二次纪念周胡校长训话》,《国立中正大学校刊》第3卷第3期,1942年,第11页。

④ 《江西师范大学校史》编写组:《江西师范大学校史:1940—2010》,北京:人民出版社,2010年,第19页。

⑤ 《江西师范大学校史》编写组:《江西师范大学校史》,南昌:江西高校出版社,2000年,第14页。

（2）政治与军事教育

中正大学的独特定位,决定了政治与军事教育在学校教学活动中的特殊地位。学校的教育方针中明确指出,需要"深切研究三民主义及特别重视军训体育卫生等科"①。胡先骕对此亦不敢怠慢。上文提到,胡先骕试图将弘扬民族文化与宣传三民主义纳入宏通教育的计划之中,尽量淡化政治说教的色彩。为此,除各大学均开设的"三民主义"课程之外,学校多采用学术活动的形式开展政治教育。

中正大学采取的举措之一是开设民族文化讲演会、座谈会及三民主义学术演讲。以后者为例,讲座于每周六下午举行,首次主讲者为文法学院教授、国民党理论专家叶青,讲题为"三民主义与他种主义之比较",前后共讲演五次,此后又陆续邀请地方党政干部进行演讲②。

此外,学校也充分利用每周一上午的总理纪念周活动,请校内外专家做演讲。事实上,其中不少演讲带有学术色彩,政治仅为点缀。举例而言,1942年5月18日的纪念周由训导长谢兆熊谈"太平洋和平之基础",5月25日的主讲者为江西省通志馆馆长吴宗慈,讲题为"新方志学与三民主义"③。此外,学校还曾多次邀请党政要人与学者名流来校演讲。

在演讲的嘉宾当中,亦不乏耿介之士。其中爱国华侨陈嘉庚的讲话尤其令听者印象深刻:"他大骂国民党贪污腐化,并说他这次回国见到蒋介石,当面提出国民党政府如不有效地惩治贪污腐化,他将停止华侨对抗日的援助……胡校长坐在台上频频点头。陈讲完后,胡校长又重复了陈的讲话要点,慷慨激昂。"④在上述情形下,胡先骕以国立中正大学校长身份,能够不为国民党文

---

① 《国立中正大学概览》,1941年1月,国立中正大学档案 J037-1-00393-0001,江西省档案馆藏,第12页。
② 《国立中正大学概览》,1941年1月,国立中正大学档案 J037-1-00393-0001,江西省档案馆藏,第18页。
③ 《校闻》,《国立中正大学校刊》第2卷第24期,1942年,第13页。
④ 邹嗣奇:《胡校长二三事》,聂国柱主编:《国立中正大学》(《江西文史资料》第五十辑),南昌:出版社不详,1993年,第176页。

过饰非,实属难能可贵。

对于蒋介石"文武合一"的教育主张,中正大学执行得较为彻底。学校采取军事化管理,军训为各年级学生的必修课程。学生平日统一穿着制服,军训时一律系皮带绑腿,并配发步枪,在教官指挥下进行正规操练[①]。1941年10月31日,中正大学举行建校一周年暨蒋介石55岁诞辰纪念活动,熊式辉出席典礼并检阅学生方阵。受阅队伍步伐整齐、精神昂扬,熊式辉极为满意,认为在军事学校成绩也不过如此[②]。

学生方面,对于军训亦欣然接受,并将其视为中正大学的一大特色[③],这一点颇值得注意。前文提到,20世纪20年代末,罗家伦在清华校长任上极力推行军事化管理,遭到学生集体抵制,最终被迫辞职;30年代初,浙江大学校长郭任远亦因强制实行军训而受到学生驱逐。两种截然不同的反应在一定程度上表明,经过抗战的淬炼,大学生自由散漫的风气有所变化。

(3) 院系及人事调整

胡先骕上任之初,中正大学的院系设置极不合理。在熊式辉的主持筹办下,学校的系科过于注重实际应用。工、农两学院本身即为应用性质,文法学院亦仅设政治、经济、社会教育三系,基础学科付之阙如,学校的整体架构不能适应宏通教育理念的推行。1941年8月,经胡先骕倡议,文法学院增设文史系,同时又在农学院增设生物系,中正大学此前偏重应用学科的局面有所改观。

学校人事方面,在胡先骕上任前,熊式辉已聘定了大部分教职员工,此种越俎代庖的做法令胡先骕极为不满,二人也因此产生冲突。不可否认的是,熊式辉在选聘教师时尚能坚持一定的标准,为中正大学聘来多位真才实学之士。但熊氏毕竟为一政客,对学术所知有限,因此其中庸碌之辈亦复不少。对于文法学院院长马博厂,胡先骕尤为失望。

---

① 参见宗因:《在抗战中成长的中正大学》,《学生之友》第2卷第2期,1941年,第40页。郑菊生:《中正大学近貌》,《学生之友》第4卷第5—6期,1942年,第23页。
② 胡宗刚:《胡先骕先生年谱长编》,南昌:江西教育出版社,2008年,第303页。
③ 参见宗因:《在抗战中成长的中正大学》,《学生之友》第2卷第2期,1941年,第40页。

1941年10月27日，中正大学举行"总理纪念周"，由马博厂主讲"和战关头的美日谈话"。由于马氏准备不充分，演讲内容贫乏，胡先骕极不满意，在做总结时不留情面地加以斥责："想不到马院长不学无术，一至于此！"①马博厂为熊式辉亲信，在筹建中正大学的过程中发挥了重要作用，胡先骕对其当众予以批评，在一定程度上加深了学校与地方政府的矛盾。

对于胡先骕执掌中正大学后的诸多举措，熊式辉颇有微词，在日记中称其"于学校用人行政，为人所非议，恐于人情事理不甚留心，可惜"②。府学矛盾呈现出日益加深之势。1942年3月，熊式辉受命出任国民政府军事代表团团长，出访美国、欧洲等地，由曹浩森接任江西省政府主席。此后，地方政府对中正大学的干预有所削弱。同年7月，胡先骕遂径直辞退熊式辉聘请的多位教员，其中包括文法学院院长马博厂、经济系主任吴华宝及政治系主任高柳桥。

总体而言，在胡先骕任内，中正大学的师资力量有了长足的发展。学校初创时，仅有专任教师40人，至1944年4月胡先骕离任之时，校本部已有专任教师203人，其中教授71人，副教授39人，学生人数达到1386人③。其整体实力虽不能与西南联大、浙大、中央大学等校相比，但亦不乏知名学者。学校文法学院师资较强，余精一、王易、姚名达、任启珊、方铭竹、唐庆增等教授在国内均颇有影响。该院四个学系中，又以教育系师资最强，教授有童润之、罗廷光、罗容梓、程懋筠、周葆儒、胡昌祺等。此外，工学院院长蔡方荫为国内结构力学权威，农学院院长周拾禄在农学界亦颇具影响。④

胡先骕在任内的另一大举措是改组研究部。中正大学研究部乃根据熊

---

① 谭岐军：《步公校长，学生怎能忘记您》，聂国柱主编：《国立中正大学》《江西文史资料》第五十辑），南昌：出版社不详，1993年，第9页。
② 熊式辉：《海桑集——熊式辉回忆录（1907—1949）》，香港：明镜出版社，2008年，第324页。
③ 《江西师范大学校史》编写组：《江西师范大学校史》，南昌：江西高校出版社，2000年，第4页。
④ 参见《江西师范大学校史》编写组：《江西师范大学校史》，南昌：江西高校出版社，2000年，第8页。

式辉"政教合作"的计划而设。按熊式辉的说法,研究部的作用在于"谋高深学理与实际工作之扣合,并为江西省研究地方建设实际问题,提供解决方案"①。该部直属于大学,由校长兼任主任。其下最初设三民主义、政治、经济、教育、工农等组,各置组长一人,由院长或系主任兼任,又置教授、副教授、研究员若干人,皆由校长聘任②。研究部并不招收研究生,与一般意义上的大学研究院或研究生院并不相同。

显而易见,研究部的上述定位带有浓重的功利主义色彩,且所设各组基本为文法学院所垄断,工、农两院未能参与其中。1941年11月,借研究部新楼落成这一契机,胡先骕亲自主持改组工作,扩大其规模。改组后的研究部委员会由15名委员组成,其中文法、工、农三所学院各聘请5名,所覆盖的学科大大增加,布局更为合理,极大地促进了中正大学研究工作的开展。

(三) 个案分析:文史系的办学活动

1941年8月,经教育部批准,中正大学正式设立文史系。该系的创立与胡先骕的"学衡派"身份密切相关,凸显出胡氏对于人文教育的重视。因此,有必要对该系的教学活动略作探析,以期更为直观地展现中正大学文科的办学情况。

文史单独设系之后,系主任由原文法学院教授、文史学者王易担任。王易(1889—1956),字晓湘,号简庵,江西南昌人,早年毕业于京师大学堂,历任中央大学、金陵大学、中央政治学校等校教授。王易与胡先骕为京师大学堂同学,二人志趣相近、交谊甚笃。胡先骕在主持《学衡》"文苑"一栏时,即大量选登王易的旧体诗作,王氏也因此与"学衡派"产生联系。与胡先骕相似,王易与蒋氏政权一度有较为密切的关系。1938年,王易受聘为留学苏联归来的蒋经国授课,讲解经史与古代兵书,扮演了"太子太傅"的角色③。

---

① 转引自张意忠:《国立中正大学学术与行政的博弈》,张艳国主编:《胡先骕教育思想与精神品格——纪念胡先骕诞辰120周年暨胡先骕教育思想研讨会论文集》,北京:中国社会科学出版社,2014年,第119页。

② 《国立中正大学概览》,1941年1月,国立中正大学档案J037-1-00393-0001,江西省档案馆藏,第64页。

③ 参见赵宏祥:《王易先生年谱》,北京:线装书局,2012年,第137—138页。

王氏在文化与政治上的保守倾向同样形诸文字。其所撰写的中正大学校歌歌词即为一例。词云①：

> 澄江一碧天四垂，郁葱佳气迎朝曦。巍巍吾校启宏规，弦歌既昌风俗移。扬六艺，张四维，励志节，戒荒嬉，求知力行期有为，修己安人奠国基。继往开来兮，责在斯！

其中如"六艺""四维""力行"等既是中国传统教育的代表性名词，也是蒋介石所习用之语。此外，在中正大学建校的最初几年当中，每逢蒋介石诞辰暨学校周年庆典，王易均亲撰文言祝词以志纪念，其中更流露出领袖崇拜的意味②。

在王易主持之下，中正大学文史系极为重视继承与发扬民族文化。1941年12月21日，王易召集文史系全体学生，举行建系后首次谈话会。会上，王易着重阐述了设立文史系的重要意义。王氏指出："无论何种学科，皆与文史有关，无文则不能达意，无史则昧厥来源，故文史二科乃推动各种科学之总工具。"③王易又以抗战为例，极力表彰传统文化的作用："溯吾国抗战之初，武力本逊于敌人，及后愈战愈强，竟为全世界所推重，此种精神，皆由我国古圣贤流传之文史所鼓动。"④显然，王易对文史学科的定位与"学衡派"有相近之处。

中正大学文史系的课程设置同样极具特点。学系之内分文、史二组，其中文组的课程表如下：

---

① 王易：《国立中正大学校歌（歌词）》，聂国柱主编：《国立中正大学》(《江西文史资料》第五十辑)，南昌：出版社不详，1993年，第226页。
② 如1941年的祝词为："郁郁菁莪，巍巍学府。化洽弦歌，岁周寒暑。至人挺生，中邦砥柱。声教覃敷，揆文奋武。保我黎民，挞彼丑虏。士瞻泰山，天锡纯嘏。"参见王易：《总裁诞辰暨本校成立周年纪念祝词》，《国立中正大学校刊》第2卷第4期，1941年，第1页。
③ 《本校文史系主任召集全系学生谈话并议决组织级会》，《国立中正大学校刊》第2卷第10期，1942年，第11页。
④ 《本校文史系主任召集全系学生谈话并议决组织级会》，《国立中正大学校刊》第2卷第10期，1942年，第11页。

表 5-1　国立中正大学文法学院文史学系课程表（文组）

年级	必修课程	选修课程
第一学年第一学期	国文（一）　英文（一）　伦理学（一）　中国通史（一）　三民主义（一）　体育（一）　音乐（一）	政治学（一）　经济学（一）　数学（一）　生物学（一）　国音
第一学年第二学期	国文（二）　英文（二）　伦理学（二）　中国通史（二）　三民主义（二）　体育（二）　音乐（二）	政治学（二）　经济学（二）　数学（二）　生物学（二）　社会学　国音
第二学年第一学期	中国文学史　文字学概要　历代文选　各体文习作　西洋通史（一）　论理学　哲学概论（一）　体育　军训	高级英文（一）　法文（一）　日文（一）
第二学年第二学期	中国文学史　文字学概要　历代文选　各体文习作　西洋通史（二）　论理学　哲学概论（二）　体育　军训	高级英文（二）　法文（二）　日文（二）　英文（补）
第三学年第一学期	专经选读　历代诗选　各体诗习作　西洋文学史　体育　军训	说文学　诸子概论　普通心理学　高级法文
第三学年第二学期	专子选读　历代诗选　各体诗习作　西洋文学史　体育　军训　女生体育	说文学　诸子概论　中国沿革地理　普通心理学　高级法文
第四学年第一学期	专史选读　词选　语言学概要　体育　女生体育	宋元明学术史（一）　群经概论（一）　孔孟荀哲学（一）　古声韵学（一）
第四学年第二学期	专集选读　曲选　毕业论文　体育	群经概论（二）　孔孟荀哲学（二）　考古学

备注："（一）""（二）"等标识指课程的不同阶段。原文体例不统一，部分同名课程未用此类标识加以区分。

资料来源：《国立中正大学文法学院课程表（三十二学年度第一学期）》，国立中正大学档案 J037-1-01029-0085，江西省档案馆藏，第 95、97 页。《国立中正大学文法学院课程表（三十二学年度第二学期）》，国立中正大学档案 J037-1-01029-0131，江西省档案馆藏，第 141、143 页。《国立中正大学各院系科课程表（三十三学年度第一学期）》，国立中正大学档案 J037-1-01030-0098，江西省档案馆藏，第 101 页。《国立中正大学各院系科课程表（三十三学年度第二学期）》，国立中正大学档案 J037-1-01030-0150，江西省档案馆藏，第 150 页。《国立中正大学三十三学年度第二学期各院系科应届毕业班课程表》，国立中正大学档案 J037-1-01031-0032，江西省档案馆藏，第 34 页。

从表 5-1 来看，以下几个特点值得注意：首先，文史系的课程体现出"大文学"的观念，既关注到诗、词、文、曲等各类文学体裁（白话文学不在其内），也大量开设史学、哲学等相邻学科的课程；其次，文史系既重视经史子集这一传统的分科体系（体现为专经选读、专子选读、专集选读等课程），同时也关注语言学、考古学等新兴学科，呈现出兼容并包的特征；此外，就政治类课程而言，三民主义仅修读一年，与其他大学保持一致①，并未因中正大学的特殊地位而增加学时，说明学校当局在课程上更为强调学术性而非政治性。值得注意的是，课表中并无西洋哲学类课程，或是由于校方担忧此类课程与意识形态产生冲突。

师资方面，除系主任王易之外，文史系主要任课教师包括②：

教授欧阳祖经，字仙贻，江西南城人，毕业于东京高等师范学校，于文史诗词、佛典均有研究，主讲历代文选、各体文习作、中国沿革地理、宋元明学术史等课。

教授姚名达，又名显微，字达人，江西兴国人，毕业于清华国学研究院，精于史学、目录学，主讲中国通史。1942年组织中正大学战地服务团赴抗日前线。同年7月7日，壮烈殉国。

教授刘咏溓，字集雨，江西安福人，为前清举人，精通经史诸子百家之文学及说文、目录诸学，主讲中国文学史、专经选读、专子选读、说文学等课。

教授黄辉邦，江西清江人，早年游学日本，精于佛学，主讲论理学、哲学概论等课。

教授胡光廷，号莲舫，早岁游学英国，精通外国文学，主讲高级英文、西洋文学史等课。

此外尚有程臻、王纶、严学宭、涂世恩、朱衣、任启珊等教员。

整体而言，中正大学文史系教师的文化立场趋于保守，毕业于北京大学文科研究所的严学宭在其中或可算"异数"。严氏在课堂上常引用胡适《中国哲学史大纲》中的观点，并允许学生用白话文写作，为此而受到胡先骕的召见，要求其改用文言③。1942年夏，严氏辞去中正大学教职，改赴风气更为趋

---

① 参见教育部教育年鉴编纂委员会编：《第二次中国教育年鉴》，上海：商务印书馆，1948年，第496页。
② 参见王咨臣：《我所知道的文史系》，聂国柱主编：《国立中正大学》(《江西文史资料》第五十辑)，南昌：出版社不详，1993年，第91—94页。
③ 严学宭：《泰和的点滴回忆》，聂国柱主编：《国立中正大学》(《江西文史资料》第五十辑)，南昌：出版社不详，1993年，第131页。

新的中山大学任教。这一经历与张清常在浙大国文系的遭遇颇有相似之处。

学生方面,同样表现出强烈的民族情感与领袖崇拜意识。1941年,中正大学曾对文史系新生开展问卷调查,其中一栏为"最崇拜之古今人物",所得结果如下:

表5-2 中正大学文史系新生"最崇拜之古今人物"列表(1941年)

编号	最崇拜之古今人物
01	古者为文天祥,今者为蒋委员长
02	孔子,唐太宗,韩、柳、欧、苏,孙总理,蒋总裁
03	蒋委员长,岳飞
04	曾国藩,孙中山,蒋总裁
05	孔丘,诸葛亮,孙文,蒋中正
06	古人:孔子,今人:孙中山
07	孔子、陶潜、岳飞、曾国藩,及总理、总裁
08	古人:孙总理,今人:蒋总裁
09	文天祥,胡忠简,孙中山,蒋中正
10	范仲淹,蒋委员长,曾国藩
11	诸葛亮,岳武穆,及领导抗战之最高统帅
12	古为诸葛亮,今为蒋总裁
13	文王,周公,孔子,孟子,总理,总裁
14	古之孙总理,今之蒋委员长
15	古:岳飞,今:蒋中正
16	最崇拜文天祥、孙中山先生、蒋中正先生
17	古人孔子,今人总裁
18	黄帝,文天祥,蒋中正
19	秦始皇,拿破仑,蒋委员长
20	蒋总裁,孙中山,文天祥,史可法
21	孔子,文天祥,孙中山,蒋中正

续　表

编号	最崇拜之古今人物
22	古人：诸葛亮，文天祥，崔东壁　今人：蒋委员长
23	文天祥，蒋委员长

资料来源：《国立中正大学文史系学生生活调查表》，1941年，国立中正大学档案J037－1－01090－0001，江西省档案馆藏，第2—24页。标点稍有改易。

从表5-2来看，古代人物，学生所填多为儒家圣哲或民族英雄；现当代人物，均不出孙中山与蒋介石二人之外。这一结果颇能反映学生民族意识的高涨以及对蒋介石领袖身份的认同。

另一值得注意的现象是，在文言与白话之间，学生仍倾向于选择白话文。上文提到，严学窘因鼓励学生用白话写作而受到胡先骕批评。但另一方面，严氏的授课在学生中却是大受欢迎①。此外，中正大学学生刊物的作品亦多为白话文。以《正大青年》月刊创刊号为例，该期共登载五篇文学作品，分别为：白话小说《笼鸟》，白话组诗《短笛》，白话记叙文《群魔乱舞的几个镜头》，白话诗《夜祷》与《无题》②，其中无一篇文言作品。由此可见，对新一辈大学生而言，弘扬民族精神与提倡文言文并无必然联系，此种思想观念与教师群体迥然有别。

三　"《民国日报》事件"与胡先骕的办学困境

（一）冲突初起：话剧义演风波

尽管在校务上受到多方掣肘，胡先骕依旧尽心竭力，试图不断提高中正大学的办学水准。然而，1943—1944年间发生的一连串事件，却使胡先骕陷入极为尴尬的境地，最终被迫辞去校长一职。其中1943年5月的"《民国日报》

---

① 严学窘：《泰和的点滴回忆》，聂国柱主编：《国立中正大学》（《江西文史资料》第五十辑），南昌：出版社不详，1993年，第131页。

② "文艺"，《正大青年》创刊号，1942年，第32—35页。

事件"牵涉最广，影响最大，同时也集中反映出胡先骕在办学过程中面临的诸多困难。

1943年5月上旬，中正大学青年剧社应江西省会各界纪念五四青年运动周筹备会的邀请，决定于8日至10日晚间在泰和建艺剧场举行义卖公演，将演出收入用于赈济遭受洪灾的粤东难民。其中9、10两日演出的剧目为闻名一时的四幕谍战剧《野玫瑰》——该剧曾于5月3日、4日两晚在校内演出，获得一致好评。当地媒体《民国日报》也提前在头版的醒目位置打出广告，为演出造势。

演出本身且先按下不表，这一时间点的选择即颇具话题性。20世纪40年代的大学生，可谓是在五四新文化影响下成长起来的新一代青年，对于激情澎湃的学生运动与好读易写的白话文学，有着天然的好感。上文亦提到，中正大学学生刊物的作品即多为白话文。对于此种情况，极力推崇古典诗文的胡先骕亦感到无可奈何。事实上，在1941年纪念"五四"的集会上，胡先骕即对五四运动提出过批评。胡氏指出："'五四'运动是青年人参与政治的起点，在中国现代史上，确占了重要的一页，可是这个运动也和辛亥革命一样，犯了肤浅的毛病，因为许多学生看见这次运动使得我国的代表没有签字，外交侥幸成功了，就以为天下的事都是很容易；而陈独秀等激烈分子，更极端诋毁我国的固有文化，甚至有人主张把线装书抛进厕所三千年，以为中国固有一切的东西都是不好的，北京大学就是当时纷歧错综的思想的中心。……所以'五四'运动的成功固大，但它的流弊也就不少，甚至余毒至今尚未廓清。"[①]这一年的5月4日，胡先骕恰好因公赴渝，否则定然又会有一番讥评。

国民党方面，对于"五四"的评价此时也发生了微妙的变化。1939年，为鼓励学生的爱国热情起见，国共双方均把5月4日定为青年节。然而，在1942年"五四"前夕，国民党中央突然宣布，5月4日并非"青年节"，并在次年将3

[①] 胡先骕讲，程永邃记：《"五五"与"五四"纪念的意义》，《国立中正大学校刊》第1卷第20期，1941年，第4页。

月29日(黄花岗起义烈士纪念日)定为"青年节"①。显然,南京国民政府试图淡化五四运动的政治意义,达到防止学生运动的目的。然而,青年学生与社会人士似未能领会政府的"苦心",依旧将5月4日作为重要节日加以纪念。

而关于演出的剧目《野玫瑰》,亦值得一说。该剧作者陈铨与"学衡派"颇有渊源。陈氏于1928年毕业于清华学校,为吴宓得意弟子,《学衡》杂志即曾多次登载陈铨所译的外国诗歌。从清华毕业后,陈氏赴美、德两国留学,主攻德国文学及哲学,归国后主要在高校讲授德文,业余从事文学创作。剧本《野玫瑰》出版于1942年,描述了国民党特工夏艳华用计除去伪政权当局北平"政委员会"主席王力民的故事。该剧人物形象生动、情节曲折,在抗战期间风靡一时,曾在多所高校排演。中正大学学生选择这一剧本,亦可谓在情理之中。

5月9日晚,就在演职人员忙于演出前的准备工作时,民国日报社一名项姓记者领着三名女子旁若无人地走入剧场,强行要求坐到前排。事实上,青年剧社在演出前已向报社赠送了数张入场券,但该记者手中并无门票,工作人员遂断然拒绝了这一要求。项某乃不顾前排观众的反对,自搬座椅置于台口,剧场内顿时一片哗然。在现场观众的一片嘘声中,项某及其女友被维持秩序的警员请出剧场。项某恼羞成怒,高声向场中宣称:"凡在场《民国日报》职员一律随我出场!"②随后悻悻而去。当晚的演出并未因此受到干扰,进行较为顺利,反响颇为热烈。

就这段插曲来看,显然系该记者无事生非,学生的处理并无不妥。值得注意的是,作为一名报社的普通记者,项某何以敢如此飞扬跋扈?如此则不得不谈到《民国日报》的背景。该报由江西省党部主办,为省内最重要的官方

---

① 参见张艳:《"青年节"抑或"文艺节":20世纪三四十年代的五四纪念节问题探析》,《史学月刊》2015年第8期,第39—51页。
② 《国立中正大学学生自治会关于陈诉与民国日报社纠纷真相的呈》,国立中正大学档案J046-1-00167-0006,江西省档案馆藏,第10页。

媒体。社长冯琦为省党部委员兼书记长,地位显赫①。该记者自恃有政党作为后盾,目中全无高等学府与公益事业,也在一定程度上暴露出国民党地方媒体存在的问题。

(二) 捣毁民国日报社及其影响

演出翌日,《民国日报》即刊出一条短讯,称"青年剧社昨日在建艺剧场上演'野玫瑰',外界期望颇殷,惟演出成绩欠佳,观众甚为失望,全场秩序尤成问题"②。当地另一份报纸《捷报》也转载了这一消息。从其内容来看,当属记者公报私仇、妄加诋毁。学生看到消息后,大为愤慨,当即派代表前往报社编辑部交涉。由于5月10日尚有一场演出,部分观众不明就里,纷纷退票,致使当晚的演出大受影响。

公演结束后,迟迟未见报社更正的启事,令学生们大为不满。5月12日下午,相关人士在中正大学举行茶话会酬答演职人员。会后,有学生提及此事,一时群情激愤,声言要与报社算账。晚饭过后,数十名学生遂在操场集合,决定前往泰和县城与民国日报社理论。抵达县城时,报社已下班,仅有少数几位工友尚在印刷间。面对年轻的学生,几名工友辞气傲慢,双方遂起冲突。学生们纷纷冲入排字间及印刷房,捣毁已排好的版面。又有部分学生前往《捷报》营业部,打毁部分物件,随后返回学校。

事有凑巧,中正大学政治系学生万寿梅此时正进城办事,被闻讯赶到的警方误认为闹事学生而遭到殴打,并被捆绑至省警察中队。与此同时,校方也接到了民国日报社打来的电话。报社方面态度强硬,提出四项要求:一、登报道歉;二、查明肇事学生,开除学籍并法办;三、赔偿损失;四、保证以后不

---

① 参见谭峙军:《步公校长,学生怎能忘记您》,聂国柱主编:《国立中正大学》(《江西文史资料》第五十辑),南昌:出版社不详,1993年,第10页。邹嗣奇:《捣毁〈民国日报〉冲击省党部事件始末》,聂国柱主编:《国立中正大学》(《江西文史资料》第五十辑),南昌:出版社不详,1993年,第62页。

② 《省闻要讯》,《民国日报》(江西)1943年5月10日,第3版。演出时确实不慎有汽灯从房顶掉下,但未对演出造成大的影响,该记者显然是有意放大此事。参见邹嗣奇:《捣毁〈民国日报〉冲击省党部事件始末》,聂国柱主编:《国立中正大学》(《江西文史资料》第五十辑),南昌:出版社不详,1993年,第61页。

再有同样情事发生①。

5月13日上午,校方紧急召开校务会议,决定由代校长罗廷光及总务长邹邦珏接洽省党政官员及《民国日报》《捷报》二社负责人,避免事端扩大②。除此之外,学校又向警方保释万寿梅,并送往医院救治。当晚,罗廷光在凯园川菜馆宴请省党政军负责人,试图调解此事,不意中正大学学生愤于万寿梅受伤,已约集数百人来到凯园,欲与省党部主任委员梁栋对质。此时梁栋业已离开,罗廷光虽极力劝阻,学生们仍意不能平,遂再次将目标转向民国日报社。浩浩荡荡的队伍到达报社后,学生们倚仗人多势众,一拥而上,将排字间、铸字间、印刷房内机器及报社电台全部捣毁,高唱校歌而回。

事态至此已难以收拾。次日,《民国日报》因报社被毁,遂与《捷报》合并出版,大肆攻击中正大学学生,作痛心疾首之状:"中正大学,是江西仅有之最高学府,更是奉总裁之名而名。……现在中正大学的学生,居然发生这种暴动的行为,这真令我们百思不获其解。……这种行为,足以损害整个校誉和全体同学之令名,固无足讳言。"③此后数日间,两报持续渲染此事,并指出有奸伪势力参与其中,意图扩大影响,破坏中正大学声誉。该事件更被日寇所利用,东京、南京等地的电台纷纷播放广播:"蒋政权四分五裂,学生厌战,江西省党部《民国日报》被中正大学学生捣毁。"④省党部此时也听到流言,称学生日内将前来围攻,乃急电江西省政府,请求增派警察保护。5月14日,泰和警备司令部向中正大学转达省政府主席兼保安司令曹浩森手令,要求校方将为首肇事学生交出惩办,同时"严令各学生谨守校规",并注意侦查"是否有奸伪从中鼓动"⑤。次日,省教育厅向省会公私立中等以上学校校长发出密令,

---

① 《国立中正大学校务会议第二十六次会议议事录》,1943年5月13日,国立中正大学档案 J037-1-00565-0058,江西省档案馆藏,第59页。

② 《国立中正大学校务会议第二十六次会议议事录》,1943年5月13日,国立中正大学档案 J037-1-00565-0058,江西省档案馆藏,第59页。

③ 《对正大学生违法暴行之感言》,《民国日报 捷报》1943年5月14日,第1版。

④ 邹嗣奇:《捣毁〈民国日报〉冲击省党部事件始末》,聂国柱主编:《国立中正大学》(《江西文史资料》第五十辑),南昌:出版社不详,1993年,第63页。

⑤ 《泰和警备司令部关于查办学生捣毁民国日报馆事宜的电》,1943年5月14日,国立中正大学档案 J037-1-00695-0147,江西省档案馆藏,第147—148页。

要求"对于该校学生行为及其往来友朋特加注意,外来信件,亦应加以检查,以杜隐患。倘有疏虞,该校长应负全责"[1]。江西临时省会泰和的气氛,骤然紧张起来。

中正大学校方此时也意识到形势的严峻性。学校负责人一面极力告诫学生勿再轻举妄动,一面与有关部门沟通,澄清事实。5月17日,中正大学电复泰和警备司令部,表示"此次事件纯系出于青年学生激于一时公愤,绝无其他任何作用。现该报等竟公开攻讦,意图扩大,本校除严饬学生静候解决外,相应电复,即希查照为荷"[2]。18日,校方深知该事件已难再隐瞒,为防止教育部听信报社一面之词,乃急电教育部部长陈立夫。除陈述事件原委外,电文特别指出两报"不凭事实,妄加宣传,实乱听闻"[3],并强调学校已采取相关举措,学生未再有任何举动。在此之后,罗廷光等又向尚在重庆的胡先骕发出电报,请胡氏速向中央及教育部申述,并指示善后办法。

(三)胡先骕的两难处境

重庆方面,胡先骕接到电报后,当即宴请在渝的民国日报社社长冯琦,借此缓和局面。此时蒋介石也已得知报社被毁的消息,勃然大怒,命陈立夫、朱家骅前往泰和调查,同时亲下手谕,要求严惩肇事学生。显而易见,中正大学学生捣毁党报报社的举动是对蒋介石"政教合一"理想的绝大讽刺,无怪乎其如此恼怒。胡先骕的校长职位,也因此有不保之虞。

在重庆处理完静生生物调查所的事务后,胡先骕于6月2日匆匆赶回学校。回校后,胡先骕首先找来带头捣毁报社的学生,详询事件经过。6月3日下午,胡先骕召集全校师生训话。有学生回忆:"是日天气晴和,我们的心情都十分沉重。胡校长却一如既往,慢吞吞地叙述重庆之行……停了一会儿,胡校长掏出一张条子,提高嗓门说,这是蒋委员长的命令:'着中正大学校长

---

[1] 《江西省教育厅关于查明捣毁民国日报等国立中正大学肇事者的密令》,1943年5月15日,国立中正大学档案 J046-1-00167-0003,江西省档案馆藏,第4—7页。

[2] 《国立中正大学关于解决学生与江西民国日报纠纷的电》,1943年5月17日,国立中正大学档案 J037-1-00695-0149,江西省档案馆藏,第149—151页。

[3] 《国立中正大学关于调解民国日报与学生纠纷的电》,1943年5月18日,国立中正大学档案 J037-1-00695-0142,江西省档案馆藏,第142—144页。

迅即返校,惩办为首学生。'怎么惩办你们,不惩办你们惩办我!都是我教育无方,使你们闯下大祸,我引咎辞职。……对你们还是要作点处分,凡是去打了报社的,签上一个名,不必说明年级系别,各人记大过一次,不取消你们的战区学生贷金,不影响你们的毕业,不影响你毕业后找工作。"[①]在场学生深为感动,事件参与者主动走到礼堂两侧的桌前签名。事后,胡先骕通过电报向教育部长陈立夫汇报,表示事情经过与此前电报所述相符,"除对全体学生,严加训诫外,并由当日曾参加此纠纷之学生一百二十七名,签名自首,予以记过处分"[②],并强调对学生的惩处已得到江西省党部主任委员梁栋及省主席曹浩森的认可。在强势的政府与热血的青年之间,胡先骕最终选择了站在学生一边。此举固然赢得了师生的尊敬,却不能令蒋介石满意。由于事发时胡先骕本人并不在校,教育部或碍于情面,未立即撤去其校长职位。

事后来看,"《民国日报》事件"的发生在很大程度上出于偶然,但其中所反映的诸多问题却具有一定的普遍性,值得进一步探讨。

首先,在学生培养层面,胡先骕依旧延续了东南大学的传统,强调弘扬人文精神,然而,"《民国日报》事件"的发生,在一定意义上象征着这一理想的破灭。青年学生捣毁报社的举动,依稀令人联想起五四运动"火烧赵家楼"的场面。此种非理性行为显然有悖于校方及社会对大学生的期许。并且,以《野玫瑰》等为代表的白话文学在学生群体中的流行,也表明胡先骕对古典诗文的提倡未能在中正大学取得成功。此外,由于战时经济困难,中正大学教师群体事实上亦自顾不暇。以5月13日的校务会议为例,校方一面在商讨如何处理此次意外事件,另一面则需要应付教师欠薪的问题[③],即此可见中正大学教职员生计之窘迫。在此情况下,学校的办学成绩也势必受到影响。

其次,在地方政府层面,由于身处战局之下,政治神经尤为敏感,在此次

---

① 邹嗣奇:《捣毁〈民国日报〉冲击省党部事件始末》,聂国柱主编:《国立中正大学》(《江西文史资料》第五十辑),南昌:出版社不详,1993年,第63—64页。
② 《为将本校学生与江西民国日报纠纷一案处理办法详呈鉴核由》,1943年7月9日,国立中正大学档案J037-1-00695-0135,江西省档案馆藏,第135—136页。
③ 参见《国立中正大学校务会议第二十六次会议议事录》,1943年5月13日,国立中正大学档案J037-1-00565-0058,江西省档案馆藏,第59页。

事件中有了集中体现。对于"《民国日报》事件",地方当局关注的焦点并非报社的物质损失,而是奸伪势力的渗透。有学生指出,此次事件发生后,当局在中正大学所在地杏岭大量安插特务,密切探视学生行动①。此举凸显了地方当局对学校的不信任,更加深了学生与政府之间的对立。除此之外,地方政府掌握了媒介舆论,使得报社记者有恃无恐,学校的诉求则难以得到充分表达,这一局面也给胡先骕的办学增添了诸多阻力。

最后,在中央政府层面,胡先骕的办学理念和实践与蒋介石的预期有较大差距,"《民国日报》事件"后,蒋介石对胡先骕的印象更是大打折扣。1943年9月,熊式辉在向蒋介石汇报时指出:"中正大学校长胡先骕甚不相宜,不但不能望其照着该校最初创立的理想去做,恐怕望其办成一普通大学亦不可得。深悔前次推举之不当。"蒋回答道:"诚然,胡乃一不识事之书生。"蒋随即询问继任人选,熊式辉遂推荐吴有训、萧蘧二人。② 这一段对话颇值得玩味。在蒋介石看来,理想的大学应当是"政教合一"的"革命"干部学校,其次才是一般意义上的多科大学;作为大学校长,也应当善于"揣摩上意",不能仅凭书生之见办理教育。今日看来,此种书生意气,正是胡先骕的可敬与可爱之处。然而,由于国立大学校长的任命权在当局手中,胡先骕对肇事学生的宽大处理,事实上意味着将自己推向去职的边缘。

一波未平,一波又起。1943年6月,胡先骕到赣州龙岭分校考察办学情况,此时在赣南主政的蒋经国提出将中正大学迁至赣州,试图以此作为后备人才基地,培植个人势力。胡先骕以迁校困难为由,婉言拒绝。如此一来,胡先骕同时开罪于蒋氏父子二人,校长职位已岌岌可危。1943年年底,中正大学校内伤寒流行,病者百余,死者十余人,当局遂以此为借口,要求胡先骕去职。1944年春,胡先骕向教育部递交辞呈,不久即获批准,由萧蘧接任中正大学校长。

---

① 参见黄克敏:《往事十忆》,聂国柱主编:《国立中正大学》(《江西文史资料》第五十辑),南昌:出版社不详,1993年,第29—30页。

② 熊式辉:《海桑集——熊式辉回忆录(1907—1949)》,香港:明镜出版社,2008年,第427页。

意味深长的是,辞职后胡先骕曾有文章回忆东南大学,对当年的校长郭秉文多了几分同情与理解。文章写道:"其接人以和,领导学生宽而有礼,处理校务井然有条……其与江苏教育会诸领袖如黄任之(黄炎培——笔者注)、沈信卿(沈恩孚——笔者注)、袁希涛诸氏接近,及与江苏督军齐燮元周旋,实主持校政者不得不尔之事,不足为诟病也。"①在中正大学校长任上,胡先骕试图将民族文化与政治作更紧密的联结,最终难逃被政治力量左右的命运。这既是胡先骕个人的不幸,也是时代的不幸。

---

① 胡先骕:《梅庵忆语》,《子曰丛刊》第4辑,1948年,第20页。

第六章
曲终人散:"学衡派"的谢幕

全面抗战期间,"学衡派"在浙江大学、中正大学等高校均取得了一定的成绩。然而,内部的裂痕却成为"学衡派"的隐忧。抗战胜利后,五四"新文化派"领袖胡适被任命为北京大学校长,"学衡派"主将梅光迪却病逝于贵阳,两派实力的对比再度发生变化。此后国民党悍然挑起内战,高校的办学大受影响,命运也再次向"学衡派"提出了严峻的挑战。

一 萧墙之内:"学衡派"的隐忧

在胡先骕于1944年辞去中正大学校长一职时,吴宓正在筹划前往时在遵义的浙江大学讲学。对于吴宓在浙大讲学的盛况,前文已有论及。事实上,此次讲学并非一时兴起,而是另有因由。

抗战期间,吴宓几度有改就浙大的打算,最终均以爽约告终。在某种意义上,1944年的讲学可视作对浙大的一种补偿。那么,吴宓为何会数次出尔反尔呢?此处涉及"学衡派"内部的问题。

吴宓之所以在前往浙大任教的问题上犹豫不决,最大的顾虑是担心与梅光迪不能相容。吴宓工作勤恳,但性格过于古板偏执。梅光迪则颇有傲气,容人之量未宏。因此,当吴宓在1940年暑间致信浙大诸友,表示愿往之意时,梅光迪起初并不赞同。吴宓这边,对二人颇有了解的汤用彤也认为此举不甚妥当。最后,当梅光迪被郭斌龢等人说服,同意发出聘书后,吴宓却又反悔了。经过几番斟酌,吴宓认为,留在西南联大对"学衡派"的事业未必不是好事。他在致郭斌龢等人的信中说道:"宓留联大可为浙大之驻外代表,招纳人才,报告消息。可自由独立讲学,感化昆明一部分少年学生。可免与迪冲突,两感不快。兼可伺 F. T.(陈福田,时任西南联大外文系主任——笔者注)之隙,在清华待时而重起。以上均为吾侪之全盘志业着想,故非为雄图大略而出兵进取。(西北目前形势不宜。)实不宜轻弃清华而去联大。"①

此说看似有理,但事实上,吴宓连自己也未能说服。1942 年,吴宓又再次动念,希望前往浙大任教。这一次,又遭遇了类似的情形。郭斌龢在致吴宓的信中指出:"梅近两旬来晤弟时,从未及长兄,其心理可知。"②梅光迪显然不乐意吴宓来到浙大。加之吴宓从他处听闻梅光迪主持浙大文学院不力,玩忽怠懒,吴宓最终打消了前往浙大的念头。

客观而言,吴宓在西南联大的确颇不得志。如学者所言,吴宓与陈福田分别代表了"雅"与"俗"两种风格:"吴先生沟通了东方的孔子和西方白璧德的人文主义思想,陈先生却主要是向东方传播了西方的人道主义世俗思想。"③因此,两人的矛盾不仅仅是人事上的摩擦,更是思想观念上的冲突。郭斌龢即向吴宓直言:"弟等盼兄来此,其最大目的,在创办刊物,负起指导学术思想之重任。兄一生光荣在办《学衡》。自入清华,即渐消沉。清华生活,于兄害多而利少。……兄不来,吾辈即缺一勇毅精勤之指导者。为不可补救之损失耳。"④可以推断,若吴宓能前往浙大,与其他"学衡派"成员形成合力,成绩当更为显著。

---

① 吴学昭整理注释:《吴宓日记》(第七册),北京:生活·读书·新知三联书店,1998 年,第 203 页。
② 吴学昭整理注释:《吴宓日记》(第八册),北京:生活·读书·新知三联书店,1998 年,第 364 页。
③ 许渊冲:《追忆逝水年华——从西南联大到巴黎大学》,北京:生活·读书·新知三联书店,1996 年,第 90—91 页。
④ 吴学昭整理注释:《吴宓日记》(第七册),北京:生活·读书·新知三联书店,1998 年,第 207 页。

在延聘吴宓这一问题上,梅光迪的消极应对也令人不满。在1942年8月致吴宓的信中,郭斌龢以婚姻作比,表达了自己的看法:"天下事勉强不得。回娘家固是乐事,但须看此娘家由何人当家。在弟未完全当家时,长兄不必作离婆家之想。"①显然,郭斌龢认为自己更有能力团结"学衡派"诸成员。

此外,梅光迪生性疏懒,在一些行政工作上未能用心,也是不争的事实。曾在浙大外文系就读的茅于美指出:"梅先生对于开会、签字、盖章,甚至校中助教、讲师的年限升格都不大注意。他对治学专精,什么事似乎都不能分他的心。"②事实上,浙大外文系的确发生过青年教师因课时分配不均而罢教的情况③。茅于美本意是为梅光迪开脱,但作为院长兼外文系主任,梅光迪似难辞其咎。可以想见,在浙大文学院内部,梅光迪恐难孚众人之望。

除与吴宓存在纠葛之外,梅光迪与同为"学衡派"的张其昀之间亦缺少交流。两人文化立场基本一致,但政治立场则不尽相同。梅光迪始终强调学术独立,不希望教育受到政治过多的干扰。1942年年底,浙大外文系助教冯斐因被怀疑加入共产党而被捕,梅光迪不仅与竺可桢一道做担保,且在此后提出推荐冯斐出国深造,并未因此心存芥蒂④。即此可知其维护学术自由的立场。与此相反,抗战期间张其昀对政治活动日益热心,先是经陈布雷介绍,在1938年加入国民党,此后又担任三民主义青年团第一、二届中央干事及常务干事。

值得留意的是,在由张其昀发起创办、以浙大文科教授为主要作者群的《思想与时代》杂志上,梅光迪生前并未发表过文章。《思想与时代》一般被视作"学衡派"的刊物,在当时颇有影响。然而,与《学衡》独立办刊的情况不同,这份刊物背后有蒋介石的资金支持。梅光迪不愿在此发表文章,想必是对该刊的政治立场持保留态度。在这方面,吴宓与梅光迪的立场较为一致。得知

---

① 吴学昭整理注释:《吴宓日记》(第八册),北京:生活·读书·新知三联书店,1998年,第364页。
② 茅于美:《敬悼梅光迪先生》,《东方杂志》第42卷第2号,1946年,第60页。
③ 参见冯斐:《流亡日记:大学·青年·女教师》,出版地不详,1992年,第189页。
④ 参见竺可桢:《竺可桢全集》(第8卷),上海:上海科技教育出版社,2006年,第443页。冯斐:《流亡日记:大学·青年·女教师》,出版地不详,1992年,第326页。

《思想与时代》获得蒋介石资助后，吴宓追怀自己早年经营《学衡》"不为名利，不受津贴，独立自奋之往迹。不觉黯然神伤已！"①可见吴宓更为强调刊物资金的独立。《思想与时代》共出版53期，吴宓亦仅应张其昀之约发表过一篇文章。由此可知，"学衡派"内部由于政治立场的分化，也隐然产生了隔阂。

二　梅光迪病逝与"学衡派"的再度分裂

1944年，梅光迪被诊断出患有心脏病②，对梅光迪本人及浙大文学院而言，这一突如其来的病情着实令人措手不及。为了不耽误学生的课业，梅光迪在养病之外，仍坚持处理院务工作，同时上课不辍。1945年12月，正当全国军民怀着抗战胜利的喜悦之情展望未来时，梅光迪却因肾炎发作被送往贵阳救治，生命堪虞。

作为浙大文学院院长，梅光迪或许称不上成功，但在病重之际，梅光迪惦念的仍是国家的前途与个人的职守。在医院服侍的梅光迪夫人回忆："在生命的最后几周里，他谈了很多——无论是在睡梦中，还是在醒来时，是在神志清明之时，还是在神志不清的时候——谈到了国家的需要、世界的需要，甚至是学生们的学习方法，语法的纠正、句子的组织、助动词的使用，等等。"③面对生与死的考验，梅光迪用生命书写出人格的光辉。

1945年12月27日，梅光迪病逝于贵阳。更让人始料未及的是，围绕文学院院长的继任人选问题，郭斌龢与张其昀之间产生了龃龉。

---

①　吴学昭整理注释：《吴宓日记》（第八册），北京：生活·读书·新知三联书店，1998年，第176页。

②　据梅光迪夫人梅李今英回忆，梅氏的病症主要是因担忧家人而起。全面抗战爆发之后，梅光迪将家人安置到了香港，自己则追随浙大西迁。1941年12月，珍珠港事件爆发，日军继而攻占了香港。而此时，梅夫人与四个孩子尚在岛上。得知这一消息之后，身在贵州遵义的梅光迪忧心如焚，日夜辗转难眠，健康因此受到影响。梅夫人与子女此后设法逃出了香港岛，跋涉千山万水，最终平安抵达遵义。参见 Ida Ching-ying Lee Mei, *Flash-backs of a Running Soul*, Taipei: Chinese Culture Univ. Press, 1984, p.132.

③　Ida Ching-ying Lee Mei, *Flash-backs of a Running Soul*, Taipei: Chinese Culture Univ. Press, 1984, p.152.

在梅光迪病重期间,一直由郭斌龢代理文学院院长,但校长竺可桢更属意的人选却是张其昀。1946年1月10日,竺可桢在日记中写道:"四点,余晤郭洽周,告以文院院长拟聘晓峰主持,请洽周任外文系主任,祝廉先为国文系主任。自迪生病后,一切由洽周代理,故不请渠为院长渠甚惊异。但洽周主持国文系成绩欠佳,内部缪彦威与王驾吾、郦衡叔意见不洽,渠不能调和……欲使文院发展,自以晓峰为宜。"①次日,"洽周来,交文学院印鉴。渠对于迪生过后未请其任文学院院长心颇怏怏,因迪生夫妇素属意于洽周能继任也"②。文学院院长一职最终由张其昀接任。在诸人的劝说下,郭斌龢勉强接受了外文系主任的职位,但去意已萌。

关于郭氏的动向,吴宓也很快得知了消息。在写给武汉大学刘永济的信中,吴宓谈道:"宓下学年必任教武大,决不失约……又龢似不宜轻弃浙大外文系主任而到武大,致成集中而孤立之形势。"③可见郭斌龢已与吴宓商量过辞职事宜,吴宓却担心"学衡派"势力的集中会引来非议。1946年5月,浙大师生开始分批返杭。郭斌龢未随校回杭,而是先回江苏探亲,继而拟应武汉大学之聘,但最后却留在了中央大学。

在此期间,郭斌龢与张其昀有信札往还,真实地反映出二人的心态变化。现将所存的三通摘录如下④:

晓峰吾兄大鉴:

别后忽已逾月,临行承相送,至感 厚谊。弟五月十八日抵汉口,廿五日搭江新轮东下,廿八日到京,留京仅一日,晤赞虞兄,其他

---

① 竺可桢:《竺可桢全集》(第10卷),上海:上海科技教育出版社,2006年,第11页。人名简释:郭洽周→郭斌龢,晓峰→张其昀,祝廉先→祝文白,缪彦威→缪钺,王驾吾→王焕镳,郦衡叔→郦承铨。
② 竺可桢:《竺可桢全集》(第10卷),上海:上海科技教育出版社,2006年,第11页。
③ 吴学昭整理注释:《吴宓日记》(第十册),北京:生活·读书·新知三联书店,1999年,第18页。
④ 《浙大文学院有关人事上的部份名册及私人来往信件》,国立浙江大学档案 L0-2006-002-0010,浙江大学档案馆藏,第147—156页。人名简释:赞虞→缪凤林,弘度→刘永济,孟实→朱光潜,尊生→黄尊生,德望→田德望,石庵→楼光来,雪桥→范存忠。

均不及奉访。卅一日到家,入门呼母不应,抚棺痛哭。连日亲戚故旧访者踵至,应接不暇,颇觉劳倦。五月廿四日 手书及聘书昨晚奉到,谢谢。武大方面,弘度、孟实两兄因外文系教授仅余一二人,约弟以休假资格往教一年,其意甚诚,其事甚迫。彼此均系多年老友,未便坚拒,但尚未完全决定耳。……弟与 兄相交二十年,同心若金,攻错若石,非泛泛者可比,假定弟暑后往武大一年,与 兄赴美情形相似。且浙大与武大为兄弟学校,藉此可以联络,于浙大、于浙大文院均有裨益。外文系规模已立,人事又无问题,弟离去一年,有 兄主持,彼此仍可通信商量,并无不便。知我如 兄,当荷鉴原。……敬颂

俪安

弟 郭_制斌龢顿首
六月十二日

洽周吾兄大鉴:

前上一书,许久未蒙示复,曷胜驰念。应聘书想已迳寄杭州,而友朋传述仍有 兄拟赴武大之说,弟实一刻不能相信。曩承 枉驾敝舍长谈,勉以金石之交,并以曾左风义相喻,释然于怀。言犹在耳,想不忍恝然置之,否则外人不明真相,总以为吾二人不睦。此为吾辈事业,为文学院,为浙大前途,为南高学风均有损害。尊生兄尝谓吾二人合则双美,离则两伤,凡爱我者无不无此看法(原文如此——笔者注),惟播弄者恐非绝无其人,吾辈岂可为亲者痛仇者快。……据德望兄言,朱孟实兄鉴于北方时局,决定不去北大, 兄更无赴武大之理由。希望 兄明年可得休假一年,则一切均圆满矣。(此信后半散佚——笔者注)

晓峰吾兄大鉴:

迭奉来教,意气勤勤恳恳,曷胜感激。弟返里后忙于整顿家乡之

梁丰学校……各处函札未能早复,私衷至歉。弟以石庵、雪桥两兄坚邀回中大任教,可以离家更近,照料梁丰学校,已应聘矣。人生离合半由偶然,行云流水,亦无所用心于其间。 尊生兄所云,以弟看来,适得其反。西谚有云,Absence makes hearts grow fonder,弟与吾兄之交谊,亦如此也。……敬颂
著安

弟 郭制斌龢顿首
八月三日

郭斌龢、张其昀二人早年均在南高师就读,20 世纪 20 年代同在《学衡》发表文章,最后却因人事上的纷争而分道扬镳,可谓世事难料。此后佘坤珊接任浙大外文系主任,郭斌龢则赴中央大学任教,在历尽风浪之后,晚年复以移译《理想国》名世;张其昀则渡海赴台,官至"教育部部长"——这已是后话了。

三 "学衡派"与武汉大学

回头再说吴宓。结束了 1944 年在浙大的讲学之后,吴宓接受了燕京大学的聘请,来到时在成都的燕大任教。由于 1945 年底的吴宓日记现已散佚,梅光迪病逝时吴宓有何反应,现已不得而知。不过,在一年之后,吴宓曾以"梅迪生艰逝播州城,胡适之荣长北大校"[1]来概括这一时期两派势力的消长,其心迹已表露无遗。

对吴宓而言,成都的生活虽较为安适,却不能令人满意。在吴宓看来,成都的学术氛围不够浓厚。此外,对于燕京学生倾心新文学的风气,他也颇感失望:"彼等多欲译鲁迅等之作为英文,而不肯为英国文学之真切研究。此燕

---

[1] 吴学昭整理注释:《吴宓日记》(第十册),北京:生活·读书·新知三联书店,1999 年,第 174 页。

京之缺点也。"[1]在此情形之下,吴宓遂有改就他校之想。几经考虑之后,吴宓决定前往武汉大学任教。

1946年8月7日,正在准备动身之际,吴宓忽然接到张其昀来函,遂当即回信。此信未收入已出版的《吴宓书信集》,现将全文照录于下[2]:

晓峰学兄惠鉴：

七月二十九日　手示敬悉，尊驾留美讲学二载,声光烂然,而《思想与时代》续出不衰,内容充实,宓并深欣佩。迪兄逝世,吾党同悲，兄起而继承领导,益发挥光大二十余年来东南文史之崇正学风,可谓正得其人,宓亦殷切瞻望。宓个人对浙大素具特别感情,而竺校长屡次优礼敦聘,亦兄之所熟知。宓曾于五月十七日　上覆竺校长一函,寄遵义该函并及舍表嫂京寓木器交付之事,求　竺校长转饬代表人勿任意逼索。此函　兄想见及。当时宓尚未十分确定今后行止,故云拟暂回清华。六月中,忽奉　竺校长自京（或渝）来电,命宓下年到杭任教浙大。电文简短,未说明拟命宓为外文系教授抑兼主任（似不兼主任）。近顷（清华而外）来聘宓者；（一）浙大；（二）武大外文系主任；（三）云南大学文学院长,尚有川大与华西；（四）山西大学文学院长。而以武大去春以来三致聘书,今春约往乐山该校讲学,且文学院长刘弘度兄（永济）本年六月来渝久居,情意殷切。最近复以朱光潜先生之荐举,武大又来敦聘,故弟已应聘,决辞清华而往武大,顷正布署行事,半月内离此,迳赴武昌（以后函寄武大）。他年再图践浙大之凤约。祈　兄婉陈　竺校长,并代致谢为幸。宓生平取友,惟以理想志业为归,既不知学校派别,更不计私人恩怨,尤望同志同道之人,能广大合作,万勿因有所执而分歧。前年十月宓到遵义,住二旬,承

---

[1]　吴宓：《致吴学淑、李赋宁等》,吴学昭编：《吴宓书信集》,北京：生活·读书·新知三联书店,2011年,第259页。
[2]　《浙大文学院有关人事上的部份名册及私人来往信件》,国立浙江大学档案 L0‑2006‑002‑0010,浙江大学档案馆藏,第138页。人名简释：香曾→费巩,傅怒庵→傅雷。

校长及新交旧友,款待殷渥,宓极欣喜。当时认浙大确为群贤所聚,但知国文外文系内,不无畛域隔阂。宓当时曾共驾吾衡叔香曾等款洽,亦曾私劝彦威,乃竟不免异道扬镳,实可惋惜。彦威在华西之聘,乃由胡厚宣言之于先,宓促成于后。彦威素不习江浙风土人情,在华西尽可安居乐业,但蜀俗浮华,士好玩乐而不悦学,非讲学之地耳。谢文通来函,知已就北大。洽周亦到武大(非由宓介)。浙大外文系需人,则周煦良兄实为佳选。(上海,吕班路,巴黎新村,四号,傅怒庵转。)煦良现为光华外文系主任,未知彼于沪杭何择耳。李哲生(思纯)已接到浙大聘书,并与宓谈及,极愿到浙大。但川大系两年聘约,今年未完,又将以国大代表再来京沪。究应如何办法,可直函商。(此次　尊函,当即转示哲生。)今在浙大曾由宓介荐来校者,有国文系之张志岳与外文系之张君川,二人性情不同,但望　尊处能一体爱护而保全之。再,梅夫人(李今英)处,有迪兄所遗之英文白璧德师传"Irving Babbitt: The Man & the Teacher"。此书宓拟译(节选)为汉文,以登《思想与时代》(或他志)。梅夫人如愿借宓再读且译,请　兄取得,妥为邮寄至武大(九月十日以后,乃始寄出)为幸。此请

文安

　　　　　　　　　　　　　　　　　　　弟　吴宓顿首
　　　　　　　　　　　　　　　　　　　八月七日,成都

在这封信的开头,吴宓提到了《思想与时代》杂志。由于经费拮据等原因,该刊于1945年停刊,后又在1947年复刊。张其昀在信中想必提及了复刊的计划,故吴宓有"《思想与时代》续出不衰"之语。信中提到的"Irving Babbitt: The Man & the Teacher"(与原书名略有出入,当系吴宓误记),即为吴宓到浙大讲学时曾寓目的白璧德纪念文集。在《思想与时代》后来刊出的"梅迪生先生纪念专号"当中,有张其昀所撰写的该书书评[1],可知吴宓未能借到此书。不

---

[1] 张其昀:《白璧德——当代一人师》,《思想与时代》第46期,1947年,第24—27页。

过,吴宓所编制的《一多总表》被排在了这一期的第二篇,列于梅光迪的遗作《卡莱尔与中国》之后,仍可见其在"学衡派"当中的核心地位。而"一"与"多"的哲学,正是吴宓三年前在遵义浙江大学的讲题之一。

从该信内容来看,吴宓之所以辞浙大而就武大,除了浙大未能聘请其担任外文系主任之外,更为重要的原因是武汉大学文学院院长刘永济的邀请。刘永济也是"学衡派"的一位重要成员,早在20世纪20年代即与吴芳吉等创办《湘君》杂志,与《学衡》互为呼应,其间也有诗文在《学衡》发表。在吴宓的举荐之下,刘永济于1927年赴沈阳东北大学任教,后转入武汉大学。抗战爆发后,刘永济曾在浙大短暂执教,此后又返回武大。除刘永济之外,武大文学院教员当中如程千帆、沈祖棻伉俪与吴宓早已熟识,对其立场亦持同情态度。

1946年8月底,吴宓顶着酷暑来到武昌。甫抵武汉大学,便大失所望——刘永济此时正在长沙探亲,并未留在学校等候吴宓。这一尴尬的场景,仿佛为吴宓此后在武大的时光定下了一个不愉快的基调。吴宓在武汉大学执教两年,先后讲授"英国浪漫诗人""文学与人生""世界文学史""文学评论"等课程[①]。在此期间,吴宓对武大的学风并不满意。相比于燕京大学,武汉大学的青年学子对新文学的热忱有过之而无不及。在日记中,吴宓记下了其中的尴尬一幕:"徐本炫、刘万寅二生来见。嫌宓所讲太浅近,又嫌宓不读中国新文学作品。……宓滋不怿。盖宓在武大恒觉未能尽我之所长,发挥正道,作育英才。而诸生懒惰不好读书,愚暗凡庸,反讥宓为不合时宜。"[②]他似乎并未察觉到,时代的风气已悄然转变。反倒是当年曾在武汉大学就读的齐邦媛,一语道破了学生的心态:"一九四七年的学生多是忧心忡忡……不如上一代那样能单纯地追求被称为'现实主义的道德家'的理想。"[③]国内战事正酣,大学亦为政治所裹挟,又哪能放得下一张平静的书桌?

---

① 参见吴学昭:《吴宓与陈寅恪》(增补本),北京:生活·读书·新知三联书店,2014年,第318页。此外,另一位"学衡派"成员景昌极也曾于1946—1947年在武汉大学短暂执教。

② 吴学昭整理注释:《吴宓日记》(第十册),北京:生活·读书·新知三联书店,1999年,第490页。

③ 齐邦媛:《巨流河》,北京:生活·读书·新知三联书店,2010年,第165页。

另一方面，作为外文系主任，吴宓又难免要处理各项琐务，这也显然非其所长。1948年7月，刘永济不慎严重摔伤，改由吴宓代理文学院院务。回想此前"学衡派"的几次受挫，吴宓不禁深为忧虑："昔1923东南大学之刘伯明殁，1945浙大之梅光迪殁，及1930东北大学之汪兆璠黜；皆以一人去而全局毁，贤友星散，景象全非。今济病伤久不平复，则武大又非吾侪可以致力行志之地。"①作为"学衡派"的核心人物，吴宓本人又缺乏行政才干，难以担当领袖群伦的大任。所幸刘永济不久即康复，武汉大学文学院也随之恢复了正常秩序。

值得一提的是，任教武汉大学期间，吴宓受聘担任上海正中书局《牛津英汉双解字典》总校，于1947年10月到宁、沪两地主持该字典的校译工作。故地重游，免不了一番感慨。在南京，吴宓见到了阔别许久的楼光来、郭斌龢、柳诒徵等旧日师友。因工作之故，吴宓又拜访了昔日东南大学英语系主任张士一。张氏头发已白，精神却极健。言谈之间，吴宓不禁回想起当年与梅光迪同张氏周旋的情景，往事历历在目，转眼却已物是人非。到上海后，吴宓探望了寓居于此的家人与亲友。吴宓生父芷敬公此时年逾七十，老态龙钟，早已安排好了身后之事；嗣母雷氏则罹患疯疾，卧病在床，时常神志不清。如同其他饱经忧患的中国家庭，吴家的遭际也深深地刻上了战争的印记。睹此情景，吴宓更是心痛不已，深愧未能恪尽孝道。

如前所述，吴宓在武汉大学任教期间并不安心，未能与刘永济齐心合力，重树"学衡派"的声望。究其原因，一方面固然是学校环境未能尽如人意；另一方面，也是吴宓本人易于冲动的性格使然（事实上，在清华与西南联大期间，吴宓也同样是牢骚满腹）。1949年春，吴宓更是做出了一个让人不解的决定。在向武汉大学辞行之后，吴宓并未返回清华，而是来到了重庆北碚。这一时期的吴宓日记早已不存，从相关书信来看，吴宓此前已有到重庆、成都讲

---

① 吴学昭整理注释：《吴宓日记》（第十册），北京：生活·读书·新知三联书店，1999年，第393页。

学的约定,因而先行前往重庆,在相辉与勉仁两所学院授课①。吴宓本打算在短期讲学之后,即前往成都文教学院与四川大学任教,奈何时局动荡,最终滞留北碚。至此,"学衡派"已是风流云散。

---

① 参见吴宓:《致吴协曼》,吴学昭编:《吴宓书信集》,北京:生活·读书·新知三联书店,2011年,第349—350页。

结　语

对于漫长的中国历史而言,"学衡派"的存在犹如流星之闪现。然而,"学衡派"留下的教育遗产并未因时间的流逝而磨灭其价值。本章拟从教育思想与实践两个层面展开探讨,一方面将"学衡派"放在中西人文教育传统这一历史脉络中进行审视,另一方面将其置于近代中国大学教育的政治—文化语境之中,分析其教育成就与局限,以求对"学衡派"在近代中国大学教育史上的地位做出总体的评价。

一　"学衡派"的人文教育理念剖析

"学衡派"所倡导的人文教育涵盖内容甚广,本节拟从三个方面对其教育理念展开剖析:(一)"学衡派"成员人文教育理念的共性与个性;(二)上述理念随时代演进而产生的流变;(三)"学衡派"与五四"新文化派"教育观的异同。

纵观"学衡派"成员对于人文教育的论述,"人格完善"与"文化传承"或可作为两个关键词。受白璧德新人文主义思想的影响,"学衡派"对人性持善恶二元论,并由此引导出"为人之道"与"物质之律"的区别。吴宓强调:"人文教育即教人以所以为人之道,与纯教物质之律者相对而言。"①对于人格教育的内涵,"学衡派"成员多有阐述,如梅光迪强调发展"德慧智术",吴宓主张"情智双修",郭斌龢主张培养"通德通识"等,涉及品德、理智、情感等多个方面。"学衡派"尤为推崇以孔子为代表的先秦儒家的人格,认为"人文主义之理想为君子之风"②,对忠、恕等传统德行亦多有褒扬。另一方面,"学衡派"极为重视教育在文化传承中的作用。吴宓即指出:"大学是保存人类精神文化的遗产的地方:一国一族有它自己光荣的文化遗产,全人类有全人类的公共产业……至于经史,乃是我国先贤精神文化的总结晶,凡是国民都应当了解,而大学里研究文史哲的同学,尤其应当诵读。"③在强调弘扬本国传统的同时,"学衡派"对外来文化亦持开放的态度。梅光迪即明确反对设立专门的"国学",指出"今日焉有不识西文之国学家? 焉有不治外国学问之国学家?"④此种包容的心态尤为可贵。

"学衡派"成员由于治学方向不尽相同,对人文教育的理解亦各有侧重。举例而言,梅光迪、吴宓主攻西洋文学,因而极为关注中西审美经验的异同及文学对于提高鉴赏力、陶冶性情的作用;柳诒徵、缪凤林主讲中国史,其重心在于传承中国文化、弘扬民族气节;郭斌龢、景昌极对哲学素有研究,两人均认为中国传统教育偏重人格陶冶,西方哲学偏重理智训练,二者恰可互补;胡先骕、张其昀极为重视科学与人文的会通,胡氏力主宏通教育,强调理工科学生应当具备一定的人文素养,张氏则提出"史地合一"的概念,同时积极倡导科学史研究。上述观点可谓各呈异彩,进一步丰富了"学衡派"的人文教育理念。

近代中国遭逢"三千年未有之变局",社会动荡不已,"学衡派"的教育主

---

① [美]欧文·白璧德撰,胡先骕译《白璧德中西人文教育谈》篇首吴宓按语,《学衡》第3期,1922年,第2页。
② 张其昀:《白璧德——当代一人师》,《思想与时代》第46期,1947年,第25页。
③ 吴宓:《大学之起源与理想》,杨德生主编:《西北大学教育理念文选》,西安:西北大学出版社,2004年,第74页。
④ 转引自沈卫威编著:《"学衡派"编年文事》,南京:南京大学出版社,2015年,"旨趣"第15页。

张亦随时代的变化而呈现出不同的特点,并直观地反映在《学衡》《国风》《国命旬刊》《思想与时代》等"学衡派"刊物当中。《学衡》的创刊正值五四运动之后,"打倒孔家店""以白话代文言"等主张流行一时。"学衡派"一方面试图矫正时人对于中国文化的偏见,强调儒家人文教育传统有其可取之处,另一方面极力反对在教学及文学创作中废弃文言,同时积极引介白璧德新人文主义学说,以对抗杜威实用主义教育主张。随着中日关系趋于紧张、民族情绪日益高涨,30年代的《国风》旗帜鲜明地提出了"新孔学运动"的口号,期望通过儒家文化凝聚人心,并提议将孔子诞辰日作为教师节,以表彰孔子对于中国教育的贡献。创办于全面抗战初期的《国命旬刊》则更进一步,将砥砺民族气节与爱国主义教育相联结,以求巩固"精神的国防",坚定抗战必胜的信念。40年代创刊的《思想与时代》高倡"科学时代的人文主义",试图重新反思现代科技的利弊,并积极探索科学教育与人文教育相结合的可能性。

"学衡派"与五四"新文化派"的对立与冲突是本书反复出现的主题,两派的教育、文化观在近代史上的确颇具代表性。笔者认为,两派的重要分歧有两点,其一是进步史观问题,其二是科学的功用与局限。在前一方面,梅光迪曾对胡适有过扼要的批评:"足下崇拜今世纪太甚是一大病根,以为人类一切文明皆是进化的,此弟所不谓然者也。科学与社会上实用智识(如 Politics、Economics)可以进化。至于美术、文艺、道德则否……"[①]这一冲突反映到教育上,则表现为前者因反对进步史观而提倡取法古人,后者因服膺进步史观而力求创新。在后一方面,五四"新文化派"认为,通过以科学方法整理国故即可"再造文明",对科学方法在人文学科中应用的限度认识不足,"学衡派"则更为强调文史哲等人文学科自身的特性,认为文学品味、道德修养等与科学无涉。在教育目的上,两派亦相互对立——前者强调训练专家,后者重视培育通才。当然,"学衡派"与五四"新文化派"亦并非全无共同语言。首先,两派均超越了短浅的功利主义,强调大学应当有超功利的一面;其次,两派均鼓

---

① 中华梅氏文化研究会编:《梅光迪文存》,武汉:华中师范大学出版社,2011年,第541页。

励自主研究,如胡适认为科学研究是"大学的灵魂"[1],"学衡派"主将刘伯明亦强调学者应当有"自由之心";最后,两派的观念均处在变化中,如傅斯年、罗家伦等五四"新文化派"学者在30年代亦开始有意识地提倡民族主义,在思想上与"学衡派"有更多的交汇[2]。与此同时,部分高等学府往往能兼容不同流派的学者,如西南联大教师群体中既有朱自清、闻一多等新派人物,也有吴宓、汤用彤等相对保守的教员,由此增进了两派学人的相互了解,进一步推动了不同观念的融合。

二 "学衡派"与中西人文教育传统

为进一步厘清"学衡派"的人文教育理念,或许有必要将其放在中西教育思想史的坐标系上加以考察。本节拟从两个方面对此做初步的探讨:(一)"学衡派"与儒家人文教育传统;(二)"学衡派"与西方人文教育传统。

笔者以为,"学衡派"对儒家教育传统的一大贡献是"人文主义"这一概念的辨析与使用。事实上,在同时代学人当中,多有将儒学视为"人道主义"者。举例而言,蔡元培认为,儒家教育思想与法国的人道主义思想有相通之处,"如子夏言'四海之内皆兄弟',张横渠言'民吾同胞',尤与法人所唱之博爱主义相合。是中国以人道为教育,亦与法国为同志也"[3]。借用白璧德的说法,"虽然人文主义者在很大程度上考虑到了同情,但他坚持同情必须用判断来

---

[1] 李运昌:《再造文明与教育革新——胡适高等教育思想研究》,河北大学博士学位论文,2010年5月,第154页。
[2] 值得附带一提的是,傅斯年1949年出任台湾大学校长之后,重新向儒家人文教育传统回归,要求所有台大一年级新生诵读《孟子》,可见傅氏晚年对自己此前的"唯科学主义"倾向有深刻的反省。参见王汎森著,王晓冰译:《傅斯年:中国近代历史与政治中的个体生命》,北京:生活·读书·新知三联书店,2012年,第222—225页。
[3] 蔡元培:《华法教育会之意趣》,中国蔡元培研究会编:《蔡元培全集》(第二卷),杭州:浙江教育出版社,1997年,第382页。

加以制约和调节"①。"学衡派"认为儒家重视培养"德慧智术",并非仅强调同情与博爱,故用"人文主义"加以比拟,这一诠释有其独到之处。一方面,它强调儒家不仅重视"爱人",更重视个人德性的培养。另一方面,它指出儒家既关注道德情感,同时也关注道德理性(如"妇人之仁"即不为儒家所赞许)。此外,"学衡派"主要成员当中,梅光迪、吴宓、郭斌龢等均以文学见长,并极力倡导文学教育。有研究者认为,"学衡派"实质上继承并发扬了儒家的诗教传统②,这一点颇值得注意。如梅光迪的撰述计划中,有《韩文公评述》《欧阳公评述》《曾文正评述》等书③,可见"学衡派"对"文以载道"这一儒家文学传统有自觉的继承,这与近代新儒家偏重义理之学的取向不尽相同,展现出儒学传统现代转化的另一条路径。

阐扬儒学的同时,"学衡派"对中国传统教育亦有所反思。梅光迪对于宋明理学即多有批评,认为理学家往往存在两大缺点,其一是割裂道德与文艺的联系,其二是修身过于拘谨④。柳诒徵认为,宋代理学尚注重阐求经义,明代理学则逐渐流于空疏⑤,可见柳氏对于理学空谈心性的一面亦有所不满。胡先骕认为,中国古代的教育方式的确存在严重问题:"吾国之教育,自昔即主从严,但图博极群书,不问学子之身体与智慧能否接受,从不知疲劳与学习有何关系。"⑥由此可见,"学衡派"已超越了"汉宋之争",对儒家教育传统有较为细致的辨析,同时又具有现代眼光,强调教育应当顾及儿童身心发展的特点。

通过引介白璧德新人文主义教育学说,"学衡派"与西方人文教育传统也建立起有机的联系。关于白璧德在西方教育思想史上的地位,有学者指出,白璧德与马修·阿诺德、赫钦斯(R. M. Hutchins)可视为保守性大学理想延续发展时期的代表人物,该阶段强调文化—社会取向,上承以纽曼(J. H.

---

① [美]欧文·白璧德著,张沛、张源译:《文学与美国的大学》,北京:北京大学出版社,2011年,第7页。
② 刘聪:《白璧德人文主义运动与现代新儒学》,《文学评论》2009年第6期,第118页。
③ 中华梅氏文化研究会编:《梅光迪文存》,武汉:华中师范大学出版社,2011年,第559页。
④ 参见梅光迪:《孔子之风度》,《国风》第1卷第3号,1932年,第8—9页。
⑤ 参见柳诒徵:《柳诒徵文集》(第七卷),北京:商务印书馆,2018年,第690—692页。
⑥ 胡先骕:《改革中国教育之意见》,《国闻周报》第14卷第9期,1937年,第9页。

Newman)为代表的宗教—道德取向时期,下启列奥·斯特劳斯(L. Strauss)、艾伦·布鲁姆(A. Bloom)等所代表的个人—理性取向的新思维时期[1]。在上述思想脉络中,白璧德对纽曼教育思想的继承与发展尤其值得关注。在纽曼发表关于大学理念的著名演讲的19世纪中叶,宗教的力量虽有所衰落,但在社会上仍有强大的影响力,因此纽曼明确指出,"大学的目的是理智的而非道德的"[2],希望大学与教会分别承担理智训练与道德训练的功能。在白璧德所处的20世纪上半叶,需要面对的则是建立在社会契约之上的道德相对主义状况,故白璧德试图以"文化"取代"宗教",重新确立道德的标准[3]。如研究者所言,白璧德希望造就的是具有高度道德修养与文化使命感的"精神贵族"[4]。显而易见,这一思想与中国儒家教育传统有极为契合的一面,因而易为"学衡派"成员所理解与接受。

在白璧德的指引下,"学衡派"成员对古希腊教育思想及马修·阿诺德的教育观有所探讨,同时对浪漫主义及实用主义教育哲学均有批判。郭斌龢认为,孔子之伟大在其品格,亚里士多德之伟大在其智慧,古希腊这一"爱智"的传统值得国人借鉴[5]。梅光迪着重介绍了马修·阿诺德对文学与科学的看法。在阿诺德看来,科学只是工具的智慧,文学方能使人领会为人之道[6]。对于以卢梭为代表的浪漫主义教育哲学,"学衡派"承认其有合理的一面,同时也指出不可过分迁就儿童的兴趣,否则将造成"儿童专制"[7]。此外,"学衡派"对近代流行一时的杜威实用主义教育哲学亦有所批评,其中缪凤林借用中国

---

[1] 参见王晨:《论保守性大学理想的来源、结构和发展》,《清华大学教育研究》2007年第6期,第7页。
[2] [英]约翰·亨利·纽曼著,徐辉、顾建新、何曙荣译:《大学的理想(节本)》,杭州:浙江教育出版社,2001年,第1页。
[3] 参见王晨:《保守主义的大学理想》,北京:北京师范大学出版社,2008年,第305页。
[4] 吴民祥:《人文之维与"精神贵族":欧文·白璧德大学教育思想评析》,《比较教育研究》2011第12期,第64页。
[5] 参见郭斌龢:《孔子与亚里士多德》,《国风》第1卷第3号,1932年,第43页。
[6] 参见梅光迪:《安诺德之文化论》,《学衡》第14期,1923年,第8页。
[7] 刘伯明:《教育与训练》,《新教育》第4卷第5期,1922年,第838页。

哲学的"体""用"之分，指出杜威乃是"以用为体"①。缪氏对《民主主义与教育》一书就多有指摘，认为该书存在诸多不足，如过于强调环境的作用、过分贬低贵族等等②。"学衡派"上述批评虽未必公允，但至少为时人理解实用主义提供了另一重视角，有助于打破盲目崇洋的心态。

三 "学衡派"与近代中国大学教育的政治—文化语境

"学衡派"成员大多成长于清末民初，继而求学异域，归国后执教于高等学府，见证并参与了中国的时代转折，其经历也在一定程度上折射出近代中国大学教育的政治—文化语境。所谓"语境"，其含义颇为宽泛，就本节而言，拟集中探讨两方面的内容，其一是政府的教育文化导向，其二是"学衡派"与五四"新文化派"势力的消长。为行文方便起见，笔者将本书所涉及的历史时段大致划分为1890—1921年、1922—1927年、1928—1936年、1937—1945年、1946—1949年五个阶段。

（一）1890—1921年

这一阶段可称之为"前《学衡》时期"，其间经历了由"帝制"到"共和"的政体转变，教育上同样多有革新。以梅光迪、吴宓、胡先骕为例，梅氏出生于1890年，吴宓与胡先骕出生于1894年，在其年幼之时，科举制尚未废除，故以上三人早年均在家庭或私塾当中接受传统教育。1905年废除科举之后，三人均进入新式学堂就读，接受的是中西合璧的教育。胡先骕所在的京师大学堂，梅光迪就读的复旦公学及梅、吴二人入读的清华学堂均为当时有代表性的学府。此外，书中涉及的三江（两江）优级师范学堂、求是书院等校亦有一定的典型性。值得注意的是，上述诸校当中，除清华之外，均呈现出"中西并重"的特点，即一方面讲授西学基础课程，另一方面强调学习中国传统文化，

---

① 缪凤林：《评杜威〈平民与教育〉》，《学衡》第10期，1922年，第1页。
② 缪凤林：《评杜威〈平民与教育〉》，《学衡》第10期，1922年，第9—11页。

可见"中体西用"之说在清末教育界有较为广泛的影响。

上述几位"学衡派"成员大抵在1911—1920年间赴美留学,前文对这一时期留美学生当中"科学之学"与"人文之学"两种求学取向的差异有所分析。前者提倡科学精神与科学方法,以任鸿隽、杨铨、赵元任、胡适等为代表;后者高扬人文精神,代表人物为梅光迪、吴宓、汤用彤、陈寅恪等。尽管留美学生对于民国初年的教育改革参与较少,但上述学人归国后均活跃于文化教育界,产生了广泛而深远的影响,其中对于"人文"与"科学"二者重要性的不同认识也成为此后"学衡派"与五四"新文化派"的一个重要分歧。

(二) 1922—1927年

1922年11月,北京政府颁行"壬戌学制",规定学校的修业年限采用"六三三制",并提出了"适应社会进化之需要""发挥平民教育精神""谋个性之发展"等七项教育标准[①]。由是观之,"壬戌学制"在一定程度上受到"新文化运动"及杜威来华讲学的影响,体现出浓厚的民主气息与鲜明的科学精神。正如研究者所言,在新学制中,"传统儒学受到根本否定,中国传统教育中的人文精神失落,向西方的科学主义倾斜"[②]。需要指出的是,由于这一时期政府处于弱势,新学制的颁行并未得到全国的立即响应。以书中涉及的东北大学为例,尽管"壬戌学制"已取消大学预科,东北大学这一时期仍采用预科制;在办学方针上,学校主持者更是极力维护儒家的正统地位,排斥"新文化",立场较为保守。

在高等学府层面,20世纪20年代前期呈现出北京大学、东南大学双峰并峙的局面。北大因五四"新文化派"的得势而给人以"激进"的形象,东大因"学衡派"的存在而加深了"保守"的色彩。然而,这一局面维持的时间极为短暂。1925年的"易长风潮"令东南大学严重受挫,北京大学则在1927年被强行并入京师大学校,折射出政潮激荡下高等学府脆弱的一面。

---

① 参见田正平主编:《中国教育史研究·近代分卷》,上海:华东师范大学出版社,2009年,第240页。

② 田正平主编:《中国教育史研究·近代分卷》,上海:华东师范大学出版社,2009年,第275页。

在这一阶段,由胡适发起的"整理国故"运动在高校当中产生广泛影响。就文中涉及的几个机构而言,北京大学研究所国学门在1922年成立,强调"以科学方法整理国故";1925年成立的清华国学研究院则由"学衡派"主将吴宓主持;东北大学亦专门开设国学系,以示对传统的重视。可以说,"整理国故"这一口号为新旧各派寻得了一个平衡点,"科学"与"人文"均能栖身其间。

(三) 1928—1936 年

随着南京国民政府的成立,政治与文化上的保守主义重新抬头。有研究者分析,国民党的新传统主义实质上是"中学为体,西学为用"论的翻版,"力图在保守儒家文化的基础上吸收若干西方文化因素,以支持国民党政治实践"①。这一立场在教育上则表现为重新表彰孔子、提倡读经,如国民党要员陈立夫即强调,经书为中国文明的结晶,"在现代亦不失其有重要之价值"②。

如此看来,国民党的文化立场与"学衡派"较为接近,照理说应当有利于"学衡派"在高校立足,实际情况却并非如此。有学者指出,"国民政府定都南京以后,中枢的势力分配,有一不成文的君子协定,即是教育部长、北京大学校长、中央研究院院长这三只宝座,乃是北京大学系的势力范围,别人是不许问津的"③。事实上,以五四"新文化派"为代表的北大师生在教育界的影响远不止于此。举例而言,北京大学原代校长蒋梦麟在1927—1930年担任国立第三中山大学(其间更名浙江大学)校长,后返回北大担任校长,并邀请胡适出任文学院院长;罗家伦在1928年出任清华大学校长,此后又于1932年出任中央大学校长;原北大教授王世杰于1929年出任武汉大学校长;中山大学的文科教师亦多出身北京大学④。相比之下,"学衡派"及其他出身东南大学的师生则未能造成如此大的声势,其中"学衡派"成员散布于东北大学、清华大学、中央大学等校,情形颇为困顿。

---

① 高华:《近代中国社会转型的历史教训》,《革命年代》,广州:广东人民出版社,2010年,第13页。
② 《陈立夫先生的意见》,《教育杂志》第25卷第5期,1935年,第39页。
③ 曹聚仁:《一段杂感》,《听涛室人物谭》,北京:生活·读书·新知三联书店,2007年,第133页。
④ 沈卫威:《"学衡派"谱系:历史与叙事》,南京:南京大学出版社,2015年,第312—313页。

（四）1937—1945 年

在全面抗战这一特殊时期，国民党极为注重在教育中弘扬固有文化道德，同时通过军事化、训导制、大学党团化等方式强化对大学教育的统制[①]。蒋介石更试图在中正大学试验"政教合一"的主张，培养忠于国民党的"革命"建国干部。大学学术自由与国民党利益诉求之间的矛盾在这一阶段进一步凸显。

整体而言，这一时期民族文化在高校当中已全面回潮。以中央大学、西南联大、武汉大学、浙江大学 1941 年联合招考的国文试卷为例，试卷当中既有"文言译语体"，也有"语体译文言"，对考生的文言功底有较高要求。其中文言文选自《礼记·儒行》，白话文选段则是强调国人应当"尊重本国固有的德性"，均与传统文化密切相关。[②]

因缘际会之下，"学衡派"在高等教育界重新得势。竺可桢 1936 年出任浙江大学校长，大量起用"东南旧人"，文学院更是完全由"学衡派"主导；胡先骕 1940—1944 年担任中正大学校长；刘永济在此期间升任武汉大学文学院院长；吴宓在西南联大虽不甚得志，却仍有"部聘教授"的头衔[③]。五四"新文化派"几位代表人物当中，胡适在抗战期间出任驻美大使，罗家伦于 1941 年辞去中央大学校长职务，傅斯年则是勉力维持中央研究院历史语言研究所，处境并不如意。

（五）1946—1949 年

南京国民政府在这一阶段依旧延续了文化与政治上的保守主义[④]，并发动内战，引起高校师生的强烈不满。就吴宓执教武汉大学的情况来看，这一时期正常的教学秩序尚能维持，但师生均是忧心忡忡，教育的高远理想让位

[①] 参见张凯：《蒋介石与国难之际高等教育之走向》，《广东社会科学》2015 年第 1 期，第 140 页。

[②] 参见幺其璋、幺其琮等编：《民国老试卷》，北京：新星出版社，2016 年，第 23—24 页。

[③] 吴学昭整理注释：《吴宓日记》（第八册），北京：生活·读书·新知三联书店，1998 年，第 369 页。

[④] 值得注意的是，抗战胜利前夕召开的国民党六大出人意料地通过了撤销学校党部的决议，此后国民党在高校的势力有所削弱。参见桑兵：《国民党在大学校园的派系争斗》，《史学月刊》2010 年第 12 期，第 67—71 页。

于冰冷严酷的现实。

抗战结束后,"学衡派"与五四"新文化派"的实力对比又有了新的变化。如吴宓所言,一方面是"梅光迪艰逝播州城",另一方面则是"胡适之荣长北大校"。梅光迪于1945年年底病逝,"学衡派"在浙大的阵地宣告瓦解,胡适则在1946年被任命为北京大学校长,在正式就任前由傅斯年代理。与此同时,胡适与傅斯年也是1948年中央研究院第一届院士选举的主要策划者与评议人。在81人的院士名单中,"学衡派"当中仅有柳诒徵、汤用彤、胡先骕三人入选。其中汤用彤的学术理路较为趋新,胡先骕是以科学家的身份当选,只有柳诒徵最能代表"学衡派"的学术风格。值得注意的是,柳诒徵的候选资格乃是由傅斯年提名,其中有平衡南北两派的用意①。就理念层面言之,有研究者指出,中研院院士选举是"中国近代学术研究制度化和职业化的产物"②,意味着"专家之学"取代"通人之学",受到最为隆重的褒奖。入选院士者多为高校教授,此次选举对于大学教育的导向作用亦不言而喻。

由上可知,1890—1949年间,就政府的教育文化导向而言,反传统的思想在多数时间内并未占据上风,客观上为中国人文教育传统的传承创造了条件③。而文化保守主义与政治保守主义往往相伴而生,政府在表彰传统文化的同时,亦试图加强对大学的控制。在教育界内部,"学衡派"与五四"新文化派"的力量随形势的变化而互有消长,后者总体而言更为强势。两派大体上

---

① 选举院士期间,傅斯年曾向胡适提出,应当在柳诒徵与北平辅仁大学教授余嘉锡之间推举一人,又特别补充道:"柳不如余,但南方似不可无一人。"参见耿云志主编:《胡适遗稿及秘藏书信》(第37册),合肥:黄山书社,1994年,第526页。

② 参见[美]陈时伟:《中央研究院1948年院士选举述论》,中国社会科学院近代史研究所民国史研究室、四川师范大学历史文化学院编:《一九四〇年代的中国》(下卷),北京:社会科学文献出版社,2009年,第1043页。

③ 有学者从国学教育的角度切入,指出近代国学教育思想出现过四次高潮,分别发生在清末"新政"时期、民国初年、新文化运动之后及南京国民政府建立之后,其中第一、二、四次高潮均有官方的积极参与,这一结论可资对照。参见李成军:《近代国学教育思想研究》,浙江大学博士学位论文,2013年10月,第174页。

均反对国家权力对大学的过度干预①,在一定程度上对政府的保守倾向构成了制衡。

四 "学衡派"的教育成就与局限

作为近代教育、文化史上颇具影响的学人群体,"学衡派"长期活跃于中国大学教育的舞台,在南高师—东南大学—中央大学、东北大学、清华大学—西南联大、浙江大学、中正大学、武汉大学等知名高校均曾留下身影。本节拟对"学衡派"在上述高校的教育活动做进一步的梳理,总结其教育成就与局限。考虑到"学衡派"自身的特点,下文拟就四个主题展开论述:(一)人格教育;(二)文言文教育;(三)课程规划与讲授;(四)"学衡派"刊物的教育功用。

人格教育是"学衡派"人文教育主张的重要组成部分。在"学衡派"的执教经历当中,以南高师—东南大学时期的人格教育成效最为显著。这一时期学校环境较为安定,主持校务的刘伯明为人静穆和易,言辞坦诚真挚,尤其受到学生拥戴,无形中塑造了南高师—东南大学诚朴的学风。"学衡派"成员执教东北大学期间,由于政局动荡,加之自身在校内影响有限,对于学生的人格培养并无突出的贡献。吴宓出任清华国学研究院主任之后,试图取法传统书院,鼓励师生切磋问难、砥砺德行,以期培养高明正直之士,然而收效甚微。东南大学改组为中央大学后,学风大不如前,遂引发了"学衡派"及其他师生对南高师的集体纪念。在竺可桢主持下的浙江大学,因"学衡派"积极参与导师制的实施而取得一定成效,但该制度最终却因国民党的介入而演变为"三民主义"政治教育的工具。胡先骕担任中正大学校长期间,试图将政治教育与人格教育相结合,一方面极力强调"三民主义"当中弘扬传统德行的部分,另一方面通过长期军训锻炼学生的意志品质,但由于种种原因,成效亦不明显。

---

① 对于学术与政治的关系问题,"学衡派"内部亦存在分歧,文中即提到几种不同情况,如梅光迪、吴宓、刘伯明持政治自由主义,反对政治干预学术;柳诒徵、胡先骕既试图借重政治的力量,又希望保持个人的人格独立;张其昀则是主动投身于政治。

从上述情况来看,"学衡派"推行人格教育的总体效果并不理想。究其原因,除外部因素的影响之外,另有两个方面值得注意。首先,人格教育本身并不易见成效。柳诒徵曾在文章中感慨:"吾人诚不解孔子以义教人,何以辗转数千年产生如此只知谋利之民族也!"①可见"道德认知"并不必然引导出"道德行为"。柳氏对此大惑不解,也表明"学衡派"对于教育的道德功能过分自信,未能充分认识到制度约束对于塑造个人品行的作用。其次,部分"学衡派"成员的人格难以作为表率。以吴宓为例,其性格中既有热忱、正直的一面,但同时也有古板、偏执的一面。对于吴宓的性格特点,沈从文曾有过恳挚的批评:"您读了许多书,这些书既不能调和您的感情,使您作人处世保持常态,又不能扩大您的人格,使您真的超然物外,洒脱豪放,不拘小节。您读儒家的典籍,儒家中庸与勇于维护真理体会人情的精神您得不到,您欢喜浪漫文学,浪漫文学解放人的全部心灵,却不曾将您解放。"②沈氏所言大体公允。吴宓在此种情况下高倡人格教育,难免缺乏说服力。

文言文是传统文化的基石,"学衡派"因此对其尤为重视,在教学中一贯强调培养阅读与写作文言的能力。从学生的反响来看,依然以南高师—东南大学时期的文言文教育最为成功。有学者在经过广泛考察后发现,1917 年至 1927 年间,南高师—东南大学很少有人写新文学作品,而是坚持写旧体诗词③。一位哈佛留学生在写给胡适的信中,也以惊异的口吻谈到这一现象:"这里的东南大学的学生很有几位,很奇怪的是他们都反对白话文。"④20 世纪 20 年代东北大学的学风亦偏于保守,学生当中支持文言、白话者均不乏其人,但仍以支持白话者居多。此后在竺可桢主持下的浙江大学与胡先骕主持下的中正大学,学生亦大多热衷于白话文。在抗战结束后的武汉大学,学生则更进一步,直接批评吴宓不读新文学作品,已然将白话视为正统。由此可见,

---

① 柳诒徵:《论中国近世之病源》,《学衡》第 3 期,1922 年,第 7 页。
② 沈从文:《给某教授》,《沈从文全集》(第 17 卷),太原:北岳文艺出版社,2009 年,第 194 页。
③ 参见沈卫威:《"学衡派"谱系:历史与叙事》,南京:南京大学出版社,2015 年,第 24 页。
④ 耿云志主编:《胡适遗稿及秘藏书信》(第 25 册),合肥:黄山书社,1994 年,第 159—160 页。

从20世纪20年代到40年代,白话文在学生群体中日益流行的趋势难以阻挡,"学衡派"开展文言文教学的努力面临空前的困境。

在落实人文教育理念的过程中,课程是极为重要的一环。面对近代中国大学教育的转型,应当如何在现代学科课程体系中发扬人文精神?"学衡派"对此做了多层面的回应。根据"学衡派"成员在高校当中扮演角色的不同,可将其大致分为校政主持者、科系负责人与授课教师三个层面,以下分而论之。

校政主持者这一层面,可以20世纪20年代的刘伯明与40年代的胡先骕为代表。刘伯明在主持东南大学工作期间试图改革学校课程,使学生在前两年学习普通科目,第三年确认专业,然未能成功;胡先骕在中正大学倡导宏通教育,极为重视国文、英文等基础学科的教学,同时鼓励学生跨院系选课,取得了一定的成效。

科系负责人这一层面,代理清华外文系主任期间的吴宓与执教浙大期间的梅光迪、郭斌龢、张其昀均有一定的代表性。在吴宓为清华外文系制定的课表中,必修课较多,选修课极少,表明课程编制者并未迁就学生的兴趣,而是希望通过系统的课程安排使学生对西洋文学有较为全面的把握;梅光迪为浙大外文系拟订的课表体现出重视英国文学、重视思想与文化、重视古典语言与哲学三个特点,展现了其新人文主义立场;郭斌龢制定的浙大国文系课程草案强调义理、考据、词章并重,同时鼓励学生选修外文系课程,以期培养中西比较的眼光;张其昀主持下的浙大史地系注重"史地合一",规定历史组与地理组必须选修对方组别的课程。以上课程方案各具特点,为专业学科与人文理想的结合提供了范例。需要指出的是,受多方面因素影响,上述方案在实施过程中并非完全成功,其中张其昀的"史地合一"理念即未能得到浙大史地系师生的认同。张氏未能意识到,随着历史学与地理学的专业性逐渐增强,两个学科的部分研究方向已难以展开有效的对话,在科系设置上将二者合而为一的效果并不理想,其失败的教训同样值得反思。

授课教师这一层面,可以东南大学时期的柳诒徵与任教清华期间的吴宓为例。柳氏的"中国文化史"为东南大学极为叫座的课程,该课较为全面地展现了中国古代辉煌的物质文明与精神文明,对彻底否定中国文化的言论作了有力的回应。与此同时,柳诒徵将个人的研究心得与教育理想贯注于课程之中,试图造就兼具传统人文精神与现代民主意识的宏通之才。此外,柳氏授课时庄严而潇洒的风度同样令学生钦慕。吴宓在清华开设的"文学与人生"则试图打通文艺理论与人生哲学,一面强调通过阅读文学作品理解人生,一面主张以人文主义的观点研究人生。在讲授该课的过程中,吴宓提出了"一多并在""情智双修"等颇具新意的概念。其中"一"指理念世界,"多"指现实世界,所谓"一多并在",亦即在现实生活中遵循理想的标准;"情智双修"则指兼具热烈的情感与澄明的理性。吴宓的授课方式亦极具特点,其一是注重条分缕析,有时虽不免刻板,但脉络极为清楚;其二则是旁征博引,大段背诵引文,这一点尤其令学生印象深刻。

"学衡派"向来重视刊物的创办。本书所涉及的《学衡》《国风》《国命旬刊》《思想与时代》等期刊不仅是"学衡派"重要的言论阵地,同时也对其教育活动的开展形成了有力的支持。

首先,以上刊物为师生学术研究的成果提供了展示平台,与课堂教学亦有所互动。以《学衡》为例,柳诒徵"中国文化史"课程的讲义曾在《学衡》长期连载,柳氏弟子缪凤林登上大学讲坛后,亦曾以此作为教材,要求学生购买登载《中国文化史》的各期《学衡》杂志[1];《学衡》刊登的雪莱《云吟》、济慈《无情女》等外国诗歌为吴宓在清华大学开设的"翻译术"课程的产物;郑鹤声的本科毕业论文《汉隋间之史学》因史料详赡而深得柳诒徵赏识,被推荐发表于《学衡》,极大地鼓舞了郑氏投身学术的信心[2];吴宓在课堂上亦常谈及《学衡》,学生借阅该刊的情况在吴宓日记中时有记录[3]。

---

[1] 参见吴学昭整理注释:《吴宓日记》(第四册),北京:生活·读书·新知三联书店,1998年,第23页。

[2] 参见郑鹤声:《记柳翼谋老师》,柳曾符、柳佳编:《劬堂学记》,上海:上海书店出版社,2002年,第104—105页。

[3] 如1945年4月15日日记:"刘生正平来,换借《学衡》十三册去。"1946年4月11日日记:"张生占元借去《学衡》八册。"参见吴学昭整理注释:《吴宓日记》(第九册),北京:生活·读书·新知三联书店,1999年,第465页;吴学昭整理注释:《吴宓日记》(第十册),北京:生活·读书·新知三联书店,1999年,第33页。

其次，主办刊物亦有助于增进与其他学人的联系，扩大"学衡派"在教育界的影响。举例而言，《学衡》杂志的作者即包括沈曾植、林纾、陈三立、梁启超、王国维、陈寅恪、张荫麟等著名学人，刊物的读者中亦不乏教育、文化界的知名人士；《国风》的撰稿人当中，既有胡小石、钱锺书、唐君毅、贺昌群、萧公权等著名文科学者，亦有竺可桢、秉志、熊庆来、顾毓琇、胡敦复等知名科学家；《思想与时代》的作者群更是囊括了冯友兰、钱穆、朱光潜、贺麟、洪谦、陈梦家、费孝通等一批学界名流，影响遍及西南联大、中央大学、武汉大学、中山大学等重要学府。不过，上述刊物的学术性较强，且文化立场偏于保守，《学衡》杂志更是基本排斥白话文，对年轻一代缺乏吸引力，极大地限制了"学衡派"在学生群体中的影响。

综上可知，由于各方面因素的影响，除南高师—东南大学这一时期外，"学衡派"所倡导的人格教育、文言文教育等主张并未取得理想的成效。相较之下，"学衡派"更大的贡献在于对人文教育的形态有所开拓。通过在院校、科系及教师个人层面进行课程设计与教学的尝试，"学衡派"力求在实践层面融会中国传统的人文之学与西方的博雅教育传统，从而对近代大学教育的"唯科学主义"倾向及培养专家的模式提出有力的挑战。通过《学衡》《国风》《思想与时代》等刊物，"学衡派"的教育主张进一步得到传播，并与其自身的教学、科研活动产生良性互动，亦由此会聚了一批文化立场相近的学人，成功地扩展了"学衡派"在教育、文化界的影响。

参考文献

一　档案、资料汇编、工具书

1. 哈佛大学档案（哈佛大学档案馆藏）。
2. 国立浙江大学档案（浙江省档案馆藏，浙江大学档案馆藏副本）。
3. 国立中正大学档案（江西省档案馆藏）。
4. 《国立东南大学一览》，出版地不详，1923年。
5. 东北大学:《东北大学一览》，出版地不详，1926年。
6. 《国立中央大学一览·文学院概况（民国十九年）》，出版地不详，1930年。
7. 教育部编:《第一次中国教育年鉴》，上海:开明书店，1934年。
8. 《国立中央大学二二级毕业纪念刊》，出版地不详，出版时间不详（约为1934年）。
9. 邰爽秋等合选:《历届教育会议议决案汇编》，上海:教育编译馆，1935年。
10. 国立浙江大学:《国立浙江大学要览（二十四年度）》，1935年。
11. 《国立中央大学二四级毕业纪念刊》，出版地不详，出版时间不详（约为1935年）。

12. 教育部教育年鉴编纂委员会编:《第二次中国教育年鉴》,上海:商务印书馆,1948年。

13. 陈学恂主编:《中国近代教育大事记》,上海:上海教育出版社,1981年。

14. 中央教育科学研究所编:《中国现代教育大事记》,北京:教育科学出版社,1988年。

15. 中国第二历史档案馆编:《中华民国史档案资料汇编》(第三辑文化、第三辑教育、第五辑文化、第五辑教育),南京:江苏古籍出版社,1991—2000年。

16. 清华大学校史研究室:《清华大学史料选编》(全四卷),北京:清华大学出版社,1991—1994年。

17. 孙尚扬、郭兰芳编:《国故新知论——学衡派文化论著辑要》,北京:中国广播电视出版社,1995年。

18. 周棉主编:《中国留学生大辞典》,南京:南京大学出版社,1999年。

19. 王学珍、郭建荣主编:《北京大学史料》(全四卷),北京:北京大学出版社,2000年。

20.《南大百年实录》编辑组编:《南大百年实录》(全三册),南京:南京大学出版社,2002年。

21. 陈玉堂编著:《中国近现代人物名号大辞典》(全编增订本),杭州:浙江古籍出版社,2005年。

22. 陈元晖主编:《中国近代教育史资料汇编》(全十册),上海:上海教育出版社,2007年。

23. 段怀清编:《传统与现代性:〈思想与时代〉文选》,杭州:浙江大学出版社,2007年。

24. 龚鹏程主编:《读经有什么用:现代七十二位名家论学生读经之是与非》,上海:上海人民出版社,2008年。

25. 刘朝辉编著:《民国史料丛刊总目提要》,郑州:大象出版社,2010年。

26. 周川主编:《中国近现代高等教育人物辞典》,福州:福建教育出版社,2012年。

27. 东南大学高等教育研究所编:《郭秉文与东南大学》,南京:东南大学出版社,2011年。

28. 杨毅丰、康蕙茹编:《民国思想文丛:学衡派》,长春:长春出版社,2013年。

29. 沈卫威编著:《"学衡派"编年文事》,南京:南京大学出版社,2015年。

30. 李景文编著:《民国教育史料丛刊总目提要》,郑州:大象出版社,2015年。

31. 大一国文编撰委员会编:《西南联大国文课》,南京:译林出版社,2015年。

32. 么其璋、么其琮等编:《民国老试卷》,北京:新星出版社,2016年。

33. 张淑锵、蓝蕾主编:《浙大史料:选编一(1897—1949)》,杭州:浙江大学出版社,2017年。

34. 南京大学校史研究室编:《南京大学校史资料选编·第一卷:三江(两江)师范学堂时期》,南京:南京大学出版社,2018年。

35. 南京大学校史研究室编:《南京大学校史资料选编·第二卷:南京高师与东南大学时期》(上下册),南京:南京大学出版社,2019年。

二　报　刊

1.《申报》

2.《大公报》

3.《东方杂志》

4.《教育杂志》

5.《留美学生年报》

6.《留美学生季报》

7.《科学》

8.《北京大学日刊》

9.《史地学报》

10.《学衡》

11.《东北大学周刊》

12.《清华周刊》

13.《国风》

14.《国命旬刊》

15.《思想与时代》

16.《国立浙江大学日刊》

17.《国立浙江大学校刊》

18.《浙大学生》

19.《民国日报》(江西)

20.《国立中正大学校刊》

21.《正大青年》

22.《传记文学》

23.《中外杂志》

三 原著、文集、日记、书信

1. 芦泾遁士编:《求己录》,庚子年杭州求是书院印本。

2. [美]温彻斯特著,景昌极、钱堃新译,梅光迪校:《文学评论之原理》,上海:商务印书馆,1923年。

3. [美]欧文·白璧德等著,徐震堮、吴宓、胡先骕译:《白璧德与人文主义》,上海:新月书店,1929年。

4. 傅斯年著,陈槃等校订:《傅斯年全集》(全七册),台北:联经出版事业公司,1980年。

5.《张其昀先生文集》编辑委员会、中国国民党中央党史委员会编:《张其昀先生文集》(第1—25册),台北:"中国文化大学"出版部,1988—1991年。

6. 张之洞：《张文襄公全集》（全四册），北京：中国书店，1990年。

7. 谭峙军主编：《胡先骕先生诗集》，台北：中正大学校友会，1992年。

8. 冯斐：《流亡日记：大学·青年·女教师》，出版地不详，1992年。

9. 吴宓著，王岷源译：《文学与人生》，北京：清华大学出版社，1993年。

10. 耿云志主编：《胡适遗稿及秘藏书信》（全42册），合肥：黄山书社，1994年。

11. 贺远明等选编：《吴芳吉集》，成都：巴蜀书社，1994年。

12. 张大为、胡德熙、胡德焜合编：《胡先骕文存》（上卷），南昌：江西高校出版社，1995年。

13. 张大为、胡德熙、胡德焜合编：《胡先骕文存》（下卷），南昌：中正大学校友会，1996年。

14. 程光裕：《常溪集》（全五册），台北："中国文化大学"出版部，1996年。

15. 夏承焘：《夏承焘集》（全八册），杭州：浙江古籍出版社 浙江教育出版社，1998年。

16. 徐葆耕编选：《会通派如是说——吴宓集》，上海：上海文艺出版社，1998年。

17. 吴学昭整理注释：《吴宓日记》（全十册），北京：生活·读书·新知三联书店，1998—1999年。

18. 汤用彤：《汤用彤全集》（全七卷），石家庄：河北人民出版社，2000年。

19. 罗岗、陈春艳编：《梅光迪文录》，沈阳：辽宁教育出版社，2001年。

20. 温源宁：《一知半解及其他》，沈阳：辽宁教育出版社，2001年。

21. ［美］欧文·白璧德著，孙宜学译：《法国现代批评大师》，桂林：广西师范大学出版社，2002年。

22. 吕叔湘：《吕叔湘全集》（全十九卷），沈阳：辽宁教育出版社，2002年。

23. 《梁实秋文集》编辑委员会编：《梁实秋文集》（全15卷），厦门：鹭江出版社，2002—2004年。

24. 季羡林主编：《胡适全集》（全四十四卷），合肥：安徽教育出版社，2003年。

25. 贺昌群:《贺昌群文集》(全三卷),北京:商务印书馆,2003年。

26. 缪钺:《缪钺全集》(全八册),石家庄:河北教育出版社,2004年。

27. 吴学昭整理:《吴宓诗集》,北京:商务印书馆,2004年。

28. 竺可桢:《竺可桢全集》(全24卷),上海:上海科技教育出版社,2004—2013年。

29. 吴学昭整理:《吴宓诗话》,北京:商务印书馆,2005年。

30.《费巩文集》编委会编:《费巩文集》,杭州:浙江大学出版社,2005年。

31. 王焕镳:《因巢轩诗文录存》,上海:上海古籍出版社,2005年。

32. 吴学昭整理注释:《吴宓日记续编》(全十册),北京:生活·读书·新知三联书店,2006年。

33. 张清常:《张清常文集》(全五卷),北京:北京语言大学出版社,2006年。

34. 黄侃:《黄侃日记》(全三册),北京:中华书局,2007年。

35. 顾颉刚:《顾颉刚日记》(全十二卷),台北:联经出版事业股份有限公司,2007年。

36. 缪凤林:《中国通史要略》,北京:东方出版社,2008年。

37. 钱永红编:《一代学人钱宝琮》,杭州:浙江大学出版社,2008年。

38. 段怀清编:《新人文主义思潮——白璧德在中国》,南昌:江西高校出版社,2009年。

39. 陈寅恪:《陈寅恪集》(全十四册),北京:生活·读书·新知三联书店,2009年。

40. 陈廷湘、李德琬主编:《李思纯文集》(全四册),成都:巴蜀书社,2009年。

41. 刘显曾整理:《刘节日记(1939—1977)》(上下册),郑州:大象出版社,2009年。

42. 刘永济:《诵帚词集 云巢诗存:附年谱、传略》,北京:中华书局,2010年。

43. 胡先骕著,张绂选注:《忏庵诗选注》,成都:四川大学出版社,2010年。

44. ［美］欧文·白璧德著,孙宜学译:《性格与文化:论东方与西方》,上海:上海三联书店,2010年。

45. ［美］欧文·白璧德著,张沛、张源译:《文学与美国的大学》,北京:北京大学出版社,2011年。

46. ［美］欧文·白璧德著,张源、张沛译:《民主与领袖》,北京:北京大学出版社,2011年。

47. 中华梅氏文化研究会编:《梅光迪文存》,武汉:华中师范大学出版社,2011年。

48. 吴学昭编:《吴宓书信集》,北京:生活·读书·新知三联书店,2011年。

49. 李明勋、尤世玮主编:《张謇全集》,上海:上海辞书出版社。

50. 顾炎武著,吴宓评注:《吴宓评注顾亭林诗集》,北京:人民文学出版社,2012年。

51. ［英］马修·阿诺德著,韩敏中译:《文化与无政府状态——政治与社会批评》(修订译本),北京:生活·读书·新知三联书店,2012年。

52. ［美］陈润成、李欣荣编:《张荫麟全集》(全三册),北京:清华大学出版社,2013年。

53. 吴光主编:《马一浮全集》(全六册),杭州:浙江古籍出版社,2013年。

54. 熊盛元、胡启鹏编校:《胡先骕诗文集》,合肥:黄山书社,2013年。

55. 中国社会科学院近代史研究所中华民国史研究室编:《胡适来往书信选》(全三册),北京:社会科学文献出版社,2013年。

56. 陈训慈:《运书日记》,北京:中华书局,2013年。

57. 赵中亚选编:《王庸文存》,南京:江苏人民出版社,2014年。

58. 周桂发、杨家润、张剑编注:《中国科学社档案资料整理与研究·书信选编》,上海:上海科学技术出版社,2015年。

59. ［美］欧文·白璧德著,孙宜学译:《卢梭与浪漫主义》,北京:商务印书馆,2016年。

60. 丰子恺:《丰子恺全集》(全50卷),北京:海豚出版社,2016年。

61. 杨共乐、张昭军主编:《柳诒徵文集》(全 12 卷),北京:商务印书馆,2018 年。

62. 郭斌龢著,张凯、朱薛友编:《郭斌龢学案》,杭州:浙江大学出版社,2019 年。

63. 吴宓:《世界文学史大纲》,北京:商务印书馆,2020 年。

四　回忆录、纪念文集、年谱、传记

1. 厉鼎煃:《绛帏痕影录》,镇江:集成编译社,1947 年。
2. 《郭秉文先生纪念集》,台北:中华学术院,1971 年。
3. "中国文化大学"华冈学会编:《张其昀博士的生活和思想》(上下册),台北:"中国文化大学"出版部,1982 年。
4. 胡颂平编:《胡适之先生晚年谈话录》,台北:联经出版事业公司,1984 年。
5. 胡颂平编著:《胡适之先生年谱长编初稿》(全十册),台北:联经出版事业公司,1984 年。
6. 台北市"国立浙江大学校友会":《国立浙江大学》,台北:"国立浙江大学校友会",1985 年。
7. 私立"中国文化大学"张其昀先生纪念文集编纂委员会编:《张其昀先生纪念文集》,台北:华冈印刷厂,1986 年。
8. 中国人民政治协商会议镇江市委员会文史资料研究委员会编:《柳翼谋先生纪念文集》(镇江文史资料·第十一辑),出版地不详,1986 年。
9. 张朋园、陈三井、陈存恭等:《郭廷以先生访问纪录》,台北:"中央研究院"近代史研究所,1987 年。
10. 中国人民政治协商会议浙江省文史资料研究委员会编:《天涯赤子情——港台和海外学人忆浙大》(浙江文史资料选辑·第三十四辑),杭州:浙江人民出版社,1987 年。

11. 贵州省遵义地区地方志编纂委员会编:《浙江大学在遵义》,杭州:浙江大学出版社,1990年。

12. 聂国柱主编:《国立中正大学》(江西文史资料·第五十辑),南昌:出版社不详,1993年。

13. 张朋园、杨翠华、沈松侨:《任以都先生访问纪录》,台北:"中央研究院"近代史研究所,1993年。

14. 林语堂著,工爻、谢绮霞、张振玉译:《林语堂自传·从异教徒到基督徒·八十自叙》,长春:东北师范大学出版社,1994年。

15. 吴学昭整理:《吴宓自编年谱:1894—1925》,北京:生活·读书·新知三联书店,1995年。

16. 浙江省博物馆编:《陈训慈先生纪念文集》,出版地不详,1996年。

17. 许渊冲:《追忆逝水年华——从西南联大到巴黎大学》,北京:生活·读书·新知三联书店,1996年。

18. 沈卫威:《情僧苦行:吴宓传》,北京:东方出版社,2000年。

19. 宋晞:《张其昀先生传略》,台北:"中国文化大学",2000年。

20. 沈卫威:《吴宓与〈学衡〉》,开封:河南大学出版社,2000年。

21. 李继凯、刘瑞春选编:《追忆吴宓》,北京:社会科学文献出版社,2001年。

22. 刘克敌:《花落春仍在——吴宓与〈学衡〉》,北京:中国文联出版社,2001年。

23. 柳曾符、柳佳编:《劬堂学记》,上海:上海书店出版社,2002年。

24. 冒荣:《至平至善 鸿声东南——东南大学校长郭秉文》,济南:山东教育出版社,2004年。

25. 张彬:《倡言求是 培育英才——浙江大学校长竺可桢》,济南:山东教育出版社,2004年。

26. 中央大学南京校友会中央大学校友文选编纂委员会编:《南雍骊珠:中央大学名师传略》,南京:南京大学出版社,2004年。

27. 张弘:《吴宓 理想的使者》,北京:文津出版社,2005年。

28. 胡宗刚：《不该遗忘的胡先骕》，武汉：长江文艺出版社，2005年。
29. 浙江图书馆编：《陈训慈百年诞辰纪念文集》，北京：北京图书馆出版社，2006年。
30. 王永太：《凤鸣华冈——张其昀传》，杭州：浙江人民出版社，2006年。
31. 李曙白、李燕南等编著：《西迁浙大》，杭州：浙江大学出版社，2007年。
32. 应向伟、郭汾阳编著：《名流浙大》，杭州：浙江大学出版社，2007年。
33. 胡宗刚：《胡先骕先生年谱长编》，南昌：江西教育出版社，2008年。
34. 熊式辉：《海桑集——熊式辉回忆录（1907—1949）》，香港：明镜出版社，2008年。
35. 陈平原、夏晓虹编：《北大旧事》，北京：北京大学出版社，2009年。
36. 夏晓虹、吴令华编：《清华同学与学术薪传》，北京：生活·读书·新知三联书店，2009年。
37. 马勇：《蒋梦麟传》，北京：红旗出版社，2009年。
38. 吴忠良：《经世一书生——陈训慈传》，杭州：杭州出版社，2009年。
39. 李玉海编：《竺可桢年谱简编（1890—1974）》，北京：气象出版社，2010年。
40. 齐邦媛：《巨流河》，北京：生活·读书·新知三联书店，2010年。
41. [美]江勇振：《舍我其谁：胡适》（第一部：璞玉成璧，1891—1917），北京：新星出版社，2011年。
42. 陈桥驿：《八十逆旅》，北京：中华书局，2011年。
43. 毛彦文：《往事》，北京：商务印书馆，2012年。
44. 赵宏祥：《王易先生年谱》，北京：线装书局，2012年。
45. 文明国编：《柳诒徵自述》，合肥：安徽文艺出版社，2013年。
46. 文明国编：《钱基博自述》，合肥：安徽文艺出版社，2013年。
47. 傅惟慈：《牌戏人生》（增订本），北京：中央编译出版社，2013年。
48. 罗久芳：《我的父亲罗家伦》，北京：商务印书馆，2013年。
49. [美]江勇振：《舍我其谁：胡适》（第二部：日正当中，1917—1927），杭州：浙江人民出版社，2013年。

50. 吴学昭:《吴宓与陈寅恪》(增补本),北京:生活·读书·新知三联书店,2014年。

51. 眉睫:《梅光迪年谱初稿》,北京:海豚出版社,2017年。

52. 李杭春:《竺可桢国立浙江大学年谱(1936—1949)》,杭州:浙江大学出版社,2017年。

53. 钱永红主编:《求是忆念录:浙江大学百廿校庆老校友文选》,杭州:浙江大学出版社,2017年。

54. 蔡恒、高益荣:《硕学方为席上珍:吴宓的读书生活》,沈阳:万卷出版公司,2018年。

55. 书同:《君子儒梅光迪》,福州:福建教育出版社,2019年。

五 专著、译著、论文集

1. 庄俞、贺圣鼐编:《最近三十五年之中国教育》,上海:商务印书馆,1931年。

2. 黎锦熙:《国语运动史纲》,上海:商务印书馆,1934年。

3. 郑世兴:《中国现代教育史》,台北:三民书局,1981年。

4. 侯健:《从文学革命到革命文学》,台北:中外文学月刊社 台湾大学外文系,1974年。

5. [美]汪一驹著,梅寅生译:《中国知识分子与西方——留学生与近代中国(1872—1949)》,新竹:枫城出版社,1978年。

6. 陈敬之:《新文学运动的阻力》,台北:成文出版社,1980年。

7. 周阳山、杨肃献编:《近代中国思想人物论——保守主义》,台北:时报文化出版事业有限公司,1980年。

8. 清华大学校史编写组编著:《清华大学校史稿》,北京:中华书局,1981年。

9. 沈松侨:《学衡派与五四时期的反新文化运动》,台北:台湾大学出版委员会,1984年。

10. [美]杰西·格·卢茨著,曾钜生译:《中国教会大学史(1850—1950)》,杭州:浙江教育出版社,1987年。

11. [美]艾恺:《世界范围内的反现代化思潮——论文化守成主义》,贵阳:贵州人民出版社,1991年。

12. [美]费正清编,杨品泉等译:《剑桥中华民国史(1912—1949)》(上卷),北京:中国社会科学出版社,1994年。

13. [美]费正清、费维恺编,刘敬坤等译:《剑桥中华民国史(1912—1949)》(下卷),北京:中国社会科学出版社,1994年。

14. 王炳照、阎国华主编:《中国教育思想通史》(全八卷),长沙:湖南教育出版社,1994年。

15. 孙培青、李国钧主编:《中国教育思想史》(全三卷),上海:华东师范大学出版社,1995年。

16. 苏云峰:《从清华学堂到清华大学(1911—1929)》,台北:"中央研究院"近代史研究所,1996年。

17. 田正平:《留学生与中国教育近代化》,广州:广东教育出版社,1996年。

18. 周谷平:《近代西方教育理论在中国的传播》,广州:广东教育出版社,1996年。

19. 浙江大学校史编写组编:《浙江大学简史(第一、二卷)》,杭州:浙江大学出版社,1996年。

20. 郭湛波:《近五十年中国思想史》,济南:山东人民出版社,1997年。

21. 李华兴主编:《民国教育史》,上海:上海教育出版社,1997年。

22. [英]阿伦·布洛克著,董乐山译:《西方人文主义传统》,北京:生活·读书·新知三联书店,1997年。

23. 陶飞亚、吴梓明:《基督教大学与国学研究》,福州:福建教育出版社,1998年。

24. 霍益萍:《近代中国的高等教育》,上海:华东师范大学出版社,

1999年。

25. 沈卫威:《回眸"学衡派"——文化保守主义的现代命运》,北京:人民文学出版社,1999年。

26. 胡逢祥:《社会变革与文化传统——中国近代文化保守主义思潮研究》,上海:上海人民出版社,2000年。

27. [加]许美德著,许洁英主译:《中国大学1895—1995:一个文化冲突的世纪》,北京:教育科学出版社,2000年。

28. 黄延复:《水木清华:二三十年代清华校园文化》,桂林:广西师范大学出版社,2001年。

29. 郑师渠:《在欧化与国粹之间——学衡派文化思想研究》,北京:北京师范大学出版社,2001年。

30. 李继凯、刘瑞春选编:《解析吴宓》,北京:社会科学文献出版社,2001年。

31. 王泉根主编:《多维视野中的吴宓》,重庆:重庆出版社,2001年。

32. 桑兵:《晚清民国的国学研究》,上海:上海古籍出版社,2001年。

33. 谢长法:《借鉴与融合——留美生抗战前教育活动研究》,石家庄:河北教育出版社,2001年。

34. 刘正伟:《督抚与士绅——江苏教育近代化研究》,石家庄:河北教育出版社,2001年。

35. 陈以爱:《中国现代学术研究机构的兴起:以北大研究所国学门为中心的探讨》,南昌:江西教育出版社,2002年。

36. 高恒文:《东南大学与"学衡派"》,桂林:广西师范大学出版社,2002年。

37. 王德滋主编:《南京大学百年史》,南京:南京大学出版社,2002年。

38. 孙敦恒编著:《清华国学研究院史话》,北京:清华大学出版社,2002年。

39. 杨东平主编:《大学精神》,上海:文汇出版社,2003年。

40. 杨东平主撰:《艰难的日出:中国现代教育的20世纪》,上海:文汇出版社,2003年。

41. 杨佩祯、王国钧、张五昌主编:《东北大学八十年(1923—2002)》,沈阳:东北大学出版社,2003年。

42. 美国《人文》杂志社、三联书店编辑部编,多人译:《人文主义:全盘反思》,北京:生活·读书·新知三联书店,2003年。

43. 田正平主编:《中外教育交流史》,广州:广东教育出版社,2004年。

44. 李喜所主编:《留学生与中外文化》,天津:南开大学出版社,2005年。

45. 李剑萍:《中国现代教育问题史论——中国教育现代化诸矛盾范畴研究》,北京:人民出版社,2005年。

46. 王东杰:《国家与学术的地方互动——四川大学国立化进程》,北京:生活·读书·新知三联书店,2005年。

47. 罗岗:《危机时刻的文化想象——文学·文学史·文学教育》,南昌:江西教育出版社,2005年。

48. 周云:《学衡派思想研究》,兰州:甘肃人民出版社,2005年。

49. 武新军:《现代性与古典传统:论中国现代文学中的"古典倾向"》,开封:河南大学出版社,2005年。

50. 西南联合大学北京校友会编:《国立西南联合大学校史:一九三七至一九四六年的北大、清华、南开》(修订版),北京:北京大学出版社,2006年。

51. 田正平、商丽浩主编:《中国高等教育百年史论:制度变迁、财政运作与教师流动》,北京:人民教育出版社,2006年。

52. 吴民祥:《流动与求索:中国近代大学教师流动研究(1898—1949)》,杭州:浙江教育出版社,2006年。

53. 刘黎红:《五四文化保守主义思潮研究》,北京:中国社会科学出版社,2006年。

54. 段怀清:《白璧德与中国文化》,北京:首都师范大学出版社,2006年。

55. 黎汉基:《社会失范与道德实践:吴宓与吴芳吉》,成都:巴蜀书社,2006年。

56. 张雪蓉:《美国影响与中国大学变革(1915—1927)——以国立东南大

学为研究中心》,北京:华龄出版社,2006年。

57. 舒新城编:《近代中国教育思想史》,福州:福建教育出版社,2007年。

58. 董宝良主编:《中国近现代高等教育史》,武汉:华中科技大学出版社,2007年。

59. 龚鹏程:《近代思潮与人物》,北京:中华书局,2007年。

60. 桑兵、关晓红主编:《先因后创与不破不立:近代中国学术流派研究》,北京:生活·读书·新知三联书店,2007年。

61. [美]乔治·萨顿著,陈恒六、刘兵、仲维光译:《科学史和新人文主义》,上海:上海交通大学出版社,2007年。

62. 李泽厚:《中国现代思想史论》,北京:生活·读书·新知三联书店,2008年。

63. 耿云志:《近代中国文化转型研究导论》,成都:四川人民出版社,2008年。

64. 何方昱:《"科学时代的人文主义":〈思想与时代〉月刊(1941—1948)研究》,上海:上海书店出版社,2008年。

65. 周勇:《江南名校的中国文化教育》,北京:教育科学出版社,2008年。

66. 王晨:《保守主义的大学理想》,北京:北京师范大学出版社,2008年。

67. 田正平主编:《中国教育史研究·近代分卷》,上海:华东师范大学出版社,2009年。

68. 张源:《从"人文主义"到"保守主义"——〈学衡〉中的白璧德》,北京:生活·读书·新知三联书店,2009年。

69. 蒋书丽:《坚守与开拓——吴宓的文化理想与实践》,北京:社会科学文献出版社,2009年。

70. 许小青:《政局与学府:从东南大学到中央大学(1919—1937)》,北京:中国社会科学出版社,2009年。

71. 罗志田:《裂变中的传承:20世纪前期的中国文化与学术》,北京:中华书局,2009年。

72. 朱寿桐:《新人文主义的中国影迹》,北京:中国社会科学出版社,

2009年。

73. 中国社会科学院近代史研究所民国史研究室、四川师范大学历史文化学院编:《一九四〇年代的中国》(上下卷),北京:社会科学文献出版社,2009年。

74. [美]约瑟夫·列文森著,郑大华、任菁译:《儒教中国及其现代命运》,桂林:广西师范大学出版社,2009年。

75. 李喜所主编,刘集林等著:《中国留学通史》晚清卷,广州:广东教育出版社,2010年。

76. 李喜所主编,元清等著:《中国留学通史》民国卷,广州:广东教育出版社,2010年。

77. 高华:《革命年代》,广州:广东人民出版社,2010年。

78. [美]史黛西·比勒著,张艳译:《中国留美学生史》,北京:生活·读书·新知三联书店,2010年。

79. 范红霞:《柳诒徵文化思想研究》,北京:人民出版社,2010年。

80. 陈宝云:《学术与国家:〈史地学报〉及其学人群研究》,合肥:安徽教育出版社,2010年。

81. 胡文辉:《现代学林点将录》,广州:广东人民出版社,2010年。

82.《江西师范大学校史》编写组:《江西师范大学校史:1940—2010》,北京:人民出版社,2010年。

83. 李佳:《近代中国大学通识教育课程研究》,杭州:浙江大学出版社,2010年。

84. 沈文钦:《西方博雅教育思想的起源、发展和现代转型:概念史的视角》,广州:广东高等教育出版社,2011年。

85. 吴秀明总主编:《浙江大学中文系系史》(全三册),杭州:浙江大学出版社,2011年。

86. 叶维丽著,周子平译:《为中国寻找现代之路:中国留学生在美国(1900—1927)》,北京:北京大学出版社,2012年。

87. 章清:《学术与社会:近代中国"社会重心"的转移与读书人新的角色》,

上海：上海人民出版社，2012年。

88. 周谷平、张雁、孙秀玲、郭晨虹：《中国近代大学的现代转型：移植、调适与发展》，杭州：浙江大学出版社，2012年。

89. ［英］托·斯·艾略特著，李赋宁、王恩衷等译：《现代教育和古典文学：艾略特文集·论文》，上海：上海译文出版社，2012年。

90. 朱斐主编：《东南大学史（第一卷）》（第2版），南京：东南大学出版社，2012年。

91. 王天骏：《文明梦：记第一批庚款留美生》，北京：清华大学出版社，2012年。

92. ［美］叶文心著，冯夏根、胡少诚、田嵩燕等译：《民国时期大学校园文化（1919—1937）》，北京：中国人民大学出版社，2012年。

93. ［美］亚瑟·M.科恩、卡丽·B.基斯克著，梁燕玲译：《美国高等教育的历程》（第2版），北京：教育科学出版社，2012年。

94. 王汎森著，王晓冰译：《傅斯年：中国近代历史与政治中的个体生命》，北京：生活·读书·新知三联书店，2012年。

95. ［美］易社强著，饶佳荣译：《战争与革命中的西南联大》，北京：九州出版社，2012年。

96. 章开沅、余子侠主编：《中国人留学史》（上下册），北京：社会科学文献出版社，2013年。

97. ［美］爱德华·W·萨义德著，朱生坚译：《人文主义与民主批评》，上海：上海三联书店，2013年。

98. 眉睫：《文学史上的失踪者》，北京：金城出版社，2013年。

99. 桑兵等：《近代中国的知识与制度转型》，北京：经济科学出版社，2013年。

100. 田正平：《传统教育的现代转型》，杭州：浙江科学技术出版社，2013年。

101. 陈怀宇：《在西方发现陈寅恪：中国近代人文学的东方学与西学背景》，北京：北京师范大学出版社，2013年。

102. 周佩瑶：《"学衡派"的身份想象》，福州：福建教育出版社，2013年。

103. 郭昭昭：《学衡派的精神世界》，合肥：合肥工业大学出版社，2013年。

104. 段俊晖：《美国批判人文主义研究——白璧德、特里林和萨义德》，北京:北京大学出版社,2013年。

105. 杨劼:《白璧德人文思想研究》,广州:暨南大学出版社,2013年。

106. 涂又光:《中国高等教育史论》(第三版),武汉:华中科技大学出版社,2014年。

107. 沈卫威:《民国大学的文脉》,北京:人民文学出版社,2014年。

108. 王雪明:《制衡·融合·阻抗:学衡派翻译研究》,北京:对外经济贸易大学出版社,2014年。

109. 杨辉:《"学衡派"伦理思想研究》,新北:花木兰文化出版社,2014年。

110. 张艳国主编:《胡先骕教育思想与精神品格——纪念胡先骕诞辰120周年暨胡先骕教育思想研讨会论文集》,北京:中国社会科学出版社,2014年。

111. [日]小野寺史郎著,周俊宇译:《国旗·国歌·国庆——近代中国的国族主义与国家象征》,北京:社会科学文献出版社,2014年。

112. 陆胤:《政教存续与文教转型:近代学术史上的张之洞学人圈》,北京:北京大学出版社,2015年。

113. 沈卫威:《"学衡派"谱系:历史与叙事》,南京:南京大学出版社,2015年。

114. 周淑媚:《学衡派文化与文学思想研究》,新北:花木兰文化出版社,2015年。

115. 甘阳、陈来、苏力主编:《中国大学的人文教育》(第二版),北京:生活·读书·新知三联书店,2015年。

116. 陈洪捷:《德国古典大学观及其对中国的影响》(第三版),北京:北京大学出版社,2015年。

117. 张亚群:《中国近代大学通识教育与创新人才培养》,福州:福建教育出版社,2015年。

118. 梅国平主编:《改革开放以来胡先骕研究文选》,北京:中国社会科学出版社,2015年。

119. 刘超:《学府与政府——清华大学与国民政府的冲突及合作(1928—1935)》,天津:天津人民出版社,2015年。

120. 牛力:《罗家伦与国立中央大学》,南京:南京大学出版社,2015年。

121. 张光陆:《张其昀教育思想研究》,杭州:浙江大学出版社,2015年。

122. [美]周策纵著,陈永明、张静等译:《"五四"运动史》,北京:世界图书出版公司北京公司,2016年。

123. 何方昱:《训导与抗衡:党派、学人与浙江大学(1936—1949)》,上海:上海书店出版社,2017年。

124. 孙媛:《建构新文学的另一种思路:吴宓文学思想研究》,北京:高等教育出版社,2017年。

125. 张源主编:《美国人文主义:传统与维新》,北京:北京师范大学出版社,2017年。

六　论文

1. 王晴佳:《白璧德与"学衡派"——一个学术文化史的比较研究》,《"中央研究院"近代史研究所集刊》第37期,2002年6月。

2. 文辅相:《我对人文教育的理解》,《中国大学教学》2004年第9期。

3. 罗惠缙:《学衡派人文主义教育观念及实践初探》,《江西社会科学》2004年第10期。

4. 刘黎红:《论吴宓留学前的文化经历与其文化取向的关系》,《青岛大学师范学院学报》2005年第1期。

5. 朱寿桐:《现代人文主义的人生礼教读本——论吴宓的〈文学与人生〉》,《广东社会科学》2005年第2期。

6. 赵万峰:《二十世纪初(1898—1937)文化守成主义的教育思想及实践》,西北大学博士学位论文,2005年4月。

7. 杨扬:《哈佛所见文史资料四则》,《扬子江评论》2006年第1期。

8. 陈宝云:《教以"成人"——学衡派教育思想诠释》,《理论界》2006年第2期。

9. 肖朗:《施特劳斯对"自由教育"的哲学阐释》,《社会科学战线》2006年第6期。

10. 散木:《浙大校歌谱曲者究竟是谁:兼说张清常、应尚能先生》,《博览群书》2007年第10期。

11. 刘霁:《学术网络、知识传播中的文学译介研究——以"学衡派"为中心》,复旦大学博士学位论文,2007年4月。

12. 何友良:《熊式辉与中正大学的创办》,《江西社会科学》2008年第4期。

13. 桑兵:《金毓黻与南北学风的分合》,《近代史研究》2008年第5期。

14. 张淑锵:《学衡派:浙大学术文化的重要资源》,《浙江大学报》2008年10月17日,第4版。

15. 何方昱:《国家权力的侵入与大学自治的难局——以浙江大学导师制的兴衰为中心》,《史林》2009年第6期。

16. 沈卫威:《现代大学的两大学统——以民国时期的北京大学、东南大学—中央大学为主线考察》,《学术月刊》2010年第1期。

17. 区志坚:《道德教化在现代史学的角色——以柳诒徵及其学生缪凤林、郑鹤声的传承关系为例》,《史学史研究》2010年第2期。

18. 罗志田:《一次宁静的革命:清华国学院的独特追求》,《清华大学学报(哲学社会科学版)》2011年第2期。

19. 吕敏宏、刘世生:《会通中西之学,培育博雅之士——吴宓先生人文主义外语教育思想研究》,《外语教学与研究》2011年第2期。

20. 刘克敌:《文人门派传承与中国近现代文学变革》,《中国社会科学》2011年第5期。

21. 赵建永:《从汤用彤的首篇论文看学衡派的思想渊源》,《哲学研究》2011年第11期。

22. 吴民祥:《人文之维与"精神贵族":欧文·白璧德大学教育思想评析》,《比较教育研究》2011第12期。

23. 李显裕:《清华国学研究院与近代中国学术的发展》,台湾政治大学博士学位论文,2012年8月。

24. 孙化显:《和而不同:20世纪20年代东南大学的学者群体与知识生活》,《现代中国文化与文学》2012年第1期。

25. 钟健:《学术与政治:抗战时期国民政府与国立高校关系初探——以胡先骕执掌国立中正大学为例》,《江西师范大学学报(哲学社会科学版)》2012年第2期。

26. 吴明忠:《走向会通的萌发与滥觞:吴宓早期教育思想探析》,《江苏高教》2012年第6期。

27. 朱鲜峰、肖朗:《东西流水,终解两相逢——马一浮、竺可桢与新旧教育》,《现代大学教育》2013年第2期。

28. 杨扬:《海外新见梅光迪未刊史料》,《华东师范大学学报(哲学社会科学版)》2013年第5期。

29. 颜克成:《民国南北学风中的缪凤林》,《暨南学报(哲学社会科学版)》2013年第5期。

30. 肖朗、王鸣:《近代中国科学观发展轨迹探析——以清末民初 science 概念内涵的演化为中心》,《浙江大学学报(人文社会科学版)》2013年第6期。

31. 李成军:《近代国学教育思想研究》,浙江大学博士学位论文,2013年10月。

32. 牛力:《民国时期大学治理中的北大与中大之争——以罗家伦和南高学者为中心》,《学海》2014年第6期。

33. 张凯:《蒋介石与国难之际高等教育之走向》,《广东社会科学》2015年第1期。

34. 傅宏星:《近代中国大学西洋文学系的创立与人文理想考识——以东南大学西洋文学系为中心(1922—1924)》,《华中师范大学学报(人文社会科学版)》2015年第4期。

35. 张艳:《"青年节"抑或"文艺节":20世纪三四十年代的五四纪念节问题探析》,《史学月刊》2015年第8期。

36. 洪光华:《刘节与张其昀的恩怨》,《中华读书报》2015年10月14日,第7版。

37. 肖朗、朱鲜峰：《"文化保守主义"的另一面——试论"学衡派"对中国传统的反思》，《社会科学战线》2016年第3期。

38. 朱鲜峰、肖朗：《哈佛大学与近代留美学生的人文求索——以梅光迪、吴宓为个案》，《天津师范大学学报（社会科学版）》2017年第2期。

39. 黄君艳、刘正伟：《新人文主义古典教育在近代中国——以东南大学西洋文学系为中心的考察》，《中国高等教育评论》2018年第9卷。

40. 占如默、张忠梅：《〈吴宓留美笔记〉的内容与价值》，《现代中文学刊》2018年第5期。

41. 牛力：《倔强的少数：西洋文学系与学衡派在东南大学的聚散》，《民国研究》2019年第1期。

42. 田正平、金滌佳：《浙江大学抗战西迁时期"大一国文"课程研究》，《教育史研究》2019年第4期。

43. 高传峰：《梅光迪的最后十年》，《新文学史料》2020年第1期。

44. 钟健：《在政学与名实之间：国立中正大学之创设、运作及命运》，《史林》2020年第2期。

45. 高传峰：《梅光迪与国立中央大学、省立安徽大学（1932—1933）》，《新文学史料》2021年第2期。

七　外　文　文　献

1. Irving Babbitt, *Literature and the American College: Essays in Defense of the Humanities*, Cambridge, Mass. : The Riverside Press, 1908.

2. Irving Babbitt, *The New Laokoon*, Cambridge, Mass. : The Riverside Press, 1910.

3. Irving Babbitt, *The Masters of Modern French Criticism*, Cambridge, Mass.: The Riverside Press, 1912.

4. Kuang-Ti May, "Running China from Harvard: With Yuan Out of the Way, the Young Men Who Are One Day to Take Over the Country Have Hopes of Mak-

ing It a Real U. S. ,"*Boston Evening Transcript*, 1916-06-14(3).

5. Irving Babbitt, *Rousseau and Romanticism*, Cambridge, Mass. : The Riverside Press, 1919.

6. Hsin-Hai Chang, *Matthew Arnold and the Humanistic View of Life*, Doctoral Thesis of Harvard University, Sept. 1922.

7. Low Kwang-lai, "Nationalism and the Vernacular in China," *The North American Review*, Jun 1, 1926.

8. Frederick Manchester and Odell Shepard, ed. , *Irving Babbitt: Man and Teacher*, New York: G. P. Putnam's Sons, 1941.

9. Richard Barry Rosen, *The National Heritage Opposition to the New Culture and Literary Movements of China in the 1920's*, Doctoral Dissertation of the University of California, Berkeley, Sept. 1969.

10. Chien Hou, *Irving Babbitt in China*, Doctoral Dissertation of State University of New York, Aug. 1980.

11. George A. Panichas, ed. , *Irving Babbitt: Representative Writings*, Lincoln: University of Nebraska Press, 1981.

12. Ida Ching-ying Lee Mei, *Flash-backs of a Running Soul*, Taipei: Chinese Culture Univ. Press, 1984.

13. Stephen C. Brennan and Stephen R. Yarbrough, *Irving Babbitt*, Boston: Twayne Publishers, 1987.

14. Claes G. Ryn, *Will, Imagination and Reason: Babbitt, Croce and the Problem of Reality*, New Brunswick: Transaction Publishers, 1997.

15. Wu Xuezhao, "The Birth of a Chinese Cultural Movement: Letters Between Babbitt and Wu Mi," *Humanitas*, 2004(1-2).

16. Yi-tsi Mei Feuerwerker, "Reconsidering Xueheng: Neo-Conservatism in Early Republican China," in Kirk A. Denton and Michel Hockx, eds. , *Literary Societies of Republican China*, Lanham: Lexington Books, 2008, pp. 137-169.

17. John R. Thelin, *A History of American Higher Education* (2nd ed.), Baltimore: The Johns Hopkins University Press, 2011.

索 引

A

阿诺德(安诺德,M. Arnold)　60,61,83,84,98,104,136,150,238,239

埃利奥特(C. W. Eliot)　10,11,133

爱默生(艾曼生,R. W. Emerson)　50,139,154,167

B

白璧德(I. Babbitt)　1,2,4—7,10,11,16—21,44,47,50,52—57,59—64,68,75,79,83,85,88,98,100,106,114,115,119,124—128,133,136,137,139,147,154,189,223,230,234—239

白话(语体)　7,34,40,41,44,62,70,77,78,81,87,119,120,137,146,147,153,158,174,175,181,189,190,210,211,213,214,219,236,243,246,247,249

柏拉图　50,57—59,83—85,137,139—141,167,168

保守主义　3—7,15,16,32,91,114,175,239,242—244

北京大学　2,3,9,11,64,65,67—71,79,86,96,98,112,116,123,126,130,146—148,154,185,211,214,222,238,241,242,244

比较文学　6,14,49,50,54—57,63

秉志　76,151,196,249

博爱　11,44,237,238

博雅　9,35,39,40,46,97,132,133,135,136,165,249

C

蔡元培　65,67,68,71,73,74,107,185,237

曹浩森　207,217,219

曹云祥　110,123—127,130,132

"昌明国粹,融化新知"　1,17,64,81,120,151,163,181,201

陈布雷 162,196,224
陈独秀 41,45,65,68,214
陈福田 223
陈汉章 68,69,146
陈衡哲 40
陈焕章 68,152
陈嘉庚 205
陈立夫 159,167,195,196,199—201,218,219,242
陈铨 215
陈训慈 9,18,96,109,110,145,151,161,162,180,181,186,187
陈寅恪 6—8,22,24,30,31,43,45,47,59,60,78,87,126—128,231,241,249
程时煃(柏庐) 195,198
程天放 158,159
传统文化 1,10,18,28,29,32,75,91,96,110,111,114,116,151,153,164,175,197,200,201,209,240,243,244,246

D

《大公报·文学副刊》 5,17,125,126,136,150
导师制 164,165,245
道德教育 10,47,164,197
德性 130,238,243
东北大学 16,17,19,20,87,106,110,112—123,125,148,171,231,232,241,242,245,246
东南大学 1,2,5,8,9,11—13,16,19—21,26,27,64,65,67,69,71—77,79,81,83,85—112,121,123—125,141—145,147,148,157,159,161—163,169,196,197,201,219,221,232,241,242,245—247,249
杜威(J. Dewey) 11,12,19,69,75,77,78,85,92,236,239—241
段锡朋 143

F

范存忠(雪桥) 53,147,151,226,228
方苞 32
方豪 169,178
方壮猷 149
费巩(香曾) 167,229,230
丰子恺 21,189,190
冯琦 216,218
冯友兰 24,138,183,191,249
福开森(J. C. Ferguson) 87
复旦公学 26,30—32,36,38,45,159,240
傅雷(怒庵) 229,230
傅斯年 112,128,149,191,237,243,244

G

歌德(葛特) 61,98,167,169
辜鸿铭 23,68
古典主义 4,12,41,53,54,61,62,85,147
顾颉刚 21,96,149,191
顾泰来 61,123
顾毓琇 37,151,154,249

索　引

郭斌龢（洽周）　9，14，18，20，21，26，28，59，62，63，83—85，87，113，115，116，118，119，123，126，147，150—152，155，157，162，166，169—173，175，176，180—182，184，187—190，223—228，230，232，235，238，239，247

郭秉文　20，65，72—76，89，90，92，97，105—108，111，124，221

郭任远　158—160，206

郭廷以　76，77，147—149

《国风》　5，6，9，15，17，82，84，89—91，93，107，147，150—156，181，236，238，239，248，249

《国命旬刊》　17，20，180—182，184，236，248

H

哈佛大学（哈佛）　1，6，10，11，20，26，39，42—45，47—63，75，76，98，104—106，133，145，147，159，163，165，196，246

哈斯金斯（C. H. Haskins）　49，57，58

贺昌群　151，181，249

贺麟　182，183，249

《红楼梦》　137，138，140，188

宏通教育　9，201—203，205，206，235，247

洪谦　183，184，249

胡敦复　106，108，109，151，249

胡刚复　75，76，108，109，161，166

胡厚宣　230

胡稷咸　18，87

胡适（胡适之）　4，8，10，21，31—33，40—46，51，53，65，67，68，70，71，77，78，85，101，108，112，115，126—128，149，174，191，211，222，228，236，237，241—244，246

胡先骕　1，2，7，10，15—20，26，27，59，61，62，74，76，79—81，83—85，89，96，103，145，146，151，153，154，193，195—209，211，213—215，217—222，235，238，240，243—247

黄节　69，86，125

黄侃　68—70，114，146

黄炎培（黄任之）　107，221

黄尊生（尊生）　169，226—228

J

江谦　73，74

蒋介石（蒋中正，总裁，委员长）　16，142，143，159，174，193—203，205，206，209，212，213，217—220，224，225，243

蒋经国　208，220

蒋梦麟　107，112，158，203，242

金毓黻　85，86，146

景昌极（幼南）　7，18，26，27，83，96，99，113—116，118—120，140，141，144，145，147，150—156，161，162，231，235

君子　46，82，186，201，235，242

K

卡莱尔（T. Carlyle）　36，50，53，98，167，231

康有为　23,152

科学方法　11,40,41,71,127,130,160,236,241,242

科学精神　40,41,91,93,241

科学史　63,179,184,235

孔教　4,68,73,152

孔学　73,151—154,236

孔子　41,52,58,59,80—85,95,140,151—153,212,223,235,236,238,239,242,246

L

兰曼(C. R. Lanman)　60

兰姆(C. Lamb)　101,169

浪漫主义　50,52—55,60,84,119,139,239

李济　127,130

李思纯(哲生)　18,98,105,106,230

理性　6,11,84,91,139,219,238,239,248

理智　44,154,235,239

厉鼎煃　90,91

郦承铨(衡叔)　173,226,230

梁栋　217,219

梁启超(任公)　23,24,34,75,86,126—132,191,249

梁实秋(梁治华)　5,37,62,88,101,102,123

林启　157,158

林损　96,114,125,146

林语堂(林玉堂)　45,52,53,72,139

刘伯明　18,26—28,44,74—76,79,80,84,85,89—93,97,105,106,112,154,232,237,239,245,247

刘操南　171—173,175

刘古愚　33

刘节(子植)　21,189—191

刘朴(柏荣)　18,113,115,116,118,119

刘师培　68—70

刘永济(弘度)　2,18,31,113,115,118,119,122,123,125,151,162,183,226,227,229,231,232,243

柳诒徵(翼谋,劬堂)　7,12,13,16,18—21,26—28,75,79—82,85,87,89,92,94—97,100,104,106—111,113,115,125,126,140,141,145,148—150,152,154,160,162,181,184,186,187,191,193,232,235,238,244—248

楼光来(石庵)　43,45,59—61,74,75,88,102,105,106,145—147,226,228,232

卢梭　19,50,52,55,84,85,98,137,239

鲁迅　65,68,70,99,174,228

陆维钊　96,126

陆志韦　75,109

吕叔湘　99,101,102

罗家伦　12,112,124,141,143—146,148,149,155,156,160,206,237,242,243

罗廷光　196,207,217,218

M

马博厂　195,196,206,207

马叙伦(夷初)　69,108

马一浮　68,86,163,164,184—186,

190,193

马宗芗　116

梅光迪(迪生,觐庄)　1—4,6—11,13,14,16—22,26—34,38,43—54,56,59,62,64,65,74,75,77—80,82,84,85,88—90,93,97—107,125,145,151,157,159,161,162,165—170,176,179—181,184—186,188—190,196—198,222—226,228,230—232,235,236,238—241,244,245,247

梅李今英(李今英)　21,92,100,162,225,230

梅贻琦　124,132,203

梅藻　29

梅曾亮(伯言)　29,32

孟宪承　48,75

孟子　58,117,172,186,212,237

弥尔顿(密尔顿)　50,98,167

民族文化　6,75,143,144,151,167,181,185,201,205,209,221,243

民族主义　71,149,237

缪凤林(赞虞)　7,12,18,26,28,82,96,113—116,118—120,144,145,147—150,152,154,162,183,191,226,235,239,240,248

缪荃孙　27,94

缪钺(彦威)　9,18,151,162,173,187,191,226,230

穆尔(P. E. More)　57,61,62,137

N

南京高等师范学校(南京高师,南高师,南高)　1,5,11,12,19,20,26,28,59,65,73—76,78,79,90,91,93,94,96,97,99,101,104,105,107—109,149,154,155,159—161,163,176,227,228,245,246,249

倪尚达(志超)　150,161

纽曼(J. H. Newman)　238,239

P

浦江清　102,126

Q

齐燮元　92,221

钱宝琮　63,184

钱端升　129

钱基博　67,85,180,181

钱穆(宾四)　18,148,182—184,187,188,191,249

钱锺书　135,136,151,153,249

清华大学　1,2,5,13,14,16,19,20,35,112,116,123,124,126,127,130—132,134,136—140,143,148,171,189,239,242,245,248

清华国学研究院(清华国学院,国学研究院,国学院)　2,13,14,16,123,124,126—132,148,149,191,211,242,245

清华学堂　13,26,31,34,35,38,124,240

清华学校　13，37，46，56，101，102，125，
　　127，129，215
求是书院　157，158，240

R

饶麓樵　35

人道主义　11，44，54，223，237

人格　9，22，23，33，42，73，76，81，82，84，
　　85，90—93，95，140，152，155，181，185，
　　199，201—203，225，234，235，245，
　　246，249

人生哲学　52，138—140，248

人文教育　2，18—20，22，23，25，61，64，81，
　　83—85，89，105，106，116，118，132，157，
　　163，165—167，170，173，175，176，208，
　　234—238，244，245，247，249

人文精神　11，18，43，45，46，90，96，126，
　　162，219，241，247，248

人文主义　1，2，4—7，9—12，15，16，18，
　　22，44，46，48，52，54，57，59—64，83—85，
　　89，92，97，98，100，101，104，119，125，
　　133，135—137，139，140，150，151，154，
　　168，178—180，182—184，203，223，234—
　　238，247，248

任鸿隽（叔永）　40—44，46，76，143，241

任美锷　179

儒家　10，22，23，34—38，40，44，54，61，69，
　　82，83，85，86，95，116，130，131，139，140，
　　149，151，185，213，235—239，241，
　　242，246

儒学　4，18，23—28，32—34，38，81—83，
　　94，95，140，186，237，238，241

S

萨顿（G. L. A. Sarton）　63，184

三民主义　165，199—203，205，208，210，
　　211，224，245

莎士比亚　50，53，98，100，134，167，169

邵裴子　158，163

邵祖平　79，80，103，104

佘坤珊　169，228

沈从文　174，175，246

沈恩孚（信卿）　107，110，221

沈尹默　68

诗教　35，238

实用主义（实验主义）　1，11，12，16，19，
　　69，75，84，89，92，236，239，240

史地合一　157，164，176，178—180，
　　235，247

《史地学报》　5，6，12，17，121

束星北　166

《思想与时代》　5，6，9，14，15，17，84，85，
　　162，170，180，182—184，187，191，224，
　　225，229，230，235，236，248，249

宋明理学　5，29，95，172，238

苏格拉底　80，83

孙中山（孙文，总理）　108，142，147，162，
　　199，205，207，212，213

T

谭其骧　178，179

汤用彤(锡予)　4,7,18,37,43,45,57,59—61,74,75,89,109,125,145,146,151,223,237,241,244

陶葆廉(芦泾遁士)　158

田德望　135,169,226

通才　9,15,16,76,157,165,167,168,170,172,178,183,236

托尔斯泰　44,50,54,98

W

汪辟疆　103,146

汪兆璠(悉鍼)　87,115,120,232

王伯沆　75,89,146

王国维(静安)　7,8,35,86,125—130,132,174,249

王焕镳(驾吾)　9,14,18,20,96,145,151,161,162,173,181,186,226,230

王易　103,207—209,211

王庸　9,161,190

王永江　113,115

"唯科学主义"　43,64,237,249

温源宁　135,136,139

文明　35—38,54,58—60,71,94,132,133,135,138,154,184,236,237,242,247

文祥(文中堂)　23

"文学与人生"　14,135—141,231,248

文言　1,41,44,69,78,80,81,88,119,153,157,158,171,174,175,181,200,209,211,213,236,243,245—247,249

闻一多　53,146,237

沃姆(G. N.Orme)　87,88

吴芳吉　18,21,82,113,114,118,119,125,231

吴建常　33,34

吴建寅(芷敬)　33,37,232

吴俊升　155

吴宓(雨僧)　1—3,6—8,10—14,16—22,24,26—28,33—38,43,45,47,48,51,53—62,64,65,68,74,75,77—79,83,85,87—89,97—99,101—106,110,111,113—115,118,120—141,145,146,151,159,162,175,181,184,188,189,197,198,215,222—226,228—235,237,238,240—248

吴有训　196,220

吴稚晖　108,142

五四"新文化派"　83,112,149,153,222,234,236,237,240—244

五四运动　77,89,91,123,144,152,214,215,219,236

武汉大学(武大)　2,19,126,137,183,226—232,242,243,245,246,249

X

西南联合大学(西南联大)　126,136,139,140,173—175,183,188—190,194,207,223,232,237,243,245,249

西洋文学系　12,74,97—99,101,102,104—106,124,132

希腊　19,26,35,36,49,50,57—61,63,

82—84,97,98,101,134,135,153,167—169,171,174,184,239

向达　7,96

萧纯锦（叔绚）　75,79,80,108—110,195,197,198

萧公权　114,151,249

萧蘧　220

谢国桢　149

谢文通　169,230

谢幼伟　182—184,187

心性　95,96,138,238

"新汉学"　14,16,126,128

《新青年》　68,70,71,88

新文化运动　1,5,7,8,12,45,48,65,68—70,72,75,77,78,83,99,102,114,120,146,147,153,154,175,241,244

新文学　5,7,52,62,70,101,102,119,135,145,175,190,228,231,246

熊十力　146,186

熊式辉　16,194—201,203,206—208,220

修身　35,36,83,95,152,158,202,238

徐则陵　74,75,79,80,109

徐震堮　7,62,83,96

徐志摩　137,146,174

许绍棣　196

《学衡》　1,3—9,11,12,15,17,18,20,37,61,62,64,77,79—91,101,103,104,108,115,119,121,125,126,128,136,150,151,181,183,185,197,208,215,223—225,228,231,235,236,239,240,246,

248,249

Y

亚里士多德（亚里斯多德）　58,59,83,84,137,167,168,239

严复　30,31,158

严学宭　211,213

颜惠庆　124

杨铨（杏佛）　40,44,76,107—109,241

姚鼐（姚姬传）　32,171,173

《野玫瑰》　214—216,219

叶良辅　179

叶企孙　109

义理　41,131,152,158,171,172,186,238,247

"易长风潮"　106,145,155,241

俞大维　45,57,61

袁希涛　107,221

Z

曾国藩　24,28,158,173—175,212

张謇　87

张君川　169,170,230

张君劢　92

张乃燕　141—144

张彭春　123,124,129

张其昀（晓峰）　9,12,14,18,20,21,26,28,59,63,81,90,91,94—96,144,145,148,150,152—155,157,159,161,162,164,166,176—184,186,187,190,191,

198,224—230,235,245,247
张清常　14,173,189,190,212
张士一　74,75,93,104,105,232
张鑫海(张歆海)　43,45,59—61,102
张学良　113,114,122
张荫麟　9,14,87,178,179,182,249
张之洞　24,25,72
张志岳　173,230
张作霖　113,114,122
章太炎(章炳麟)　70,90,116,126,127,
　　　147,174
赵万里　96,126
赵元任　40,42,106,126—128,130,241
浙江大学(浙大)　1,2,5,9,10,12,14—
　　　16,19—21,63,112,157—194,206,207,
　　　212,222—232,242—247
整理国故　41,71,72,89,126,236,242
郑鹤声　96,149,160,191,248
郑宗海(晓沧)　75,154,159,161,184,190
政教合一　16,23,111,193—195,199,202,
　　　218,220,243
"中国文化史"　94,247,248

"中体西用"("中学为体,西学为用")
　　　24,72,158,241,242
中央大学　1,2,5,9,11,12,16,19,20,106,
　　　110,112,126,141—151,155—157,160,
　　　171,176,183,207,208,226,228,242,
　　　243,245,249
中正大学　2,15,16,19,20,193—222,243,
　　　245—247
周煦良　230
朱光潜(孟实)　87,174,182,226,227,
　　　229,249
朱家骅　142—144,148,199,218
朱希祖　70,147,148
朱自清　190,237
竺可桢(竺校长)　9,12,14,21,31,76,
　　　151,154,157,159—167,170,175,176,
　　　179,180,184—186,188,190,196,203,
　　　224,226,229,243,245,246,249
祝文白(廉先)　173,226
庄士敦(R. F. Johnston)　87,128
宗白华　146,147
邹秉文　76,142

后 记

偶然间翻检出本科期间的读书笔记,思绪又回到十余年前。当时读到郭汾阳先生关于"学衡派"的文章,顺手摘抄了一部分。那时自然未曾料想,这一则短短的笔记竟会成为撰写本书的发端。

2011年秋,我有幸拜入肖朗教授门下攻读博士学位。考虑到"学衡派"与浙江大学的渊源,以及我个人的研究兴趣,导师决定让我以"中国近代高等教育史上的'学衡派'"为主题开展博士论文的写作,这一学派也由此走进我的学术生活。

题目定下之后,资料收集和论文撰写工作随之展开。当我在图书馆的一堆外文书中找到梅光迪的藏书时,那段历史仿佛也向我敞开了。暗红色的封面已多有磨损,衬页上白璧德的笔迹与梅氏的钤印却依然如初,令人激动不已。不过,发现新材料的兴奋往往很快就被组织材料的焦虑所冲淡。由于自己素乏捷才,经常为了一个用词反复斟酌,个别表述甚至是"旬月踟蹰",论文的写作也因此旷日持久。为便于推敲文句,我一度放弃用电脑撰写初稿,回归原始的手写。博士论文完成时,也留下了厚厚的一叠"手稿"。

博士论文答辩通过后,我仍一直留意相关研究动态。在这期间,也发现了原稿的一些问题。趁着修订出版的机会,我再次通读全文,除订正错漏之处以外,又进一步润色文句、核实引文,并根据新见的资料和研究成果对文稿内容做了适当增补。

在写作、修改的过程中，陈寅恪先生所提出的"了解之同情"始终是我努力追求的目标。由于个人学力与水平的限制，未能完全达到预期，在文献资料方面，也定然仍有遗漏。我诚挚地希望各位读者多予批评指正。

本书能够顺利完稿，首先要感谢恩师肖朗教授。读博期间，记不清有多少次得到肖老师的指点，写作思路也由此日益明晰。初稿完成后，又蒙恩师逐字逐句审读，文稿质量有了进一步的提升。得知书稿正准备出版，肖老师欣然应允为本书作序。深切的关怀与期望，流露在序文的字里行间。师恩之厚，弟子铭感于心。

在博士论文撰写期间，许多师友提供了热情的帮助。此次修订成书，又承蒋峥嵘、蔡渊迪、张建中诸位师兄及薛国瑞、张强、王恒等友人相助，解决了一些文献资料及文稿修改方面的问题。湖南师范大学教育科学学院刘铁芳院长及教育系同事对本书的出版也多有关心与支持。在此，一并致以深深的谢意。

书稿的付梓也离不开南京大学出版社相关工作人员的辛勤付出，尤其要感谢的是本书编辑郑晓宾兄。作为相识多年的好友，能够以这样的方式合作，可谓难得的机缘。编辑书稿期间，我们反复沟通交流，郑兄在行文表述、文献引注及图书设计等方面提出了许多专业意见，部分章节的修改也得益于郑兄提供的新资料。我深知，其中很多工作并非编辑的分内之事，而纯粹是出于对朋友的热忱。

最后，我要感谢亲爱的家人，特别是我的妻子，我的父母、岳父岳母，以及记忆深处的祖父母，感谢你们一直以来对我的关心、包容和支持。

纸面的空间终究有限，历史的空间却是无垠的。回顾这段学术因缘，感慨万千，聊赋一绝以作结尾：

  千江月色交相映，东海西洋一脉通。云影悠悠空怅惘，百年回首望春风。

朱鲜峰

2021年秋于湘江之滨